田渕句美子
中世和歌の会　共著

民部卿典侍集・土御門院女房全釈

私家集全釈叢書40

風間書房

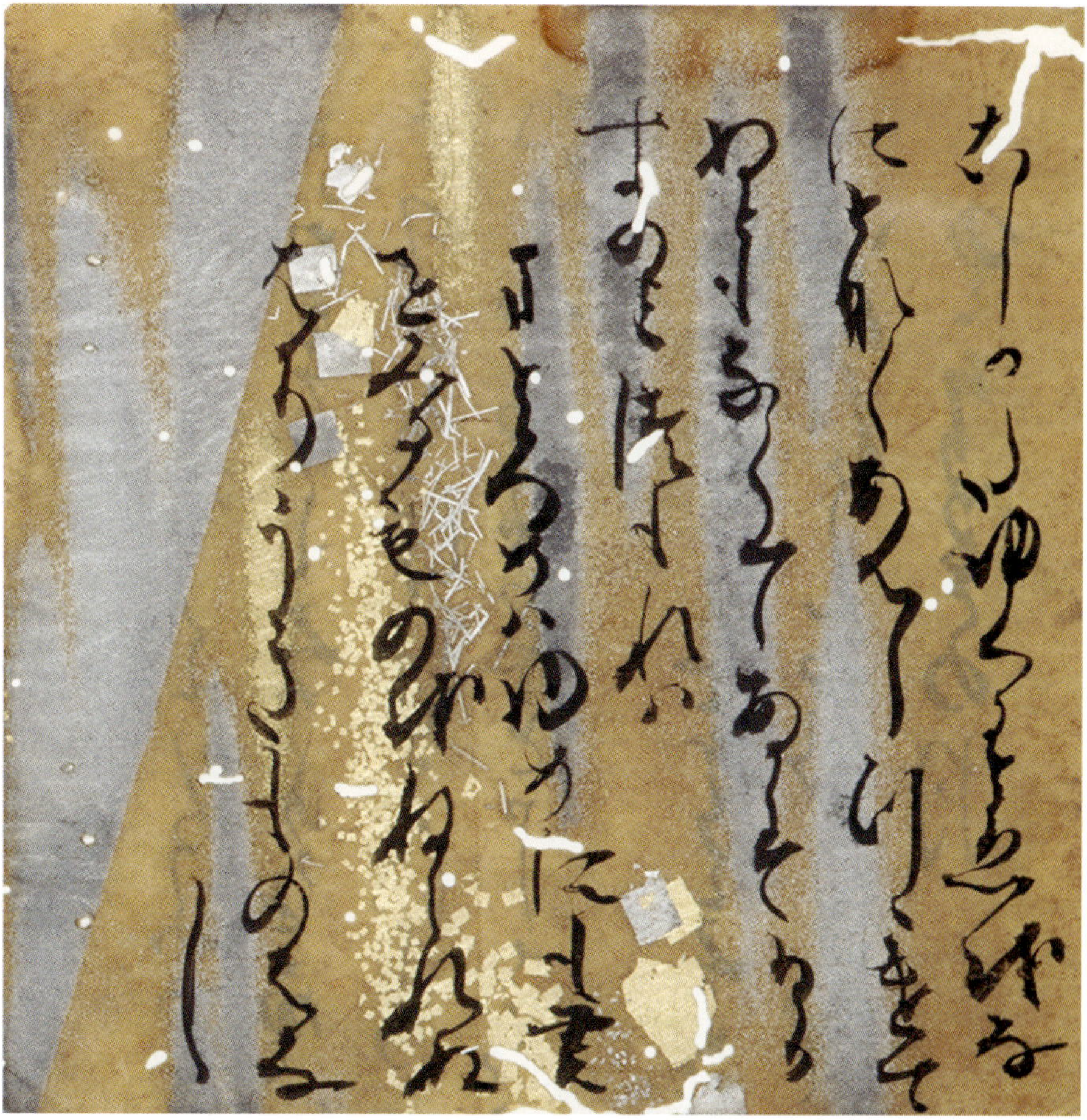

『土御門院女房』（冷泉家時雨亭文庫蔵）　原寸大 25ウ
24番歌の部分　次の26オと見開き
雁皮紙に金銀泥、金切箔、金銀野毛等

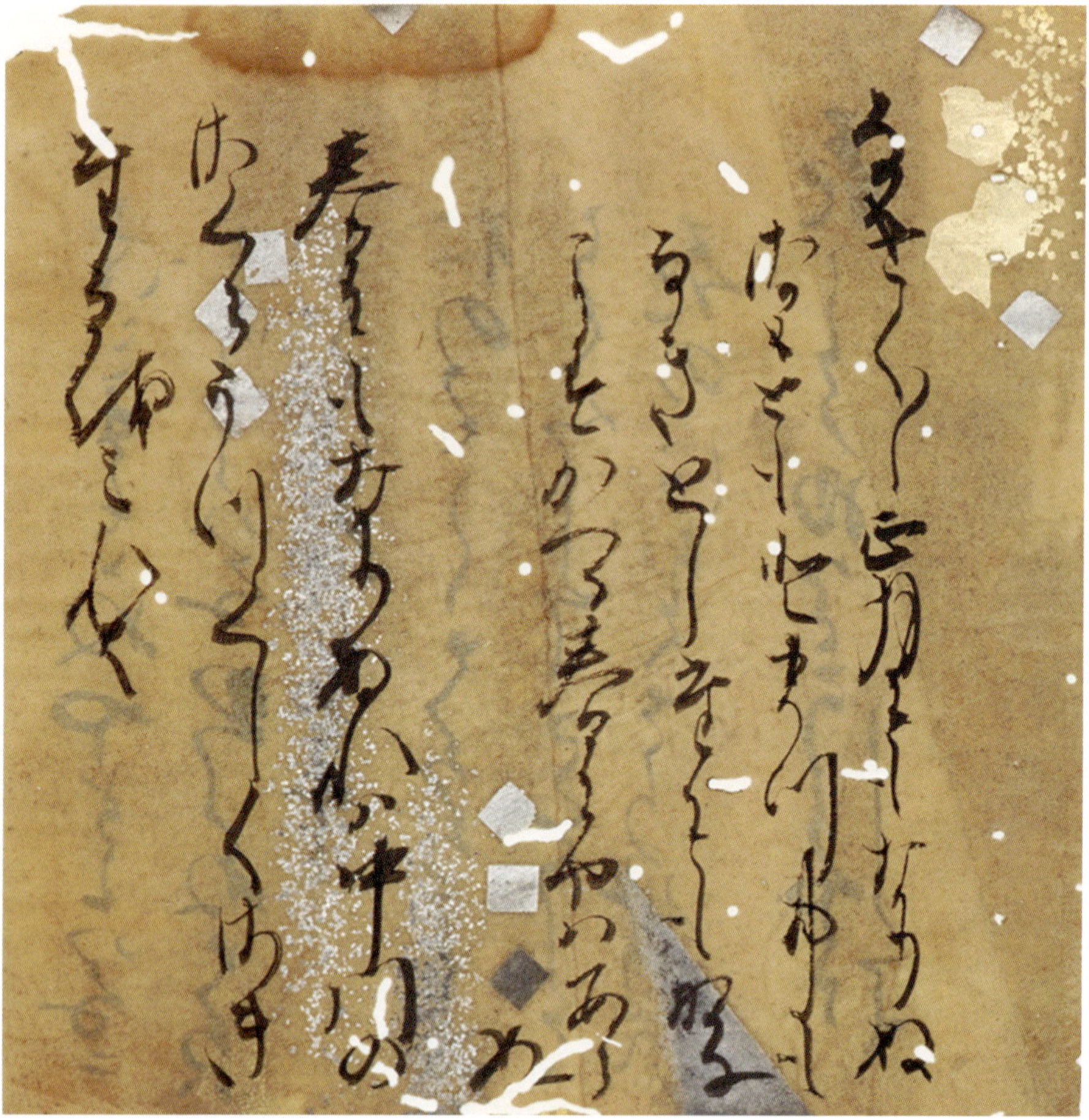

『土御門院女房』（冷泉家時雨亭文庫蔵）　原寸大 26オ
25番歌から26番歌前詞の部分
雁皮紙に銀泥、銀切箔等

目次

Ⅰ 民部卿典侍集

II　土御門院女房

Ⅰ　民部卿典侍集

解　説

一　民部卿典侍因子について

1　家系と誕生

後堀河院民部卿典侍（みんぶきょうのすけ）（以下、民部卿典侍という）は、名は因子（よるこ）。新古今時代の歌人として著名な藤原定家の娘である。民部卿典侍因子の生涯と和歌についての先行研究としては、森本元子「民部卿典侍集考――特に俊成卿女とのかかわり――」「民部卿典侍の生涯」「民部卿典侍集訳注」（いずれも『古典文学論考――枕草子 和歌 日記――』所収。新典社　一九八九年）がある。また、一六ページに掲げた『民部卿典侍集』の先行研究をもご参照頂きたい。

因子の誕生は建久六年（一一九五）であり、藤原定家と、その正室藤原（西園寺）実宗女との間に生まれた長女である。香は一歳下の同母妹で次女。御子左家の後継となる為家は同母弟で、因子の三歳下で建久九年（一一九八）生。なお「因子」とは典侍になるにあたって定家がつけた名であり、その前は「貞子」であって、それ以前の幼名などは不明であるが、本書では一貫して因子と呼んでおく。

藤原定家の父俊成は『千載集』撰者であり、歌壇の重鎮であった。定家は九条家（摂関家）歌壇で活動した後、後鳥羽院に認められて後鳥羽院歌壇で活躍し、『新古今集』の五人の撰者の一人となった。やがて承久の乱で後鳥羽院は敗れて隠岐へ配流となったが、定家は宮廷歌壇の第一人者となり、再び勅撰集の撰者となり、『新勅撰集』を撰進した。鎌倉時代においてこののち勅撰集撰者を独占し、宮廷和歌の指導者として権威をもつ歌道家がこの御子左家であり、俊成、定家、為家は御子左家の三代と呼ばれるようになる。巻末に「御子左家周辺略系図」を載せているので参照されたい。そこにも示すように、御子左家には女房が大変多く、彼女達は互いにネットワークを築き、助け合って女房として出仕している。

定家は、実宗女との結婚以前に、藤原季能女を妻としており、光家（のちの浄照房）・定修らをもうけていたが、建久五年（一一九四）頃に新たに藤原（西園寺）実宗女を正妻とした。西園寺家はのちに摂関家と並んで絶大な権勢を持つに至る家である。実宗は内大臣になり、実宗の子公経、その子実氏らは、太政大臣となっている。西園寺家は御子左家を終始庇護し、因子の生涯にも関わりが深い。

因子が誕生の後、どのような軌跡をたどったのかは、父定家の日記である『明月記』に詳しい。ここでは因子の生涯を、『民部卿典侍集』に関わる事項を中心に、おおまかに概説するに留める。その生涯については、本書に『明月記』及び関連資料から作成した「民部卿典侍因子年譜」（田渕句美子・米田有里作成）を付載している。また、「民部卿典侍因子伝記考――『明月記』を中心に――」田渕句美子（『明月記研究』一四　二〇一六年一月）に因子の生涯の伝記考証を載せているので、詳しくはこれらをご参照いただきたい。

『明月記』本文の引用は、『冷泉家時雨亭叢書』に自筆本影印がある部分は影印により、ない部分は『翻刻明月記』一・二（朝日新聞社　二〇一二年・二〇一四年）によるが、この未刊部分は『明月記』一～三（国書刊行会　一九七

○年）によった。また天福元年十一月・十二月記は、日本大学文理学部・日本語日本文学デジタルアーカイブのデジタル写真によった。割書は〈 〉内に記す。

2　後鳥羽院の女房として

因子がはじめて女房として出仕したのは、新古今時代の帝王、後鳥羽院である。元久二年（一二〇五）十一月九日、十一歳の因子は、女房として後鳥羽院に初めて参った。翌建永元年（一二〇六）六月十八日より出仕が始まり、七月十七日、「民部卿」という女房名を後鳥羽院から賜った。この頃、定家自身も『新古今集』撰者を命じられ、編纂に忙しい日々であった。これから後、因子は後鳥羽院に仕える女房として、若年だが多忙の身となった。後鳥羽院の離宮である水無瀬殿・鳥羽殿御幸に御供するなどのことも多い。

いつまで後鳥羽院女房であったのかは不明である。『明月記』に因子の記事は建保二年（一二一四）からの十年間はないが、ここは『明月記』自体が欠けている部分が多い。この間に、承久三年（一二二一）に承久の乱があり、宮廷は一変した。なお、森本元子は『明月記』における因子の動静が、「元久二年（一二〇五）から承元年間（一二〇七～一二一〇）までの数年間と、嘉禄二年（一二二六）以後の十年間とに大きく二分され、その間にあたる十五年間については、その名も事蹟もみいだすことができない。」としているが、それはこの間の『明月記』の「女房」を因子と認定しなかったためで、建暦元年（一二一一）以降も、また嘉禄元年（一二二五）も多くの因子関連の記事がある。

民部卿典侍因子の生涯と和歌を考える時、その出家の契機となった藻璧門院（そうへきもんいん）や、後堀河院との関係の強さはたしかに重視される。けれども因子にとって後鳥羽院に女房として仕えた年月は少なくとも八年以上、最長では十六年に及ぶ。歌人として開花するには至ってはいないが、女房としては十八、九歳で後鳥羽院の側近女房の地位にまで至っていて、定家も驚くほどであり、有能な女房として諸事に関わり、後鳥羽院や周囲から信頼されていたと想像される。次の安嘉門院(あんかもんいん)時代においても因子はベテラン女房として重んぜられた。

3　安嘉門院の女房として

承久の乱後に『明月記』に初めて見える因子は、嘉禄元年(一二二五)正月四日条であり、すでに安嘉門院の女房となっている。このとき三十一歳。安嘉門院は、承久の乱後に思いがけず即位した後堀河天皇の同母姉・准母の邦子内親王であり、元仁元年(一二二四)十六歳で院号を受けて安嘉門院となった。莫大な経済力を背景に、当代の女院のうちでも最も勢威ある、富裕で華やかな女院御所であった。安嘉門院周辺については、井上宗雄『鎌倉時代歌人伝の研究』(風間書房　一九九七年)に詳しい。因子は、実務に長けた女房として、若い安嘉門院を支え、贅沢三昧のその生活の世話を担い、かつ院司たちとの交渉・調整も担っていたであろう。『明月記』からは多忙な因子の生活がうかがえる。

寛喜元年(一二二九)定家は、公経(きんつね)から、まもなく入内する竴子(しゅんし)の女房として因子を出仕させてほしいと依頼された(九月二十六日・二十七日条)。竴子は、藤原(九条)道家と西園寺公経女との間に生まれた姫君で、大変美しく(『五代帝王物語』ほか)、この年二十一歳。この年後堀河天皇に入内し、翌寛喜二年(一二三〇)二月に中宮となる。定家は出仕の経費(衣装代)の負担が多いことから竴子出仕について渋っていたが、公経が援助を約束し、因子の安嘉門院から竴子への出仕替えも許可された（十月三日条）。こうして因子は、中宮となる竴子の女房となり、やがては後堀河天皇の典侍という地位にのぼっていくのである。

4　藻壁門院の女房、そして後堀河院典侍として

この時期の因子の動静を記す記事は『明月記』に夥しくあり、本書所収の「民部卿典侍因子年譜」などをご参照いただきたいが、大きなことだけ触れておく。寛喜元年（一二二九）十一月十日に竴子のもとへ出仕。因子は三十五歳である。十一月十六日に竴子が後堀河天皇に入内。竴子は「藤壺わたり今めかしく住みなしたまへり」（『増鏡』藤衣）とあり、九条家と西園寺家の勢威を一身に集めて、華やかに藤壺に住む。

『明月記』では、因子とその侍女の衣装を用意する経済的負担が大変であることを、定家は屢々嘆いている。豪華な女房装束は、宮廷女房という存在を象徴するものとも言えよう。因子が『民部卿典侍集』の中で、「たち別れうき世出づべきつまとてや花色衣着つつなれけん」（四二）と、自らの女房生活を振り返って「花色衣着つつ」と詠んでいるのは、修辞上のことではなく、まさしく実感であったのだろう。

寛喜二年（一二三〇）二月十六日、竴子は立后、中宮となる。因子は中宮竴子の側近の女房であった。翌寛喜三年（一二三一）二月十二日、中宮竴子は四条天皇を出産する。三月二十八日、因子は典侍に補され、名を貞子から因子に改めた（三月二十九日条）。因子に仕える侍女である妹は香となる。これは『古今集』の女房歌人で典侍の、藤原因香（よるか）朝臣にちなんだもので、これまで公的な和歌活動のない因子に対して、勅撰集に名を残す歌人となってほしいという定家の願いがこめられたものであろう。因子はおそらく「よるこ」と読むと思われる。こうして因子は

典侍と中宮女房とを兼ねる重鎮女房となった。

六月十三日、定家は勅撰集撰進の下命を受け、それを受けて、九条家主催の歌合・和歌会が頻々と行われ、因子も「中宮初度和歌会」「入道前摂政家七首歌合」『光明峯寺摂政家歌合』『名所月三首歌合』に出詠（一四～二六番歌参照）。ただし『洞院摂政家百首』には出詠していない。繁多のゆえに、百首歌を詠むことは辞退したのかもしれない。折しも中宮竴子は再び懐妊中であり、九月三日、中宮は暐子内親王を生む（『百練抄』『民経記』）。十月四日、後堀河天皇譲位、竴子所生の四条天皇践祚、十二月五日に二歳で即位。竴子は国母となった。

天福元年（一二三三）、因子の生活は相変わらず多忙を極め、定家は勅撰集の編纂作業で多忙である。四月三日、竴子に院号宣下があり、藻璧門院となった。女院二十五歳。

藻璧門院はまた懐妊していた。九月十三日に出産の気配となるが、邪気（物怪）がしばしば起こり、やがて容態が悪化する。十八日、定家のもとに、崩御したらしいという情報が伝わってきた。そして因子からは、出家するための袈裟を用意しておいてほしいと、定家に使いを介して知らせてきた。定家は、娘の若さを思い、「今年三十九、不堪其悲、何事在哉」と嘆いた。定家はすぐに女院御所に参上して、局で暫時因子に会い、女院の臨終のさまを聞いた。因子が語るには、御産の後まだお言葉があったが、苦しまれ、興心房が参って授戒し、合掌してお聞きになるご様子で、しだいに閉眼された、後産はついになく、まだお身体は冷え切っていない、という。最も身近な女房だからこそ発せられる言葉である。

定家が、女院の臨終に立ち会った興心房からのちに聞いたのによると（以下『明月記』九月二十日条）、女院は十八日朝、男子を死産し、容態が急変したため、授戒し、その時、因子が女院に、お聞きになっていますかと尋ね、女院が聞いているというご様子を見せ、合掌されて臨終となった、という。また興心房は再び召されてご出家の儀を行うこととなり、女房の刑部卿と因子とが、死した女院の御髪を分け、水で湿し、興心房が頭を剃り奉り、御衣の袈裟を着せ奉り、因子が念誦を御手にもたせた、という。『増鏡』（藤衣）は、「若く清らに美しげにて、盛りなる花の御姿、時の間の露と消え果て給ひぬる、いはん方なし。」と記している。花のように美しかった藻璧門院が、このような変わり果てた姿となったのは、因子にとって生涯忘れられない悲しみであったに違いない。

　このように因子は、女院の難産、崩御、その後の出家の儀など、すべて直接に世話し、すべてを見届け、ただちに自らの出家をも決意したのであろう。

5　出家とその後

天福元年（一二三三）九月二十三日、因子は香とともに、興心房の菩提院において出家した。『明月記』に、父定家は娘の出家の儀を、克明に描写している。

辰時許禅尼、香〈次女也〉、行賢寂宅、典侍退出、沐浴、相具可向興心房菩提院云々、（中略）
未一点、向菩提院房謁申興心房、不経程女房等来、即始其作法、房主紙二枚ニ被書左右字〈各一字〉、次分左右髪、各結之、次懸水瓶湯、先是令拝父母国王氏神〈只乍坐也〉、戒師取頭剃、被剃始〈左髪三、右髪一歟〉、次静俊替剃左髪了、共人取其髪、裏左字書紙〈髪甚多〉、次剃右、又如此、次其上又委剃、終懸湯洗、次著衣〈帯〉、次戒師取袈裟、誦文被授、尼取之載返之、戒師又誦文被授、三度載了、又取之結之、被着笘了云々、起改座、次第又如此、二人着袈裟了、相共参持仏堂釈迦如来、道場戒師昇礼盤被授戒了、各退出、如形布施物相

具来云々、如手箱物歟、随之不委見、予先帰了、女房急帰此宅、（後略）

家隆や蓮生は定家に因子出家を慰める歌を送ってきた（『民部卿典侍集』四・五、八・九）。

十月十一日、定家は自身も出家し、明静となった。為家と因子も出席し、興心房を戒師として、出家の儀が行われた。

辰時許洗頭、午時興心房来給、金吾、新禅尼来会、先首着狩衣奉謁、依命拝父母墓天地、又奉拝氏社国皇了、取衣帽分左右髪、先首被授要文、戒師剃頂給、次静俊剃左頭了〈以湯且湿〉、次剃右、予先奉触戒師、寛弘八年信成卿記、出家人先可剃髪由有所見、今用来之儀如何、雖有其説、多只先剃髪、後剃鬢由被命、頭剃了、次剃鬢、次入東面、着衣帰出南面、戒師取袈裟、誦文被授、戴之奉返、三度如此、次着之参仏前、戒師着礼盤被授戒了、如形奉布施〈賢寂、桑絁五疋入細櫃〉、小饌了帰給、以金吾令申禅閤、大殿、々下、夕帰来、各示被感仰、禅閤被送賜頭剃莒、（後略）

出家を見舞う歌（『民部卿典侍集』一〇）を送ってきた家長は、新古今時代を定家と共有した数少ない知人として、晩年の定家と親しかった。定家が返歌（一一）で「明日ともまたぬ老いの命は」と、残り少ない自分の命のことを言っているのはまさしく実感であっただろう。六・七番歌も、定家出家をめぐる寂空（四条隆衡）との贈答である。ほかにもこうした贈答があったことが『明月記』から知られる。

故女院の仏事がさまざま行われる。『民部卿典侍集』七四～七七番歌は、注釈に示した通り、『明月記』天福元年十一月十一日条の歌であり、定家は道家からの手紙でこれを知る。この条については、七四番歌【補説】で述べている。なお大野順子「『明月記』天福元年十一月十一日条について」（『明月記研究』一四　二〇一六年一月）参照。

天福元年十二月一日、因子は嵯峨の栖霞寺（清涼寺）へ参詣。昨年九月に藻璧門院が夢に嵯峨釈尊を見たことを仰せられたことがあったため、近習であった女房たちが連れだって参詣した。さらに因子は十二月二十日から七日間の参籠をする。その間、中院に住む尼上（俊成卿女）との詠歌の贈答が多くあった、と定家は書いている。これが『民部卿典侍集』にある、因子と俊成卿女の贈答に関わる記事である。なお、本文については有吉保「日本大学所蔵定家自筆『明月記』「嘉禄元年夏（四・五・六月）」「天福元年十一　十二月」の二巻の紹介」（『明月記研究』七　二〇〇二年一二月）を参照した。

十二月一日　…尼典侍詣栖霞寺〈早旦〉、去夏之比（後聞九月朔日云々）女院御夢想、奉見嵯峨釈尊之由、有被仰事、仍近習女房達、殊被参詣云々〈助里兵衛、宗弘木工、房任馬着浄衣令参〉、雪間飛、

同二十日　…未斜典侍参請涼寺〈七ヶ日参籠、孝弘、房任、助里在共、房任可参籠〉、

同二十六日　…嵯峨参籠、已満七ヶ日了、

同二十七日　…嵯峨人々帰来、今度参籠之間、禅左府室密密参御堂、相謁給云々、存外為本意、又中院尼上〈三位侍従母儀〉同被来訪、詠歌多有贈答等云々、

因子は女院の一周忌まで、旧院（故女院御所の冷泉殿）に祗候しつつ、定家の一条京極邸に帰ったり、後堀河院御所、四条天皇の内裏、道家邸（一条殿）などへも参っている。ところが天福二年（一二三四）八月六日、故女院の一周忌を待たず、かねてから病弱であった後堀河院が、病のため二十三歳の若さで崩御した。藻璧門院崩御で世は諒

闇(あん)であったが、またさらに諒闇が続くことになる。九月十八日、故女院の一周忌が行われた。道家・道家室・教実らをはじめとする人々、そして因子も出席し、そのあと、四十九日後も冷泉旧院に残っていた故女院の女房たちは因子も含めてすべて退出した。

因子は、藻璧門院逝去の天福元年（一二三三）九月十八日ののち、『明月記』がある嘉禎元年（一二三五）十二月まで、毎月十八日の月忌に女院墓所の法華堂へ参っているが、因子が後堀河院の月忌に常に参ることは『明月記』には見えない。因子の身分・立場は典侍であったが、天皇・中宮の兼仕とはいえ、やはり中宮あってこその典侍出仕であり、中宮女房が主たる立場だったのだろう。

『明月記』における因子の記事は嘉禎元年（一二三五）十二月二十七日が最後であり、嘉禎二年以降の『明月記』が残っていないため、因子の消息は伝わらず、因子の没年もわかっていない。定家は仁治二年（一二四一）八月二十日、八十歳で逝去した。因子は存生であれば四十七歳。

6　歌人としての事跡・作品形成などをめぐって

民部卿典侍因子の歌は、『新勅撰集』以下の勅撰集に二四首入集している。すでに述べたように、因子は、十一歳で後鳥羽院に出仕、承久の乱後は安嘉門院の女房となり、寛喜元年（一二二九）竴子入内とともに竴子に出仕替えし、翌二年二月の中宮冊立の後は中宮女房となり、かつ寛喜三年（一二三一）三月に後堀河天皇の典侍となった。しかし勅撰集や『民部卿典侍集』の歌々は、因子のこうした長い女房人生を語るものとはなっていない。

『民部卿典侍集』一四番歌が、現在残っている因子の詠歌の、年代が判明する中で最も早い歌であり、これは貞永元年（一二三二）六月二十五日の「中宮初度和歌会」詠で、因子が三十八歳の時の歌である。
定家が『新勅撰集』に二首入れた因子詠は、いずれも藻壁門院の父九条道家主催の貞永元年七月十一日「入道前摂政家七首歌合」の出詠歌である（一五番歌【補説】参照）。本歌合の因子出詠歌七首のうち、『民部卿典侍集』には一五・一六番歌の二首があり、それとは別の二首が『新勅撰集』にある（春上・六六、恋二・七五三）。特に春上の六六番歌は、次にあげるように、この歌合の歌を並べた歌群にあり、中宮少将とともに、道家、教実に連ねられる。因子は後鳥羽院時代には歌壇に出詠することなく、『新古今集』にも一首も入っていないが、当代の歌壇では、代表的な女房歌人としての位置を得ていることを、定家が示しているようだ。

家歌合に、雲間花といへる心をよみ侍りける　前関白
まがふとも雲とはわかむ高砂の尾上の桜色かはりゆく（六四）
関白左大臣
たちまよふ吉野の桜よきて吹け雲にまたるる春の山風（六五）
典侍因子
咲かぬ間ぞ花とも見えし山桜おなじ高嶺にかかる白雲（六六）
中宮少将
絶え絶えにたなびく雲のあらはれてまがひもはてぬ山桜かな（六七）

本書に「民部卿典侍因子詠歌集成」を収めているので、それをご参照いただきたいが、「中宮初度和歌会」以前の因子の和歌は現存していない。勅撰集・私撰集などの中に含まれているかもしれないが、確定できるものはない。後鳥羽院時代の因子は、『源家長日記』によれば、十一歳で後鳥羽院に出仕した時に「すでに歌詠まるとぞ承りしか」と言う。けれどもその後、後鳥羽院歌壇で因子の和歌活動は確認できないのである。初出仕の元久二年（一二〇五）は『新古今集』竟宴（きょうえん）が行われた年で、この後数年、歌壇は『新古今集』編纂の熱気に包まれていたが、このころ因子はまだ十代前半で、歌人として出詠するには若すぎたのであろう。その後も後鳥羽院に歌人として認められることなく、後鳥羽院歌壇での歌合・和歌会に出詠した痕跡はまったく残されていない。因子が十五歳のころ『新古今集』が最終的に完成をみており、その後しばらくの間、後鳥羽院は和歌には興味を失った。その頃に因子が本格的に歌人として成長する機会はなかったのであろう。建保期には順徳天皇の内裏歌壇が隆盛するが、因子は内裏女房ではなく、これ以前に歌人としての実績もないことから、内裏歌壇に出詠することはなかった。因子は後鳥羽院にとって、歌人ではなく、有能な女房として重宝がられていたと思われる。

しかしこのことをもって、因子がこれ以前に和歌を詠まなかったとは考え難い。歌壇の女房歌人として認められてはいなくても、宮廷での私的・公的な和歌のやりとりはたくさんあったはずで、そして事実『民部卿典侍集』には、貞永元年以降に限られるものの、そうした和歌の贈答も数多く入れられている。むしろ、あえて「中宮初度和歌会」以前の和歌は省いたところに、この『民部卿典侍集』の意図があるかと考えられる。そこには後鳥羽院時代の影は全く残されていない。為家についても同様のことがあり、勅撰集撰者為家は、後堀河・四条朝が突然に終焉し、皇統の異なる後嵯峨朝となったとき、『続後撰集』という当代の勅撰集から、後堀河院とその近臣であった自身の姿を消し去っている（田渕句美子「後堀河院の文事と芸能――和歌・蹴鞠・絵画――」（『明月記研究』一二　二〇一〇年一月））。因子も、『民部卿典侍集』は私的な作品ではあるが、後鳥羽院時代のことを書き留めることはなく、後鳥羽院時代の和歌一首すらも残そうとしていないのである。

　ところで先にも述べたように、御子左家には、特に定家の姉妹には、院・女院・内親王家に仕える女房が大変多いが（巻末の「御子左家周辺略系図」参照）、中でも健御前は定家と親しい同母姉で、因子にとって身近に暮らす叔母であり、共に行動することもあった。健御前は、その日記『たまきはる』（『建春門院中納言日記』『健御前日記』）に、建春門院時代のこと、八条院時代のことを書き、さらに春華門院時代のことを書き継いだ。最も哀傷の情が痛切なのは執筆時に時間的に近い春華門院についての記事であるが、作品としては、健御前の女房としての生涯全体を通貫する形であらわされている。そして因子もそれを読んでいると見られ、『民部卿典侍集』に『たまきはる』からの影響が見られることを、三四・三五・三八・四〇番歌などの【補説】で指摘している（幾浦裕之）。しかし民部卿典侍因子は、後鳥羽院の女房（八年以上）、安嘉門院の女房（五年以上）という、藻壁門院の女房時代の約四年よりもはるかに長い女房生活があったにもかかわらず、健御前とは対照的に、それらはあらわさなかった（もしくは現存していない）。

　現在の『民部卿典侍集』は、藻壁門院への哀悼というテーマに収斂させた作品である。それゆえに、因子の後堀河院典侍・藻壁門院女房としての意識しか我々は知ることができない。しかしだからと言って、因子の女房としての人生自体を、藻壁門院追悼にのみ収斂させて考えるべきではないだろう。因子の心の底には、父定家がそうであったのと同じように、自分を女房として引き立ててくれた隠岐の旧主後鳥羽院への思いもかつてはあったかもしれない。因子が潔く出家してしまったのは、変転する宮廷を経験し、二度にわたってごく近く仕えた主君を失い、特に深く思慕した藻璧門院の突然の死に遭い、もはや次の主君に心身を尽くして仕えることはできないと考えたためであろう。

（田渕句美子）

二 『民部卿典侍集』について

『後堀河院民部卿典侍集』（以下、『民部卿典侍集』という）は、民部卿典侍因子の私家集である。八三首から成り、贈答歌も多く含む。藻璧門院竴子の崩御を嘆く歌が多くを占めており、哀傷歌集的な私家集である。最後は藻璧門院の一周忌で終わっており、おそらく天福二年（一二三四）秋以降、藻璧門院追悼の意図をこめて編まれたものである。自撰か他撰かは不明だが、基本的には自撰に近い詠草であろうか。ただし未定稿的な部分が多く、自撰家集として完成された作品とは言えない（後述）。

『民部卿典侍集』については、次のような先行研究がある。

石田吉貞『藤原定家の研究〔改訂再版〕』（文雅堂書店　一九七五年）

本位田重美「後堀河院民部卿典侍集覚書」（『国文学』（関西大学）二九　一九六〇年一〇月）

→『古代和歌論考』（笠間書院　一九七七年）所収

森本元子「民部卿典侍集考――特に俊成卿女とのかかわり――」(『国文』六一　一九八四年七月)
「民部卿典侍の生涯」(『相模女子大学紀要』四七　一九八四年二月)
「民部卿典侍集訳注」(『相模女子大学紀要』四八　一九八五年二月)
→いずれも『古典文学論考――枕草子 和歌 日記――』(新典社　一九八九年)所収
佐藤恒雄『藤原為家研究』(笠間書院　二〇〇八年)

森本元子の一連の研究によって、『民部卿典侍集』に関する多くのことが明らかにされている。また「民部卿典侍集訳注」は、『民部卿典侍集』の簡略な訳注である。近年では、佐藤恒雄『藤原為家研究』で、為家に関連して因子について言及されている部分がある。しかし最近『民部卿典侍集』と因子を主として扱った研究は特に見られない。本書では、これら先学の研究から学恩を受けつつ、『民部卿典侍集』について考えていきたい。

1　伝本

『後堀河院民部卿典侍集』の伝本には現在五本が確認できるが、本文は基本的には同一系統である。上賀茂神社の三手(みて)文庫に『馬内侍集』『相模集』『康資王母集』『殷富門院大輔集』と合写された一本(三手文庫本)がある。この契沖自筆本を書写したとみられる明倫館旧蔵本が、山口県立山口図書館にある。この二本はすでに知られている伝本で、前者が『新編国歌大観』『新編私家集大成』の底本とされている。

今回新たに紹介する大阪府立中之島図書館寄託円珠庵蔵本は、(一)重要文化財に指定されており、現在閲覧できないが、中之島図書館所蔵の写真(複製)によれば、契沖とは異なる筆跡で三手文庫本と同じく五家集を合写したもので、契沖の書き入れがある。この円珠庵本と三手文庫本の成立の先後関係は、いずれとも決し難い。円珠庵所蔵の本の中には契沖が入手し、そこに書き入れを加えていった契沖手沢本も存する。三手文庫本は、手沢本（円珠庵本）に書き入れが増えすぎた結果それを整理するために契沖自ら浄書したものとも推測される。(二) 以上のように考えた場合は円珠庵本の方が三手文庫本の親本ということになるが、本注釈では契沖の自筆本であるという今井似閑の識語に信を置き、三手文庫本を底本とした。

ほかに国文学研究資料館所蔵の明和年間に写された私家集所収の一本、そして続群書類従所収本がある。

以下の各伝本の書誌のうち、円珠庵本については写真および八木毅の解題(三)を参照した。山口県立山口図書館本については『相模集全釈』(四)の書誌を、宮内庁書陵部蔵続群書類従所収本の原本については書陵部の複製に付属する書誌情報を参考にし、寸法、書式は国文学研究資料館のマイクロフィルムを利用した。

上賀茂神社蔵三手文庫本（今井似閑奉納契沖筆本）　哥‐辰‐二六五〜二六九

縦二五・四糎×一八・七糎、列帖装一帖。五折から成り、一折あたり十枚。近代以降に補強のために付けられたとみられる綴じ糸がある。紺・緑・朱糸で亀甲地に花紋を織った錦表紙。表紙に題簽はなく、一オに「馬内侍集　相模集／康資王母集　殷富門院大輔集／後堀河院民部卿典侍集」と三行書された原題簽が貼付されている。本文料紙は斐紙。見返しは本文共紙。一ウに「賀茂三手文庫」の朱方印、「上鴨奉納」の瓢形の朱印、「今井似閑」の朱方印を捺す。毎半葉一二行で、和歌一首一行書、詞書は三、四字下げ。字高約二二糎。五家集が合写された本文は九七丁あり、一ウ〜二三オが馬内侍集、二四オ〜六九オが相模集、七〇オ〜八五ウが康資王母集、八六オ～九一オが殷富門院大輔集であり、民部卿典侍集は九二オ～九七ウに書写されている。各家集の始まる丁の上辺隅には家集ごとの区切れを示す縦二糎、横一糎の目印が朱筆でつけられている。最終丁の遊紙である九八オに「右契沖師自筆也」という、本文とは別筆の識語がある。この識語は、今井似閑（一六五七～一七二三）が三手文庫に蔵書の奉納に先立って作成した自筆の『上鴨奉納書目録』[五]の筆跡と同じであり、似閑が奉納に際して書いた識語と考えられる。合写された他の家集には本文同筆の朱筆書き入れが多くあるが、民部卿典侍集は墨筆による集付と、他出のある和歌の異文注記があるのみである。

大阪府立中之島図書館寄託円珠庵本（契沖手沢本）　三二一（複製は契沖遺書四三）

縦二七・〇糎×横二〇・〇糎、袋綴一冊。樺色表紙。表紙中央に「馬内侍集　相模集／康資王母集　殷富門院大輔集／後堀河院民部卿典侍集」と書かれた題簽があり、三行書の書き方は三手文庫本と同じ。左横に明治期に貼付した鑑査状がある。馬内侍集のはじまる丁のオモテ右下に「圓珠菴」の墨円印を捺し、巻末の遊紙のウラの左下に「圓」の円印を捺す。毎半葉一二行、和歌一行書、詞書四字下げ。墨付九六丁。三手文庫本などにある下句末の分かち書きがないのが特徴である。契沖による書き入れがある。八木毅は当該家集が合写された私家集を「如水書写契沖手沢本」としているが、本文の筆跡は『勢語臆断』『古今余材抄』を浄書した如水の筆跡とも異なるようである。

　三手文庫本九五オの五四番歌の詞書が「おとろかされて返しの」から九五ウの「つゐてに　　さか」と続くのに対し、円珠庵本はオモテ「おとろかされて」からウラ「つゐてに　　さか」と続く。この「返しの」が三手文庫本を親本として円珠庵本を書写する際に生じた脱文であるか、円珠庵本を親本として三手文庫本を書写する際に補われたものかは不明である。三手文庫本から書写された山口県立図書館本には「返しの」があるが、続群書類従本、国文学研究資料館本にはなく、「おとろかされてつゐてに」である。円珠庵本と、三手文庫本含めほか四本について見ると、円珠庵本『民部卿典侍集』に存する朱筆のミセケチと傍記がほか四本ではすべて本文としてあることが確認できる。三手文庫本の歌番号〈本文〉で示すと、二〇番歌〈年は〉、三二番詞書〈たにゝ〉、三五番歌〈物は〉、四〇番歌〈夢の世に〉、四五番歌〈かたみと〉、五八番歌〈いるらめ〉、六六番歌〈かけもしられぬ〉の箇所である。

この事実は、三手文庫本と円珠庵本の前後関係について言えば、円珠庵本に書き入れをして本文を確定したあとに円珠庵本を親本として三手文庫本を書写したとも、三手文庫本を親本として円珠庵本を書写させたあと一校して、書写で生じた誤字脱字を訂正するために傍記したとも考えられる。これについては別稿にて改めて論じる予定である。

山口県立山口図書館蔵明倫館旧蔵本（今井似閑本）　九五

縦二六・三糎×横一九・七糎。袋綴一冊。茶色無地表紙。表紙中央に「馬内侍集／相模集／康資王母集／殷冨門院大輔集／後堀河院民部卿典侍集」と本文と別筆で五行書した縦一六・五糎×横九・二糎の題簽があり、明倫館での分類記号と配架番号を示す「辰九拾弐」を直書する。馬内侍集のはじまる二オの右上に「明倫館印」の方印、「安政七改」「明治十四年改」の方印を、九八ウ左上に「嘉永三改」の印を捺す。毎半葉一二行書、和歌一行書、詞書は三～四字下げ。民部卿典侍集の最終丁のオモテ左端に朱筆で「校合畢／詛おほつかなき所〳〵正本の侭也」の奥書がある。似閑が三手文庫への奉納を企図していた典籍は、享保八年（一七二三）の似閑の没後十年以上三手文庫に奉納されず、開校したばかりで蔵書の整備を必要とした長州の明倫館に移された[六]。今井似閑本はそこで三手文庫への奉納が完了する元文年間までに組織的に書写された本のひとつである。

五八番歌の詞書（三手文庫本九五ウ）が三手文庫本・円珠庵本では「この返事こまかにて／さか」と二行で書かれているところを山口県立図書館本は一行で「此返事こまかにて　さか」と書いている（続群書類従本・国文学研究資料館本も一行）。しかし六二番歌の詞書が三手文庫本・円珠庵本では一行で書かれているのに対し、山口県立図書館本では「こそ数なるも数ならぬも哀つきせぬ恨にて／はさふらひけれ」と二行で書かれているため、以降の丁に起きるべき一行分のずれは次の丁で解消されている。しかし山口県立図書館本は、七九番歌の詞書、八二番歌の詞書に、三手文庫本・円珠庵本と比較して一行ずつ多く費やして書写している。そのため巻末の八三番歌の詞書と歌を書くためにもう一面使用している。三手文庫本の一面一二行という書式に従いながらも、親本の詞書の改行までは意を払っていないようである。

宮内庁書陵部蔵続群書類従本　四五三－一二

縦二三・八糎×横一七・〇糎、袋綴一冊（表紙は大和綴）。白茶布目地表紙。左肩の単郭の題簽に「續羣書類従四百四十九」と墨書し、右に「馬内侍集／源重之女集／殷冨門院大輔集／民部卿典侍集／権大納言典侍集」と五行書きされた貼紙がある。右下に「家十」と書いた貼紙。本文料紙と寸法、半葉行数は、三手文庫本で合写されていた馬内侍集と殷富門院大輔集と民部卿典侍集は縦二三・五糎×横一六・六糎、斐紙、半葉一二行書きと共通しているが、源重之女集（本文は重之子の僧集）は縦二三・九糎×横一六・九糎、斐楮交ぜ漉、半葉一〇行、権大納言典侍集は縦二三・七糎×横一六・八糎、斐楮交ぜ漉、半葉一〇行書、となっており、異なる料紙・書式が混在する。本文墨付四二丁。一オ～一二ウが馬内侍集、一三オ～二四ウが源重之女集、二五オ～三〇ウが殷富門院大輔集、三一オ～三六ウが民部卿典侍集、（三七丁目遊紙）、三八オ～四三ウが権大納言典侍集である。民部卿典侍集の詞書は二～三字下げ。三手文庫本などで合写される五家集のうち、ここにない『相模集』『康資王母集』だと考えられる伝本が、内閣文庫の『相模集』と『康資王母集』が合写された袋綴一冊（二〇一・四三七）として存在する。

『民部卿典侍集』の収録される続群書類従の四四九巻の写本はこの宮内庁書陵部蔵本以外に、国立国会図書館蔵続群書類従本（ゑ－二一）、国立公文書館内閣文庫蔵続群書類従本（二一六－〇〇〇一）などが存在する。川瀬一馬によれば明治一九年に宮内省に収められて現在書陵部に所蔵されるのは「所謂「中書」に相當する部分」であり、宮内省に納入する直前に塙家において控えのために影鈔しておいたものが静嘉堂文庫に存在する。（七）以上の中でも宮内庁書陵部蔵本は一オの「馬内侍集」内題の下に「前編二百七十二ニ入重復ナリ可除但シコノ本歌数多し前編ト校合スヘシ」とあり、傍記の多さなども編纂途上であることを伺わせ、他の続群書類従写本に先行する本であると考えられる。そのため本全釈の校異には続群書類従本を代表する伝本として書陵部蔵本を用いた。

当該家集のはじめの丁のウラを書写する際、八番歌の作者名を書き落として後から書き足したらしく、他の行より小さく右端に「沙弥蓮生」と書かれている。そのためこの面のみ一三行あり、この面以降の本文は三手文庫本と比較して前へ一行ずれて書写されている。

国文学研究資料館本　ア二‐二九‐四

縦二六・三糎×横一八・九糎、袋綴一冊。三方折込緑色無地表紙。左肩に「馬内侍　相模　康資王母／殷富門院大輔　後堀河院民部卿典侍／家集　全」と原題簽に本文と同筆にて墨書。本文料紙は楮紙。見返しは本文共紙。（前見返しは表紙から剥離している。）二オに「馬内侍家集／相模家集／康資王母家集／殷富門院大輔家集／後堀川院民部卿典侍家集／以上五家」という目録題がある。三オの右下に「国文学研究資料館」の朱方印。毎半葉一一行、和歌一行書、詞書はほぼ二字下げ。字高約二〇・三糎。前遊紙一丁、本文墨付一〇三丁。三オ～二五ウが馬内侍集、二六オ～七三ウが相模集、七四オ～九〇ウが康資王母集、九一オ～九七オが殷富門院大輔集で、九八オ～一〇四ウに民部卿典侍集が書写されている。合写された他の家集には本文同筆の朱筆書き入れが多くあるが、民部卿典侍集は墨筆による集付と他出のある和歌の異文注記があるのみである。書写後の校合の際の胡粉による訂正もある。民部卿典侍集は七二番歌と、七三番歌の詞書「をしはかりまいらせ候も」の計二行分が脱文となっている。各家集（①馬内侍集、②相模集、③康資王母集、④殷富門院大輔集、⑤後堀河院民部卿典侍集）の末尾にはそれぞれ次の奥書を有する。③の「去人之～基時判」だけは朱筆であり、大東急記念文庫蔵契沖写『康資王母集』の奥書に見えるものである。

①辰正月九日書写畢

②相模集終　辰正月十五日書写畢
③去人之依所望京極黄門定家卿之以本書寫者也
貞享元仲夏日　　　　　　基時判
明和九辰正月十七日書寫畢
④明和九壬辰正月十七日書写終功畢
⑤于時明和九壬辰正月十八日書寫畢
修竹菴尭民　七十二翁

当該伝本の含まれる三九の私家集が合写された一一冊（ア二－二九－一〜一一）の中には綴紐に紙縒りで結んだ紙片がついており、民部卿典侍集の一冊には合写した五つの家集の名称と「四百九十」とある。それぞれの私家集の巻末に明和八年（一七七一）十月から明和九年三月にかけての書写奥書がある（元良親王家集ほか六つの家集が合写されたア二－二九－一を除く）。[八] 短期間のうちに集中的に書写された私家集群の一つとして民部卿典侍集の含まれる一冊も書写されたとみられる。短期間で書写した理由としては、親本を拝借して書写し、返却したことが考えられる。民部卿典侍集の約一か月前の書写奥書を持つ『赤染衛門集』（ア二－二九－九）の最終丁には次のように江田世恭の本を写したことを示す朱筆の識語がある。[九]「右補附此本校合　江田世恭之所附歟　予按此補附／在卯本之中而今標出之者不知何用矣（以上が朱筆）」右／明和八卯十二月廿五日停午書寫畢／修竹菴／尭民」。江田世恭（生年未詳〜一七九五）は香道文献を著し書画の鑑定にも優れたという大阪の国学者で、[一〇] 似閑自筆の『上鴨奉納書目録』の閲覧を世恭が懇望し賀茂社の祠官山本甲斐権守に宛てた書簡も久松潜一によ

って紹介されている。[一一]

修竹菴尭民は『日本人名辞典』に『類聚和歌弖爾乎波』の著作がある国語学者として載る。[一二]また編纂した類題和歌集に簗瀬一雄旧蔵『新撰蔵月和歌鈔』がある。簗瀬は『大日本歌書綜覧』に掲出されている『修竹庵雑々記』と、『国書解題』に載る『類聚和歌弖尓乎波』の著者が同一人物であると考察している。[一三]『修竹庵雑々記』は国立国会図書館蔵本があり、安永四年（一七七五）七十五歳で書き終えたという点は、[一四]民部卿典侍集の奥書にある明和九年の年齢と合致する。『類聚和歌弖尓乎波』は東京大学国語研究室蔵本があり、『国書解題』によれば自序はあるが年次がない。また、修竹菴尭民は『詠歌大概』の注釈書である『秀歌之体大略代講抄』『詠歌大概代講抄』を著しており、この二冊を合綴した孝明天皇旧蔵本が宮内庁書陵部に伝存する。『秀歌之体大略代講抄』の後序には「円珠庵の詞の林にわけ入て」とあり、嶋中道則は「注釈の方法には契沖の『百人一首改観抄』に学んだ形跡が認められる」[一五]と指摘している。

なお、以上のほかに、現在は確認できない伝本として少なくとも次の二本の存在が考えられる。今井似閑の門人の樋口宗武が享保三年（一七一八）に書写し、それを寛保元年（一七四一）に小野田重好が書写したとの奥書をもつ『馬内侍集』が本居記念館に伝存するが、ひとつはこの奥書に見える宗武が書写した「天王寺神主松本氏之本」で、『民部卿典侍集』をふくめた「五人之集を一冊とせり」という本である。[一六]紹介された竹鼻績による本文異同を参照すると、本居記念館本『馬内侍集』本文は三手文庫本、円珠庵蔵本などの契沖本系統『馬内侍集』本文に対立する御所本系統の独自異文をもつ。『馬内侍集』しか書写されていないため他の四家集については本居記念館本の祖本を伺い知れないが、宗武が親本とした「五人之集」に合写されていた『民部卿典侍集』はわずかでも円珠庵蔵本や三手文庫本などの現存本にない、独自異文をもっていた可能性が考えられる。

もうひとつは小沢蘆庵（一七二三〜一八〇一）が蒐集しようとした私家集の目録で、新日吉神社に所蔵されている蘆庵自筆の『写本家集目録』に「／一民部卿典侍 後堀川院」と見えるものである。（一七）しかし大取一馬によれば享和元年（一八〇一）に蘆庵の門人であった藤島宗順がこれら私家集を新日吉社の社庫に保管する際に目録を改めた際にはすでに欠本となっていたとみられる。

樋口宗武が親本とした一本と三手文庫本との関係や、続群書類従の各写本の成立過程については詳述しなかったので、別稿にて述べたい。

注

（一）円珠庵本の存在については、鶴見大学の伊倉史人教授よりお教えいただき、種々ご教示を受けた。深謝申し上げる。

（二）たとえば、『民部卿典侍集』と合写された『相模集』は、円珠庵本でははじめの丁の余白に契沖による作者略伝などの夥しい書き入れがあるが、三手文庫本にはそれがない。

（三）八木毅「円珠庵の藏書について」（『語文／大阪大学』三　一九五一年七月）。

（四）武内はる恵・林マリヤ・吉田ミスズ共著『相模集全釈』（私家集全釈叢書　風間書房　一九九一年）。

（五）〈谷省吾・金土重順『賀茂別雷神社三手文庫今井似閑書籍奉納目録』（皇學館大學神道研究所　一九八三年）に影印がある。目録は「…于時享保六年辛／丑の七月廿日／老筆時病中染筆／恐難讀解焉」と享保六年（一七二一）の年次をもって結ぶ。似閑は中風を患っており、三手文庫本巻末のこの識語にも筆の震えが認められる。

（六）『防長に傳わる契沖資料　今井似閑本目録』（山口図書館叢刊第三冊　山口県立山口図書館　一九五六年）。
（七）川瀬一馬「續群書類従の編纂に就いて」（『書物展望』二‐四巻　一九三二年四月）。
（八）明和年間の書写奥書をもたない『大納言経信卿集』（ア二‐二九‐一）には内題の下に青字で「蒿蹊翁自筆本校合之」と注記があり、巻末にも青字で「一本云／右経信卿家集一巻以矢部直之本寫之抑此集歌数尠矣…天明改元閏五月念七日蒿蹊散人書」と伴蒿蹊（一七三三～一八〇六）筆本から写した識語がある。
（九）このような例として、関西大学図書館蔵『歌仙家集』（C911.208:S1:1‐1～15）には親本である入江昌熹（一七二二～一八〇〇）の校合本から写した昌熹による序があり、昌熹は江田世恭から豊前本を借りて安永六年（一七七七）に校合したと記されている。野呂香「正保版本『歌仙家集』書入本の分類―契沖書入本と冨士谷校合本と―」（『和歌文学研究』九四　二〇〇七年六月）。
（一〇）岡紀子「江田世恭をめぐる世界―その人物像を中心に―」（『甲南女子大学大学院論叢』三　一九八一年一月）。
（一一）佐々木信綱ほか共編『契沖全集』第九巻（朝日新聞社　一九二七年）契沖傳記資料補遺。
（一二）芳賀矢一『日本人名辞典』（思文閣　一九六九年）。
（一三）築瀬一雄編著『碧沖洞叢書』第四巻（臨川書店　一九九五年）。
（一四）福井久蔵『大日本歌書綜覧』（不二書房　一九二六年）。
（一五）『和歌文学大辞典』（古典ライブラリー　二〇一四年）。
（一六）竹鼻績校注・訳『馬内侍集注釈』（貴重本刊行会　一九九八年）。
（一七）大取一馬「蘆庵本の歌書等について」『龍谷大学論集』（四二三　一九八三年一〇月）。

（幾浦裕之）

2　構成と内容

『民部卿典侍集』は八三首から成るが、全体を五つの歌群（A～E）にわけて考えることができることを森本元子が述べている。ここではその分け方に従って本文を掲げ、私案を加えながら、それぞれの歌群ごとに解説する。

まず『民部卿典侍集』の本文の全体を掲げる。本文は三手文庫蔵本により、清濁・句読点等を付す。歌番号は『新編国歌大観』による。改行は底本通りとし、改丁を」で示した。上段に森本による分類のA～Eを掲げ、加えてXYZを付した。下段に他出文献等を記したが、重出は省いた。なお、かなりきちんと編集されている部分を実線で、一応何らか編集されている部分を点線で囲った（これについては後述）。

A

後堀河院民部卿典侍集

きくだにも雲井の外のかひもなしそむきにし世のなほぞかなしき（一）

返し

かなしさのみるめのまへをおもひやれそむきにし世のよそのあはれに（二）

いかばかりかなしとかしる世のうさにすつるこのみのおやの心は（三）　　『拾遺愚草』雑・無常

花の色もうき世にかふる墨染の袖やうき世に猶しづくらん（四）

返し

墨染をはなのころもにたちかへし泪の色はあはれともみき（五）　　同

寂空
君がいるまことの道の月の影夢とみし世もいまやてらさん（六）　『拾遺愚草』雑・釈教
かへし
やみふかきうきよの夢のさめぬとてゝらさばうれし在明の月（七）」オ　同
沙弥蓮生
紫の色につたへしそでのうへをかはりにけりと聞ぞかなしき（八）
返し
あくるまのけふは昨日にかはる世の衣の色はいふかひもなし（九）
いゐなが
墨染の袖をかさねてかなしきはそむくにそへてそむく世中（一〇）　『拾遺愚草』雑・釈教
かへし
いける世にそむくのみこそかなしけれあすともまたぬおいの命は（一一）　同
権律師修栄
かたみとはいふもをろかにいひしらす心にあまるほどをみせばや（一二）
あさからぬ契もいまはしらゆきのかさなるとしのあとにみえなん（一三）

鶴契遐年
いく千代かあまのは衣たちなれむともなふつるの雲のかよひぢ（一四）」ウ　（中宮初度和歌会）

B

殿歌合、月下鹿

[続千] さをしかの峰のたちどもあらはれて妻どふ山を出づる月影（一五）　（前摂政家七首歌合）

風前擣衣

あしがきに木の葉吹きしくおひかぜの音もまぢかくうつころもかな（一六）　（同）

寄衣恋

やま姫のそめぬころもゝ紅の色にいでゝや今はこひまし（一七）　光明峯寺摂政家歌合

寄鏡恋

[続後撰集とゝめをきて] おもかげはさらぬかゝみのかげにだになみだへだてゝえやはみえける（一八）　同

玉

[続拾] かひもなしとへどしら玉みだれつゝこたへぬ袖の露のかたみは（一九）　同

糸　」オ

しかすがにまだ絶やらぬ片糸のあふをかぎりと年はへにけり（二〇）　（同）

おほせごとにて五首題、初秋

さらに又かきほの荻も音信てさとなれそむるあきの初風（二一）　（後堀河院歌会か）

ふく風の音羽の山のさねかづら秋くるからにつゆこぼれつゝ（二二）

秋月

たれもまつ秋はならひの月なれど猶ひかりそふゆふぐれの空（二三）

C

歌合、名所月

辰田やまそめてうつろふ木末より時雨ぬ色にいでぬ月影（二四）

続拾 きよみがた月の空にはせきもゐずいたづらにたつ秋の白浪（二五）

続後撰 いく返りすまのうら人わがためのあきとはなしに月をみるらん（二六）

名所月三首歌合

同

同

行すゑの煙とだにもわかざりし心のやみはいつかはるべき（二七）

返し 」ウ

おもひやる心の空の月の色にとまるやみぢのはるゝをぞまつ（二八）

世をそむきぬときゝて、人のとぶらひて侍ける返事

続後撰 かなしきはうき世のとがとそむけどもたゞこひしさのなぐさめぞなき（二九）

続拾 夢の世にわかれて後の恋しさをいかにせむ（集よ）とか君になれけん（三〇）

くるとあくとながす泪のくれなゐに色もわかれじ墨染の袖（三一）

おなじころ、たにゝ煙のなど申ける人に

身をこがすけぶりくらべの別路はをくるべくやは物のかなしき（三二）

述懐歌

うき身までかはればかはる世中を何ながらへてあけくらしけん（三三）

夢にだに昔はまたもみねにおふる色やみどりの風ぞ悲しき（三四）

『続後撰集』雑下

『続拾遺集』雑下

『万代集』雑六

（X）

葛の葉のいく秋風をうらみてもかへらぬ物はむかしなりけり（三五）
すゑの世をてらすとみえし月なれば西の空にや光そふらん（三六）」オ
したへども花のうてなのとをければ空ゆく月にねをのみぞなく（三七）
見てしがなうきよのかすみぬぎ捨てさとりひらけん花の衣を（三八）
うきなみに霧もかすみもたちかさねしほたれ衣かわく日ぞなき（三九）
こひわぶるかげだに見えぬ夢の世にあはれなにとて在明の空（四〇）
夢よりもはかなき露の秋の夜にながきうらみやきえ残けむ（四一）
たちわかれうき世いづべきつまとてや花色ごろもきつゝなれけん（四二）
かたみゆへ又せきとめぬなみだかななれて別はこりはてし世に（四三）
みだれおつる我ものからの身にそへて今はあだなる袖のしら玉（四四）
いかさまにしのぶる袖をしほれとて秋をかたみと露のきえけん（四五）

『続後撰集』雑下

雪ふりたる朝、しげもちまいるよし申けるに、心ぼそさお
ぼしめしやらるゝ御ことづけのつゐでに
けふまでも何に命のかゝる世にふるもかなしき雪つもるらん（四六）」ウ
おりを過さぬおほせごとも、おなじ泪にかきくれて
ふりつもる跡なき雪をみてもまづおなじ泪にかきくらしつゝ（四七）
おなじ雪のあした、大殿より

D

思ひのみ日かずやゆきにつもるらん跡なき庭もあときえぬまで（四八）
うき身世にきえぬもつらきためしとや袖の雪だにはらはざるらん（四九）
　　御返し
うきことのふりてつもれる雪のうちはいとはぬ庭もあとぞまれなる（五〇）
きえとまるほどもかなしき墨ぞめの袖にはゆきのふるかひもなし（五一）

（Z）

　　いとさびしく見わたさるゝにも
のこりなく年もわがみもはりはてゝとはれぬゆきのほどはみえけり（五二）
宿からのみやこもしらずふる雪に山のいくへをおもひこそやれ（五三）
　　としかへりて日数過て後、これよりおどろかされて返しの」オ
　　ついでに　さが
しほるらんかすみの袖の春の色をきりにまよひし秋のかたみと（五四）
　　ばかりはひとりながめてこそ候しか
春しらぬみやまの雪のふかさまでとはるべしとはおもはざりしを（五五）
　　わがこゝろのあさゝこそ、とありければ、又京
すみぞめのころもいづれとわかぬまに霞やきりに立かはるらん（五六）
　　もしられ候はで

袖のうへのうきしゐ柴にくらぶればみやまの雪は春も知るらむ（五七）
この返事こまかにて

さが

くまもなくひかりをてらす秋の月さこそは西の山にいるらめ（五八）
これをも九品れんだいに思やりまいらせさせ給へ

此世にもにごらざりける秋の月花のうてなにひかりさすらん（五九）」ウ
たのもしくこそ候へ

うき世をばかすみの色にぬぎすてゝ花の袖にぞ春を知らん（六〇）

秋のきり春の霞とたちかさねなみだにしほるあまの袖のみ（六一）
こそ、数なるも数ならぬも哀つきせぬ恨にてはさぶらひけれ

さむるまであらまし夢の世中を見しながら月のあり明の空（六二）
いかに候事にか、身にとりて長月の在明がた、ふし待の
ほどのたへがたくあはれに思ひしみてさぶらふに、小倉
の山のしかのこゑさへ

はかなさの春の夢かとみしよりもするゑ葉の秋の露の世中（六三）

たちかへしあさの衣の袖の名をうき世にのこすつまとこそきけ（六四）
我ながら捨し此世を、うち返し又おしみさぶらふかとさへ、」オ

（Y）

またおそろしうもさぶらへども、秋より冬まで思つめ候し
事を、仏にひかれまいらせてうちいだしそめ候て、中〳〵
にとゞめかねたる様に
とをくともしたふ心の契あらば花のうてなの露もへだてじ（六五）
秋の月かげもしられぬ山かげのいほりにだにもつゆはこぼれき（六六）
身をなきに思ひなしてもかなしきはうきよをすてし秋のよの月（六七）
君が代をいはひし春も百千どりよをうぐひすと鳴を聞にも（六八）
まづ泪の氷はいとゞとけそめ候ぬる心ちしてこそけさも候つれ
これも又おしみながらもそむくよとすゝむるみちのしるべなりけり（六九）
とまでおもひなしまいらせてこそ候へ
谷かげの柴の朽木のけぶりともならんゆふべの空をながめよ（七〇）
きかせおはしまさば」ウ
かきつめてうき水茎のあとなりとわすれずしのぶかたみならじや（七一）
とこゝろをやりて又〳〵かくれにはづかしく
かきやればそのことゝなく水茎になみだのかゝるこゝろならひに（七二）
をしはかりまいらせ候も

E

あはれいかにこの春雨のつれ〴〵とふるにつけても袖ぬらすらん（七三）

　　人のゆめに見まいらせたりける歌

まよひこしわが心からにごりけりすめばすみける池の水かな（七四）

此世にてあひみん事はしかすがにはかなき夢をたのむばかりぞ（七五）

　　御覧ぜられて、大殿

すぎやすき月日のほどをおもふにもかずなき物は泪なりけり（七六）

いけ水のすめばすむらんことはりはもとの心の清きなりけり（七七）

　　御はての日、さがよりとてさしをかれたりける

」オ

この秋もかはらぬ野べの露の色に苔のたもとをおもひこそやれ（七八）

　　と有を、誰とも見分ねば、殿の御まぎれ事にやとて御車に入させつ

けふとだに色もわかれずめぐりあふ我身をかこつ袖のなみだに（七九）

　　さとに出てむげにふけぬるほどに、又殿よりとて

かきくらしかさなる秋はめぐるともなを墨染の色やひがたき（八〇）

　　又御返し、いとこゝろえずながら

世のうさに秋のつらさをかさねてもひとへにしほるすみぞめのそで（八一）玉

　　ほどへてのち、はじめの歌は六条の三ゐいゑひら、さること

　　したりしと宰相殿にかたりけるときく　　　祥室

『明月記』天福元年十一月十一日

同

同

『続後撰集』雑下

同

『玉葉集』雑四

けふよりの花のたもとのあらましになみだかさなる墨染のそで（八二）
　返し
墨染の袖もひがたき秋なれどとふ人もしやわきて露けき（八三）　」ウ

A　因子と定家の出家をめぐる歌群
一　　　作者不明の贈歌
二・三　　二は一への返歌。二は因子、三は定家か
四・五　　因子出家をめぐる藤原家隆と定家の贈答歌
六・七　　定家出家をめぐる隆衡（寂空）と定家の贈答歌
八・九　　因子出家をめぐる蓮生と定家の贈答歌
一〇・一一　因子出家・定家出家をめぐる家長と定家の贈答歌
一二（一三）　権律師修栄は、権律師隆栄。贈答歌の可能性もある

A歌群は冒頭だが、年代は『民部卿典侍集』の最初ではなく、天福元年（一二三三）九月から十月頃の詠作である。内容や他出文献からは因子自身の歌と確定できるものはなく、定家と誰かとの贈答歌が中心である。五、七、一一は定家の返歌であることが『拾遺愚草』から知られ、作者名を記さない歌は定家が多い。

一番歌は作者不明である。内容から、これ以前に出家をし、宮中から離れている人物であり、また二と三の歌の詠みぶりから、定家や因子と近い人物と思われる。その候補としては、たとえば西園寺公経は寛喜三年（一二三一）

十二月に出家しているが、公経は孫娘藻璧門院を失って非常に悲嘆している記事が『明月記』天福元年九月二十一日条にみえており、一番歌では自身の悲しみに触れていないので、公経とは考え難い。『公経集』残簡にもこの歌は見えない。かつて宮廷にいた人なので、覚寛（定家と親しい仁和寺僧）ではない。一番歌の作者として、最も可能性が高いのは、定家の長男で、因子にとって異母兄にあたる浄照房（じょうしょうぼう）（光家）であると思われる。浄照房は、嘉禄元年（一二二五）に出家して宮中から離れている。そして浄照房の娘（つまり定家の孫娘）にあたる高諦という少女は、因子が中宮竴子に出仕する時、因子の侍女となり因子に仕えていた（『明月記』寛喜元年十一月十日・寛喜二年三月十四日条。後者の記事が、国書刊行会本では「家光女也」とあったが自筆本には「光家女也」とあり、光家の娘であることが明らかとなった）。そして天福元年ごろの浄照房（光家入道）は、定家邸によく出入りしている。また浄照房のおそらく別の娘が、道家室（公経女）の女房として出仕しており（『明月記』天福元年四月十七日条）、浄照房は公経邸にも出入りし、その情報を定家に伝えている（同十一月八日条）。浄照房は、藻璧門院死去や因子出家のことをいち早く知って、それを弔う歌を送ってくる人物としてふさわしい。また『浄照房集』には出家時の現世への執着、悲嘆や、出家後の悲哀、回想などが多く、一番歌での詠嘆に重なるものがある。またこのA歌群で定家の歌には作者名がなく、一番歌も作者名を書かなくても因子や定家にはわかるゆえに書かないままであったと考えるなら、さらに浄照房の可能性が高いであろう。一番歌で浄照房が、藻璧門院死去とそれに続く一連のできごとの悲しみを弔い、二番歌では因子が、女房として女院死去を見届け、変わり果てた女院の姿をすべて目の前に見た悲しみを訴え、三番歌では定家が愛娘に出家された自分の悲しみを詠じたもの、というように、三者三様の悲しみを詠んだ贈答歌と見るのが、最も適当かと思われる。

A歌群の贈答歌のうち三組は『拾遺愚草』にある。その『冷泉家時雨亭叢書』の解題（久保田淳）によれば、家長との贈答と按察入道との贈答、計四首は、釈教の末尾に後で定家が書き入れたものとみられる。また家隆との贈答は無常の末尾に書かれており、これも同様の増補であろう。『民部卿典侍集』と『拾遺愚草』の詞書を見比べると、『拾遺愚草』のほうはきちんとした書き方だが、『民部卿典侍集』のほうはメモのような作者表記である。『拾遺愚草』の成立後そこから『民部卿典侍集』に歌を採入したという場合は、『拾遺愚草』の詞書をそのまま書くと思われるので、おそらく『民部卿典侍集』の成立の方が先で、『拾遺愚草』が『民部卿典侍集』から採った可能性が高いのではないか。

A歌群は、編纂の跡が全くないわけではなく、一応定家の歌に「返し」という詞書をつけたり作者名を一部書いたりしているが、私家集で通常作者自身の歌に作者を書かないのと同様に、作者が定家の場合それを書いていない。つまり定家を中心におく贈答歌群である。藻壁門院への哀悼も含まれるものの、それに関連する御子左家の人々の出家のほうが主題であり、その点では、『民部卿典侍集』全体に流れる哀傷のテーマとはややずれがある歌群と言えよう。この冒頭歌群について、本位田重美「後堀河院民部卿典侍集覚書」は、「民部卿、定家の出家当時の、定家との贈答歌の綴りを、後になって、集の内容と関連があるため、近親者の便宜的に合綴しておいたものが、集の一部と誤認されるようになったのであろう。」と述べている。また森本元子「民部卿典侍集考――特に俊成卿女とのかかわり――」は、「家集の冒頭部が機械的な事情によって脱落したか、もしくは本来そうした説明の必要がなく、偶然あるいはそれに近い状況で、歌稿がここに合綴されたか、そのどちらかであろう」と述べている。いずれも首肯できる見解である。このA歌群はそうした詠草であり、家集全体からみると、やや別の性格をもつと考えられる。またこれについては後述する。

B　和歌会・歌合などの歌群

一四　　貞永元年（一二三二）六月二十五日　中宮初度和歌会（実際には道家主催）
一五・一六　同年七月十一日　入道前摂政家七首歌合（道家主催）　七首から二首を選択
一七～二〇　同年七月　光明峯寺摂政家歌合（道家主催）　十首から四首を選択
二一～二三　年代不明、貞永元年七月か。後堀河天皇の五首歌会か
二四～二六　貞永元年八月十五夜名所月三首歌合（道家主催）　三首すべてを入れる

これは中宮・九条家、後堀河院などで行われた、合計五回の和歌会・歌合を年代順で配列する歌群である。すべて貞永元年のものとみられ、『民部卿典侍集』の中でここだけが、藻壁門院崩御以前の歌群である。『民部卿典侍集』の中で一四番歌が年代的に最も早い。中宮の最初の公的な和歌会である中宮初度和歌会から始め、続いて道家主催の摂関家の歌合などをあげる。おそらく中宮周辺で頻繁に詠まれたであろう女房たちの日常の贈答歌などは一首もない。『弁内侍日記』などとは好対照である。言祝ぎに満ちた「中宮初度和歌会」の和歌を、B歌群の冒頭——本体部分の事実上の冒頭——においたことに、編者の意図を読み取ることができる。「中宮初度和歌会」から、女房として竴子後宮を歌壇の視点から語り始めていると言えよう。

これらの歌合歌は、歌合歌全部を載せる場合もあり、選択している場合もある。たとえば『光明峯寺摂政家歌合』（証本あり。定家判）からは、恋の寄物題十首のうち、四首を採入しているが、どのような基準・意識による採

歌であったのか、よくわからない。勝を得た歌や後に勅撰集に入ったような秀歌、たとえば『続後撰集』恋五・九五一に入り、『十六夜日記』で「憂き身こがるる藻刈舟、など詠み給へりし民部卿典侍」と言われる、因子の代表歌「濁り江にうき身こがるるもかり船はてはゆききのかげだにも見ず」などを特に入れてはいない。『新勅撰集』に入集した二首もない。

このB歌群は、詞書が歌合の名称や年次をはっきり書いていない未整理な点はあるものの、歌を選択し歌題を記すなど、私家集として比較的ふつうに編纂された部分と言える。

C　藻璧門院崩御後の、贈答歌を中心とする歌群

二七・二八　道家と因子との贈答歌か

二九～三一、三二　知人への因子の返歌

三三～三五　因子の述懐歌。「述懐歌」は三首の詞書と解釈。三三は『万代集』では「題知らず」

三六～四二（X）　五八～六四（Y）と一首ずつ内容的に対応

四三～四五　因子の歌。涙の歌三首。四五への返歌が五四か。

四五は五二へと続くか（四五は詠草のみ、五二は編集してある）

四六・四七　後堀河院と因子との贈答歌。天福元年十一月末か十二月

四八～五一　道家と因子との贈答歌。天福元年十一月末か十二月

五二・五三　因子の歌。五二・五三への返歌が五五か。天福元年十二月末

ここから藻璧門院崩御後の歌群となる。二六と二七の間には断層があるが、現存本では普通に続けて書かれている。二六のあとに藻璧門院崩御という出来事があるが、詞書には何も記されていない。二七〜三五のあたりは女院の崩御後まもない頃の歌であろう。二七〜三五は、ある程度の詞書を加えて編集してあるけれども、最終的にきちんと整序する前の段階のものかもしれない。

このC歌群で大きな問題は、三六〜四二の七首（X）と、次のD歌群の、消息そのままの形で書かれているような五八〜六四の七首（Y）が内容的に対応しており、贈答の関係にあるとみられることである。これは森本元子によって指摘されたもので、俊成卿女との贈答と考えられている。このXとYのふたつの歌群が現存伝本で離れた位置にあること、しかも書き方がYのほうだけがもとの消息の形のまま書かれていることは、錯簡などの物理的な理由だけでは説明できない。おそらくXのほうは、因子が手元においた自詠の手控えではないか。誰かに歌消息を送るとき、文章も手控えを残す場合もあるかもしれないが、最低限、歌だけは手元に控えておくであろう。このX歌群はそうした自詠の手控えかと思われる。このXのあとの四三〜四五（いずれも涙を詠む三首）も、Xと同様に、俊成卿女へ送った因子の歌ではないか。というのは、四五は五四と内容的に対応しており、四五への返歌が五四かと考えられるからである。X（と次の涙三首）は、俊成卿女の消息と絡めて後に編集するつもりだった詠草ではないだろうか。

四六〜五一までの六首はこれ以前と異なって、きちんと編集してある部分であり、しかも因子でなければ書けないような詞書である。この辺りの歌は時間的におよそこの順序であったと思われる。

森本論では、五二・五三を、五四と切り離しており、D歌群最初とは関連づけていないが、五二・五三は五四に繋がっていると思われるので、D歌群最初の歌群（Z）に連続するものではないか。五二〜五七はきちんと編集されている一連の歌群となる。

このXとYの歌群を含む、三四〜七三までは、四五（『続後撰集』一二五八）を除いて、このあたり他出がなく、『俊成卿女集』にもない、ということに注意しておきたい（後述）。

D　俊成卿女との贈答、および歌消息

五二〜五七（Z）　俊成卿女と因子の贈答　きちんと編集してある部分　天福元年末〜二年春
五八〜六四（Y）　三六〜四二（X）と一首ずつ内容的に対応。俊成卿女の返しの消息　天福元年秋か
六五〜六七　不明（贈答の残滓か）
六八〜七三　不明（消息の原態を残す部分）　天福二年春か

このD歌群は、編集されている部分と、未定稿的な部分とがある。Zは、きちんと編集された部分であり、詞書は作者でなければ書けないような性質のものである。四五（因子）への返歌が五四（俊成卿女）、五二・五三（因子）への返歌が五五（俊成卿女）、五四・五五への返歌が五六・五七（因子）とみられる。歌文融合の女房消息の形を残しているが、それもそのままではなく、「とありければ、京」のような詞書をつけて編集している。このZから、一回に二首程度の歌がかわされたことがわかる。XとYを編集すれば、Zのような形になる。因子はまずはZを編集したのではないか。

Zのあとの部分だが、森本注では、「この返事こまかにて、さが」としている。しかし底本の三手文庫本を見る

と、五七に続けて「この返事こまかにて」と書いた下の部分に、空白があるにも関わらず、わざわざ改行してやや小さく「さが」と記している（他の伝本は改行せずに「この返事こまかにて　さか」とする）。底本の他の箇所では「返しのついでに　さが」（五四）、「とありければ又京」（五五）などと書いているのに対して、この当該部分だけはわざわざ改行しており、注意される。おそらくこれは「この返事こまかにて」のあとに大きな脱落・断層があったことの痕跡ではないか。ゆえに、おそらくこの歌群はここまでで終わり、「さが」は次の五八に続くものと考えて解釈した。

五八〜六四（Y）は、三六〜四二（X）と一首ずつ内容的に対応しており、俊成卿女の返しかとみられる。このYは、消息文のことばをそのまま写したようなもので、編纂者が記した詞書はなく、編集の跡はまったく見えない。これは俊成卿女から送られた歌消息の原態に近いものと思われる。歌文が連続した歌消息であるが、底本をはじめとする伝本では、ふつうの家集のように書記されている。

このYについて、森本元子は「俊成卿女は何かの機会に民部卿典侍のその一連を目にして、一首一首それに対応する歌を詠み、歌消息として書き送った。それが五八以下の歌群である。」と述べている。二人の贈答であることはその通りであるが、俊成卿女が一度にこの歌消息を送ったと見ているようだ。けれども、もし一連の歌（X）に一度に返歌をするなら、新古今時代に定家らがよく行っていた複数贈答歌のように、返歌も並べて返すのではないだろうか。しかも、編集されたZでは、一回に交わされた消息は、和歌は二首程度であり、鎌倉と都の間の贈答を記す『十六夜日記』後半部分などでも一首〜三首である。Y（およびX）は、試みに区切るなら、五八・五九、六〇・六一、六二〜六四の三回分くらいの贈答ではないかと思われる。そこには、段階的な進行がほの見えるように思われる。三六・三七で、因子が女院の極楽往生を願うのに対して、俊成卿女は往生なさっています、と返す。三八で因子が、ではそのお姿をみたい、と言い、俊成卿女は「たのもしくこそ候へ」と、因子が少し前向きになったことを励ます。三九で因子が痛切な悲しみを訴え、俊成卿女は私も悲しいと共感する。ここで俊成卿女が、「あはれつきせぬ恨みにてはさぶらひけれ」（六一後文）と言ったことに対して、因子は次の贈答で、「長き恨みや消え残りけむ」（四一）と返したのではないか。そして四一・四二で自分を内省する因子に、俊成卿女はより普遍的な視点で慰め、励ます、といったようなやりとりが見て取れるように思われる。

次の六五詞書〜七三は、不明なところが多く、しかも断片の集成のような部分である。六八〜七三は消息の形を残しているが、Yとは異なって、同一人の消息とも限らない。ここは消息そのままの形であることから、知人から因子に送られてきた消息という蓋然性が高いと、とりあえずは考えられる。七一・七二は、詠草のことをテーマにしているので、常日頃、和歌・詠草のやりとりをよくするような間柄での贈答の片方かもしれない。しかし一方で、因子が自詠を消息の形のまま手控えとして書き残しておいた、という可能性もある。なぜなら、Z歌群の五六・五七を見ると、これは因子の詠で、俊成卿女への返歌であるが、その間に「も知られ候はで」という、因子自身が書いた消息文の言葉があるからである。このZ歌群は、因子によってきちんと編集されている部分なので、そうした編集のために、自身の消息の手控えを残しておいたのかもしれない。するとここも、知人の消息とも断定できず、因子の歌消息の手控え詠草という可能性も浮上する。ゆえに、七二の【補説】のように、家集巻末を飾るための歌が、未定稿の家集であるがゆえに中間部に混入したという推定もあり得るかもしれない。ともあれ、ここは『民部卿典侍集』の中で最もはっきりしない部分であって、明確な結論は出せていない。

なお、この歌群から、勅撰集・私撰集への入集はまったくないことに注意しておきたい。

E　藻璧門院崩御を悼む歌群

七四〜七七　『明月記』天福元年十一月十一日条。夢中歌とそれに唱和した道家の歌
七八〜八一　一周忌　因子が、家衡からの歌を、道家からの歌と誤解した時の、三者の歌
八二・八三　西園寺公経（藻璧門院の祖父）と因子の贈答か

この歌群は、やや公的な立場で女院崩御を悼む歌群である。全体に編集してあり、詞書も因子自身でなければ書けないような性質のものである。勅撰集の撰者にもわかりやすかったからか、勅撰集にも入集している。八二の作者は、「祥室」が「禅室」の誤写かと考えられ（田口暢之の指摘）、西園寺公経となる。ただ公経なら「御返し」となるはずだが、八二の詞書もないので、最後の二首には、まだきちんと手を加えていないままなのであろう。

このE歌群では、七七と七八の間に、十ヶ月の空白があり、時間的にはCやDの歌の一部がここに入ることになる。流れは別として、E歌群は、宮廷女房として、やや公的な哀傷歌をまとめた歌群かと思われる。そして最後を一周忌で閉じるのは哀傷の家集として自然であり、『高倉院升遐記』『御製歌少々』、そして本書所収の『土御門院女房』も、一周忌までを語っている。ここが本家集の末尾と考えてよいであろう。

（田渕句美子）

3　成立と特質

前節で述べたことをふまえながら、『民部卿典侍集』の成立と特質について述べていく。

『民部卿典侍集』は、おそらく作者自身が編集して詞書を記した部分（編集された部分）と、原資料そのままのような部分（消息・詠草を書き連ねたような部分。未定稿的部分）とが、歌群ごとに混在している家集である。全体が未定稿的なのではなく、両者が歌群ごとに混在していることに注意したい。これが編纂途中であるゆえなら、私家集の形成を考える上で、貴重な作品ではないかと考えられる。

まず、年代的にみると、中宮初度和歌会から始まり、女院の一周忌をもって終わるという、内容的なまとまりと流れをもっている。『民部卿典侍集』は、二年という短い期間の家集であり、藻璧門院と九条家、内裏、そこに仕え歌壇に出詠した自分の光輝の日々をBで記し、その後に藻璧門院急死という暗転と悲しみの日々とを、贈答歌や私信を用いてあらわしている。この二年以外の歌は入れておらず、中宮の後宮での女房たちの歌なども入れていない。立后や四条天皇出産などの慶事にも具体的に触れることはない。

家集の時間的な流れは、B、C、そしてDの五七までが、およそ時系列と考えてよく、これが『民部卿典侍集』の背骨のようなものであろう。Dの五八以降が、それに含み込まれる消息の類であろうか。Eは少し時間を戻して、女院の夢中歌、道家の歌、一周忌の歌、公経の歌を並べる。このようにみると、Aは、この流れの上にのらない部分となる。

Aは『民部卿典侍集』の中で異質な歌群であり、別の性格をもつようだ。A歌群の中心人物である定家は、ほかの部分にはまったく登場しない。そして、『民部卿典侍集』と『拾遺愚草』の詞書を見比べると、前述のように『拾遺愚草』から『民部卿典侍集』に歌を採入したとは思えない。恐らくその逆である。因子は、女院の四十九日の後は旧院にも祗候しているが、しばしば定家の一条京極邸にもいた（『明月記』）。まったくの憶測だが、因子は、もうあまり眼が見えない定家の秘書のような役割を担い、定家のもとにきた歌とその返しなどの詠草を管理し、最低限のメモ的な詞書などを付けておいたのかもしれない。このAの部分はその一部であったかと想像してみたい。するとここに定家の名がないのは当然である。Aは『拾遺愚草』に定家が歌を追加する際の資料となったのではないか。なぜなら、『拾遺愚草』に載せた定家の出家関連の和歌は、このAにある六首のみである。そして因子は自身の家集編纂のためにも使うことを考え、ひとまとめにしておいた詠草が、A歌群かもしれない。なお、因子は「民部卿局」として多くの古筆切の伝称筆者である。また専修大学本『長秋詠藻』奥書に、親本が定家と民部卿典侍の寄合書であった旨が記される。こうした奥書は、書陵部本『長秋詠藻』などほかにもある。ちなみに、為家女の後嵯峨院大納言典侍為子も、為家の秘書的な役割をしていたと考えられている。

さて、以下、B～Eについて考えてみよう。

YとZの消息での贈答は、前掲『明月記』の参籠の記事、および「さが」という呼称から、本位田重美、森本元子によって俊成卿女との贈答とされているが、これらの歌はすべて他出がなく、『俊成卿女集』にもない。すべて俊成卿女と確定してしまって良いのか、少し不安は残るものの、俊成卿女は嵯峨に住む光経に対しても母の死を慰める贈答をしていること（『光経集』）、YとZは「さが」と記してあることなどから、YとZは俊成卿女とみて良いだろう。しかし六八～七三あたりは、俊成卿女と断定できるだけの徴証がない。朋輩の女房かもしれない。女院周辺で歌よみの女房としては、藻璧門院但馬、藻璧門院少将などがいて、いずれもこのころの『明月記』に因子との交流がみえる。

俊成卿女の関連では、『明月記』天福元年五月六日条に「伝聞、嵯峨禅尼嫡女〈具定卿姉〉密難産終命云々」とあり、この日以前に、俊成卿女の娘が逝去している（巻末系図参照）。しかもこの女性も藻璧門院と同様に、難産で逝去したのである。娘を失う悲しみは、因子が女主人を失う悲しみにも劣らず、痛切だったに違いない。しかし俊成卿女は、年長者として、『民部卿典侍集』では因子の悲しみに寄り添う詠み方をしている。俊成卿女はこのころ、妹、元夫の通具、娘を数年の間になくしているのだが、『民部卿典侍集』とほぼ同時期に編纂された『俊成卿女集』には直接吐露されていない。それは『俊成卿女集』が『新勅撰集』の撰集資料となることを意図して編まれているからであろう。その『俊成卿女集』と異なって、『民部卿典侍集』には、自身の生涯の秀作、記念となる詠を自撰しようとする態度は特にみえない。女院哀傷というテーマに特化している集なのである。この二集は、家集編纂の姿勢、意図がまったく異なり、その対照性が際立っている。

ところで、『民部卿典侍集』の最終的な成立は天福二年（文暦元年）九月以降と考えられるにもかかわらず、同じ年の八月六日の後堀河院崩御に直接触れていないことは大きな疑問である。後堀河院は『民部卿典侍集』に登場しており、因子は中宮女房という立場から、中宮女房と後堀河院に仕える典侍との兼任となった。そして女院崩御後もしばしば後堀河院のもとに参っている。因子にとって藻璧門院が最も大切な主君であったにせよ、後堀河院への追悼の気持ちも強くあったはずで、若き院の崩御を悼む和歌や贈答もあったのではないか。あまり目立たないが、『民部卿典侍集』最後の、七八「この秋も変はらぬ」、八〇・八一の贈答の「重なる秋」「秋のつらさを重ねても」、八二「涙重なる」は、院・女院の重なる崩御をあらわしていると考える。二人の主人を相次いで失った悲しみは、作品として形象するのにふさわしいテーマとなりそうに思えるが、なぜ後堀河院崩御を直接に悼む歌がないのだろうか。それは『民部卿典侍集』の執筆意図とはずれるものだったのか、あるいはそうした歌もあったが散佚したのだろうか。

対照的に、摂関家、すなわち道家への意識は強くあらわされている。Bの冒頭は、実質的には摂関家主催の中宮初度歌会、そして摂関家主催の歌合を配列し、Cは藻璧門院崩御後の歌群だが、それも恐らく道家との贈答から始めている。そして雪の日の後堀河院との贈答だけではなく、同日の道家との贈答を並べている。Eも、藻璧門院の歌二首とそれに和した道家の歌二首、そして道家に関わる歌群である。最後は公経との贈答で閉じられている。このように、編集した部分は、摂関家や西園寺家への（特に摂関家への）意識が色濃い。これは典侍としての因子の立場と意識を示すものであろう。

道家尊重の姿勢に対して、Aを除いた、B以下の本体部分では、為家が最後にちらっと見えるだけで、定家の姿はなく、因子の同母妹で因子の侍女であった香の姿もない。

さて、消息での贈答部分が未定稿的であることは、現存伝本による限り、伝本の錯簡のみでは説明できない。つまり完成された家集が錯簡などによって混乱を生じたのではなく、形成途上のものが混乱した状態で転写されていったと見られる。消息部分も、まるで家集のように、通常の詞書と和歌のスタイルで書写されている。もはやもとにさかのぼって編集することが不可能になってから、消息も詠草もそのまま、形だけは家集の形態に統一して写されたものではないか。なお「さが」「京」などの表記は、もとの女房奉書の宛先を書き写したメモ的なものが残った可能性もあるかもしれない。

『民部卿典侍集』と勅撰集などとの関係をみると、きちんと編集されている部分からは勅撰集に採られている一方で、未定稿的な部分からは入集していない。そして注意すべきは、『民部卿典侍集』にはない歌がかなり勅撰集にあることである（付録の「民部卿典侍因子詠歌集成」参照）。『続後撰集』一〇八一、『続拾遺集』六六〇、一二八九～一二九一、『風雅集』一五六三～一五六四は、どこから採入した歌なのだろうか。とりわけ、以下のような歌の存在は、現存の『民部卿典侍集』以外に、整序された家集・詠草等があったことを思わせる。また『拾遺風体集』哀傷・二〇九には、道家から因子への歌（女院哀傷歌）がある（八〇番歌【補説】参照）。これらが道家関連の歌であることは注意される。

○『続拾遺集』雑下

藻壁門院かくれさせ給うて又のとしの五月五日、大納言通方むすびたる花を仏の御まへにとて民部卿典侍もとにつかはしたりけるを、そのよし光明峯寺入道前摂政のもとに申しつかはすとて

後堀河院民部卿典侍

おもひきやかけし袂の色色をけふは御法の花とみむとは（一二八九）

返し

光明峯寺入道前摂政左大臣

けふまでに露の命のきえやらで御法の花とみるぞかひなき（一二九〇）

このよしをききて民部卿典侍につかはしける　大納言通方

今更によその涙の色ぞそふ御法の花の露のことのは（一二九一）

○『風雅集』雑上

貞永元年八月十日比、中宮の女房いざなひて東山へまかり侍りけるに、水に月のうつりてくまなかりければ

光明峯寺入道前摂政左大臣

せきいるるいしまの水のあかでのみ宿かる月を袖にみるかな（一五六三）

返し

後堀河院民部卿典侍

たちかへる袖には月のしたふともいしまの水はあかぬたびかな（一五六四）

このような歌が含まれていた家集がかつてあったのであろう。右の勅撰集の歌や詞書は、現存の『民部卿典侍集』の編集された部分と共通するものを持っており、同じ集の内であった可能性を考えたくなる。すると、現存の『民部卿典侍集』は草稿的な段階のもので、別の完成本の『民部卿典侍集』があったのだろうか。

これまで述べてきたように、現存の『民部卿典侍集』において、編集された部分と、未定稿的な部分とが、それぞれ歌群としてのまとまりをもちながら混在し、そのふたつがはっきり弁別できることを勘案すると、編集された部分（勅撰集などに入集がある部分）は、さらに詞書が整えられて完成本の家集の一部となっていき、未定稿的な部分（勅撰集などに全く入っておらず、編集されていない部分）は、完成本には使われなかった部分なのかもしれない。そして、その完成本には、散佚して現在残っていない部分がかなりあって、右にあげたような勅撰集入集歌は、その完成本から採ったものではないだろうか。現存の『民部卿典侍集』は、完成本に使われた歌群と未定稿の草稿のままに置かれたものとが混在しているような、編纂途中の状態のものの一部が、祖本であったのかもしれない。それがそのまま転写されていき、現存伝本となったのではないだろうか。そして現存しないその完成本とは、現在の

『民部卿典侍集』の編集された部分と、勅撰集にある歌とから類推すると、藻壁門院哀傷の家集であることには変わりはないが、女房歌人としての職掌の立場に立った、より公的な色彩を持つ、整序された哀傷歌集であったように思われる。そしてその道家尊重の姿勢から憶測すれば、摂関家（九条家）へ献上する意図もあったのかもしれない。以上は全くの憶測に留まるが、このように考えると、現存の『民部卿典侍集』で、これほど性格の異なる歌群がまとまりをもちながら混在していること、後堀河院崩御のことが現存本にないこと、勅撰集入集歌との関係、摂関家尊重の態度などが、ある程度は説明できるのではないか。

ただし、編集されている部分のうち、Zだけは、他の編集部分と異なり、歌消息を生かした別のまとめ方がされていて、異質である。消息の贈答を編集している例には、仮名日記だが『十六夜日記』の後半部分があり、Zとの共通点がある。『民部卿典侍集』の未定稿的な部分は、ほとんどが女房同士の、悲しみを流露させた私的な消息である。Zの存在を考えると、あるいは、このような私的な消息であるX・Yなどを用いて、より私的な作品を別にまとめようという気持ちもあったのか、あるいはこうした私的消息部分も一部含めようとしたのかもしれない。『民部卿典侍集』の編纂・成立についてはさらに考えをめぐらしていくことが必要であろう。なお、次の三―1「哀傷家集・日記から見る『民部卿典侍集』」では、大野順子が仮名日記という可能性についても言及している。

『民部卿典侍集』は、私家集の形成を考える上でも、ある女房の意識と文学を考える上でも、また和歌史の上においても、希有な私家集である。天福元年（一二三三）～二年頃に、『建礼門院右京大夫集』『俊成卿女集』『民部卿典侍集』が相次いで成立している。この女房歌人三人の家集は、それぞれにまったく異なる形態・意識が見られ、その違いの意味を映し出している。加えて、本書所収の歌日記『土御門院女房』も、この前年の貞永元年（一二三二）十月以降の成立で、おそらく『建礼門院右京大夫集』の後の成立である可能性が高い。『土御門院女房』『建礼門院右京大夫集』『民部卿典侍集』、そして順徳院の『御製歌少々』（仁治元年・一二四〇年以降）は、いずれもある時代の喪失ということをテーマとするもので、承久の乱によってそれ以前の時代が失われ、さらに藻壁門院と後堀河院の御代すらも失われるという、思いがけない世の変転が、『民部卿典侍集』という作品を生んだ。そしてそこには、御子左家の女房でありかつ典侍であるという公的な意識と、女院へのあふれる哀傷の思い、その両方を形に留めた因子の営みが見て取れるように思われる。

（田渕句美子）

三　『民部卿典侍集』とその周辺

1　哀傷家集・日記から見る『民部卿典侍集』

現存する『民部卿典侍集』は、因子の主君である藻壁門院の死を中心に据えて構成された哀傷家集である。女房がその主の死を嘆いて詠んだ哀傷歌を私家集に収める例は、七条后の崩御を嘆く『伊勢集』四六二や、堀河中宮の崩御を契機として出家した小馬命婦と元輔の贈答（小馬命婦集・六一、六二）等にみられ、そのこと自体はさほど珍しいことではない。ただし、『民部卿典侍集』のように特定の人物の死を中心に据え、時の経過に従って哀傷歌を編んでいくことで一つの作品を作りあげるとなると、鎌倉時代以前には例がない。土御門院を哀傷する『土御門院女房』や、父後鳥羽院の死を詠じた順徳院の『御製歌少々』、為家が愛娘後嵯峨院大納言典侍為子への哀傷の思いを綴った『秋思歌』など、『民部卿典侍集』と同じく哀傷歌を主要な構成要素とした作品は、いずれも十三世紀の半ばあたりに成立する。

（1）私家集の哀傷歌群

『万葉集』の挽歌や『古今集』の巻十六「哀傷歌」を例にあげるまでもなく、哀傷歌は古くから和歌を詠ずる際の主要なテーマの一つと数えられてきた。主君のみならず、近親者や友人、恋人など人の死を嘆いて詠まれた歌は枚挙に暇がない。勅撰集・私撰集はもちろんのこと、私家集にも数々の哀傷歌が収められている。

早くは『貫之集』巻八に哀傷歌が集められているが、そこではさまざまな人物への哀傷歌がおおよそ出詠年次に従って配列され、巻全体の構成は勅撰集における哀傷部と類似した方法となっている。さきに、特定の人物の死をめぐる哀傷歌を時系列に従って配列する私家集は早期には見られないと述べたが、私家集の一部としてであっても、特定の人物についての哀傷歌が一所に集められ、時系列に従って配列される例はほとんどない。

特定の人物についての哀傷歌の歌群が私家集中にあらわれる早期の例としては、『和泉式部集』の小式部内侍哀傷歌群と『和泉式部続集』の帥宮哀傷歌群がある。

『和泉式部続集』帥宮哀傷歌群（三八～一五九）の構成については、さまざま論じられている。[一] 歌群全体の構成意図については諸氏に相違があるものの、内部が幾つかの小歌群に分割できること、小歌群の各所に時間的な齟齬や重複があるため、哀傷歌群全体ではある程度時間の流れが見えるものの、整然とした時間構成とは言えないことなどは共通して指摘されている。師宮哀傷歌群には、時の流れを歌群の主軸に据え、それにふさわしい歌を撰歌・配列するという構成意図はなかったとみてよかろう。

同様に、小式部内侍哀傷歌群（和泉式部集・四七三～四八三）についても、時間を主軸として哀傷歌群を構成する意図は薄かったと考えられる。

小式部内侍哀傷歌群は、一見すると、娘である小式部内侍の死を契機として、その哀傷歌が時系列順に連ねられることで歌群が形成されたかにみえる。しかし、実はこれらの歌々以外にも、小式部内侍を哀傷する歌が同集内に点在しているのである。

内侍も失せてのち、人のもとに

ひきかくる涙にいとどおぼほれてあまのかりける物もいはれず（和泉式部集・五〇六）

内侍なくなりて次の年、七月、われいける文に名の書かれたるを

もろともに苔の下にはくちずしてうづまれぬ名をみるぞ悲しき（和泉式部集・五三六）

これらの歌の他にも、「内侍なくなりたるころ、人に」の詞書を持つ五六五～五七〇などがある。ひとまとまりに配置すべき歌々が家集のあちこちにおさめられているのである。こうした家集中での哀傷歌の配置状況からすると、和泉式部は特定の人物についてまとまった数の哀傷歌を残し、ある程度出詠した順に並べてはいるものの、それらを首尾一貫した時間意識のもとで構成しようとする意識はなかったとみるべきであろう。

特定の人物の死を起点とし、ある程度の期間にわたって時系列に沿って哀傷歌群を形成する例としては、『散木奇歌集』悲歎部の経信哀傷歌群が早期のものとなる。(二) 源俊頼は、父経信が永長二年（一〇九七）閏正月六日に任地

太宰府で薨じたため、太宰府で葬儀を執りおこなった後に海路上京している。このときに詠じた数々の哀傷歌が悲歎部の大部分（全六八首中五八首）を占めており、その配列は、死去から葬儀、四十九日に至るまでの太宰府での日々、その後の海路による帰京の旅、そして京都での散骨と服喪の日々というように、時系列に則った整然としたものとなっている。

経信哀傷歌群とよく似た構成を持つ先行作品としては、『土佐日記』がある。『土佐日記』そのものは、日記文学の先駆けであり、紀行文である。しかしながら、作中において任地で亡くした女児関係の記事は『土佐日記』の要所要所にみえ、読み手に強い印象を残すものとなっている。『土佐日記』の語り手と同じく任地で肉親を失い、深い悲しみにくれつつ海路で帰京した俊頼が、『土佐日記』に構成の範をとり、父の死をめぐる哀傷の歌々を家集の中に集成し再構築した可能性をみてよかろう。

後代の歌人らは、この経信哀傷歌群をひとつの先蹤と捉えたものか、このこのち私家集の中には、近しく思う人の死を契機とし、その哀傷歌を時系列に従って整然と撰歌・配列する歌群が形成されるようになる。

特定の人物に対する哀傷歌群を持つ私家集のうちで、『民部卿典侍集』以前に成立したものとしては、次の五つの私家集がある。これらの哀傷歌群はいずれも哀傷部におさめられ、対象となる人物の死を発端として歌群が始まり、四十九日や一周忌といった忌日を終着地点（一部、忌日で終わらず哀傷の日々が断続的に続くものもある）として、そこに至るまでの悲しみの日々が歌によって綴られている。

『粟田口別当入道集』哀傷

《光頼哀傷歌群》一二三〇〜一二三八

『林下集』哀傷部
《公能哀傷歌群》二五五～二六〇・《亡室哀傷歌群》二六一～二八二
『長秋草』（建久期哀傷歌群）
《後白河院哀傷歌群》一四八～一七二・《美福門院加賀哀傷歌群》一七三～二〇四
『隆信集』哀傷
《長重女哀傷歌群》三九八～四一三・《美福門院加賀哀傷歌群》四一四～四一九
『拾遺愚草』無常部
《美福門院加賀哀傷歌群》二七六八～二八〇八・《良経哀傷歌群》二八一一～二八六八

これらのうち、『長秋草』・『隆信集』・『拾遺愚草』には、《美福門院加賀哀傷歌群》が共通して存するのであるが、それぞれの収録歌はほとんど重なることがない。『源氏物語』「野分」巻を下敷きとした俊成と定家の贈答歌（『長秋草』一九三・一九四、『拾遺愚草』二七七四・二七七五）だけが重複して掲載されている。

七月九日、秋風荒く吹き雨そそぎける日、左少将まうできて帰るとて書き置きける
たまゆらの露も涙もとどまらず亡き人こふる宿の秋風
返し
秋になり風の涼しくかはるにも涙の露ぞしのに散りける（長秋草・一九三、一九四）

この贈答歌以外は、妻として、母としての美福門院加賀をそれぞれの視点から哀悼するものとなっていて、はからずも歌人それぞれの個性が光る哀傷歌群となっている。ただし、定家と俊成の場合は、美福門院加賀と主君の死

を哀傷する二種類の歌群のみで哀傷歌群を形成しているというように、相似の構成を持つ哀傷歌群が作りあげられていることは注意されるべきであろう。

俊成・定家・隆信に先行する『粟田口別当入道集』と『林下集』の作者は、いずれも俊忠女を母（惟方の母は俊子、実定の母は豪子）としており、御子左家の三人ときわめて近しい血縁関係にある。つまり、御子左家の周辺で、ほぼ同時期に類似した形式の哀傷歌群が繰り返し作られているのである。哀傷歌群構成にあたって血縁者五名の間に何らかの共通意識があったとみるのが自然であろう。

このように考えるとき、定家の子である因子と為家がそれぞれ『民部卿典侍集』と『秋思歌』という哀傷家集を作り上げた一つの契機として、「家」に醸成された哀傷歌群構成の意識が作用していた可能性が浮かび上がってこよう。本書注釈・解説で指摘している通り、因子には定家・俊成といった御子左家の歌人の表現に学ぼうとする姿勢が顕著である。哀傷家集作成にあたって、歌群の構成方法を御子左家関係の哀傷歌群に学んでいたのではなかろうか。

ただしこれは、『民部卿典侍集』成立に寄与したものが、私家集における哀傷歌群形成の流れのみであると断言するものではない。『民部卿典侍集』の成立を導くもう一つの要因として、哀傷の仮名日記の存在が考えられる。

（2）哀傷の仮名日記

『民部卿典侍集』の表現には、源通親の『高倉院升遐記』や、『たまきはる（健御前日記）』といった追悼を主題とする仮名日記からの影響がみられる。因子が家集を編むにあたって、自家における哀傷歌群構成の方法を参看すると同時に、近時に成立した哀傷の仮名日記が参照されていたとみてよかろう。とりわけ、『たまきはる』は父定家の姉が作者であり、ごく身近なものとして認識されていた可能性は高い。

表現上の関係はほとんどみられないものの、『讃岐典侍日記』からの影響も考え得る。『讃岐典侍日記』下巻は、因子と同じく典侍として宮廷に奉仕した讃岐典侍の堀河院追悼記であり、『民部卿典侍集』と同様に主君の没後の一年を描き、一周忌で作品を閉じるという構成をとっている。『讃岐典侍日記』にはそれほど歌は収められていないが、典侍という立場の共通性や、四季をめぐって追悼していくという構成上の類似点などは、『民部卿典侍集』を読み解いていく上で注目すべきであろう。

ところで、先に『民部卿典侍集』に類似する同時代作品として『土御門院女房』と『御製歌少々』をあげたが、これらはどちらも和歌を下げて記述するという日記的な体裁を持つことから、家集というよりは仮名日記として扱うべきだとされる。[三] 実際に、これらの作品には、主君を哀傷する仮名日記として先行する『高倉院升遐記』『たまきはる』から影響を受けたとおぼしき表現が散見される。[四]『土御門院女房』と『御製歌少々』は、形態面のみならず内容からみても、先行する哀傷の仮名日記の影響下に制作されたとみてよい。

他方、この二作品は和歌の比重が高く、散文部分は詞書のような簡略さであることから、家集的性格を持つことも指摘されている。また、『土御門院女房』の表現には、日記的家集である『建礼門院右京大夫集』からの影響が見られる。[五] 哀傷を主軸とする家集と仮名日記とは、近しい位置に生み出されているのである。

このように、『民部卿典侍集』と主題と構成が類似し、かつ成立時期も接近している『土御門院女房』と『御製歌少々』は、基本的には仮名日記でありながら、家集的要素をも内在させている。こうした同時代の類似作品の特質もまた、未定稿的性格を有する『民部卿典侍集』が最終的に目指していた作品の形態を考察していく際に、留意すべきものとなろう。

最後に、仮名日記ではないが、『明月記』に残されている仮名書きの部分との関わりについて指摘しておきたい。『明月記』では、建暦元年（一二一一）十一月十六日〜十二月二十七日条まで断続的に仮名書きされている他に、天福元年（一二三三）十月十一日〜十三日条も仮名で記されている。(六) 建暦元年の仮名書き部分の執筆の動機については、定家が春華門院の葬送によって籠居していた時期に、因子に「仮名日記の付け方を教えるために書いたもの」(七)であろうとの指摘がある。当該の仮名書き部分が因子への指導のために書かれた「習作」であったのか、俄に断定することは難しいが、「女院」という身分にある人物の死にかかわる出来事が、女性と親和性の高い仮名で書かれていることは興味深い事例である。また、『民部卿典侍集』において「女院」への追悼の思いが綴られた天福年間に、わずか数日間ではあるが、定家は日記を仮名書きしている。因子の『民部卿典侍集』執筆に、なんらかの形で父定家の日記が刺激を与えていたとみてよいのではなかろうか。

現存する『民部卿典侍集』は、藻壁門院の死という作品を貫く主題は明らかであるものの、本文が未整理な状態の一系統の伝本しか残されていないため、構成意図については明確にしがたい。そのため、これまでの研究では、現存する未整理な本文の状態が作品としての最終形態であるという前提で論じられてきた。(八) しかしながら、本書の解説で田渕句美子が指摘するように、現存『民部卿典侍集』は草稿本であった可能性が存する。それに加えて、もう一つの可能性についても言及しておきたい。

現存『民部卿典侍集』が草稿本であったとするならば、作品が最終的に目指した形態はどのようなものであったのか。以下は憶測に過ぎないが、因子は藻璧門院に仕える公人（＝典侍）の立場で仮名日記を作ろうとしていたという可能性もあるのではないかと、稿者は考えている。たとえば、同時代に作られた『土御門院女房』や『御製歌少々』のような、家集的要素を含む哀悼の仮名日記を目指していた可能性があるかもしれない。

『民部卿典侍集』には、嵯峨（俊成卿女）の消息とそれに呼応する因子詠、『明月記』の記事と一致する藻璧門院の夢中詠、家衡・道家との忌日の小話、藻璧門院やその里である九条家における晴れの歌会・歌合の詠など、仮名日記にふさわしい素材が多数含まれている。そして、それらの歌々の一部は、家集に見られそうな整った詞書を持っているのである。また、多少の齟齬はあるものの、集内のほとんどの歌が時系列で並ぶというように、日次記的な要素を内在させている。同時代における類似作品の構成や成立時期、あるいは先行の仮名日記との影響関係などを勘案すれば、『民部卿典侍集』の目指した形態が、家集的要素を含む仮名日記であったという可能性を考えてみることも、それほど不自然ではあるまい。

もしかしたら家集的仮名日記であった『民部卿典侍集』は早いうちに失われてしまい(九)、その前段階の草稿本にあたる現存『民部卿典侍集』だけが伝わったのかもしれない。それを親本とした一系統が、わずかながら現代に残されているということなのではなかろうか。別系統の伝本が出現しない限り一つの臆測に留まるが、これまで未整理な状態が最終的な形態であるとされてきた『民部卿典侍集』の形成について、いくつかの可能性の一つとして、仮名日記という新たな可能性を考慮してもよいかもしれないと思われる。

注

（一）久保木寿子「師宮哀傷歌群の世界」（『論集和泉式部　和歌文学の世界』一二　笠間書院　一九八八年）、木村正中「和泉式部と敦道親王――敦道挽歌の構造――」（『平安時代の歴史と文学　文学編』吉川弘文館　一九八一年）、藤平春男「和泉式部〝師宮挽歌群〟を読む」（『論叢王朝文学』笠間書院　一九七八年）ほか。

（二）『三条右大臣集』の「哀傷」の末尾部分には、醍醐天皇崩御前後から翌年の春までの哀しみの歌々が時の流れに従って配列されている。しかし、『三条右大臣集』は他撰であり、その成立については十三世紀前半頃の可能性も指摘されているので、ひとまず今回の考察からは外している。

（三）加藤昌嘉「和歌の書記法」（『『源氏物語』前後左右』勉誠出版　二〇一四年）、山崎桂子『土御門院御百首　土御門院女房日記新注』（青簡舎　二〇一三年）、田渕句美子『新古今集　後鳥羽院と定家の時代』（角川学芸出版　二〇一〇年）、田渕句美子・兼築信行「順徳院詠『御製歌少々』を読む」（『明月記研究』七　二〇〇二年一二月）。

（四）本書『土御門院女房』、前掲山崎著書。

（五）本書『土御門院女房』、前掲山崎著書。

（六）五味文彦『明月記の史料学』（青史出版　二〇〇〇年）、藤川功和「冷泉家本『明月記』天福元年十月記仮名書き記事読解稿――定家と真名・仮名とをめぐる一試論――」（『国文学攷』一八二　二〇〇四年六月）。

（七）前掲五味著書。

（八）本位田論では、因子の没後に為家などの近親者によって他撰されたとされる。これに対して森本論は、自撰とはするものの、因子自身も後人も分類整理を行わなかった未定稿の状態で現在に至ったとする。

（九）因子の勅撰集入集歌のうち、他出文献のない歌が撰入されているのは『風雅集』までである。

（大野順子）

2　未定稿的な女房の家集について

『民部卿典侍集』は編集された部分と未定稿的な部分とが混在した私家集である。因子の登場しない、定家と歌人たちの贈答、女房時代の歌会・歌合詠の一部、消息をそのまま家集のスタイルで書写したもの、詠出状況を示す詞書をもつ贈答歌群と、いくつもの歌群が全体の統一をもたず未完成なままに含まれている。『民部卿典侍集』に見られるような未定稿性を、先行する女房歌人の私家集を概観しながら、いくつかの例をあげて見ていきたい。以下、引用する本文には私意により読点、濁点を施し、Ⅲ・Ⅳ・Ⅴにおいては適宜漢字に改めた。

Ⅰ　原資料の姿をとどめる雑纂部をもつ家集　『伊勢集』
Ⅱ　簡略な詞書をもつ家集　『中務集』『小大君集』『藤三位集』
Ⅲ　ある一年の歌が残る家集　『出羽弁集』
Ⅳ　年次配列にのらない哀傷歌群をもつ家集　『伊勢大輔集』
Ⅴ　仕えた院への哀傷歌のない家集　『二条院讃岐集』

Ⅰ　原資料の姿をとどめる雑纂部をもつ家集

○『伊勢集』

編纂のレベルを異にする部分からなる私家集として『伊勢集』がある。『伊勢集』の構成は『伊勢集全釈』の解

説によれば次の五つの区分に分けられる。(一)（歌番号は西本願寺本によって示す）

（イ）歌物語化部分一〜三三・および四八三　（ロ）屏風歌部分三四〜八六　（ハ）雑纂部分八七〜三七八

（ニ）古歌群混入部分三七九〜四四三　（ホ）増補部分四四四〜四八二

（イ）は家集とは独立して存在した歌物語が冒頭に付加されたものではなく、後人が家集の原資料から歌を選び、中宮温子に仕えていた女房時代を歌物語にしたものである。(二)後に付加されたものなら当然あるはずの以降の部分との重複歌がないことが指摘されている。(三)歌物語に用いられることがなかったのが（ハ）の雑纂部分とされている。（ハ）にも屏風歌が多く含まれており、（ロ）の屏風歌の集成も徹底されたものとはいえないが、（ロ）の七つの屏風歌歌群はそれぞれ詠作事情を示す詞書をもち、年次順に配列されている。

『伊勢集』は（イ）（ロ）の編纂された部分と（ハ）の未整理な部分、（ニ）（ホ）の増補部によって成り立っている。この中で（ハ）が三百首近くと歌数が多く、家集の半数以上を占める。宇多天皇や敦慶親王、朋輩の女房とみられる人々との贈答歌群が部類でもなく年次順でもなくここにまとめられている。この部分は「伊勢集原資料から（イ）部分と（ロ）部分の歌が選別されたあとの、その残りに相当するもの」（前掲『伊勢集全釈』解説）という見方に従えば、『伊勢集』は編纂された部分とそこからはずれた原資料から成る家集といえる。

II　簡略な詞書をもつ家集

中古の私家集のなかで、系統や伝本の一つという形で未定稿的性格をとどめた集として、二類本『中務集』、俊成監督書写本『小大君集』がある。また古筆切として残る「端白切」と比較して現存『藤三位集』の詞書が簡略であることを確認していく。

〇二類本『中務集』

伊勢の娘中務の家集には西本願寺本とは別に、中務の家族や周辺の歌が特有歌（一〇五首）として後半に収められる書陵部蔵御所本三十六人集所収本（五一〇・一二）がある（冷泉家時雨亭文庫蔵資経本がその親本）。その巻末には娘や孫に先立たれた晩年の中務が大江為基へ贈ったとされる十二首の歌（中務集・二八二～二九三）と為基の返歌が置かれている（二九八）。その間に麗景殿の宮の君の追悼歌（二九四～二九七）があり、妹尾好信はこの四首は中務の贈歌、為基の返歌の間に混入したものと考察している。(四) 欄外に書き入れてあったか貼紙に書かれていたものが、草稿本の書写者によって中務と為基の贈答歌の間に入るものと判断されたものだという。(五) 資経本『中務集』が草稿本の形態をどの程度とどめているかはわからないが、たしかに家族間の贈答歌の詞書には「返し、はふしとなん」(ママ)（二八三）「又、たれならむ」（一九二）「むすめのきみ、せみのなたを、(ママ)ゐどのとこそ」（二〇二）のように、詠出状況を直接知り得ない者の推測によって注記したと思われるような詞書があり、現存『中務集』の祖本はさらに歌と歌の間の関連性がわかりにくかったのではないだろうか。一～一四三番歌の屏風歌・歌合歌の部分と、一四四～一八一番歌の村上天皇たち貴顕との贈答歌の並ぶ前半には、このようなメモ的な詞書はない。

〇俊成監督書写本『小大君集』

『小大君集』には、歌仙歌集本や西本願寺本三十六人集、書陵部蔵本（五〇一・九二）に比べ歌数の少ない書陵部蔵御所本三十六人集所収本（五〇一・一一九）という二つの伝本がある（それぞれ二十七首と二十四首）。竹鼻績はかつてこの二本の祖本は「未整理の草稿的性格をもつ歌稿の断簡群」(六) から書写されたものであるとの見解を示した。冷泉家時雨亭文庫蔵の俊成監督書写本、為家筆本は書陵部蔵御所本（五〇一・一一九）の祖本、親本であり、やはり「自分だけがわかればよいという態度で書かれたメモ的な詞書」（七）をもっていた。俊成監督書写本と、詞書が充実した流布本系の書陵部蔵本（五〇一・九二）との詞書の間には、次のような違いがある。

後拾

　東宮にて、人のまくらの、いとあかくさきが、としへたる
　さましたるに、かきつくる
みちしばやおどろのかみにならされてうつれるかこそくさまくらなれ
　あをずりしてにおこせたる人の、とくといひたれば、いそ
　ぎやるとて
かぎりなくとくとすれどもあしひきの山ゐのみづはなをぞこほれる（俊成監督書写本）

うへ、殿ゐすとて、おまへにちかくさぶらふ人人、あやしきくれ
のまくらをおとしていでたるに、かきつけたるを、人人殿上にや
りたり
みちしばやおどろのかみにならされてうつれるかこそくさまくらなれ（書陵部蔵本・三二一）

源宰相左兵衛督、にはかにをみにさされて、そのあをずりをあし
たのまにせめられて、山ゐをかさぬるに、こほりのつきたれば
かくばかりとくとはすれどあしひきのやまゐの水はなほぞこほれる（書陵部蔵本・一〇）
といふ、かの御うへのかくなむとあれば
あしひきのやまゐにこほるみづなればとくともそでのほどぞしらるる（同・一一）

俊成監督書写本が詠出状況を端的に書き留めるだけであるのに対し、書陵部蔵本（五〇一・九二）の方は事の順を追って説明している。書陵部蔵本三二番歌は枕がどのようにしてあったのかを記し、一〇番歌は小忌に着る青摺りの袴を求めてきた人が誰なのかを記す。一〇番歌の勅撰集入集（拾遺抄・雑上・四二七、拾遺集・雑秋・一一四七）の本文は俊成監督本「かぎりなく」の方である。片桐洋一によれば、書陵部蔵本（五〇一・九二）のほうが「回想的に書かれていて読者を意識した歌日記的家集」であり、返歌も記されている。

「忘れぬかぎりと思へど、はか〴〵しうもおぼえず。人ごとをといふことのやうなり」という書き出しで始まるこの家集が、実際には俊成監督書写本のような手控えの備忘録的詠草をもとに構成されていたらしいことは注目される。

○『藤三位集』端白切

『小大君集』とは逆に、従来知られていた家集とは本文の異なる、より編纂された家集の存在が古筆切の集成によってわかる例として、『藤三位集』がある。『藤三位集』は冷泉家時雨亭文庫に資経本を祖本として計三本（擬定

家本・承空本）の伝本と、それぞれを書写した書陵部本三本、甲（五〇一・一八八）、乙（五〇一・二八七）、丙（一五〇・五五三）本などが存在する。ほかに「端白切」（はじろぎれ（はしじろぎれ、はたじろぎれ、とも））と呼ばれる古筆切が二十葉四十四首ほど伝わるが、(八)「端白切」は家集にない特有歌と家集とは異なる本文、配列をもつ大弐三位賢子の家集の断簡と見られている。「端白切」の詞書のほうがより詳しい部分には次のような箇所がある。資経本と端白切の本文の校異を示す。

はしめて人の（資経本・一六）　　正月ついたちのほど、雪降る日、はじめて四条わたり（端白切）
おなじ人に、梅にさして（一八）　　むめのはなにさして四条の中納言（端白切）
かたらふ人のをとせぬに（三二）　　かたらはんとふかくちぎりけるひとのわすれにければ（端白切）
おなじ人（六二）　　右兵衛督ともたふ、頭なりしころ（端白切）

家集本文では四条中納言定頼のことは「人」としか記されない。『定頼集』に『藤三位集』の贈答と対応する歌があり、寛仁二〜三年（一〇一八〜九）のころのものかとされている。(九)端白切本文と比較すると、家集のほうはメモ的な書き方といえる。

家集と端白切の本文では配列も異なり、端白切のほうは贈答の相手によって歌をまとめた配列になっている（注（八）『藤三位集』解説）。端白切では「右兵衛督ともたふ、頭なりしころ」の詞書で載る贈答（家集巻末の六二、六三）は家集の二〇番歌の歌へ続いている。源朝任が蔵人頭に任じられ頭中将であったのは、寛仁三年（一〇一九）から参議になるまでの治安三年（一〇二三）の間である。つまり定頼と贈答していたのと同じ時期であり、一八、一九番歌で定頼との贈答、二〇、二一番歌で朝任との贈答が並列されている端白切の方が、編年的にも整ったものであるといえる。

Ⅲ　ある一年の歌が残る家集

『民部卿典侍集』には、貞永元年（一二三二）の中宮初度和歌会から始まり、天福二年（一二三四）の藻壁門院の一周忌までの二年間という短い期間の歌が収められている。女院の立后や四条天皇出産というような慶事にもふれず、因子の生涯の歌を集成した家集でもない。小家集としては『御形宣旨集』『経信母集』などがあるが、当該家集に類似するものとしては『出羽弁集』が挙げられる。

○『出羽弁集』

『出羽弁集』は、上東門院彰子やその妹である後一条天皇中宮威子、その娘の一品宮章子内親王に仕えた女房、出羽弁の家集であるが、久保木哲夫[一〇]によれば、そこに含まれる和歌の詠作年代は、永承六年（一〇五一）正月から秋までの短い期間の歌のみである。野分で中止になってしまった七月七日の管弦の遊びのことが繰り返し詞書の中で触れられ、それによって歌群相互のつながりが確認でき、「きわめて短い期間の歌が、日付けそのままに、ちょうど歌日記のような形で配されている」という。

出羽弁は正月ずっと里下りしており、一～一九番歌までが里での詠になる。「行ひに心いりて、正月の一日里なるに、さすがにつれづれに日の過ぐるも数へられて（一番歌詞書）」という中で詠まれた歌は、表現上『民部卿典侍集』の俊成卿女との贈答歌や、朋輩の女房らしき人に贈られた歌と似通う。

周防前司隆方、こぞの師走に親におくれて、歓春寺といふところに籠りゐて嘆くにやりし

山ざとに霞の衣きたる人春のけしきを知るや知らずや（三）

返し

限りあれば霞の衣着たれどもたちいでぬ身には春も知られず（四）

和泉の尼上と聞こえつるをばの、朱雀といひて山里よりも世離れたるところにて亡くなり給へるに、前斎院の君は、その人のとりわき睦まじくものしたまうしかば、忌みに籠りて、よろづしたためはてて、正日になんやがて外へ渡るなどある文に

あるもかくさまざま別るなき人はいづれの道におもぶきぬらん（一八）

とある返し

かなしきは目の前よりもなき人のおもぶく道を知らぬなりけり（一九）

永承五年から六年には、頼通が女寛子を後冷泉天皇に入内させ（永承五年十二月二十二日）、中宮章子を超えて皇后宮とさせた（永承六年二月十三日）。寛子に仕えた女房の家集『四条宮下野集』の、詠作年代が明らかな歌の上限は永承五年であり、下野は頼通によって後宮文化の担い手として期待され、四条宮後宮を記録したと見られる。

『出羽弁集』は、同時期の後冷泉朝後宮が章子側から記され、女房の私的な詠草とともにまとめられたものである。出羽弁の年間の詠草としてはもっと多くあったはずであり、さらに歌数の多い家集か『四条宮下野集』のような女房日記的家集が存在したと考えられる。『民部卿典侍集』の贈答歌や述懐歌は、『出羽弁集』冒頭の一～一九番歌のような私的な詠草の部分が残ったものではないだろうか。

Ⅳ　年次配列にのらない哀傷歌群をもつ家集

○『伊勢大輔集』

『伊勢大輔集』の本文系統の分類は、一応編年性らしいものの認められる雑纂形態の流布本（Ⅰ）と、四季、歌合、雑、離別、賀、釈教、哀傷、恋、雑に分けられ、内容の整った部類本（Ⅱ）、そして孤本（Ⅲ）の三系統である。流布本は、上東門院彰子に初めて出仕した寛弘四年（一〇〇七）ごろの歌から、詠出年次のわかる歌のうちその下限である康平三年（一〇六〇）の志賀大僧正明尊の九十賀の歌まで、ほぼ年代順になっている。このなかで編年を逸脱し、前の歌と十年以上隔たっている歌に、次のような歌がある。永承六年（一〇五一）小一条院敦明親王薨去の際の哀傷歌、長暦二年（一〇三八）六月二十四日に父輔親が没した後に、赤染衛門、相模と交わした贈答歌などである。[一三]後者を含む九二～一〇六番歌は、夫成順の出家・没後の歌等の哀傷歌群となっており、次に晩年の歌、釈教歌がつづく。久保木哲夫は、現存の流布本には編纂意識として統一的なものがないが、編纂のもとになった資料はこのようなまとまりをもっていたのかもしれない[一四]、と考察している。前半部にやや整ったところがあることを勘案すると、後半の哀傷・釈教歌群の編年性がくずれるところは、編纂の手が及ばない未定稿的な原態をとどめていることも考えられる。

父輔親を偲ぶ哀傷歌の次にはそれから五年前の長元六年（一〇三三）、伊勢大輔が夫成順の出家に際して交わした贈答歌がある。

成順世をそむきしに、麻の衣やるとて

今日としも思ひやはせし麻衣なみだの玉のかゝるべしとは（伊勢大輔集・九六）

返

思ふにもいふにもあまる事なれや衣の玉のあらはるゝ日は（同・九七）

この贈答はごく内輪の、私的な歌と判断されたのか、「私的なレベルで作成受容された」（注（一三）「伊勢大輔集覚書」）という流布本にはあり、「公的な姿勢で編まれた」部類本にはない。『後拾遺集』の資料となったのは流布本だが、それはおそらく撰者藤原通俊が伊勢大輔の孫にあたるためである。しかも『後拾遺集』では、この贈答は伊勢大輔と成順との贈答ではなく、伊勢大輔と、麻の衣を送ってきた誰か「よみ人知らず」との贈答ということになっている（『後拾遺集』雑三・一〇二七、一〇二八）。

以上の『伊勢大輔集』の贈答歌の扱われ方は、『民部卿典侍集』冒頭歌群を考える上で参考になる。藻壁門院への哀傷に直接関わりのない、定家周辺の人々との私的な贈答も載せる当該家集は、献上するために編纂された公的な私家集というよりは、私的な受容のために作成されたもの、或いは公的な家集を作成した際にそこに含まれなかった詠草である可能性がある。

V　仕えた院への哀傷歌のない家集

『民部卿典侍集』の不審な点のひとつに、その成立が天福二年（文暦元年）九月以降と考えられるにもかかわらず、同年八月六日の後堀河院の崩御にふれていないということがある。八〇・八一番歌の贈答の「重なる秋」、八二番歌「涙重なる」に後堀河院の崩御で諒闇が重なったことが間接的に表現されているかと考えられるが、それを説明する詞書がない。

これと類似して、例えば『伊勢集』には、寵愛をうけ皇子をもうけた宇多法皇の崩御に関する歌がない。国忌に詠まれた哀傷歌群（伊勢集・三七〇〜三七四）があるが、[一五]宇多法皇は遺詔で国忌を置かせなかったので、延長八年（九三〇）九月二十九日に崩御した醍醐帝の国忌かと考えられている。しかし翌年のこの国忌が明けるのを待たずして、宇多法皇は承平元年（九三一）七月十九日に崩御する。この哀傷歌群には醍醐帝を偲ぶ哀傷歌だけでなく、二か月前の宇多法皇崩御の際の哀傷歌も含まれていながら、それを説明する詞書が書かれていない、という可能性もあるのかもしれない。このように、女房の家集にあるべき哀傷歌に注目し、脱落、散逸の可能性を考えながらも、歌の内容から詠出状況を検討する必要があるだろう。

○『二条院讃岐集』

仕えた院への哀傷歌がない女房歌人の家集として『二条院讃岐集』がある。この家集には哀傷歌であることを示す詞書をもった歌がない。[一六]一方で二条院が永万元年（一一六五）七月二十八日に崩御した後、三河内侍や大納言典侍たちによって詠まれた哀傷歌が『師光集』『山家集』『粟田口別当入道集』に残っている。三河内侍の哀傷歌を次に示す。

二条院かくれさせたまひての比三河の内侍がもとより
世とともに昔をこふる涙のみつきせぬ身とは知らずや有りけむ（師光集・九二）

御あとに、三河内侍候ひけるに、九月十三夜、人にかはりて
かくれにし君がみかげの恋しさに月に向かひてねをやなくらん（山家集・七九三）

返し　　　　　　　　　　　　　　　　　内侍
わが君の光かくれし夕より闇にぞまよふ月はすめども（同・七九四）

讃岐は三河内侍と親しく、右に示したような二条院を偲ぶ讃岐の歌も当然あったはずである。『二条院讃岐集』は、賀茂重保の勧進により寿永元年（一一八二）に賀茂社へ奉納するものとして自撰された家集のひとつである。そのことを考慮に入れても、同じく寿永百首家集のあとに編纂されたとみられる『殷富門院大輔集』『小侍従集』は、それぞれ高松院（大輔が仕えた殷富門院亮子の弟）、近衛天皇皇后多子の父公能の哀傷歌を収めていることは注意される。

正月十四日、高倉の院うせさせ給ひて、あはれなる事など申しつかはしたりし人の返り事に

この春は谷の鴬出でずとも我が初音をやたれもなくらん（殷富門院大輔集・一七一）

かへし　　但馬守経正

ひきかへて人のなくねをこの春はあはれとや聞く谷の鴬（同・一七二）

大炊御門の右大臣かくれさせ給ひて、大宮へ人人の御なかにとて

みやま木の頼みしかげもかひなくてたまらぬ雨とふる涙かな（小侍従集・八五）

『殷富門院大輔集』の、寿永元年に成立した寿永百首家集（奉納歌十首が付属する）は、『民部卿典侍集』とともに合写された三手文庫蔵契沖筆本などがある（新編国歌大観解題）。寿永百首家集のもとになった草稿に増補を重ね、建久三年～六年（一一九二年～一一九五年）ころ、三〇五首を有する冷泉家本とその転写本である宮内庁書陵部本（五〇一・一三七）が成立したとみられている。[一七]『小侍従集』も、二類本の前田家本系が寿永百首家集を原型として増補し成立したものと考えられている。[一八]『二条院讃岐集』も寿永百首家集に増補を加えた家集があったかもしれないが、いまは確認されない。二条院を偲ぶ哀傷歌は、或いはその二次家集に収められていたという可能性も考えられる。

Ｉの『伊勢集』のように、家集の成立の前段階には折々の詠草を集めた雑纂的な資料があり、その全てが詞書を

つけられ整序されるわけではない。IIでみた『中務集』のように、後半の家族間の贈答歌など私的な場で詠まれた褻の歌は、歌合など晴の歌ほど整理の手が及ばないこともある。しかし『小大君集』『藤三位集』の例からわかるように、メモ的な簡略な詞書をもつ家集とは別に、詠出状況を詳しく記す家集が別につくられることもある。歌が編纂される際には、IIIの『出羽弁集』のように年次配列をとるほかに、IVの『伊勢大輔集』のように哀傷歌は年次順にならず、哀傷歌だけ後半にまとまって残る場合がある。Vの『二条院讃岐集』のように仕えた院への哀傷歌を散逸させたか載せていない家集があり、哀傷歌は家集の後半にあって脱落したか、別にまとめられていて散逸したとも考えられる。

以上のようなさまざまな女房の家集の形成と特質を参考にし、現存本『民部卿典侍集』の向こう側にも眼をやりながら、さらに『民部卿典侍集』の性格を見定めていく必要があると思われる。

注

(一) 関根慶子・山下道代『伊勢集全釈』(私家集全釈叢書　風間書房　一九九六年)。

(二) 平野由紀子はこの歌物語化は『朝忠集』『信明集』の改編と並行するもので十世紀後半のことと考察している。「朝忠集・信明集の歌物語的改編」(『お茶の水女子大学人文科学紀要』二四　一九七一年三月)→『平安和歌研究』(風間書房　二〇〇八年)。

(三) 関根慶子『中古私家集の研究　伊勢・経信・俊頼の集』(風間書房　一九八一年)。

(四) 麗景殿は村上天皇女御荘子女王とする説と尊子内親王とする説とがある。「宮の君」はそこに仕える女房である。「中

務集注釈」（五）（六）（『日本女子大学紀要　文学部』六二、六三　二〇一三、二〇一四年三月）。
（五）妹尾好信「第二類本『中務集』の成り立ちについての試論――「正月山里詠歌」と「贈為基詠十二首」の位置づけを中心に――」（『国語と国文学』八七―一　二〇一〇年一月）。
（六）竹鼻績「書陵部蔵『小大君集』甲本・丙本の性格」（『日本古典文学会々報』一一五　一九八九年一月）。
（七）片桐洋一『平安私家集二』所収『小大君集』解題（冷泉家時雨亭叢書　朝日新聞社　一九九四年）。
（八）武田早苗・佐藤雅代・中周子『賀茂保憲女集　赤染衛門集　清少納言集　紫式部集　籐三位集』解説（和歌文学大系　明治書院　二〇〇〇年）。
（九）森本元子『定頼集全釈』（私家集全釈叢書　風間書房　一九八九年）。
（一〇）久保木哲夫『出羽弁集新注』（新注和歌文学叢書　青簡舎　二〇一〇年）。
（一一）安田徳子・平野美樹『四条宮下野集全釈』（私家集全釈叢書　風間書房　二〇〇〇年）。
（一二）後藤祥子「四条宮下野とその集」（石川徹編『平安時代の作家と作品』所収　武蔵野書院　一九九二年）。
（一三）後藤祥子「伊勢大輔集覚書」（森本元子編『和歌文学新論』所収　明治書院　一九八二年）。
（一四）久保木哲夫校注・訳『伊勢大輔集注釈』解説（私家集注釈叢刊　貴重本刊行会　一九九二年）。
（一五）天永三年（一一一二）までの成立とされる西本願寺本三十六人集の『伊勢集』にはこの哀傷歌群の一首目である三七〇番歌の詞書には「みかとの御」とだけある。しかし、現存するなかで西本願寺本の次に書写年次の古い、定家監督書写本の一つで現在天理大学附属図書館所蔵の『伊勢集』の同歌には「みかとの御國忌に」とある。西本願寺本は白河法皇の六十賀に際して製作されたと推定されており、「国忌に」という語を敢えて省略したのだとも考えられる。ただし、定家本は三七〇番歌の初句が「ひとすゝき（本）」とあり、西本願寺本の三七一、三七二番歌がないなど、定家本の本文にも問題がないわけではない。

（一六）森本元子『二条院讃岐とその周辺〔付〕二条院讃岐集私注』（笠間書院　一九八四年）。
（一七）森本元子『殷富門院大輔集全釈』（私家集全釈叢書　風間書房　一九九三年）。
（一八）目加田さくを・中井一枝・堀志保美注釈『小侍従集全釈』（新典社注釈叢書　新典社　二〇〇五年）。

（幾浦裕之）

3　民部卿典侍因子の題詠歌

（1）歌壇と民部卿典侍因子

民部卿典侍因子の詠んだ題詠歌はあまり多く伝わっていない。『民部卿典侍集』は、因子の仕えた藻壁門院の崩御への悲しみを詠んだ歌を中心に構成されており、そのなかに題詠歌は一四番歌から二六番歌までわずか十三首含まれているのみである。定家の娘であることはもちろんのこと、新古今時代を主導した後鳥羽院、多くの女房歌人を輩出した安嘉門院、文雅を愛好した後堀河院に仕え、九条家、西園寺家の厚い庇護を受けた女房であったから、現存歌数以上に何らかの歌会に出詠して歌を詠んでいたと考えられるが、因子の詠んだ題詠歌と断定できるものは『新勅撰集』の二首、「中宮初度和歌会」の一首（『民部卿典侍集』一四）、「前摂政家七首歌合」の二首（『民部卿典侍集』一五・一六）、『光明峯寺摂政家歌合』の九首（証本あるが一首欠。『民部卿典侍集』二〇番歌が該当）、「後堀河院歌会」の三首（『民部卿典侍集』二一〜二三）、『名所月三首歌合』の三首（証本あり）である（以上の和歌については、本書所収の「民部卿典侍因子詠歌集成」参照）。

因子が参加した歌合・歌会で証本が残っているものは、貞永元年（一二三二）に九条道家によって主催されたふたつの歌合、『光明峯寺前摂政家歌合』と『名所月歌合』のみで、そのいずれにおいても、因子は一番右を務めている。歌合の一番左には主催者や貴顕が置かれるが、一番右にはその歌壇を代表する女房歌人が置かれた。たとえば後鳥羽院歌壇後半から順徳院歌壇前半までは俊成卿女、順徳院歌壇後半は隆信女の兵衛内侍である（田渕句美子『新古今集　後鳥羽院と定家の時代』角川学芸出版　二〇一〇年）。因子は俊成卿女、兵衛内侍を引き継いで、歌壇を代表する女房歌人となることを求められていたのかもしれない。貞永元年には、因子が参加したことが確認できる最初の歌会「中宮初度和歌会」が行われ、時を置かずして後堀河天皇主催であろう五首歌会にも、因子は出詠している。それ以前の題詠歌は伝わらない。

『民部卿典侍集』冒頭部に因子の出家を嘆く定家の一連の贈答歌が収められている。一番右を務める御子左家の女房歌人として晴の歌を詠んだその翌年、因子は出家した。それは、定家にとって愛娘の出家であり、典侍の伝統を断ち切るかもしれない出家であり、老齢の自分のあとも歌道家を支えてくれたかもしれない女房歌人の出家でもあったと言えよう。その嘆きは一通りのものではありえなかった。

（2）『民部卿典侍集』所収の題詠歌について

父定家の詠歌は因子の歌に強い影響を与えている。こうした例は、本書の全釈の中でしばしば指摘している。定家が歌壇の指導者であったという面はもちろんのことだが、父の詠んだ歌の言葉を取り込むことは、御子左家の女房歌人であることを周囲に知らしめる目的があったものとも考えられる。

題詠歌のなかでは、『民部卿典侍集』一四・二二・二三番歌が、定家の歌から大きく影響を受けた歌である。一四番歌は「中宮初度和歌会」の歌であり、同じ九条家の宜秋門院任子が入内した際の『文治六年女御入内和歌』に定家が出詠した歌の詞をこの「中宮初度和歌会」の歌に引くということは、九条家の繁栄を言祝いでいると同時に、御子左家が政治の世界でも和歌の世界でも九条家の庇護を受けているということを表しているのであろう。

二二番歌と二三番歌は、詞の用い方から歌全体の構成まで定家詠とよく似ている。歌会の性質は不明だが、後堀河天皇の命で詠んだと確認できる唯一の歌会である。その歌会で、後堀河天皇の前で定家から強い影響を受けた歌を詠むということは、みずからが定家の娘であることを強調するような詠出であったと言えよう。ただし言葉の上で影響を受けてもそのまま内容まで重ねることはせず、季節や時間をずらして新しい表現を探している。

この二二番歌は『建保名所百首』で詠まれた定家の歌に似ているが、その同じ歌から因子の弟である為家も影響を受けている。定家の後には為家が歌壇を指導していくことが期待されており、因子はその大きな支えになる可能性があった。定家、為家ふたりの歌を取り入れることはこの先の後堀河院歌壇を見据えてのことだと言えよう。前述のように因子は『光明峯寺摂政家歌合』と『名所月歌合』で一番右を務めたが、こののちも後堀河院歌壇が長く続くようなことがあれば、もしかしたら因子はそこでも一番右を務めることがあったかもしれない。御子左家の女房歌人であるという宣言は、この先の後堀河院歌壇に対してみずからの立場を示す行為でもあったのではないだろうか。

『民部卿典侍集』には、題詠歌以外の歌にも、定家の歌の影響を強く受けたと考えられる歌が数多くあるが、歌壇で詠まれた題詠歌ほどに定家の詠んだ言葉や発想をそのまま引いている例は、あまり見られない。因子は題詠歌において意図的に定家の言葉や発想をみずからの歌に取り込み、御子左家の歌風を学んでいたのであろう。
他には、『入道前摂政家七首歌合』で詠まれた一五番歌が、九条道家から影響を受けた歌として挙げられる。「入道前摂政家七首歌合」は道家主催であり、道家への敬意をこめて詠んだのであろう。上の句と五句目は道家の歌に酷似し、四句目の「妻どふ山」は定家詠に拠るという、道家の歌と定家の歌をいわば融合させたような歌であり、因子の表現や新しさはあまり見られない。道家詠に比重を置きつつ、ふたつの歌に敬意を示すことを意図したような歌である。

このように、竴子と九条家の「中宮初度和歌会」、後堀河天皇主催と考えられる歌会、道家主催の「前摂政家七首歌合」において、因子はそれぞれに歌を詠み分けている。いずれも定家の歌からの影響を明らかに示しつつ、「中宮初度和歌会」では『文治六年女御入内和歌』を想起させ、後堀河院には定家からの強い影響と弟為家の影響を表し、「前摂政家七首歌合」には道家の歌への敬意を込めている。そこには定家の指導もあったであろうが、因子がみずからの歌人としての立ち位置を明確に意識し、そのつどふさわしい歌を詠み分けていたという姿勢を見ることができる。

(3)『民部卿典侍集』所収歌以外の題詠歌（『光明峯寺摂政家歌合』から）

『民部卿典侍集』に収められていない題詠歌の特徴はどうだろうか。『光明峯寺摂政家歌合』のなかから、四首について考えてみたい。『光明峯寺摂政家歌合』は道家の主催で行われた歌合であり、定家や為家、信実や藻璧門院少将といった一族の歌人が出詠した。以下、最初に和歌を掲げ、続いて参考となる和歌・類歌などを掲げ、そのあとで解説を加えた。

五十六番　寄帯恋　右持　　　民部卿典侍

かりそめにむすびすてたる下帯をながきちぎりとなほやしのばむ　（一一二）

①ひと夜かすのがみのさとの草枕むすびすてける人のちぎりを（拾遺愚草・六百番歌合・寄傀儡恋・八九七）
②又人の結び捨てける野べの草ならぶ枕と見るかひぞなき（秋篠月清集・南海漁夫百首・五七〇）
③忘れじの名残ばかりはおもひいでよむすびすてても契りなりとも（明日香井集・詠五十首和歌・八五九）
④むすび捨てていづれか月を峰の庵心もこほる明がたの空（俊成卿女集・洞院摂政家百首・一五八）

二句目は、『新拾遺集』では「むすびすてける」となっている。この歌は定家の影響のもとに詠まれている。「結び捨つ」は①の『六百番歌合』において定家が初めて用いた語である。その後も用例は少ないものの、②の良経や③の飛鳥井雅経、④の俊成卿女といった新古今歌壇の有力歌人に用いられた。定家の「結びすつ」は旅中の恋であろうか、「寄傀儡恋」題であり、「草枕」に対して用いられているが、因子は「かりそめに結び捨つ」を「長き契り」に対比させており、定家詠の持つ旅の恋のイメージは払拭されている。用例の少ない詞ではあるが、定家が初めて詠み、新古今歌壇の有力歌人に認められた詞である。広く知られた表現を用いるよりも効果的に定家とのつながりを示すことができる詞として選んだのではないだろうか。

百番　寄網恋　右持　　民部卿典侍

志賀の海人の網のうけ縄うきながらたえぬうらみは猶ぞくるしき　（一九九）

①こだひひく網のうけ縄よりくめりうきしわざある塩崎の浦（山家集・一三七八）
②浦人のなにはの春の朝なぎに霞をむすぶあみのうけなは（後鳥羽院御集・詠五百首和歌・六六七）
③ながかれとなにひきかけてたのみけん思はぬかたの網のうけ縄（光明峯寺入道前摂政家歌合・二〇二・為家）
④思ふともいかがたのまむ誰となくひくてあまたのあみのうけ縄（同・二一二・頼氏）
⑤たえずひく網のうけ縄うきてのみよるべくるしき身のちぎりかな（同・二一八・藻壁門院少将）
⑥さても又こりぬ心のみゆばかりたえぬうらみを猶や重ねん（洞院摂政家百首・恋・一四七五・藻壁門院少将）
⑦いかにせん海人の釣舟よとともに恨みてのみや思ひきえなむ（同・一四七六・同）

第三句は『続後拾遺集』では「とけながら」となっている。ここでは、定家のほかにも因子に影響を与えた同族の歌人をあげることができる。「網のうけ縄」という詞は①②のほか『金槐和歌集』の「あまのうけ縄」が近いほかには先行例がない。この『光明峯寺入道摂政家歌合』では因子のほかに三例、③為家、④頼氏、⑤藻壁門院少将が用いている。また「たえぬうらみ」を「猶」、という言葉続きは⑥に藻壁門院少将の例がある。その次の⑦には「海人」が詠まれており、この両方の歌から影響を受けている可能性が指摘できる。為家からの影響は『民部卿典侍集』二一二番歌にも指摘した。藻壁門院少将は因子とともに藻壁門院に仕えた女房であり、定家の兄の孫娘でもある。「網代」題に比べれば「網」題は先例が少ないなかで、同じ歌合に近親三人がやはり先例の少ない同じ詞を用いている。

また、『民部卿典侍集』の贈答歌にも古歌を引いた歌が指摘されるが『光明峯寺摂政家歌合』にも『古今集』や『伊勢物語』から詞を取った歌が存在する。次に挙げる二首は『伊勢物語』と『古今集』にある歌から詞を取った歌である。

七十八番　寄筵恋　右勝　　　　　民部卿典侍

よしさらばなみだの下にくちもせよ身さへ流るる床のさむしろ　（一五五）

①あさみこそ袖はひつらめ涙河身さへ流ると聞かばたのまむ（伊勢物語・一〇七段・一八四／古今集・恋三・六一八・業平）

②さむしろもおつる涙に朽ちはてて君に別はしく物ぞなき（久安百首・離別・一二九一・待賢門院安芸）

③ひとりねの床の狭筵くちにけり涙は袖をかぎるのみかは（六百番歌合・寄席恋・一一三六・家隆）

「身さへ流る」は①の『伊勢物語』で、藤原敏行の恋人である女性の代わりに、彼女のあるじである「あてなる男」が詠んだ歌である。身が流れるほど深い涙川の思いならば頼みにしようが、と詠んだ歌であるが、因子の歌は

「さ筵」の題であり、②や③の歌からも強い影響を受けている。『伊勢物語』ではこのあと「身を知る雨は降りぞまされる」と聞いた敏行が雨のなか女を訪ねてくる。因子の歌は、歌の詞は引いているものの物語の内容からは離れている。『古今集』から採ったゆえであろう。

四十五番　寄枕恋　右　　　　民部卿典侍

なみだもる枕やこひをしりぬらむさだめかねてはうちも寝ぬ夜に　（九〇）

①人知れぬわが通ひ路の関守はよひよひごとにうちも寝ななむ（伊勢物語・五段・六／古今集・恋三・六三二・業平）
②よひよひに枕さだめむ方もなしいかにねし夜か夢に見えけむ（古今集・恋一・五一六・読人知らず）
③枕より又しる人もなき恋を涙せきあへずもらしつるかな（古今集・恋三・六七〇・平貞文）

①から「うちも寝」と引いた一首である。枕のみ恋を知る、枕を定めかねる、という表現は②③から得たものであろう。定家や道家の歌を引く際にはほぼ詞を換えずそのまま用いたり、ほぼ歌の内容を重ねたような例があったが、古歌をそのまま用いる例はやはりなく、定家や道家の歌が、御子左家の娘である因子にとって特別なものであったことを示していよう。枕が恋を知るということと枕を定めかねるということをともに詠んだ例はなく、当該歌は著名な歌同士を巧みに組み合わせ、重層的な思いを積み重ねた歌である。

『光明峯寺摂政家歌合』一一二番歌では定家の影響を受け、一九九番歌は因子と為家と藻壁門院少将が同じ詞を用いている。また一五五番歌、九〇番歌では『伊勢物語』や『久安百首』、『古今集』といった古歌を取り入れている。因子が道家主催の歌合において様々な歌の詠み方を模索していたことがうかがえよう。

（4）まとめ

冒頭にも述べたように、因子の題詠歌として確認できるものはわずか二十一首のみである。因子の歌の特徴として論じるに十分な数ではないことは承知の上だが、その中で指摘できる大きな特徴は、やはり父定家からの影響である。殊に後堀河院の命で詠んだと思われる二二番歌は定家の発想をほぼそのまま引いており、しかしその中でも「大江の山」から「音羽の山」へ変え、夏を秋に転じるなど、定家詠をもとにしつつも新たな詠み方を模索している。

定家以外にも、弟為家や信実女である藻壁門院少将といった一族の歌人の歌から言葉を引く例が見られ、御子左家の歌風をみずからのものとしようとしていたのだと考えられる。また、道家の歌を引く一五番歌では、言葉を引くだけでなく全体の構成もそのまま用いており、その中に定家の詠んだ言葉も詠み込んでおり、この歌には因子のオリジナルの言葉はひとつもない。御子左家の歌人であり、九条家の庇護を受けて仕える身である立場であることを、自らの言葉を使わずに表現した例であるといえようか。

『民部卿典侍集』にある題詠歌以外の歌には、このように定家や近親の歌人たちの歌をこれほど明確に取り入れた例は見いだせない。題詠歌を詠む際には、後堀河天皇の前で、あるいは道家の主催する歌壇において、他の家の歌人たちの前で、御子左家の女房歌人として詠むべき歌をその場に応じて詠み分けていたのだろう。当時の因子は、この先の御子左家にとって歌人としても重要な役割を期待され、因子はその期待に応えて歌を詠んでいたのではないだろうか。題詠以外の歌にもさまざまな先行歌が用いられている。古歌、物語歌、御子左家の歌、新古今歌壇の歌といった様々な歌を知った上で、状況に応じて適切な歌を詠むことができる歌人であったと言えよう。

（芹田渚）

凡例

一、最初に整定本文を掲げた。整定本文では、読解の便宜のため、清濁、漢字・仮名遣い、句読点、カギ括弧など、私意により整定して表記した。本文は底本をもとにしたが、明らかな誤字・誤写等は校訂した。歌頭に通し番号を付した（『新編国歌大観』『新編私家集大成』と同じ番号である）。【語釈】における見出しの表記はこの整定本文による。

一、整定本文の後に、【底本】として、底本の翻刻を掲げた。本文は三手文庫蔵『後堀河院民部卿典侍集』（契沖筆）を底本として翻字した。漢字と仮名の別、仮名遣い、集付、改行など、底本のままとした。。は補入符、ゝ（文字の左傍）は抹消・見せ消の符号である。

一、本文に続いて、【校異】【他出】【通釈】【本歌】【参考】【語釈】【補説】の順に項目を立てて注釈した。記すべき事項がない場合は省いた。

一、【校異】は、底本（底）に対して、円珠庵蔵本（円）、山口県立山口図書館蔵本（山）、宮内庁書陵部蔵続群書類従原本（群）、国文学研究資料館蔵本（国）を対校した。略号は（　）内に示した通りである。漢字・仮名の別、仮名遣いの別などは原則として省いたが、問題のある部分、解釈の参考となる部分は掲げた場合がある。虫損などで判読が不可能なところは［　］で示した。

漢字・仮名の別、仮名遣いの別などを含めた細かな異同は、本書の付録に収めた「『民部卿典侍集』諸本校異一覧」を参照されたい。

一、【他出】は、当該の歌が勅撰集・私撰集・歌合・文献等に収められている場合、その本文を掲げた。その和歌の本文・歌番号は『新編国歌大観』により、表記等は私意によった。【他出】に掲出した和歌本文が、『民部卿典侍集』底本と異同がある場合は、その句に傍線を付した。また勅撰集等で前の詞書を踏襲している詞書は、（　）内に記した。

一、【通釈】は、極力和歌の本文に沿って現代語訳したが、一方でわかりやすさを考慮し、本文に直接書かれていない部分は（　）内に補って記述した。

一、【本歌】は、いわゆる「本歌取り」における本歌を掲げた。

一、【参考】は、作者が参考としたとみられる参考歌、および現在和歌を読解するにあたって参考となる類歌等を掲げて、【語釈】での解説の順に従って数字を付した。【語釈】においてはその数字を用いて解説を加えた。【参考】に掲げた和歌のうち特に重要な和歌は、その番号を❶のような白抜き数字で示した。詞書は特に必要な歌のみ記した。

一、【他出】【参考】【語釈】【補説】に掲げる和歌の本文・歌番号は、『新編国歌大観』によった。これに所収されていない私家集等の歌は『新編私家集大成』によった。漢字・仮名の別、仮名遣い、清濁などの表記は私意によった。ただし『拾遺愚草』の本文は、『冷泉家時雨亭叢書』の定家自筆本影印により、濁点等を施した。これら以外の作品は通行の本文によった。

一、【補説】では、当該の歌に関する事項を補記したが、記すべきことが特にない場合は省いた。

一、先行研究を引用する時は、本位田重美「後堀河院民部卿典侍集覚書」(『古代和歌論考』笠間書院　一九七七年)を「本位田論」、森本元子「民部卿典侍集訳注」を「森本注」、「民部卿典侍集考―特に俊成卿女とのかかわり―」「民部卿典侍の生涯」(いずれも『古典文学論考――枕草子 和歌 日記――』新典社　一九八九年)を「森本論」と略記した。

一、『明月記』本文の引用は、『冷泉家時雨亭叢書』の自筆本影印により、影印にない部分は『翻刻明月記』一・二(朝日新聞社　二〇一二年・二〇一四年)によるが、この未刊部分は『明月記』一～三(国書刊行会　一九七〇年)によった。これら以外に拠った部分はそれを記した。割書は〈　〉内に記した。

一、各歌の担当者は以下の通りである(担当者が複数の場合もある)。
芹田渚(一～三・六・八・一四～一六・二一～二三・二七・二八・三四・三五・四〇・五二・五六・五七・六二・八一)、大野順子(四・五・一七～二〇・四三～四五・七一～七五・七八・八一～八三)、栗田雅子(六・七・二七・二八・三六・四八～五一・五八)、齊藤瑠花(八・九・四二・六四・六九・七〇・八〇)、奥平ちひろ(一〇・一一・二四～二六・七四)、幾浦裕之(一二・一三・一五・一八・三二・三四・三五・三七～四一・五六・五八・六三・七九)、板垣満理絵(二一～二三・三四・三五)、伊藤麻美(二九～三一・五二・五三・七五)、田口暢之(三二・三三・五四・五五・八一・八三)、松村桃(三七・五九)、新井絵梨(三八・六〇・六五・六六・七八)、伊藤かおり(三九・六一・七七)、三戸あゆか(四三～四五・七一～七三)、米田有里(二七・二八、四六～五一・六一・六二・六四・六五・六七・六八・七六)

これらの担当者が研究会で報告したのちに礎稿を執筆し、それをもとにさらに議論して加筆・改稿した。

全　釈

一　聞くだにも雲居の外のかひもなしそむきにし世の猶ぞ悲しき

【底本】　きくたにも雲井の外のかひもなしそむきにし世のなをそかなしき

【通釈】

（その悲しい知らせを）お聞きするだけでも、宮中を離れて出家した甲斐もないことです。捨てたこの世であるのに、それでもなお悲しく思われてなりません。

【参考】

①限なき雲居のよそにわかるとも人を心におくらさむやは（古今集・離別・三六七・読人知らず）
②かりの世をそむきはてにし甲斐もなき人はうつつか夢かえこそさだめね（斎宮女御集・二三〇）
③背きにしこの世に残る心こそ入る山道のほだしなりけれ（源氏物語・若菜上・四六七・朱雀院）
④そむきても猶憂き物は世なりけり身をはなれたる心ならねば（新古今集・雑下・一七五二・寂蓮）
❺ももしきに匂ひし花の春ごとにそむきにし世を猶ぞわすれぬ（定家名号七十首・述懐・六五）
❻さしなれし日かげもうとくなりはてて今日は雲居のよそにきくかな（浄照房集・四）

【語釈】　○**聞くだにも**　その知らせを耳にするだけでも。詞書がなく、その内容は記されていないので確定できないが、藻壁門院が崩御し、それに伴って因子が出家したという知らせをさすか。因子が仏道に入ったことをさす表現は特になく、広くその報をよそながら聞くだけでも悲しいと詠んでいるので、因子出家だけをさすのではなく、女院崩御とそれに続く悲しいできごとの一連をさしているのであろう。因子は親しく仕えた藻璧門院の急死の五日後、三十九歳という若さで出家した。○**雲居の外**　宮中や都などから離れた場所。社会的な立場（或いは物理的な距離）としては遠く「雲居の外」にいるけれども、心は同じ悲しみを分かち合っていると伝えようとしている。①のように遠く離れても思いを重ねているという詠み方が離別や恋の贈答で用いられた。ここでは、かつて宮中に仕えていた人が、今は出家して宮廷から離れた場にいる自分のことを言っている。因子または定家の知人・縁者で、既に出家している人が作者である。○**かひもなし**　宮中を退き、出家した甲斐もないこと。②は高光が亡くなった際に、作者がきょうだいである女御愷子を弔問した歌で、当該歌と表現上似通う。○**そむきにし世の猶ぞ悲しき**　出家者として俗世のことに心を惑わされないはずの作者が、相手の悲しみを思いやる表現。「そむきにし世」と続けて詠む形は当該歌が初例であるが、『源氏物語』には、「背きにしこの世」と詠む、出家後も女三宮の将来について苦悩する朱雀院の歌③がある。④は「御室五十首」で詠出された題詠歌で、出家をしても心があるかぎり世の憂さが絶えないと詠むものである。⑤は、定家の最晩年の詠で、この少し後の歌。⑥は嘉禄元年（一二二五）に出家した因子の兄光家（浄照房）の出家後の歌である。⑤⑥は影響関係ということではないが、部分的に似通う表現。

【補説】　天福元年（一二三三）九月十八日、後堀河院の中宮であった藻璧門院竴子（父は藤原道家、母は藤原公経女）は産後に急死した。民部卿典侍因子（定家の娘）は、後堀河院の典侍であり、かつ藻璧門院の女房でもあった。因子は、親しく仕えた藻璧門院の死に殉じて、妹の香（因子に仕えた）とともに、九月二十三日に出家し、そして父の定家も、愛娘因子の出家に続くようにして、そのあとまもなくの同年十月十一日に出家した（六番歌【補説】および本書解説参照）。

一〜二番歌の贈答は、詞書も作者名もなく詠歌事情が不明だが、内容からみて、藻璧門院崩御の報を聞いた因子（または定家）の知人・縁者の詠か。娘の典侍因子に出家された父定家の悲しみを思いやった歌と解釈することも可能だが、特にそうした具体的な慰謝の言葉がないので、女院崩御とそれに関連する一連の悲しいできごとを言うものではないかと思われる。いずれにしてもこの前に出家している人である。本位田論は、『明月記』天福元年九月二十七日条に中納言盛兼の使として大蔵大輔親継が定家のもとを訪れ、因子の出家を見舞っていることから、盛兼か親継かとするが、二人とも出家者ではなく、傍証もないので、この歌の作者とは考えられない。歌内容から、出家してからさほど経っていない人物、そして定家・因子に近い人物と推測されるので、たとえば、嘉禄元年（一二二五）に出家した、因子の異母兄光家（浄照房）が作者として可能性が高いと思われる。本書解説参照。

返し

二　悲しさの見る目の前を思ひやれそむきにし世のよそのあはれに

【底本】　返し

かなしさのみるめのまへをおもひやれそむきにし世のよそのあはれに

【通釈】

返し

（この悲しいできごとを）目の前で間近に見た私の悲しみを思いやってください。あなたは出家されて俗世を離れておられますが、よそながらも同情してくださるそのお心で。

【参考】

①悲しきは目の前よりもなき人のおもぶく道をしらぬなりけり（出羽弁集・一九）
②目の前にこの世をそむく君よりもよそに別るる魂ぞ悲しき（源氏物語・橋姫・六三〇・柏木）
❸花すすききくだにあはれつきせぬによそに涙を思ひこそやれ（讃岐典侍日記・二一）
④つくづくと思へば悲しいつまでか人のあはれをよそにきくべき（新古今集・哀傷・八三九・藤原実房）

【語釈】○**見る目の前**　眼前でまのあたりにしていること。「見る目の前につらきことありとも」（源氏物語・帚木）など。①②の例のように、哀傷歌のなかでは「目の前」とは亡くなったという現実や出家を表わす。贈歌（一番歌）が藻壁門院崩御の悲しみを慰めたものととれば、当該歌の作者は因子で、因子が女院の崩御に終始立ち会いその様子をすべて見届けたことをさすと思われる（本書解説参照）。あるいは、因子の出家を慰めたものなら、当該歌の作者は定家となり、定家が因子の出家に立ち会い、その様子を間近で見たことをさすことになろう。どちらでも解釈できるが、前者である可能性が高いとみておきたい。贈歌「聞くだにも」に対して、「見る目の前」と返した。「見る目」と「海松布（みるめ）」とを掛けることが多いことから、贈歌の「甲斐」に「貝」を読みとり、出家した因子＝尼（海女）の連想で「見る目」（「海松布」）と返したとみられる。○**思ひやれ**　思いやって下さい。上位者にも下位者に対しても用いられる。③は、堀河天皇の墓所で詠んだ作者の歌を聞き知った友人が送ってきた歌。○**よそのあはれに**　「よそ」が「あはれ」につく場合、「よそにみる」「よそにきく」のように自分には関わりのないものとして見聞きする意が多い。哀傷歌では④のように知人の死を知り世の無常を詠む際にも見られる。

【補説】　詞書に「返し」とあることと、ことばの照応などから、一番歌と二番歌が贈答であることは確かである。「見る目の前を思ひやれ」と悲しみを流露させる歌いぶりから、悲しみを共有できるような人への返歌であろう。【語釈】に示したように、歌内容から、当該歌は因子の歌である可能性が高いと考えておく。森本注は、三番歌は二番歌のつれで、一番歌〜三番歌を一連のものと見て、一番歌は定家に対して娘因子の出家を慰める歌、二・三番歌はともに定家の返歌と解釈している。しかしこの冒頭歌群は未定稿的である（本書解説参照）ことを勘案すると、三番歌は別の時の歌という可能性も一応ある。

三

いかばかり悲しとか知る世の憂さに捨つるこの身の親の心は

【底本】　いかはかりかなしとかしる世のうさにすつるこのみのおやの心は

【校異】　このみの（底・円・山）―この身の（群）・此身の（国）

【通釈】

どれほど悲しいものか知っていますか。世を憂きものとして捨てて出家した子の、その親の心は。

【参考】

❶おもひ河あはれうきせのまさりつゝいか許なるなみだとかしる（拾遺愚草・雑・無常・二八五〇）

②をしめども常ならぬ世の花なれば今はこの身を西にもとめむ（新古今集・雑上・一四六五・鳥羽院）

例ならぬことありてわづらひけるころ、上東門院に柑子奉るとて人に書かせてたてまつりける　堀河右大臣

③仕えつるこのみのほどをかぞふればあはれこずゑになりにけるかな（金葉集二度本・雑上・五六二／三奏本・五五二）

御返し　上東門院

④すぎきける月日のほどもしられつつこのみを見るもあはれなるかな（同・五六三）

⑤人の親の心は闇にあらねども子を思ふ道にまどひぬるかな（後撰集・雑一・一一〇二・藤原兼輔）

【語釈】○**いかばかり悲しとか知る**　どれほど～は～であるか、あなたは知っているか、という問いかけ。①は元久三年（一二〇六）三月に良経が逝去した後、夏のころに定家が人に詠み送った十首の最終歌で、当該歌に類似する。○**この身**　釈教歌などで②のように自分自身を指す際に用いられるが、当該歌は「此の身」と「子の身」を掛ける。「こ（子・此）の身」が自分ではない場合もあり、④は長年仕えてきた頼宗のことを彰子が「木の実」と掛けて「このみ」と呼んでいる。○**親の心**　子が世を捨ててしまった時の親の心。「この身の親」は、出家した因子の父にあたる定家ととるのが自然であろう。「子」と「親」、「身」と「心」を対比する。出家時ではないが、「親の心」を詠む歌としては⑤が著名な歌。

【補説】　当該歌自体は、子が世の憂さに出家してしまった親の嘆きを詠むものとみられる。その点では定家の歌である可能性が高い。ただ一・二番歌との関係は判然としない。一番歌に対して、因子が二番歌を、定家が三番歌を返したと考えておきたいが、あるいは、一番歌と二番歌（因子）の贈答を見て、定家が三番歌をそこに書き添えたというようなことも考えられよう。もしく

は当該三番歌は一・二番歌とは別のもので、三番歌への贈歌が欠落していて返歌（当該歌）のみが残ったという可能性も一応考えられる。

四

花の色もうき世にかふる墨染の袖や涙に猶しづくらん

【底本】花の色もうき世にかふる墨染の袖やうき世に猶しつくらん

【校異】花の色も（底・円・群）―花のいろも（山）・花も色も（国）　袖やうき世に（底・円）―袖やうきよに（山・国）・袖のうきよに（群）

【他出】

○『拾遺愚草』雑

女院かくれさせおはしまして、典侍世をそむきにしころ、とぶらひつかはして　前宮内卿

花のいろもうきよにかふるすみぞめのそでやなみだに猶しづくらん（二八八九）

返し

すみぞめを花の衣にたちかへしなみだのいろはあはれともみき（二八九〇）

○『新千載集』哀傷

藻璧門院かくれさせ給うて民部卿典侍世をのがれけるをとぶらひ侍りて、前中納言定家もとに申しおくりける　従二位家隆

花の色もうき世にかふる墨染の袖や涙に猶しづくらん（二二二七）

（藤原家隆）

【通釈】

（藻壁門院が崩御されたために）花の美しい色も悲しく感じられる世となり、（ご息女は）華やかな衣を墨染めに替えて、このつらい世である俗世を離れてしまわれましたが、その袖もいまだ（悲しみの）涙で濡れているのでしょうか。

【参考】

①惜しむべき花の袂を墨染にうらやましくも代へてけるかな（月詣集・雑下・八六五・藤原実定）

②惜しみこし花の袂はそれながら憂き身にかふる今日とならばや（小侍従集・夏・一一）

③花の色に苔の衣をぬぎかへて世をそむきたる袖といはせむ（寂蓮無題百首・二一）

④年をへて物おもふ人の唐衣袖や涙のとまりなるらん（新勅撰集・恋二・七一八・藤原道信）

⑤水の面にしづく花の色さやかにも君がみかげの思ほゆるかな（古今集・哀傷・八四五・小野篁）

【語釈】　**○花の色**　秋の花の色の美しさをあらわすと同時に、因子が身につけていた華やかな衣の色を示す。「花の色」は花染めの衣を指す。露草の花の汁で染める「花染」は、変色しやすいところから、うつろいやすいことの喩えともされる。①は高階通憲が出家した際に実定が送った歌である。出家は七月のことであり、秋の花色を指す。②は題詠歌であり、ここでは春を惜しむ更衣の季節を詠んでいる。花色衣は特定の花を指す言葉ではないため、②においては春の花を指し、当該歌においては因子が出家した秋の花を指し、華やかな女房装束を示唆する語ともなっている。③も題詠歌であり、出家前の花色衣を墨染めの僧衣に替えるという出家の意志を表している。当該歌では藻壁門院が崩御するや、直ちに落飾してしまった因子の人生の変転を表現する。**○うき世**　「花の色も憂き」と「うき世」の二重の文脈。「憂き世」は、苦しみに満ちたこの世。同時に、仏教的世界に対しての浮き世・俗世。**○墨染**　出家者の法服。因子が出家したことをあらわす。因子出家の儀については、『明月記』天福元年九月二十三日条に克明に描写されている。本書解説参照。**○袖や涙に**　定家自筆本『拾遺愚草』などが「うき世」を「涙」としていることや、「うき世」がこの歌の中で重複していることから、転写の際に「涙」を「うき世」と誤写したとみて、第四句を「袖や涙に」と校訂して掲げた。「袖やうき世」という詞続きはほかにない。「袖」「涙」「しづく」は縁語。〇しづくらん　「沈く」と涙の「雫」とを掛ける。「沈く」は水に沈む、水面に映る。ここでは涙で濡れている様子をあらわす。⑤は諒闇の年に、池の水に映る花の影を見て、主君を思う歌。例の少ない歌語で、この歌をふまえるか。

【補説】　一番歌～三番歌は、前述のように詠歌事情・作者ともに確定できない。しかし、当該の四番歌からは、他出文献や作者表記などによって詠歌事情・作者が判明する歌が続いている。天福元年九月十八日に藻壁門院が崩御し、因子が同月二十三日に出家した。この四・五番歌は、因子出家後まもなくのころに、藤原家隆と定家との間で交わされた贈答歌である。底本に作者名はないが、『拾遺愚草』『新千載集』から、家隆の歌であることが知られる。なお『明月記』には、この因子出家の折の家隆との贈答については書かれていないが、定家出家の折に家隆が歌を送ってきたことが記されている（天福元年十月十七日条）。

家隆は藤原光隆二男。保元三年（一一五八）～嘉禎三年（一二三七）、八十歳。『新古今集』の代表的歌人で、『新古今集』撰者の一人。定家と家隆は新古今時代に双璧とされることが多く、定家にとって、若い頃から長年にわたって和歌活動を共にし競い合ってきたライバルであった。この頃には、政治的立場の相違などから、以前ほど密な親交はなくなっていたが、それでも折につけて贈答や消息がかわされていたとみられる。定家は変わらず家隆の歌才を認めており、このあとに成立した『新勅撰集』に家隆の歌を最多の四十三首採入している。

『明月記』天福元年九月三十日条によれば、女院葬送に際して素服を賜った女房―すなわち女院にもっとも近く仕えた女房―は、計九人である。このうちこの時点で尼となっているのは因子と権大夫の二人だけである。また『明月記』同年九月二十五日条には、永光が定家邸を訪れ、因子の潔い出家に感じ入った旨を述べたと記されている。それぞれが置かれた立場や年齢にもよるが、典侍という栄職にある因子の潔い出家は、やはり周囲の人々の関心を惹いたものと思われ、本贈答歌もそのひとつであろう。

この四番歌から一三番歌までは、定家と定家の知人らの贈答歌で構成されており、因子出家にかかわる贈答も含むが、因子自身の歌は見出せない。また、四~七番歌と一〇・一一番歌は、定家自筆『拾遺愚草』に当該部分のみ後年に自筆で書き入れられている（『冷泉家時雨亭叢書』久保田淳解題）。四・五番歌は無常部の末尾に置かれ、六・七と一〇・一一番歌は釈教部の末尾に置かれているが、釈教部のこの贈答歌二組は、順序が本集とは逆に置かれている。これらの冒頭歌群については本書解説参照。

返し

五　墨染を花の衣にたちかへし涙の色はあはれとも見き

【底本】　返し

墨染をはなのころもにたちかへし泪の色はあはれともみき

【校異】　たちかへし（底・円・山・国）―たちかへて（し）（群）

【他出】

〇『拾遺愚草』雑（前歌【他出】参照）

返し

すみぞめを花の衣にたちかへしなみだのいろはあはれとも見き（二八九〇）

【通釈】

返し　（藤原定家）

（出家した娘が身にまとっている）墨染めの衣を、（ふたたび）花の衣に作りかえたかのような（紅の）涙の色は、なんとも哀れなものであると見ました。

【参考】

世をのがれてのち、四月一日、法服袈裟を見侍りて　法成寺入道前摂政太政大臣

①今朝かふる夏の衣は年をへてたちし位の色ぞことなる（新勅撰集・雑三・一二〇五）

返し　従一位倫子

②まだ知らぬ衣の色をたちかへて君がためにと見るぞ悲しき（同・一二〇六）

③君にとて縫ひし衣も来ぬほどに涙の色に濃くぞなりぬる（宇津保物語・国譲中・八八六・北方）

④涙にし濡れけるきぬの黒ければなほ墨染めといかが思はぬ（同・八八七・実忠）

能宣が四十九日の中に、輔親が冠たまはりたりし、願文つくらせたりし奥に、書きつけたりし

⑤色色に思ひこそやれ墨染の袂もあけになれる涙を（匡衡集・六一）

返し　輔親

⑥墨染にあけの衣を重ねきて涙の色の二重なるかな（同・六二）

⑦露消えし後のみゆきの悲しさに昔にかへるわが袂かな（とはずがたり・一三九）

【語釈】　○**花の衣**　家隆の歌った花の色の衣を、定家は「花の衣」と表現した。○**たちかへし**　衣を裁ちかえて新たな衣を仕立てる。その例に①②の贈答歌などがある。当該歌では「たちかへし」によって、墨染に作りかえたはずの衣の色が紅涙によって、再び花の色へと変じてしまったかのようだとする。『宇津保物語』で、袖君（実忠女）が除服ののちに濃い紅の衣に着替えた場面に続いて、北方（実忠の妻）が「濃き」色（濃い紅色）の装束を実忠に進上する時に詠じた③では、涙によって紅が一層深くなると詠まれた。さらにその返歌である④は、濃い紅に涙がかかると黒ずんで墨染めのように見えると歌っていて、濃い紅と墨染めとは濡れることで色が通じ合う感覚のあったことが看取される。また、親の喪のうちに昇進して四位の朱の衣となったことについて贈答した⑤⑥も、墨染めと朱色が涙によって結びついており、『宇津保物語』の詠と共通する感覚によって詠まれたとみてよい。後の例だが、⑦は墨染の法衣が、紅涙に染まって昔にかえったと詠じている。○**涙の色**　深い嘆きを示す紅涙の色。

【補説】 上の句で、墨染めの衣が何ゆえか花の衣に仕立て変えられてしまったと、出家したはずの因子の身の上との違和感を感じさせつつ、美しい色彩をほのめかせる。そして下句では、その花の色が、実は紅涙に拠るのだと解き明かして、花の色を紅涙の色へと転じて因子の悲しみの深さを提示している。通常ではあり得ない色の移り変わりによって意表を衝き、第四句でその謎の答えを提示するという謎解きめいた詠みぶりになっている。哀傷の贈答歌でありながら、家隆の贈歌も定家の返歌も、手練れの歌人らしい巧緻な歌であると言えよう。

寂空

六　君がいるまことの道の月の影夢とみし世もいまや照らさん

【底本】
君かいるまことの道の月の影夢とみし世もいまやてらさん　寂空

【校異】 君かいる（底・円・国・群）—君かはる（山）

【他出】
○『拾遺愚草』雑
おなじ時、按察入道
君がいるまことのみちの月のかげゆめと見し世をいまやてらさん（二九八四）
返し
やみふかきうきよのゆめのさめぬとててらさばうれしありあけの月（二九八五）

寂空（隆衡）

あなたがお入りになった仏道の月の光は、かつて夢のようにはかないと思われた現世をも、今は照らすことでしょう。

【通釈】

【参考】
①君すらもまことの道にいりぬなり一人や長き闇に惑はん（後拾遺集・雑三・一〇二六・選子内親王）
②目にちかく月のみかほの照らさずはまことの道をいかできかまし（教長集・雑歌・見仏聞法楽・八七二）
③暗きより暗き道にぞ入りぬべき遙に照せ山の端の月（拾遺集・哀傷・一三四二・和泉式部）
④うつつとも思ひわかれで過ぐる間に見しよの夢をなに語りけん（千載集・哀傷・五六七・上東門院）

【語釈】　○寂空　藤原（四条）隆衡。隆房男。寂空は法名。前権大納言正二位按察使。承安二年（一一七二）～建長六年（一二五四）十二月十八日、八三歳。安貞元年（一二二七）九月出家。『新勅撰集』以下の勅撰集に八首入集。建仁元年（一二〇一）「十首和歌」の作者に撰ばれるも落第（井上宗雄『鎌倉時代歌人伝の研究』風間書房　一九九七年）、また建永元年（一二〇六）七月十二日の歌合に召されたが、これは『明月記』同日条によれば、後鳥羽院が新古今風の歌を詠めない歌人たちを集め、嘲弄するための歌会であったという（田渕句美子「建礼門院右京大夫試論」『明月記研究』九　二〇〇四年一二月）。このように新古今時代には歌人としての活躍はあまり見られず、『新古今集』にも入集していないが、定家とは長年にわたって親しかった（『明月記』）。『新勅撰集』に三首入集し、いずれも他出がなく、定家が直接入手した歌である可能性が高い。定家没後十三回忌に為家が勧進した「二十八品並九品詩歌」に詩を詠進。○**君がいる**　「君」は贈答の相手である定家。定家が仏道に入ったことを指す。①は上東門院彰子の出家を知り、未だ俗世にある我が身を嘆いた大斎院選子内親王の歌である。○**まことの道**　仏道のこと。天福元年（一二三三）十月十一日に定家は出家した（『明月記』同日条）。【補説】参照。女院の急逝、愛娘因子の出家と、重なる悲しみのなかで出家を選んだ定家に対して、先に仏道に入った寂空から、これが菩提に至る真の道であると励ました言辞。まことの道を月が照らすと詠む例には②がある。一方、贈答歌では①のように先に出家されて取り残されることを嘆く例が多い。○**月の影**　月の光のこと。釈教歌では闇を照らすさまを「真如の月」として真理が人の迷妄を破る様子に喩えられる。また

「月」と「入る」は縁語。藻璧門院崩御が秋であったこともあり、当該家集にはしばしば「月」が詠まれる。○**夢とみし世**　出家前は夢のようにはかないと思っていた現世。「世」に「夜」を掛ける。それも仏道に入ることによって明るく照らされるであろうと詠む。

【補説】　定家は、自身の出家の様子を『明月記』天福元年（一二三三）十月十一日条に、克明に記している。為家と因子も出席し、昔から帰依している興心房を戒師として、出家の儀が行われた（解説参照）。

『明月記』によれば、出家の翌日から、定家の元には出家を見舞う歌が送られたり、訪れる人も多かったが、その中には寂空の来訪や贈答は記されていない。しかしそれでもこの贈答が行われたのは、天福元年十月十一日以降まもない頃であろう。

当該六・七番歌は定家出家をめぐる寂空との贈答歌であるが、次の八・九番歌はおそらく因子出家に関わる蓮生との贈答歌、一〇・一一番歌が再び定家出家に関わる家長との贈答歌である。定家は自ら『拾遺愚草』にこの寂空との贈答と後掲の家長との贈答の二組を補入で入れている。ただし『拾遺愚草』では、家長との贈答（一〇・一一）の次に、当該贈答歌がある。

かへし

七　闇深きうきよの夢のさめぬとて照らさばうれし有明けの月

【底本】　かへし

やみふかきうきよの夢のさめぬとてゝらさはうれし在明の月

【他出】

○『拾遺愚草』雑　（前歌【他出】参照）

返し

やみふかきうきよのゆめのさめぬとててらさばうれしありあけの月（二九八五）

返し　（定家）

【通釈】深い闇のような煩悩におおわれた現世の夢がさめ、出家したことで、もし真如の月が照らしてくれるのならば嬉しいことです。（夢からさめて眺める）有明けの月のように。

【参考】

①むつごとを語りあはせむ人もがなうき世の夢もなかばさむやと（源氏物語・明石・二二九・光源氏）

②石清水きよき心を峰の月照らさばうれし和歌の浦風（後鳥羽院御集・元久元年十二月八幡卅首御会・雑・一二二八）

③もろともに有明けの月を見しものをいかなる闇に君まどふらん（千載集・哀傷・五七六・藤原有信）

❹うき世いとふ心の闇のしるべかなわが思ふ方に有明けの月（秋篠月清集・花月百首・九一）

【語釈】○**闇深きうきよの夢**　煩悩を闇にたとえる。煩悩に満ちた現世の夢。「世」に「夜」を掛ける。「うきよの夢」を詠む著名歌に『源氏物語』①がある。当該歌では、寂空の贈歌にあった「夢とみし世」に、自らの煩悩を詠み、「闇深きうき世の夢」と返した。○**照らさばうれし**　照らしてくれるならば嬉しいと率直に表現。当該歌と②の他に例を見ない。○**有明けの月**　明け方近くの月。闇夜を煩悩の暗さに喩え、それを照らす真如の月をさす。真如の月は悟りの象徴。上句に詠んだ夢がさめる時刻から、有明けの月を導いた。③は「あひしれりける女」が亡くなったときに詠んだ歌。良経の④は、うき世を厭う心の闇をもつ自分を導く真如の月が、極楽浄土がある西の空に、有明けの月としてかかっていることを詠み、当該歌と似通う。

【補説】『拾遺愚草』では、釈教の歌の最後、すなわち『拾遺愚草』下の最後にこの歌を置いている。出家し仏道に入った定家の意志と往生への道をあらわすものとして、この歌を巻軸に選んだのであろう。

八

沙弥蓮生

紫の色につたへし袖の上をかはりにけりと聞くぞ悲しき

【底本】

紫の色につたへしそてのうへをかはりにけりと聞そかなしき　沙弥蓮生

【通釈】

紫の色を受け継いだ栄誉あるお身の上でしたのに、(出家されて) 変わってしまったと聞くのは悲しいことです。　沙弥蓮生

【参考】

年ごろのゝぞみかなはで、辞申す三位に猶叙すべきよしおほせごと侍しかば、侍従をひとたびにと申てゆるされたりしに、おなじ中将

①うれしさはむかしつゝみし袖よりも猶たちかへる今日やことなる (拾遺愚草・賀・二五一二・藤原雅経)

返し

②うれしさは昔のそでの名にかけてけふ身にあまるむらさきのいろ (同・二五一三・藤原定家)

③雲の上はかはりにけりと聞くものをみし世に似たる夜半の月かな (重家集・二九七・藤原俊成)

【語釈】　○**沙弥蓮生**　宇都宮 (藤原) 成綱の男。俗名頼綱。治承二年 (一一七八) ～正元元年 (一二五九) 十一月十二日、八二歳。元久二年 (一二〇五) 出家。出家後も権勢があり、富裕な幕府御家人の名族。出家後は京と鎌倉を往還。和歌を好み、弟朝業 (信生) とともに宇都宮歌壇を形成した。『新勅撰集』以下の勅撰集に三十九首入集。蓮生の娘は定家嫡男為家の妻であり、定家・為家の御子左家とは親しく密に交わり、蓮生は婿である為家を厚く庇護した。この天福元年の六月十六日には、蓮生は婿為家・孫為氏とともに定家邸を訪れ、『新勅撰集』の撰歌作業を見たりしている (『明月記』同日条)。○**紫の色につたへし袖**　紫は四位以上の位色。十一～十二世紀には、男性の四位以上は黒色化した (小川彰「禁色勅許の装束について」古代学協会編

『後期摂関時代史の研究』吉川弘文館　一九九〇年）。和歌では①②のように、男性の四位以上の昇階の賀歌で詠まれるものが多い。女性の四位以上の位階の表現として「紫の色」と詠む歌は稀だが、『源氏物語』に例がある（【補説】参照）。そのことをふまえ、当該歌においては、定家出家ではなく、因子出家に際しての贈答歌と解釈しておく。典侍の位階は、従四位相当である。なお因子は典侍となる以前、安嘉門院出仕時代に禁色を許されている（『明月記』嘉禄二年十二月十八日条）。「つたへし」は、女房の伝統を言うものと見られ、俊成の妻で近衛天皇に仕えた備前内侍、隆信女で土御門天皇に仕えた少将内侍・順徳天皇に仕えた兵衛内侍、信実女で後堀河天皇・四条天皇に仕えた弁内侍（『民経記』貞永元年十月四日条）など、御子左家周辺は内侍となった女房が多いが、中でも因子は御子左家の中で初めて典侍という要職についたのである。○**かはりにけり**　先行例は③を含む五例のみで、これは二条院の崩御した年の九月十三夜に俊成が送った歌で、一変した宮廷を言う。

【補説】『源氏物語』「真木柱」には、冷泉帝の尚侍である玉鬘が三位に叙せられたことを、「紫」と表現している贈答歌がある。鬚黒大将と結婚した玉鬘に対して、冷泉帝が恨み言を述べる場面である。

顔をもて隠して、御いらへもえ聞こえたまはねば、「あやしうおぼつかなきわざかな。よろこびなども、思ひ知りたまはむと思ふことあるを、聞き入れたまはぬさまにのみあるは、かかる御癖なりけり」とのたまはせて、

「などてかく灰あひがたき紫を心に深く思ひそめけむ

濃くなりはつまじきにや」と仰せらるるさま、いと若くきよらに恥づかしきを、たがひたまへるところやある、と思ひ慰めて聞こえたまふ。宮仕への臈もなくて、今年加階したまへる心にや。

「いかならむ色とも知らぬ紫を心してこそ人はそめけれ

今よりなむ思ひたまへ知るべき」と聞こえたまへば、うち笑みて、「その今より染めたまはむこそ、かひなかべいことなれ。うれふべき人あらば、ことわり聞かまほしくなむ」と、いたう恨みさせたまふ御けしきの、（後略）

前年「藤袴」巻で尚侍に任命されていた玉鬘であったが、養父光源氏と実父内大臣への遠慮や鬚黒大将との結婚のこともあり、参内は「真木柱」巻の新年まで遅れていた。鬚黒大将が早く退出させようとする中で、冷泉帝と玉鬘は初めて言葉をかわす。鬚

黒大将との結婚を恨む冷泉帝に返事のできない玉鬘に、冷泉帝は、「よろこび」すなわち出仕の経験が浅い中での叙位や尚侍任命は、自分の玉鬘への愛情ゆえに与えたものであることを知ってほしいのに、玉鬘から返事も謝意もないと述べて、歌を詠みかける。三位の紫の染料である「灰」と紫の染色が難しいことを「合ひがたき」、「逢ひがたき」と掛け、「思ひ初めけむ」に「染める」を掛ける。玉鬘が参内してすぐに三位を賜ったのは冷泉帝の配慮であったが、玉鬘は「知らぬ」と答えて冷泉帝の恋慕をかわそうとする。この贈答は恋歌であって昇階の賀歌ではない。けれども「紫」が女性の位の色を示している例であり、当該歌は、やはり因子のことをさして言っていると考えて良いと思われる。

そのもう一つの理由としては、定家らをめぐる状況がある。定家は既に前年の貞永元年十二月に官（正二位権中納言）を辞しており、定家出家に対して蓮生がここでことさらに「紫の色につたへし袖の上」が変わったことを嘆くことはないと思われ、また定家嫡男で蓮生女婿の為家はすでに正三位参議右兵衛督である。一方、後堀河院典侍であった因子は女房集団の中で権威ある存在であった。それは御子左家にとっての栄誉であったが、因子の出家で典侍が一時絶えることになる。蓮生は、為家とその妻（蓮生女）、そしてその子女のために、その点からも因子出家を悲しんでいるのであろう。けれども、ちょうどこの天福元年に為家と蓮生女の間に生まれたばかりの為子は、やがて十三歳で後嵯峨院の大納言典侍となり、典侍職が御子左家に復活し、その後も御子左家には典侍の伝統が続いていくこととなる。

九

返し

明くる間の今日は昨日にかはる世の衣の色は言ふかひもなし

【底本】　返し

あくるまのけふは昨日にかはる世の衣の色はいふかひもなし

返し　（藤原定家）

【通釈】
一夜が明ける間に（短い間に）、今日は昨日と全く変わってしまう世の中にあって、昨日とうって変わって（出家して）墨染めとなった（娘の）衣の色は、言っても甲斐がないことです。

【参考】
①藤衣着しは昨日と思ふまに今日はみそぎの瀬にかはる世を（源氏物語・少女・三一三・朝顔姫君）
❷今日はまた昨日にあらぬ世の中を思へば袖も色かはりゆく（式子内親王集・前小斎院百首・雑・一九四）
③明くる間のほどだにもなき露のそのその世の中の心ぼそさに（公任集・四一四）
④しほのまによもの浦浦尋ぬれど今は我が身のいふかひもなし（新古今集・雑下・一七一六・和泉式部）
⑤たづね見るつらき心の奥の海よ潮干の潟のいふかひもなし（新古今集・恋四・一三三二・藤原定家）

【語釈】　**○明くる間の今日は昨日にかはる世**　一晩で状況が一転する世の中を表現したもの。①は藤壺中宮の忌み明けの折の歌である。当該歌は式子内親王の歌②の影響が強いとみられる。「明くる間」を一夜のうちにという意味で使う例は少ないが、③のように露のはかなさとともに詠まれる例もある。「今日は昨日にかはる世の衣の色」と言っていることから、因子が出家した天福元年（一二三三）九月二十三日の贈答であろうか。**○衣の色は言ふかひもなし**　蓮生の贈歌を受け、衣の「色」が変わること、すなわち因子の突然の出家は仕方が無いことだと詠んだ。「言ふかひもなし」の表現は、和泉式部の④を高く評価した定家が、自身の歌で度々用い、中でも『新古今集』入集歌の⑥が知られている。ここでは、蓮生の贈歌「聞くぞ悲しき」に対して「言ふかひもなし」と答えたもの。

【補説】　因子出家は定家にとって突然のできごとであった。『明月記』には淡々と記されているが、この歌では、式子内親王の歌などをふまえながら、「明くる間の今日は昨日にかはる世」と、改めてその衝撃を表現している。蓮生と定家とは、密接に連携しながら御子左家を盛り立ててきた縁戚同士であり、いずれにも親としての率直な感情の表出がみられよう。

家長

一〇　墨染の袖を重ねて悲しきはそむくにそへてそむく世の中

【底本】

いゐなか

墨染の袖をかさねてかなしきはそむくにそへてそむく世中

【校異】　そへて（底・円・山・国）―つけて（群）

【他出】

○『拾遺愚草』雑

遁世のよしきゝて　家長朝臣

すみぞめの袖のかさねてかなしきはそむくにそへてそむく世中（二九八二）

返し

いける世にそむくのみこそうれしけれあすともまたぬおいのいのちは（二九八三）

源家長

【通釈】

墨染の袖をさらに重ねることとなり、重ねて悲しいのは、（ご息女の）出家に加えてあなたも出家されたこの世の中です。

【参考】

武蔵の前守なくなりて、四十九日、八月廿五日する、小宣旨尼になりぬる由聞こえさせたれば、うちつづきあはれなることをおぼしめす、女別当

①袖の色もいかがなるらむ悲しさに重ねて裁ちしあまの羽衣（大齋院御集・三四）

返し

②涙のみあまの羽衣かけしより重ぬる袖もかわかざりけり（同・三五）

法皇の御服なりける時、鈍色のさいでに書きて人に送り侍りける　京極御息所

③墨染めの濃きも薄きも見る時は重ねて物ぞかなしかりける（後撰集・哀傷・一四〇四）

後一条院四月にかくれさせ給ひける年の九月に、中宮又かくれ給ひにける四十九日の末つ方、宮々上東門院に渡り給ひける日、人人別れを惜しみけるによみ侍りける　小弁命婦

④悲しさにそへても物の悲しきは別れのうちの別れなりけり（千載集・哀傷・五六一）

【語釈】○**家長**　源時長男。文暦元年（一二三四）没、六十余歳。非蔵人として後鳥羽天皇に出仕し、後鳥羽院近臣として活躍、『千五百番歌合』など多くの歌合に出詠。建仁元年（一二〇一）に和歌所が設置されると、庶務・連絡を担当する開闔として『新古今集』撰定に関わる。妻は歌人の後鳥羽院下野。『新古今集』以下の勅撰集に計三十六首入集。日記に『源家長日記』がある。定家とは新古今時代から長年にわたって交友があった。『拾遺愚草』にこの家長と定家の贈答が収載されており、定家は「家長朝臣」と表記し、『民部卿典侍集』では「いゑなか」と仮名表記されている。○**墨染の袖を重ねて**　「重ねて」は「袖を重ねて」「重ねて悲しき」の両方の意で、「かさね」は「袖」の縁語。『拾遺愚草』では「袖の」とする。天福元年（一二三三）九月二十三日に出家した因子に続いて、同年十月十一日に定家も出家したことを指す。墨染の袖を重ねることに、出家が連続することを言う歌はほかに見られないが、①②の贈答では、小宣旨が夫と思われる人物のために喪服を着、さらに四十九日を待って出家したことを①「悲しさに重ねて裁ちし」、②「重ぬる袖」と表現している。また③の歌も発想が類似する。○**そむくにそへ**

て　先行例はない句。④は後一条院の崩御した直後に中宮威子までも薨去したことを悼む歌であり、類似する構成である。当該歌の四句・五句は「そ」を繰り返して畳みかけ、二人の相次ぐ出家を強調するような表現。

【補説】　定家が天福元年（一二三三）十月十一日に出家を遂げた後、数日にわたって、さまざまな人々が見舞いの書状等を送ってきたり、訪問してきたりしている。そのうち、『明月記』十月十七日条に「前宮内卿、前但州、送歌弔遁世事」とある。前但州は前但馬守家長であり、当該歌はこの十月十七日の贈答歌にあたるとみられ、旧友家長が定家に、因子に続いて定家も出家遁世したことを弔い、世の悲しみを述べる。この時は歌の贈答だけであった。なお、同年十月二十五日には「又家長朝臣来、同答他行由、近日客人抑難堪事也」とあり、定家は家長らが訪れても会おうとしない様子が書かれている（『明月記』同日条）。家長が出家後の定家と初めて面謁したのは同年十二月二十七日のことである（『明月記』同日条）。これが『明月記』における家長の最終記事であり、家長は翌年文暦元年（一二三四）に歿したことが、『為家集』一四七七・一五八〇番歌から知られる。

家長の娘は、藻壁門院に仕え『洞院摂政家百首』ほかに出詠した女房歌人、藻壁門院但馬なので、藻壁門院に仕えた女房の父として、家長は定家と同じような立場にある。天福元年三月二日には、定家邸に退出していた因子のもとに家長の妻下野が訪れて謁談、また嘉禎元年（一二三五）六月十二日には但馬が因子を訪れているなどのことが『明月記』に見える。定家と家長だけではなく、因子、下野、但馬は、互いに交流があった。

返し

二　生ける世にそむくのみこそ悲しけれ明日ともまたぬ老いの命は

【底本】　かへし

いける世にそむくのみこそかなしけれあすともまたぬおいの命は

【他出】

○『拾遺愚草』（前歌【他出】参照）

返し

いける世にそむくのみこそうれしけれあすともまたぬおいのいのちは（二九八三）

【通釈】

返し（藤原定家）

生きている間に（悲しいできごとの数々があって）この世を捨てて出家することこそが悲しいのです。明日をも知れぬ老いた私の命にとっては。

【参考】

①生ける世の別れを知らで契りつつ命を人にかぎりけるかな（源氏物語・須磨・一八五・光源氏）

②をしからで悲しき物は身なりけりうき世そむかん方をしらねば（後撰集・雑二・一一八九・紀貫之）

③いとひこし老こそ今日はうれしけれいつかはかかる春にあふべき（暮春白河尚歯会和歌・五・藤原永範）

④今日かとも明日ともしらぬ白菊のしらず幾世をふべき我が身ぞ（拾遺集・雑恋・一二五七・読人知らず）

⑤後の世は明日とも知らぬ夢のうちをうつつ顔にも明けくらすかな（秋篠月清集・無常・一五七四）

⑥思ひいづる昔をいかが恋ひざらん七代にすぐす老いの命は（為家五社百首・懐旧・六六六）

【語釈】○**生ける世**　生きている間のこの世。思いがけない須磨への退去に際して紫の上との生き別れを詠む①などがある。○**悲しけれ**　『拾遺愚草』は「うれしけれ」とする。②のように心にかなわぬ事の多いこの世を出家する道がみえないほうが「悲しき」と詠まれるはずであり、生きている間に出家できたことを喜ぶ『拾遺愚草』の「うれしけれ」の方が、出家遁世した者の詠としてはふさわしい。『拾遺愚草』は定家自筆本であることからも、こちらが本来の形、もしくは最終的な形と見るべきであろう。家長が「悲しき」と言ったことに対して、定家は反転して「うれしけれ」と返したわけである。「うれしけれ」と「かなしけれ」の異同が生じた理由としては、当該家集の伝来の過程で「うれ（宇礼）」を形の似た「かな（可那）」と読み違えて書写された可能性が考えられる。『拾遺愚草』本文での解釈は、「いいえ、生きている間に出家遁世したことこそ嬉しいことなのです。明日をも知れぬ老いた私の命にとっては。」となる。③は生きながらえてこそ老いを寿ぐ場に列席できたという喜びを詠むもので、当該歌と表現上似通う。『民部卿典侍集』の「悲しけれ」として解釈するならば、出家のきっかけとなる藻壁門院の死去や娘因子の出家などの悲しいできごとに、残り短い寿命の中で遭ってしまったことをさすこととなろう。ここでは底本本文に従って解釈した。○**明日ともまたぬ**　明日を待たずに絶えるかもしれない自らの命のことを言う。④⑤は類似する表現で、⑤は兄良通や西行の死を悼む歌が並ぶ無常の部を総括する歌。○**老いの命**　天福元年（一二三三）当時七十二歳の定家自身を指す。「老いの世」「老いの身」は多いが、「老いの命」はあまりみられない表現であり、後になって⑥など為家らが用いている。

一二　形見とは言ふもおろかに言ひ知らず心にあまるほどを見せばや

権律師隆栄

【底本】

かたみとはいふもをろかにいひしらす心にあまるほとをみせはや

権律師修栄

【校異】　修栄（底・円・山・国）―隆栄（群）

権律師隆栄

【通釈】

形見とは言っても言いつくせず、伝える言葉を知りません。胸に余るほどの私の思いをあなたにお見せしたいものです。

【参考】

①思ふにも言ふにもあまる事なれや衣の玉のあらはるる日は（後拾遺集・雑三・一〇二八・伊勢大輔）

②恋しとは言ふもおろかになりぬべし心のうちを人に見せばや（教長集・恋・六七三）

③つくづくと物思ひをればほととぎす心にあまる声聞ゆなり（御裳濯河歌合・二七）

④思ふ事たれにのこしてながめをかむ心にあまる春のあけぼの（拾遺愚草員外・春三十首・一二〇）

【語釈】　○**権律師隆栄**　底本では「権律師修栄」とあるが、本位田論の指摘の通り、「権律師隆栄」であると考えられる。隆栄については【補説】参照。○**形見**　和歌における形見は、去る者が残る人のために前もって残すものという意と、残された側が周囲にあるものを過ぎ去ったものを偲ぶよすがとして自発的に定めるという意とがある。当該家集に頻出。中古以来、多くは「見る」「思ふ」などの形で用いられ、ここでも「見せばや」は「形見」である可能性があるが、詞書がなくこの歌だけでは「形見」の内容は不明瞭であり、歌意を理解しにくい。【補説】参照。なお「形見」については一九番歌参照。○**言ふもおろか**　言葉による表現が困難であること。いくら言っても言い尽せない。「言へばおろかなり」に同じ意。「言ふもおろか」という措辞は②の歌を含む三首しか残らず（一首は後代）、定着しなかった表現か。当該歌も、なんとかして相手へ贈る言葉で自らの深い思いを伝えたいと詠む。①は伊勢大輔が夫の高階成順の出家を麻の衣によせて詠んだ歌である。②は題詠歌であり、言葉に出来ないほどの思いを直接相手に見せて伝えたいと詠む例である。その影響を受けて詠まれたのだろう。○**心にあまる**　心の中にとめておくことができない。思いあまる。『古今集』仮名序の業平評に「その心あまりて、ことば足らず」とある。西行は③でほととぎすの声を、定家は④で春の曙を「心にあまる」と詠み、いずれも「思ふ」主体とともに詠まれる。しかし当該歌では、具体的になぜ、何が「心にあまる」のかが示されていないため、理解しにくい。一応【通釈】のように解釈した。○**見せばや**　見せたい。この歌が送られた相手が誰なのか不明だが、【補説】に示すような定家との交流からみて、一応定家としておく。

【補説】　作者隆栄は、天福元年（一二三三）十二月に、定家をしばしば訪問している（『明月記』）。十二月三日には「未時許、隆栄律師一昨日自関東来由来示、隔障子言談、臨昏帰」とあり、十二月一日に関東から上洛した律師であることがわかる。同六日に「隆栄律師又来」とあって再訪し、同十三日には「隆栄律師又来言談、亥時許帰、十五日下向云々」とあり、十五日に関東へ帰ると言っている。定家は隆栄が訪問した際には会って面談しているので、おそらく関東である程度の地位を有する僧であろう。当該歌はその別れに際しての歌か。あるいは、このころ定家が『新勅撰集』を編纂していたことを勘案すれば、『兼輔集』六三番歌に「思ふこと言ふこと難みいたづらに書きてやるをぞ形見にはする」で、和歌を「形見」とする例があることから、「形見」は隆栄が定家のもとに持参した詠草をさすとも考えられよう。隆栄はおそらく初学の歌人。

『新和歌集』に入集歌はないので宇都宮歌壇ではなく、幕府周辺の人物か。『宗尊親王家百五十番歌合』には出詠せず、それらと前後して成立した『東撰和歌六帖』の現存部分には計四首の歌が採られている。隆栄はこのとき『新勅撰集』を編纂していた定家のもとに歌稿を持参した可能性も考えられるが、『新勅撰集』には採られていない。なお『山槐記』に載る隆栄は、治承三年にすでに阿闍梨であり、この権律師隆栄とは当然ながら別人である。

一三　浅からぬ契りも今はしら雪の重なる年のあとに見えなん

【底本】　あさからぬ契もいまはしらゆきのかさなるとしのあとにみえなん

【通釈】
浅くない縁もいったいどうなってしまうのか、今はわかりませんが、それも白雪が積もるように年が重なったあとにいつかわかることでしょう。

【参考】
①浅からぬ契りの程ぞくまれぬるかめ井の水に影うつしつつ（山家集・中・雑・八六三）

②今宵こそ思ひしらるれ浅からぬ君に契りのある身なりけり（同・七八二）
③浅からぬ契りの程は年月のつもるにつけて人も知るらん（新拾遺集・恋三・一二一〇・藤原雅宗）
④昔思ふ庭にうき木を積みおきて見し世にも似ぬ年の暮れかな（新古今集・冬・六九七・西行）
⑤急がれぬ年の暮れこそあはれなれ昔はよそに聞きし春かは（新古今集・冬・七〇一・藤原実房）

【語釈】 ○**契り** 約束、縁の意。当該歌が前歌への返歌ならば、定家と隆栄との縁をさすのか、あるいは出家した定家と仏との仏縁をさすのか、あるいは九月に出家した因子と十月に出家した定家との結縁をさすのか、詞書も作者もないので不明瞭。「浅からぬ契り」は、仏縁・主従・恋歌においても釈教歌においても詠まれる。①は天王寺のかめ井に映るみずからの姿を見て仏縁を詠んだ歌。②は高野山から下りていた西行がかつて在俗時に仕えていた鳥羽院の葬送に偶然にも会って参列し、かつての主君との縁の深さを詠んだ歌。当該歌がこの歌をふまえたとするなら、直前の隆栄とは無関係に、因子が藻璧門院への思いを詠んだ歌がこの場所に混入した可能性も全く否定はできない。③は後の時代に詠まれた恋歌であるが、歌内容は類似する。○**しら雪** 「しら」は「白」「知ら（ず）」の掛詞。当該歌は、契りの深まるのを待つ詠歌主体の心情に重ね合わせるように、雪が積り重なるのを待つと詠まれている。○**重なる年のあと** 「あと」は「跡」と「後」の掛詞で、「跡」は「雪」の縁語。年の推移は加齢に結びつくため、例えば「歳暮」題の歌は嘆老の思いを述べた作例が多くある。また、世間から隔てられたさびしい時間の中で、その一年にあったことが去来し、観想的な歌が生まれる。④の西行や、⑤の実房の、新年の準備もいらぬ出家の身を詠ずる歳暮の歌がある。当該歌が定家の歌ならば、出家した身での歳暮の歌に近いものといえよう。

【補説】 当該歌には詞書と作者名がない。もし「返し」という詞書が脱落したものなら、前歌の隆栄への定家の返歌となる。森本注もそのように注釈しており、その可能性はある。しかしこの二首には対応する詞があまりなく、内容的にもぴったり照応しているわけではないこと、またこの冒頭歌群で「返し」が脱落している部分は他にないことなどから、必ずしも返歌とは確定できない。従って作者も不明であり、前歌に続いて隆栄の歌という可能性もある。

そもそも、一二番の隆栄の歌と続く当該一三番歌は、何についての歌か、不明瞭である。従来は定家と因子の出家に関わる、隆栄と定家の贈答歌と理解されてきたが、隆栄の訪問は十二月三日〜十三日であり、因子と定家の出家からはやや時日の隔たりがある。また隆栄は関東の人で、初めて定家を訪問したのであり、定家や因子の知人ではなく、特に因子出家を慰めるような立場にはないと思われる。また、歌だけを見れば、出家を示唆するような言葉はない。ここでは和歌の表現に即して解釈するに留めた。

いずれにしても詠歌年次は、天福元年（一二三三）十二月であると考えられる。本位田論は隆栄が訪ねてきた十二月十三日の「後白雪粉々、忽積地」（『明月記』同日条）を引き、「この贈答は、おそらくその時のもので、「白雪」は当日の眼前の景をとって詠んだのであろう」と記し、現実の雪の景が詠まれていると指摘するが、隆栄のような知友ではなく初学の人物と、定家が謁談した折に、その場で贈答歌が行われるかどうかはやや疑問に思われる。しかし確かにこの年の十二月から翌年にかけては何度か降雪があり（『明月記』）、因子と、嵯峨禅尼（俊成卿女）・前関白道家との贈答（四六〜四八番歌、五二〜五三番歌など）には、「雪」が多く詠み込まれる。それらも眼前の景であると同時に、女院崩御と出家後の寂寥をあらわすものとなっている。

ここで『民部卿典侍集』冒頭の不明なところが多い歌群は終わり、次から女院在世時にさかのぼり、因子が出詠した歌会・歌合の歌群が始まる。

鶴契遐年

一四　いく千代かあまの羽衣たちなれむともなふ鶴の雲の通ひ路

【底本】　鶴契遐年

いく千代かあまのは衣たちなれむともなふつるの雲のかよひち

【通釈】

「鶴久しき年を契る」という題を

何千年にもわたって、(天女のように女房たちは)天の羽衣をまとって立ち(中宮にお仕えし)続けることであろう。鶴が群れて行き来するこの雲の通い路(宮中)で。

【参考】

法性寺入道前関白家にて、鶴契遐年といふ事をよみ侍りける　宮内卿永範

①あしたづは千とせまでとや契るらん限らぬものを君がよはひは(風雅集・賀・二一九二)

還昇して侍りける人のもとにつかはしける　藤原季経朝臣

②うれしさをよその袖までつつむかな立ちかへりぬるあまの羽衣(千載集・雑中・一一五七)

❸白妙の天の羽衣つらねきて少女待ちとる雲の通ひ路(文治六年女御入内屏風・十一月・五節参入・二四七・藤原定家)

④朝夕に雲のかけ橋たちなれて君につかふる道を知らばや(光経集・雑・二九九)

❺くものうへちかきまもりにたちなれしみはしの花のかげぞこひしき(拾遺愚草・洞院摂政家百首・桜・一四〇九)

⑥潟をなみ葦辺をさしてなくたづの千代をともなふ和歌の浦人(千五百番歌合・雑二・二八九九・源家長)

【語釈】　○**鶴契遐年**　貞永元年(一二三二)六月二十五日「中宮初度和歌会」(中宮初度御会)の歌題で、出題はこの一題のみ。「遐年」は永い年月・長命の意。『信実朝臣集』ではこの歌題を「鶴ひさしきよはひをちぎる」とよむ。『新勅撰集』『信実朝臣集』『範宗集』等にこの歌題の詠歌があり、この歌会での詠。『新勅撰集』の賀部巻頭にはこの歌会の歌が置かれた【補説】参照)。この歌題は①『風雅集』などにみえ、九条家では忠通が先蹤か。この「中宮初度和歌会」については『明月記』『洞院摂政記』『民経記』『百練抄』等に記されている。○**あまの羽衣**　天女の羽衣。②のように殿上人などの装束、あるいは女房装束をいう。装束を詠むことで藻壁門院に仕える女房たちを表している一種の換喩であろう。③の『文治六年女御入内屏風』は、宜秋門院任子の後鳥羽天皇入内を祝して詠まれた屏風歌で、これを先例としつつ竴子の入内を祝う『寛喜元年女御入内和歌』が作られた。因子は当該歌で「あまの羽衣」と「雲の通ひ路」をともに詠んだが、同じようにこのふたつを同時に詠んでいる例はこの定

家詠以外にはなく、この歌の影響が強いと見られる。また、「あまの羽衣」という言葉はないが、『讃岐典侍日記』に、諒闇明けで、「女房たちの姿、我も我もと、色々とつくしあはれたるさまぞ、ただおりけん心地してぞなみ居られたる。」とあり、華やかな女房たちを、天人が天下った姿に喩えている。○**たちなれむ**　「立ち馴る」はいつも出入りする。④のように、宮中に出入りし長く仕えることをあらわす。「立ち」と「裁ち」が掛詞、「衣」と「裁つ」が縁語。⑤は当該歌に約二か月先行する貞永元年四月『洞院摂政家百首』の定家の歌。○**ともなふ**　ともにする。いっしょに行く、来る。⑥は和歌の道によって仕えることを鶴とともに詠むことで末永くと寿ぐ点で、当該歌と表現上類似する。○**鶴**　「鶴契遐年」の歌題に沿った表現。当該歌では鶴は悠久の象徴。○**雲の通ひ路**　鶴が飛んでゆく大空の雲路。ここでは宮中をさす。

【補説】　藻璧門院竴子が中宮となった後の、貞永元年（一二三二）六月二十五日「中宮初度和歌会」での歌である。歌題は「鶴契遐年」で、道家・教実以下、二十名を越える廷臣たちが出詠した。

皇后・中宮などの后宮初度和歌会は、初度という点を重視した晴儀の和歌会であり、長保二年（一〇〇〇）の「彰子初度和歌会」から、計六例の開催が確認でき、この貞永元年の「中宮初度和歌会」が最後の例。「菊契遐年」（賢子の例）のような賀の歌題に基づいて各々一首詠進される。后宮の父が現任の摂関であった場合が多く、事実上は摂関家主催の和歌行事と見なされる（小川剛生「后宮初度和歌会」（解説六）『明月記研究』六　二〇〇一年一一月）。道家は寛喜二年（一二三〇）七月から中宮初度和歌会を行いたいという希望をもっており（『明月記』同年七月二十三日条）、二年を経て実現したのであった。この歌会で前関白道家（竴子父）と関白左大臣教実（道家男）が詠んだ二首が、『新勅撰集』賀部の冒頭に祝賀の象徴として置かれた。

貞永元年六月、后の宮の御方にて、初めて鶴契遐年といふ題を講ぜられ侍りけるに

前関白

鶴の子の又やしはごの末までも古きためしを我が世とや見む（新勅撰集・賀・四四三）

関白左大臣

久方のあまとぶ鶴の契りおきし千世のためしの今日にもあるかな（同・四四四）

この二首については、「外戚として顕栄を誇る自らの九条家への矜恃と奢りを露わに謳った、異例とも称すべき内容をもつ賀の歌である。…九条道家に対する、あまりにもあからさまな配慮が、この巻頭歌には顕われている。」（佐藤恒雄『藤原為家研究』笠間書院　二〇〇八年）と指摘されている。以上のように、中宮初度和歌会は、竴子の御代を象徴する和歌会であった。この和歌会の詠をこの歌群の冒頭に置いたことに、編者の意図を読み取ることができる。

民部卿典侍因子は、幼少より女房生活を続けており、後鳥羽院、そして安嘉門院の女房となり、寛喜元年（一二二九）竴子入内の後は、後堀河天皇・竴子の両方に仕え、翌二年二月の立后の後はもっぱら中宮づきの女房となり、かつ寛喜三年（一二三一）三月からは後堀河天皇典侍の要職にあった。当該歌は、現在残っている因子の詠歌の中で、年代がわかるものとしては最も早いもので、因子が三十八歳の時の詠である。けれども、「いく千代」を祈ったその翌年には女院は崩御することとなった。『民部卿典侍集』の一四～二六番歌は、貞永元年に道家の指揮のもとで行われた歌会・歌合での作品、および後堀河院のもとで行われた歌会が、ほぼ年次順に並べられている。

殿歌合　月下鹿

一五　さを鹿の峯のたちどもあらはれて妻どふ山を出づる月影

【底本】殿哥合月下鹿
　続千
　さをしかの峯のたちともあらはれて妻とふ山を出る月

【他出】
○『秋風和歌集』秋下
（歌合し侍りける時、月前鹿といふことを）　民部卿典侍

さを鹿の峯のたちどもあらはれて妻どふ山を出づる月影（三四八）

○『続千載集』秋上

月下鹿を　　後堀河院民部卿典侍

さを鹿の峯のたちどもあらはれて妻どふ山を出づる月影（四〇六）

○『題林愚抄』秋二

月下鹿　続千　　後堀河院民部卿典侍

さを鹿の峯のたちどもあらはれて妻どふ山を出づる月影（三七二六）

【通釈】

殿歌合で、「月下の鹿」という題を

牡鹿が峯に立っているその場所もくっきりとうかびあがらせて、（その鹿が）妻を呼んで鳴く山の端から（今しも）現れた月の光よ。

【参考】

①五月山木の下闇にともす火は鹿のたちどのしるべなりけり（拾遺集・夏・一二七・紀貫之）

②月影にあかで有明けの山の端や秋なく鹿のたちどなるらん（拾玉集・四一三三）

❸ともしする鹿のとだちもあらはれてはやまが峯にいづる月影（道家百首・夏十五首・二七）

④さを鹿の妻どふ山のをかべなるわさだはからじ霜はおくとも（新古今集・秋下・四五九・柿本人麻呂）

⑤おもひあへず秋ないそぎそさをしかのつまどふ山のを田のはつしも（拾遺愚草・正治初度百首・秋廿首・九五三）

【語釈】○**殿歌合**　「殿」は九条道家。貞永元年（一二三二）七月十一日入道前摂政家七首歌合。【補説】参照。前歌の「中宮初度和歌会」の約半月後の開催。○**月下鹿**　本歌合の歌題。ほかに『郁芳三品集』『壬二集』『続古今集』『玉葉集』にこの題の歌が残っており、同時詠。他に同じ歌題の歌合はない。○**峯のたちど**　立ち処とは馬や木が立っているところ。鹿の立ち処は、①のように照射などによってあらわになる鹿の立っている場所のことを詠む。「峯のたちど」という措辞は当該歌独特の表現。○**あらはれて**　②のように月の光によって鹿の立っているところが明るく照らされているさま。建保四年（一二一六）に詠まれた③の道家の歌と、趣向がきわめて類似しており、参考としたか。○**妻どふ山**　鹿が妻を呼ぶ声の聞こえる山。『正治初度百首』で定家が④の古歌を踏まえて⑤を詠んだ。④の人麻呂歌は『柿本集』にあり、『万葉集』『家持集』にも類歌がある。なお④は『新古今集』撰者名注記では定家も撰んでいることが知られる。

【補説】藻壁門院の父九条道家主催、貞永元年七月十一日の「入道前摂政家七首歌合」の詠である。証本は伝存しないが、『壬二集』『郁芳三品集（範宗）』『雲葉和歌集』『万代和歌集』『続後撰集』『続古今集』『続拾遺集』『閑月和歌集』『新後撰集』『夫木和歌抄』『玉葉集』『続千載集』『続後拾遺集』『新続古今集』などの勅撰集・私家集などに見えており、これらを集成すると、題は計七題で、「雲間花」「霞中帰雁」「羇旅郭公」「月下鹿」「風前擣衣」「暮山雪」「寄鳥恋」。出詠歌人は、道家・教実をはじめ、家隆・光俊・為家・隆祐・範宗・知家・源有長・源家清・成実・源家俊・頼氏・後鳥羽院下野・民部卿典侍（因子）・藻壁門院少将（中宮少将）、同但馬（中宮但馬）など。兼題で七首を詠進させて結番して歌合とし、定家が当座で判をつけた（『民経記』貞永元年七月十一日条）。さらに久保田淳は『民経記』同日条の記事から行能、信実、知宗も参加していたことを指摘している（「散逸歌会・歌合歌集成稿（二）」（『和歌史研究会会報』二　一九六一年六月）。）

　本歌合の因子出詠歌七首のうち、一五・一六番歌の二首のみが『民部卿典侍集』に記されている。また「雲間花」「寄鳥恋」題で詠まれた二首が『新勅撰集』に入集する（春上・六六、恋二・七五三）。

一六　葦垣に木の葉吹きしく追ひ風の音も間近く打つ衣かな

風前擣衣

【底本】　風前擣衣

あしかきに木の葉吹しくおひかせの音もまちかくうつころもかな

【他出】

○『万代和歌集』秋下

（歌合に、風前擣衣といふ事を）　民部卿典侍

あし垣に木の葉吹きしく追ひ風の音も間近く打つ衣かな（一一一四）

【通釈】

「風前の擣衣」という題を

葦垣に木の葉を吹き散らす追い風に乗って、（遠くで打っているはずの）音も間近に聞える砧の音であることよ。

【参考】

①人しれぬ思ひやなぞと葦垣の間近けれども逢ふよしのなき（古今集・恋一・五〇六・読人知らず）

②夜もすがらひまこそなけれ葦垣のまぢかき宿に衣うつ音（宝治百首・秋・聞擣衣・一八〇八・藤原公相）

③かねのをとを松にふきしくおひ風につま木やをもきかへる山人（拾遺愚草・雑・内裏歌合・山夕風・二六九七）

④木の葉ちる残りすくなき風の音に賤の砧の衣打ちそふ（殷富門院大輔集・秋・三五）

❺追ひ風にとほちの里の唐衣わが宿ちかく打つ声ぞする（行宗集・風中擣衣・一七）

⑥賤のめが月におきゐの里とほみ追ひ風しるく衣打つなり（道助法親王家五十首・秋・擣衣幽・六三六・藤原孝継）

【語釈】○**風前擣衣**　一五番歌に続き、「殿歌合」（七月十一日入道前摂政家七首歌合）の歌題。この歌題はほかに『壬二集』『万代和歌集』『続後撰集』『続拾遺集』『夫木和歌抄』『続千載集』『続後拾遺集』『題林愚抄』にこの歌合詠が見える。○**葦垣**　葦を結い合わせて作った粗末な垣根。間をつめて作るところから「間近し」「ま」に掛かる枕詞としてはたらき、近くにいながら逢えないと詠む①のように恋歌に用いられるが、衣を打つ音が葦垣に「間近く」聞えるという詠み方は先例がなく、ここに工夫があるか。②のように当該歌以降にはみられる。○**吹きしく**　しきりに吹く。新古今時代以降盛んに詠まれた表現。③は建保三年（一二一五）六月十八日内裏歌合で、定家が「追ひ風」が音を運んで「吹きしく」と詠んだ例である。○**追ひ風**　物の香りなどを吹き送ってくる風を言う。追い風が音を運ぶ例は少ないが、ここでは遠くで打つ衣の音を間近に運んでくる風。○**打つ衣**　擣衣。砧に布を乗せ、槌で打って柔らかくする作業のこと。晩秋の夜の風物であり、遠くから音が響いてくるものとされる。夫を待つ妻の作業ともされ、哀愁を感じさせるもの。風の音と擣衣の音の重なりを詠む④など、風に乗って衣を打つ音がきこえると詠むのはめずらしくないが、「追ひ風」が衣を打つ音を運ぶと詠むのは「風中擣衣」の題で詠まれた⑤が初例と見られ、当該歌以前にはほかに「擣衣幽」の題で詠まれた⑥があるのみである。

寄衣恋

一七　山姫の染めぬ衣も紅の色にいでてや今は恋ひまし

【底本】　寄衣戀

やま姫のそめぬころもゝ紅の色にいてゝや今はこひまし

【他出】

○『光明峯寺入道摂政家歌合』
一番　寄衣恋　左持　権大納言基家
紅のこぞめの衣たちそめて心の色をしらせつるかな（一）
右　民部卿典侍
山姫の染めぬ衣も紅の色にいでてや今はこひしき（二）
左右各可申所存之旨被仰、両方、共無令難申事之由申、
紅衣之色、大概同心歟、浅深難分之旨各申
○『続古今集』恋一
光明峯寺入道前摂政家恋十首歌合に、寄衣恋　後堀河院民部卿典侍
山姫の染めぬ衣も紅の色にいでてや今は恋ひまし（九五四）
○『万代和歌集』恋一
入道前摂政家恋十首歌合に、寄衣恋を　民部卿典侍
山姫の染めぬ衣も紅の色にいでてや今は恋ひまし（一九〇一）
○『源承和歌口伝』古歌を取りすぐせる歌
年月はいはでのもりの下紅葉色にいでてやいまは恋しき（一二八）
民部卿典侍
山姫の染めぬ衣も紅の色にいでてや今は恋ひまし（一二九）

下句同之

【通釈】

「衣に寄する恋」という題を

（紅葉を赤く染める）山姫が染めた衣ではないのに、私の衣も（涙ゆえに）紅の色に染まり、今はもうはっきり（恋心が）表にあらわれてしまって、（そのようにして）想い続けるのだろうか。

【参考】

❶山姫の恋の涙や染めつらん紅深き衣での森（月詣和歌集・九月附雑下・七五九・藤原実定）

❷山ひめのこきもうすきもなぞへなくひとつにそめぬよものもみぢ葉（拾遺愚草・関白左大臣家百首・紅葉・一四三六）

③紅の色には出でじ隠れぬの下に通ひて恋は死ぬとも（古今集・恋三・六六一・紀友則）

④忍ぶれど色に出でにけりわが恋は物や思ふと人のとふまで（拾遺集・恋一・六二二・平兼盛）

⑤世の中を嘆かぬほどの身なりせば何によそへて妹を恋ひまし（源三位頼政集・三九一）

⑥死ぬとても心をわくる物ならば君にのこして猶や恋ひまし（千載集・恋四・九〇三・源通親）

【語釈】○**寄衣恋**　『光明峯寺摂政家歌合』の歌題の一つ。この歌題は『山家五番歌合』（天仁三年（一一一〇））が最も早い例で、以降、『六百番歌合』や『仙洞句題五十首』『宝治百首』などで詠まれた。○**山姫**　山を守護する神のこと。春の佐保姫、秋の竜田姫を指す。ここは秋の竜田姫を詠みこみ、本歌合が開催された七月、「秋」を当季として示している。治承二年（一一七八）「右大臣家百首」において「紅葉」題で詠まれた①の実定の詠からの影響があるか。これ以降、衣や袖を染める紅涙からの連想、もしくは紅葉を染める詠が見られる。当該歌の少し前、貞永元年（一二三二）四月の『洞院摂政家百首』において、道家、定家、俊成卿女、信実たちが、山姫が染める、と詠む歌を詠出している。当該歌のように、山姫が染めない、と詠む歌は少ないが、②の定家の歌は山姫が紅葉を「ひとつに染めぬ」と詠み、色鮮やかさを強調する点で当該歌に似通い、参考としたか。○**紅の色に**

いでてや　③④のように恋をすると顔色に出ること、そして紅涙のために袖が赤く染まり、人に知られることを言う。なお『源承和歌口伝』の「古歌を取りすぐせる歌」の中で、藤原経継の「年月は…」の歌は当該歌の下句と同じであり、この因子の歌を経継が取りすぎた例としてあげられている。○**今は恋ひまし**　あなたを恋い慕っているのだろうか。「まし」は推量の意。既に強い思いを抱いている自らを省みることを詠む。「行路恋」という題で、不遇によってますます強くなる恋の思いを詠む⑤や、恋死にをしてもなお未練を残すと詠む⑥がある。歌合本文では「今はこひしき」となっている。なお、この歌は『続古今集』と『万代和歌集』のいずれも恋一に採られており、配列を見ると前後には男性歌人の「色に出づ」歌が並び、当該歌も男性（詠歌主体）が女性を恋する男歌であるといえよう。

【補説】一七番歌から二〇番歌までは、貞永元年七月、九条道家によって催された『光明峯寺摂政家歌合』の詠である。『光明峯寺摂政家歌合』の歌題はすべて恋の寄物題で、寄衣恋・寄鏡恋・寄弓恋・寄玉恋・寄枕恋・寄帯恋・寄糸恋・寄筵恋・寄船恋・寄網恋の十題である。定家が判者をつとめた。参加者は、左方が基家・春宮権大夫良実（道家）・為家・家隆・成実・資季・家長・頼氏・親季・知宗・中宮少将、右方は民部卿典侍、定家・信実・忠俊（道家男、教実）・隆祐・家清・行能・中宮但馬・下野・兼康・知家である。

歌合の一番右に置かれる女房歌人は、その時代の歌壇を代表するような女房歌人である。民部卿典侍因子はこの歌合と翌月の『名所月歌合』でも一番右に配されており、この頃因子が歌壇の有力女房歌人であったことがうかがえる。また一番は左に配された主催者や貴顕の勝となることが多く、ここで因子の歌が持となったことは、当該歌が相応の評価を得たことを示している。

本歌合が行われた貞永元年は六月十三日に『新勅撰集』撰進の命が定家に下り、同年十月二日には序および目録が奏覧されている。二年前の寛喜二年に勅撰集撰進の動きが道家に見られたが、翌年の飢饉で立ち消えになった。それが貞永元年に再び動き出し、おそらく改元前後あたりから勅撰集撰進の動きはかなり明確なものになっていた。同年四月の『洞院摂政家百首』や現在では散逸してしまったものも含めて、九条家周辺ではかなり活発に歌合・歌会が行われている。後堀河院周辺でもこの時期に近臣を中心とした歌壇活動が活発化しており、ともに勅撰集撰進を射程に置いた動きとみてよいだろう。このように貞永元年の九条家歌壇の動きは、『新勅撰集』撰進と不可分と考えられる。兼実・良経から引き継いできた歌壇の庇護者としての九条家という観点からみれば、「父祖以来の伝統的な雅事」（安井久善「九条家と同家百首和歌」『和歌文学研究』二〇　一九六六年一〇月）となる家百首『洞院摂政家百首』が道家の命によって教実邸で行われた年でもある。一七〜二〇番歌が出詠された『光明峯寺摂政家歌合』でも、九条家は道家・教実・基家と一族で参加しており、歌人でも、定家親子・家隆親子・信実親子・家長一家というように家をあげて参加している。

寄鏡恋

一八　面影はさらぬ鏡の影にだに涙へだててえやは見えける

【底本】　寄鏡恋
（続後撰集 とゝめをきて）おもかけはさらぬかゝみのかけにたになみたへたてゝえやはみえける

【校異】　集とゝめをきて（底・円・山・国）―ナシ（群）

【他出】
○『光明峯寺入道摂政家歌合』
十二番　寄鏡恋　左　九条大納言基家
別れにし石井の水のますかがみあかぬかげさへなどにごるらむ（二三）
右勝　民部卿典侍
とどめおきてさらぬ鏡の影にだに涙へだててえやは見えける（二四）

石井の水、あとある事のうへ、ことわりきこゆる由申し侍りき、涙へだててえやは見えける、珍しき由人人申して、勝と被定

○『続後撰集』恋五・九六四

入道前摂政家恋十首歌合に、おなじ心を　後堀河院民部卿典侍

とどめおきてさらぬ鏡の影にだに涙へだててえやは見えける

○『万代和歌集』恋二・二〇九八

入道前摂政家恋十首歌合に、寄鏡恋を　民部卿典侍

契りおきてさらぬ鏡の影にだに涙へだててえやは見えける

【通釈】

「鏡に寄する恋」という題を

（あなたの）面影は、（私が身から）離さない鏡の中の影としてでも（残ってほしいと思いますが、それすらもあふれる）涙に隔てられて（あなたの姿を）見ることができずにおります。

【本歌】

○『源氏物語』須磨

身はかくてさすらへぬとも君があたり去らぬ鏡の影は離れじ（一七二・光源氏）

【参考】

①鏡をばさしおくことやなからまし恋しき人の影うつりせば（為忠家後度百首・寄鏡恋・六五六・藤原親隆）

②かすみにし今日の月日を隔てても猶面影の立ちぞはなれぬ（続古今集・哀傷・一四一四・藤原道家）

③都人おきつ小島の浜びさし久しく成りぬ涙へだてて（式子内親王集・旅・二八四）
④中々の物思ひそめてねぬる夜ははかなき夢もえやは見えける（新古今集・恋三・一一五八・藤原実方）
⑤ほどもなく昔をきくに悲しきは涙や年をへだてざるらん（中務集・二九八・大江為基）
⑥恋ひわぶる涙にくもる秋の空見しやその夜の月なへだてそ（後鳥羽院御集・詠五百首和歌・九六七）

【語釈】　○**寄鏡恋**　『光明峯寺摂政家歌合』の歌題の一つ。『夫木和歌抄』一五三五七の仲正詠の詞書「家集、寄鏡恋」のほか、『為忠家後度百首』（六五五〜六六二）、『教長集』（七四七）、『風情集』（五二〇）、『林下集』（二五〇）が現存する早期の用例。のちには『宝治百首』などにも例がある。当該歌は『為忠家後度百首』の①同様、鏡に恋しい人が映るという万葉歌以来の信仰に基づいて詠まれている。なお『続後撰集』九六四詞書の「おなじ心を」は、前歌の「寄鏡恋」をさす。○**面影は**　底本には右肩に、集付・入集した本文として「続後撰集とゝめをきて」と注記されており、底本の筆者である契沖の注記か（以下も同じ）。『光明峯寺摂政家歌合』と『続後撰集』では初句は「とどめおきて」、『万代和歌集』は「契りおきて」となっている。「面影」と「影」が重複するゆえにどこかの段階で手直しがあったのか、早い時期から本文に揺れがあったと推測される。当該歌は『源氏物語』からの本歌取りである。**【補説】**参照。なお、「隔て」と「面影」がともに詠まれる点は、命日は遠い昔となっても父良経の面影が今も離れないと詠む②の道家の歌に類似する。○**涙へだてて**　「へだててえやは見えける」であれば「涙でかすんで見ることができようか」であり、「へだてでえやは見えける」と打消しの接続になれば「涙なしにみることができようか」の意となるが、ここでは前者と解釈しておく。「涙へだてて」という句は、これ以前は③の式子内親王詠しか見えない。○**えやは見える**　見ることができない。「〜することができようか、いやできない」の意。「やは」は反語の係助詞。「えやは見えける」の早期の例は④の実方であり、この夢にも恋しき人が見えないと詠む形は、定家、為家にも用いられている。判詞に「涙へだててえやは見えける、珍しき由人人申して、勝と被定」とあり、特にこの句が評価されて勝となった。従来「隔つ」のは雲や霞、山や関など遠くにある事物であったのに対し、涙が隔てるという詠み方は⑤の大江為基の歌と『能宣集』（二九五）の歌、また⑥などに限られる。さらに、既に述べたように「涙へだてて」という句もめずらしく、その新しさが高く評価されたと考えられる。

【補説】この歌は『源氏物語』「須磨」の作中歌の本歌取りである。前掲の本歌だけではなく、その場面を受けているので、『源氏物語』の本文を掲げる。

御鬢かきたまふとて、鏡台に寄りたまへるに、面瘦せたまへる影の、我ながらいとあてにきよらなれば、「こよなうこそおとろへにけれ。この影のやうにや瘦せてはべる。あはれなるわざかな」とのたまへば、女君、涙を一目浮けて見おこせたまへる、いと忍びがたし。

身はかくてさすらへぬとも君があたり去らぬ鏡の影は離れじ

と聞こえたまへば、

別れても影だにとまるものならば鏡を見てもなぐさめてまし

柱隠れにゐ隠れて、涙を紛らはしたまへるさま、なほここら見る中にたぐひなかりけりと、思し知らるる人の御ありさまなり。

（源氏物語・須磨）

これは、須磨に出立する前の光源氏と紫上の贈答の場面である。「私は遠くへ旅立って行きますが、あなたのそば近くで鏡に映る影として離れません」という光源氏に対し、紫上は「お別れしても、影として留まってくださるなら、その鏡の中のあなたの影を見て心を慰めます」と返歌する。

当該歌の詠歌主体は、鏡を見て心を慰めようとは言ったものの、その鏡の中のあなたの影さえ、私はあふれる涙で見ることができない、と悲しみをこらえ切れずに嘆いており、物語の地の文で「柱隠れにゐ隠れて、涙を紛らはしたまへる」と描かれた紫上の心中を詠んでいるとみられる。物語の中に入り込み、登場人物になりかわって物語が述べていない先にまで一歩すすめて詠むという、典型的な物語取りといえよう。

底本で初句を「面影は」としたのは、『源氏物語』本文の「面瘦せたまへる影の」に影響を受けてのことかもしれない。一方、『光明峯寺入道摂政家歌合』と『続後撰集』にみられる「とどめおきて」は、紫上の返歌「影だにとまるものならば」を摂取した表現と考えられる。歌合と『続後撰集』の本文のほうが、当該歌の詠歌主体が紫上の立場であることを明確にしたものとなっている。

玉

一九　かひもなし問へどしら玉乱れつつこたへぬ袖の露の形見は

【底本】　玉

続拾 かひもなしとへとしら玉みたれつゝこたへぬ袖の露のかたみは

【校異】　こたへぬ袖の（底・円・山・国）―こたえぬ袖の（群）

【他出】

○『光明峯寺入道摂政家歌合』

卅四番　寄玉恋　左持　　権大納言基家

きえかへり袖にくだくる涙ゆゑこひぢにひろふ玉もはかなし（六七）

右　　民部卿典侍

かひもなし問へどしら玉乱れつつこたへぬ袖の露の形見は（六八）

なみだの玉、同心に侍れば、為持

○『続拾遺集』恋五

（恋の歌とてよみ侍りける）　　後堀河院民部卿典侍

かひもなし問へどしら玉乱れつつこたへぬ袖の露の形見は（一〇六一）

【通釈】

「玉に寄する恋」という題を

何の甲斐もないことです。（恋しい人のことを）問いかけても、知らぬそぶりの白玉は私の涙と紛れあって乱れ散るばかりで答えることもなく、思い乱れて流れる袖の涙の露を（恋の）形見とするのでは。

【本歌】

ⓐ白玉か何ぞと人の問ひしとき露とこたへて消えなましものを（伊勢物語・六段・七・男）

五節のあしたに簪の玉の落ちたりけるを見て、たがならむととぶらひてよめる

河原の左のおほいまうちぎみ

ⓑぬしやたれ問へどしら玉いはなくにさらばなべてやあはれと思はむ（古今集・雑上・八七三）

【参考】

①人しれぬ涙の色はかひもなし見せばやとだに思ひよらねば（洞院摂政家百首・忍恋・一〇八三・藻璧門院少将）

②夏か秋か問へどしらたまいはねよりはなれておつるたき河の水（拾遺愚草・正治初度百首・夏・九三四）

③花か雪か問へどしら玉いはねふみ夕ゐる雲にかへる山人（後鳥羽院御集・正治初度百首・春・一〇）

❹ぬくひとは問へどしら玉乱れつつあられぞおつる野辺の道芝（為家千首・冬百首・五二二）

❺あかずしてわかるる袖の白玉を君が形見とつつみてぞ行く（古今集・離別・四〇〇・読人知らず）

【語釈】　○**玉**　『光明峯寺入道摂政家歌合』の歌題の一つ「寄玉恋」の略。当該歌題は、「寄衣恋」「寄鏡恋」に比べると少ない。『宝治百首』にみられるほか、『寂身法師集』『祐茂百首』『前長門守時朝入京田舎打聞集』あたりに例がみられる。同時代頃に注目された歌題か。○**かひもなし**　あなたを思って流した涙を形見にしてもどうにもならない。下句「袖の露の形見は」をうける。

倒置してある理由としては、当該歌のふまえた『伊勢物語』六段、本歌ⓐの直前の地の文「見れば率て来し女もなし。足ずりをして泣けどもかひなし。」を引いていることが考えられる。『洞院摂政家百首』では藻璧門院少将の①などがある。○**しら玉**「露」の見立てであり、「涙」を喩えたもの。「白玉」の「しら」と「知ら」が掛詞。また、「かひ（貝）」と「白玉」（真珠）が縁語である。「とへどしら玉」という措辞は、簪を落とした舞姫が誰かわからないと詠む本歌ⓑによるもので、以降は②の定家、③の後鳥羽院（『正治初度百首』本文では別の歌）で用いられるまで用例がない。②③とも「見分けられない」と詠む例であり、当該歌も草の上に置いた露「しら玉」と、消えた女を思って流した涙である「袖の露」が見分けがたくなった意と解しておく。当該歌に先立つ④の為家歌とは二句が共通しており、当該歌に影響を与えた可能性がある。○**乱れつつ**「思い乱れる」と「（露や涙が）乱れる」の掛詞。○**形見**　失った人や事物を偲ぶよすがとなるもの。⑤は相手と離れがたく思って流す自らの涙を、相手を思い出す形見としようと詠み、それをうけて当該歌はそのような形見など甲斐もないと否定する。

【補説】　本歌ⓑと、⑤の二首は、当該歌に強い影響を及ぼしている。⑤では自らの「袖の白玉」（涙）さえもあなたの形見としよう、と甲斐あるものに思いなしているのに対し、因子は、問うても答えない露のようなはかない涙などすぐに消えてしまって形見とするには足りない、と詠じている。

当該歌は『光明峯寺入道摂政家歌合』で持となった。一方で、同じ『光明峯寺入道摂政家歌合』の同題に、きわめて似た趣向の家隆歌があり、これは、道家男の教実（作名は忠俊）に勝ちを譲っている。

卅七番　左　　　　　　　　前宮内卿家隆

いかにせんぬしは誰ともしら玉のとへどこたへぬあだの形見は（七三）

右勝　　　　　　　　　　忠俊

伊勢島やおきつしら玉よそにのみ涙くだくる袖の上かな（七四）

行能朝臣申、玉題に、ぬしはたれともといふ詞、可有思所哉、右又尤宜、為勝

絲

二〇　しかすがにまだ絶えやらぬ片糸のあふをかぎりと年は経にけり

【底本】　糸

しかすかにまた絶やらぬ片糸のあふをかきりと年はへにけり

【通釈】

「糸に寄する恋」という題を

（あなたとの縁は薄れても）さすがにまだ絶え果ててしまったのではなく、細いけれど切れない片糸（が縒り合わせられて）あなたにお会いできることこそが、（私にとって）限りない望みであると思い続けて、長い年月を過ごしてしまいました。

【参考】

①深くのみ思ひそめては年経れど今宵はあはであけの唐糸（為忠家後度百首・寄糸恋・六七一・藤原為忠）

❷しかすがに絶えぬものから逢はぬまのつもるぞ長き契りなりける（信実集・恋・一四五）

③頼まれぬ人の心をしかすがの思ひ渡りて年の経ぬらん（建保名所百首・恋・志香須香渡参川国・八二〇・藤原家衡）

④片糸をこなたかなたによりかけて逢はずは何を玉の緒にせむ（古今集・恋一・四八三・読人知らず）

❺逢ふことは思ひもよらで片糸のこなたかなたに年は経にけり（光明峯寺入道摂政家歌合・寄糸恋・一四四・源家長）

⑥我が恋は行方も知らず果てもなし逢ふを限りと思ふばかりぞ（古今集・恋二・六一一・凡河内躬恒）

【語釈】　○糸　『光明峯寺入道摂政家歌合』の歌題の一つ「寄糸恋」の略。「寄糸恋」は『山家集』（五九四）や①『為忠家後度百首』が現存する早期の用例となる。同時代以降では、為家出題の『白河殿七百首』に見られる。○しかすがに　そうはいうものの。そうではあるがしかし。院政期以前はほとんど三句目に置かれ上下句の相反する思いや事象を結びつけるが、それ以降は②のように初句にも用いられる。三河国の歌枕「志賀須香の渡り」と掛けて用いられることも多い。「しかすがに」を副詞として用いるのは『万葉集』から見られ、地名としては源順や平兼盛など十世紀後半あたりから詠まれた。いずれもその後しばらく用例が減り、建保期の内裏歌壇辺りから再注目される。名所題として『建保名所百首』に「志香須香渡」が設定されたころから「しかすが」という言葉が注目された。『建保名所百首』の詠③は、思い続けながら長い年月が経ってしまったと詠む点が当該歌と似る。○**絶えやらぬ**　まだ絶え果てていない。②は元仁二年（一二二五）「九条前内大臣家三十首」の「稀恋」の歌で、「糸」は関わらないが、初二句と歌の内容が似通い、参考にされたか。○**片糸**　二本の糸を縒りあわせて一本にする前の片方の細糸。脆く切れやすいのを恐れながら「縒り合う」（逢う）のを望む心が詠まれる。④が著名歌である。当該歌と同歌合詠の、⑤の判詞（定家）において「此題の片糸かずおほく侍りてのちの深き色のいとめづらし」と指摘されるごとく、この歌合の同題では家隆、成実、隆祐、家清、頼氏、親季、知宗、藻璧門院少将（中宮少将）たちが「片糸」を詠みこんでいる。「寄糸恋」は他に趣向が少なく、⑤の家長詠のような類似歌が多く出来てしまったとみられる。○**あふをかぎり**　「あふ」は「糸を縒り合わせる」ことと、「男女が逢う」こととが掛詞。⑥をはじめ、恋歌で多く用いられる。逢瀬を、究極の最後の望みとしていることをあらわす。

【補説】当該歌は『光明峯寺入道摂政家歌合』「寄糸恋」の一三三番歌の次の空白部分に入るものと考えられる。歌合伝本では欠脱している部分を補う貴重な一首である。なお、この歌合の『新編国歌大観』所収本文の底本である永青文庫蔵幽斎筆本では、左方の作者名は「九条大納言基良」であるが、「基家」が正しいと考えられる。

六十七番　寄糸恋　左勝　九条大納言基家

あはぬ夜は乱れやわぶるささがにの逢ふをかぎりに年をへにけり（一三三）

右　民部卿典侍

（空白）

左の糸、詞のより所おほく、宜しく侍之由申して、為勝

左の基家の歌とは末句が酷似しており、さらに前述のように⑤の家長歌とも類似している。

さて、ここまでの一七～二〇番は、『光明峯寺入道摂政家歌合』に出詠された十首から四首が撰入されているのであるが、撰ばれた歌々は「会えない相手への思慕」を詠じている点で共通するように思われる。さらに臆説を恐れずに言うならば、哀傷歌的なニュアンスを含む詠が撰び入れられている可能性があるのではないか。一九番歌は、さきに指摘したように『伊勢物語』第六段の恋人を失った男の詠を揺曳する。鬼に食われてしまった女性に対する強い恋慕の情を歌ったものであるが、『新古今集』では哀傷部に収められている。そうした歌が当該歌に重ねられているとすれば、「形見」が必要な人は、もう二度と会えない人であることを想起させるものとなろう。

一八・二〇番歌は明確に哀傷と言える表現はないものの、わずかに残された鏡の影さえ涙に隔てられている（一八）とか、「年はへにけり」（二〇）というように、再び会うことが困難な相手を想起させる。一七番歌は恋歌であるが、歌われている紅涙は、恋に限らず激しい悲嘆の末に流される涙でもある。たとえば三一・七九番歌では、紅涙が墨染の袖を染めると詠じられている。附会であるかもしれないが、当該家集全体を藻璧門院を失った因子の悲嘆で彩るとするなら、女院に仕える女房にとっては絶頂期であった貞永元年の作を撰び入れる際にも、十首の恋歌のなかから集全体との調和を図った撰歌をしていた可能性も考えられよう。

二一　おほせごとにて五首題、初秋

さらに又かきほの荻もおとづれて里なれそむる秋の初風

【底本】　おほせことにて五首題初秋

さらに又かきほの荻も音信てさとなれそむるあきの初風

【校異】　音信て（底・山）—をとつれて（円・国）・をとかつれて（群）

【通釈】

ご下命によって詠んだ五首題（のうち）、「初めの秋」を

（よそだけではなく）さらにこの垣根の荻にも吹き付けて荻をゆらし（荻も音をたてて）、里に吹きなれはじめた秋の初風よ。

【参考】

①さらに又秋にもかへす嵐かな霜枯れはつる荻の下葉を（新宮撰歌合・嵐吹寒草・三九・越前）

②荻の葉に吹きすぎてゆく秋風の又たが里をおどろかすらん（後拾遺集・秋上・三二〇・読人知らず）

③かきほなる荻の葉そよぎ秋風の吹くなるなへに雁ぞ鳴くなる（新古今集・秋下・四九七・柿本人麻呂）

④よそにだにきかじと思ふふるさとのかきほの荻に秋風ぞ吹く（為家五社百首・荻・二九六）

❺荻の葉に秋の初風音すなり人めまれなる深山べの里（廿二番歌合・閑庭秋来・一・藤原頼輔）

⑥吹く風の荻の上葉におとづれて今日こそ秋の立つ日なりけれ（堀河百首・立秋・五七〇・藤原顕仲）

❼よそにきく峯の嵐も荻の葉に里なれそむる夕暮の空（正治初度百首・秋・一六四一・寂蓮）

【語釈】　**○おほせごとにて**　下命者を、本位田論は藻璧門院、森本注は後堀河院とする。おそらく後堀河天皇（院）の仰せ事であろう。【補説】参照。**○さらに又**　初句に置かれ、①のように季節がさらに深くなるさまを詠む歌が多い。森本注は、『後撰集』秋上・二二〇「いとどしく物思ふ宿の荻の葉に秋と告げつる風のわびしさ」を本歌として挙げ、「今年もまた垣ねの荻も音をたてて」と訳す。しかし、「なれそむ」の語から考えれば、「今年もまた」ではなく、「吹き始めた秋の初風が、人里にある垣根の荻にも吹いた」と解釈する方が自然か。②の「又」は別の場所に吹いていた風が、さらにまた別の里に吹く、の意。**○かきほ**　垣根。「かきほ」は撫子や卯花と共に詠むのが一般的。荻を詠むのは③の人麻呂詠が早く、他には当該歌以前の例は見られ

ず、「かきほの荻」はこれ以前にない表現。④は当該歌からの影響作か。○**荻**　典型的な秋の歌材の一つ。荻は目に見えない風の存在を知らせるもので、荻のそよぐ音が秋風の到来を告げると詠む歌は数多い。⑤の頼輔歌は風が秋の到来を告げて寂莫とした山里を吹き抜ける情景を詠んでおり、荻の音が広がる様を里が秋に染まっていく様に重ねる点で共通している。○**おとづれて**「訪れて」と「音を立てて」の掛詞。⑥のように荻や風とともに用いられる例が多い。○**里なれそむる**　古くは用例の見当たらない、近い時代に生まれた表現。時鳥や鶯の訪れを詠む場合に用いられ、「風」が「なれそむ」とした例はほとんど見えない。⑦の寂蓮詠では別の場所である峯に吹いていた秋の風が里にまで到来し吹き抜けていく様を詠み、雅経も同様の歌を建仁頃に詠んでいる（『明日香井和歌集』三二九）。当該歌は⑦から表現や着想を学んだと見られる。○**秋の初風**　秋の到来を告げる風。「秋の初風」は『古今集』時代から詠まれた詞。

【補説】詞書にある「おほせごとにて五首題」は、後堀河天皇の下命による詠と考えられ、二一番〜二三番の三首にこの詞書がかかるとみられるが、「秋月」（二三）はごく一般的な題であるため、同時詠かどうか確実ではない。「初秋」題は、『新勅撰集』秋上・一九九に、同時詠とみられる資季（後堀河院近臣）の歌がある。

うへのをのこども、はつ秋の心をつかうまつりけるに　　藤原資季朝臣

あしびきの山下風のいつのまに音吹きかへて秋はきぬらん

貞永元年（一二三二）七月ごろ、後堀河天皇の内裏で行われた小規模の歌会とみられる（後堀河は貞永元年十月に譲位）。この貞永元年から翌天福元年にかけて、後堀河天皇は身近な近臣たちを集め、集中的に頻繁に和歌会を行っていたことが『為家集』や『新勅撰集』以下の勅撰集などによって知られる。おそらくその一つであろう。これらの和歌会のメンバーは為家をはじめとする近臣たちなので、女房である因子が歌会に参加したかどうかは不明だが、歌会にあわせて五首題を召され、歌を詠進したのではないか。以上については田渕句美子「後堀河院の文事と芸能―和歌・蹴鞠・絵画―」（『明月記研究』一二　二〇一〇年一月）参照。『民部卿典侍集』の配列上も、前は貞永元年七月の『光明峯寺摂政家歌合』、後は同年八月の『名所月三首歌合』なので、貞永元年七月とみて年次上の矛盾はなく、一四番歌から二六番歌まで年次配列となる。

二二　吹く風の音羽の山のさねかづら秋くるからに露こぼれつつ

【底本】　ふく風の音羽の山のさねかつら秋くるからにつゆこほれつゝ

【通釈】
吹く風の音がする音羽の山のさねかずらは、秋が来るとともに、（風に吹かれて）露が次々とこぼれていく。

【参考】
①吹く風の音羽の山は色づけど人の心の秋ぞつれなき（歌合建暦三年八月十二日・音羽山・一・順徳天皇）
②名にしおはば逢坂山のさねかづら人にしられでくるよしもがな（後撰集・恋三・七〇〇・藤原定方）
③秋のくる山さなかづらうちなびき朝露かけて風やふくらん（明日香井和歌集・秋廿首・四八〇）
❹あはれまた秋くるからに武蔵野の草はみながら露ぞこぼるる（為家千首・雑二百首・八七三）
❺このくれの秋風すずしから衣ひもとく花につゆこぼれつつ（拾遺愚草・秋・秋花・二三五五）
❻ゆふすずみおほえの山のたまかづら秋をかけたるつゆぞこぼるる（拾遺愚草・内裏百首名所・夏十首・大江山・一二二七）

【語釈】　○**吹く風の音羽の山**　「音」は「吹く風の音」と「音羽の山」を掛ける。①が同様の例。音羽山は近江・山城国の国境の歌枕で、「音」と「逢坂」に関連する表現などと共に用いられることが多い。○**さねかづら**　真葛。「さなかづら」とも。蔓草なので「繰る（来る）」を詠むことが多い。②のように「〜山のさねかづら」には色々なパターンがあるが、音羽の山は当該歌のみである。ただし「さねかづら」と「逢坂」を詠む例は『後撰集』から下って『壬二集』などに僅かながら見られる。逢坂越えに際して峯続きの音羽山を詠み込む歌も多く、そこから連想したか。立秋の景を詠む③と似通う。○**秋くるからに**　蔓草の縁で、「来る」と「繰る」を掛ける。「秋くるからに」という句は、『古今集』『後拾遺集』以降は為家の④まで下る珍しい表現。類似表現として、後鳥羽院が「冬くるからに」（『後鳥羽院御集』一二七七）と詠むが、他にほとんど例がない。○**露こぼれつつ**　露がこぼれこぼれしながら。結句に置かれて余情を残す表現で、家隆の『新古今集』雑下・一七六二など、院政期頃から新古今時代にかなり詠まれた。『建保名所百首』夏の題で定家が詠んだ⑥「ゆふすずみ」を「吹く風」に変え、季節を夏から秋に転じたか。加えて、為家詠④の「秋くるからに」、承久二年（一二二〇）八月の定家詠⑤の「露こぼれつつ」などを参考にした可能性があり、父定家と弟為家の表現を取り込んでいると言えよう。

【補説】当該歌が前の二一番歌の詞書をうけるとすると、「五首題、初秋」の歌が二首あることになる。当該歌も五首題のひとつであったが別の歌題が脱落したか、あるいはどちらも初秋の歌題で詠んだものの片方は提出しなかった歌かもしれない。また、別の機会に詠まれた歌という可能性もあり得る。

二三　　秋月

誰も待つ秋はならひの月なれど猶ひかりそふ夕暮れの空

【底本】秋月

たれもまつ秋はならひの月なれと猶ひかりそふゆふくれの空

【校異】そふ（底・山）―てふ（円・群）・てふ（をそ）（国）

【通釈】「秋の月」を

誰もが皆待つ、秋はそういう習わしの月ではあるけれど、それでもなおいっそう、美しく光が加わった夕暮れの空（に出た月）であるよ。

【参考】

❶たれもきくさぞなならひの秋のよといひてもかなしさをしかのこゑ（拾遺愚草・仁和寺宮五十首・一七五五）
②暮れゆけばまづ待たれけるならひかなながめなれこし秋の夜の月（露色随詠集・三二〇）
③明方は月も名残や惜しむらんなほ光そふ袖の上かな（民部卿家歌合建久六年・暁月・一一四・藤原定家）
❹月は秋あきは月なる時なれや空も光をそへて見ゆらん（長秋詠藻・右大臣家百首・月・五三一）
⑤心あてにそれかとぞ見る白露の光そへたる夕顔の花（源氏物語・夕顔・二六・夕顔）
⑥うしとのみ思ひならひし秋もきぬ袖の露そふ夕暮れの空（洞院摂政家百首・秋・五九七・但馬）

【語釈】○**誰も待つ**　誰もが待っている。『拾遺愚草』に①の「たれもきくさぞなならひの秋のよ」があり、ここから「誰も」「ならひ」という着想を得たか。○**秋はならひ**　秋には習慣となっている、の意。秋の月を待つことが習慣となっていると詠む歌に②がある。○**猶ひかりそふ**　輝きを増す意。月とともに用いる例は多い。定家は③で「なほ光そふ」と詠んでおり、この定家の歌からも影響を受けたか。定家の歌では明け方の月だが、ここでは夕暮れの空の月である。祖父俊成④も同様の表現を用いて秋の月を詠じており、月は秋をもって至上とし、空にも光を添えるかのようだという歌全体の構造も類似する。また『源氏物語』の⑤「光そへたる」とある句は著名であり、『源氏物語』のイメージが投影されているか。「夕方」という時間設定も、待つ女（夕顔）を想起させる。なお三六番歌でも「西の空にや光そふらん」と詠む。○**夕暮れの空**　秋の夕暮れは、月を待つ時刻としてその心情がよく詠まれ、当該歌のように夕暮れに出た月自体を賛美する歌は少ない。「秋月」という題から考えれば、「そもそも秋の月というのはだれもが出てくるのを心待ちにするものではあるが、それでも猶、夕暮れの空に出た月はいっそう素晴らしく輝いて見える」といった心を読み取ることができる。しかし、結句を「夕暮れの空」としているせいで月からやや離れてしまったような印象を与えるか。⑥は「夕暮れの空」に「ならひ」「そふ」が合わせ詠まれる先行例。

歌合　名所月

二四　龍田山染めてうつろふ木末より時雨れぬ色にいづる月影

【底本】　歌合名所月

辰田やまそめてうつろふ木末より時雨ぬ色にいてぬ月影

【他出】

○『名所月歌合　貞永元年』

一番　名所月　左勝　女房

三笠山ふりさけみれば榊葉のいやとしのはに月はすむらし（一）

右　民部卿典侍

龍田山染めてうつろふ木末より時雨れぬ色にいづる月影（二）

左、榊葉のいやとしのは、姿詞非凡俗之所及之由各一同申、右、上に染めてうつろふ木末とおきて、下に時雨れぬといへる、ことわりかなはずや侍らむ、今いづる月の色をよめる由、右方陳申、其難侍らずとも、左非同日論、為勝

【通釈】

歌合で「名所の月」という題を

龍田山の木々を時雨が染めて紅葉したその枝先から、時雨に曇らない色で（輝きながら）昇る月の光よ。

【参考】

①たをやめの袖のうらかぜ吹き返せ染めてうつろふ色はむなしと（定家名号七十首・名所・四七）

②秋はきぬ龍田の山も見てしかな時雨れぬ先に色やかはると（拾遺集・秋・一三八・読人知らず）
③秋といへば時雨れぬ色の身にしむとみ山おろしよ激しかるらん（老若五十首歌合・冬・三二二・宮内卿）
④神無月時雨れはてにし木末より山さびしくもすめる月かな（佚名歌集・冬歌中に・四八）
⑤紅葉ばの散るをなげきし木末より月のもるこそうれしかりけれ（唯心房集・落葉・一一六）
❻むら雲の時雨れて過ぐる木末より嵐に晴るる山の端の月（秋篠月清集・花月百首・九六）

【語釈】○**龍田山**　大和国の歌枕。紅葉の名所として知られる。○**染めてうつろふ**　染めて色が変わる。先行例が全くない。のちに定家が①で用い、その後は『文保百首』に至るまで使用例が見いだせない。時雨に染められることと色の移ろいを併せて詠んだ語であり、難解ではないが、珍しい句。○**時雨れぬ色に**　時雨が山を紅葉させることは常套。「時雨れぬ」は②から発想を得たか。「時雨れぬ色」という表現は③が早い例。しかし当該歌は、歌合の判詞（判者定家）で「右、上に染めてうつろふ木末とおきて、下に時雨れぬといへる、ことわりかなはずや侍らむ」と難じられる。一首の中で上句に「染めてうつろふ」、下句に「時雨れぬ」とあるのは矛盾するので違和感がもたれたようだが、「今いづる月の色をよめる由、右方陳申」と弁護されている。つまり、過去に時雨が染めた紅葉、そして現時点で時雨なく晴れた夜空の木末から明るい月があらわれたことを詠んだのである。○**いづる月影**　『名所月歌合』では「いづる月影」とある。『民部卿典侍集』は諸本全て「いでぬ月影」であるが、「いでぬ」では月が出てこないことになり意味が通らない。ここでは歌合本文によって「いづる月影」と校訂した。時雨の後に枝の向こうから昇る月を詠んだ歌に源長国の作とされる④がある。また寂然の⑤、良経の⑥があり、⑥は上の句に据えられた時雨に濡れた木末と、下の句に据えられた晴れた月の対比が共通しており、当該歌の参考とされたかもしれない。

【補説】　当該歌から三首（二四～二六）は、貞永元年（一二三二）八月十五夜、九条道家が自邸で主催した「名所月歌合」に出詠した歌である。判者は定家だが、衆議による判が多い。題は「名所月」一題で、各人三首である。俊成卿女や下野、藻璧門院少将といった女流歌人が参加した中で、因子が右の筆頭として、左の「女房」すなわち道家と番えられた。この他には、左が定家・家隆・行能・信実・頼氏・有長・頼季・隆祐・知宗、右が高倉・実持・資季・家長・兼康・光俊・家清・為家の計二二名。

主催者道家と番えられたため因子の成績は持一負二だが、この歌を除く三首中二首が『続後撰集』『続拾遺集』に入集するなど、高い評価を得たとみられる。当該家集には出詠歌三首をすべて載せている。

二五　清見潟月の空には関もゐずいたづらに立つ秋の白波

【底本】

きよみかた月の空にはせきもゐすいたつらにたつ秋の白浪（続拾）

【校異】　続拾（底・円・山・国）―ナシ（群）

【他出】

○『名所月歌合　貞永元年』

十二番　左持　女房

かず見ゆる雁のはだれの霜のうへに月さえわたる天の橋立（二三）

右　民部卿典侍

清見潟月の空には関もゐずいたづらに立つ秋の白波（二四）

かず見ゆる雁のはだれ、月さえわたる天の橋立、風情景気殊勝無双、清見潟の月、詞姿難捨など申す人人侍りしにや、持之由仰せらる

○『雲葉和歌集』秋中

光明峯寺入道前摂政家歌合に、名所月　後堀河院民部卿典侍
清見潟月の空には関もゐずいたづらに立つ秋の浦波（五六〇）

○『続拾遺集』秋下
光明峯寺入道前摂政家の八月十五夜歌合に、名所月　後堀河院民部卿典侍
清見潟月の空には関もゐずいたづらに立つ秋の浦波（三一〇）

○『歌枕名寄』駿河国・清見篇・潟
続拾五　後堀河院民部卿典侍
清見潟月の空には関もゐずいたづらに立つ秋の浦波（五一九一）

【通釈】
（清見関には関守がいるが）清見潟では、月が輝く空には（清らかな光を遮る）関守もいない。（そして月影が映る海には）むなしく（波の関守が月影をそこにとどめておくこともできないで）秋の白波が立っているばかりである。

【参考】
①さらぬだにかわかぬ袖ぞ清見潟しばしなかけそ波の関守（続詞花集・雑下・八八〇・源俊頼）
②逢坂もはては往来の関もゐず尋ねて訪ひこ来なば帰さじ（栄花物語・月の宴・一・村上天皇）
❸清見潟月は雲井に渡るとも影をばとめよ波の関守（今撰集・秋・七五・顕昭）
❹寄せ返りなにしか波の清見潟月をとほさぬ関守もなし（為家集・雑・関路惜月・二〇四一）

【語釈】 ○**清見潟**　駿河国の歌枕。その近くにある清見が関も歌枕であり、『散木奇歌集』「恨躬恥運雑歌百首」の俊頼の①

（『散木奇歌集』では二句目「かはらぬ袖」）のように関守が詠まれ、あわせて月や波が詠み込まれることが多い。またその語から、月の光の清らかさを暗示する。○**月の空**　月光が輝く空。義孝などにも見えるが、定家が『拾遺愚草』（三一四・六八一）で詠んでいる。○**関もゐず**　関守もいない。清見潟と関守の取り合わせでは、関守に何かをとどめるよう詠みかける例が多い。ただし「関もゐず」は②の他に例を見ない表現。波の行き来を暗示するか。○**いたづらに立つ**　空しく波が立つ。「関」と「立つ」が縁語。波を関守と見なした歌は①がある。顕昭の③はその波の関守に月をとどめてほしいと詠んだ。当該歌は③から趣向を学んだか。○**秋の白波**　『雲葉和歌集』『続拾遺集』では「浦波」。下の句で寄せては返すばかりの波を詠み、月をとどめられない恨みを重ねる。特に、元仁元年（一二二四）為家の詠んだ百首歌の④は「清見潟」という空間、行き来する「波」、「関」がなくとどめられない「月」と共通点が複数存在し、当該歌に影響を与えた可能性が高い。先行歌を効果的に吸収し、清見潟の月が浮かぶ美的空間を描き出した歌と言える。『名所月歌合』では判詞に「詞姿難捨など申す人人侍りしにや」とあり、参加者たちに好意的に評価され、番われた道家自身が持を主張し、持と定められた。のちに『続拾遺集』に入集している。

二六　いく返り須磨の浦人我がための秋とはなしに月を見るらん

【底本】
続後撰
いく返りすまのうら人わかためのあきとはなしに月をみるらん

【校異】続後撰（底・円・山・国）―ナシ（群）　あきとはなしに（底・国）―秋とはなしに（円・山・国）・秋とはなしの（群）

【他出】
○『名所月歌合　貞永元年』

二十三番　左勝　　女房

須磨の浦やあまとぶ雲の跡はれて波よりいづる秋の夜の月（四五）

右　　民部卿典侍

いく返り須磨のあま人我がための秋とはなしに月を見るらん（四六）

右、殊なる難はきこえ侍らねど、常の月にや、あまとぶ雲の跡、立ちならぶべき物侍らぬ由申して、為勝

○『続後撰集』秋中

入道前摂政家の歌合に、おなじ心を　　後堀河院民部卿典侍

いく返り須磨の浦人我がための秋とはなしに月を見るらん（三五五）

○『歌枕名寄』摂津国・陬磨篇・浦

同　　後堀河院民部卿典侍

いく返り須磨の浦人我がための秋とはなしに月を見るらん（四二八一）

【通釈】

（寄せては返す波の際に立つ）須磨の浦に住む人は、自分のための秋というわけではないのだけれど、幾度も（物悲しい思いを重ねながら）月を見ているのだろうか。

【参考】

❶いく返りゆきかふ秋を過しつつうき木にのりて我かへるらん（源氏物語・松風・二八七・明石君）

②いく返り我が身につもる冬の霜おくりにけりな須磨の関守（紫禁和歌草・歳暮・四五〇）

❸松島のあまの苫屋もいかならむ須磨の浦人しほたるるころ（源氏物語・須磨・一八九・光源氏）
❹わがためにくる秋にしもあらなくに虫の音きけばまづぞ悲しき（古今集・秋上・一八六・読人しらず）

【語釈】○**いく返り**　幾度も。また何年も、の意もある。①は明石君が明石から都へ出発する際に詠んだ歌で、何年も秋を送り過ごして、と長い期間を含意する。②須磨の地に何年もいることを詠む点で当該歌と似通う。「波」が寄せては返す意も掛ける。「返り」が波の連想で「浦」の縁語。○**須磨の浦人**　須磨は摂津国の歌枕。『古今集』の在原行平の歌（九六二）や『源氏物語』「須磨」の影響が大きく、貴公子が沈淪するイメージを伴う。「浦人」は海人を指す例が多いが、当該歌は『源氏物語』で源氏が須磨で詠んだ③をふまえているとみられ、「須磨の浦にいる人」と解釈した。底本や『続後撰集』では「浦人」であるが、『名所月歌合』本文では「あま人」とする。○**我がための秋**　自分だけの秋ではないが物悲しい、というのは伝統的な表現。その代表である④の歌をふまえている。○**月を見るらん**　歌合の判詞で「右、殊なる難はきこえ侍らねど、常の月にや」と評され、左の道家歌に対して負けている。「常の月にや」とは、月を詠む歌として目新しいところがないことを指すとみられる。ただ因子としては、『源氏物語』①と③の二首を下敷きとし、須磨にたたずむ源氏と、明石に残された明石君の二首を交差させて、源氏取りを試みたものかもしれない。

【補説】　二四・二五番歌に続き、「名所月歌合」の、三首目の歌である。この歌合では名所は指定されておらず、各歌人が任意の名所を詠んでいるが、この二十三番では偶然にか左右ともに須磨の歌が詠まれている。左の道家が、天飛ぶ雲が流れ去り晴れた後に清らかに波から昇った月の景を描き出したのに対して、右の因子は、『源氏物語』をほのめかせながら、悲傷の歌に仕立てた。この歌はのちに『続後撰集』に入集している。

ここまでが『民部卿典侍集』の歌合・和歌会での詠を集めた歌群であり、年次順に並べられていると見てよい。次の二七番歌から、藻璧門院への哀傷歌群が始まる。

二七　行く末の煙とだにもわかざりし心の闇はいつか晴るべき

（道家）

【底本】　行すゑの煙とたにもわかさりし心のやみはいつかはるへき

【通釈】

（人がいつか死ぬのは当然だけれど、わが娘藻璧門院の）行く末が煙となってしまうことすらもわからなかった（親の私の）心の迷妄の闇は、いつか晴れることがあるのでしょうか。

【参考】

①鳥辺山多くの人の煙立ち消え行く末は一つ白雲（秋篠月清集・無常・一五七五）
②誰かまたあはれとも見む雲となり煙とならん行く末の空（親清四女集・二三七）
❸人の親の心は闇にあらねども子を思ふ道にまどひぬるかな（後撰集・雑一・一一〇二・藤原兼輔）
④いかばかりくまなく照らす月なれば心の闇も晴るるなるらん（顕輔集・六一）
❺年も経ぬその月よみを頼みこし心の闇はいつか晴るべき（千五百番歌合・雑二・三〇〇一・越前）
⑥なきを恋ひあるをなげくも子を思ふ心の闇の晴るるよぞなき（秋思歌・二一八）

【語釈】　**○行く末の煙**　「行く末」ははるか遠くの行きつく先。行方。「煙」は火葬の時に立ち上る煙のこと。ここでは藻璧門院の死去をさす。①のように「煙」の「末」を詠む例は多いが、「行く末」が「煙」となると詠んだのは、当該歌と後に詠まれた②のみである。**○心の闇**　煩悩に迷う心を闇にたとえて言う。迷妄の心。また著名歌である③の影響で、子を思う親の心をさすことも多い。当該歌では、父道家が亡き娘藻璧門院を思う心。④のように「月」の光によって「心の闇」が晴れるという表現が定着していたが、次第に「月」は詠まれなくなり、「心の闇」が晴れないという述懐性を持った歌が詠まれるようになった。**○いつか晴るべき**　いつか晴れるのだろうか。⑤は『千五百番歌合』において越前が詠んだ歌で、⑤は『千五百番歌合』巻末の歌にあたる。当該歌と下の句が同じであり、⑤を参考にしたか。⑥は当該歌よりも後に詠まれたものだが、娘為子を喪った為家の歌で、子を思う親の深い嘆きを詠み、『秋思歌』の巻軸歌（なお「なげくも」は「おもふも」をミセケチ）。

【補説】当該歌から、藻璧門院崩御の後の贈答歌を中心とする歌群が始まる。ただし女院崩御を述べる記述はなく、『名所月歌合』の三首にそのまま続く。誤脱か、あるいは女院崩御を示す詞書を後々入れる予定だったかとみられる。二七・二八番歌は贈答歌であるが、誰の歌であるか明記されていない。九条道家と因子（森本注）、因子と定家（本位田論）とする説がそれぞれ提示されている。森本は二七番歌にある「心の闇」を「子（女院）を思う親（道家）の心」と解しており、首肯されるので、この説に従う。因子と道家の贈答歌は『民部卿典侍集』中ほかの場面でも見られる。

摂関家当主であった道家は、当時の最高権力者であり、典侍因子にとっては女主人の父にあたり、日頃から近く接する関係にあった。また『民部卿典侍集』にはないが、『続拾遺集』雑下に、次のような贈答が見える。

藻璧門院かくれさせ給うて又の年の五月五日、大納言通方むすびたる花を仏の御前にとて、民部卿典侍もとにつかはしたりけるを、その由光明峯寺入道前摂政のもとに申しつかはすとて

後堀河院民部卿典侍

思ひきやかけし袂の色色を今日は御法の花と見むとは（一二八九）

返し

光明峯寺入道前摂政左大臣

今日までに露の命のきえやらで御法の花とみるぞかひなき（一二九〇）

この由をききて、民部卿典侍につかはしける　大納言通方

今更によその涙の色ぞそふ御法の花の露のことのは（一二九一）

女院崩御の歌群を道家との贈答で始めているとすれば、道家の存在が因子にとっていかに大きいものであったかを示していると言えよう。

二八　返し

思ひやる心の空の月の色にとまる闇路の晴るるをぞ待つ

【底本】　返し

おもひやる心の空の月の色にとまるやみちのはるゝをそまつ

【通釈】

返し　（因子）

（亡き藻璧門院に）思いを馳せるあなたの心の空にある月の輝きによって、（今は迷って）立ちどまる闇路が晴れるように、（迷妄の思いが）晴れるのをお待ちいたします。

【参考】

①闇晴れて心の空に澄む月は西の山辺や近くなるらむ（新古今集・釈教・一九七八・西行）

②物思ひてながむる頃の月の色にいかばかりなるあはれそむらん（同・恋四・一二六九・西行）

③いかにして月待つ島になく鶴の心の闇をはや晴るけまし（宝治百首・雑・島鶴・三四〇五・藤原為家）

④いかにして暗き闇路を晴るけまし今日出でそめし光ならずは（為家集・雑・仏誕生・一五四七）

【語釈】　○**思ひやる**　ここでは亡き人に思いを馳せていること。「思ひ」の「ひ（火）」に、贈歌の「煙」を意識するか。しばしば初句に置かれ、「心」とともに詠まれることも多い。通例的に詠まれてきた表現を踏襲している。○**心の空**　心を空に見立てる表現。「心の空」に仏教性を詠み込んだのは西行の①が早い例。①は『新古今集』の巻軸歌でもある。○**月の色**　月の光の輝き。恋歌や叙景歌などに用いられるが、この場合の月は真如の月。「心の闇」が「月」によって晴れるとする表現は定型的なもの。西行の②は恋歌であるが、月の色が人事に影響されることのない様子が読み取れる。影響を受けずにただ遍く煌々と照る月だからこそ、闇路に迷った人の救いにもなるのである。○**晴るるをぞ待つ**　贈歌をそのまま受け、迷妄の闇が月の光によって晴れるのを待つ、という意で、上位者への丁重な言い方が感じられる。類歌としては、③は「月」が出ていないために、鶴の「心の闇」を晴らす術がないとする歌。④は③と同じく為家の歌で、仏誕生の光が闇路を照らすとする。④は当該歌同様、闇路が晴れることを希求する歌である。

【補説】　当該歌は前歌の道家への返歌とみられるが、詞書は「返し」と記されている。道家なら正式には「御返し」となるべきだが、そうなっていない。この問題は、そもそも二七・二八番歌は作者名もなく、また同様の現象が公経と因子の贈答（八二・八三番歌）でも見られる。おそらく未定稿の状態の道家と因子の贈答と考えて良いだろう。

二九　世をそむきぬと聞きて、人のとぶらひて侍りける返事

悲しきはうき世の咎とそむけどもただ恋しさのなぐさめぞなき

【底本】　世をそむきぬときゝて人のとふらひて侍ける返事

続後撰
かなしきはうき世のとかとそむけともたゝこひしさのなくさめそなき

【校異】　返事（底・円・山・国）―返し（群）

【他出】

○『続後撰集』雑下

藻壁門院御事ののち、かしらおろし侍りけるを、人のとぶらひて侍りける返事に

後堀河院民部卿典侍

悲しきはうき世の咎とそむけどもただ恋しさのなぐさめぞなき（一二六三）

○『増鏡』第三・藤衣

院にさぶらふ民部卿典侍と聞ゆるは、定家中納言の女なり。この宮の御方にもけ近う仕うまつる人なりけり。限りなく思ひ沈みて頭おろしぬ。いみじうあはれなることどもなり。人の問へる返事に、

悲しさはうき世の咎とそむけどもただ恋しさのなぐさめぞなき（四二）

当代の御母后にておはしつれば、天の下みな一つ墨染にやつれぬ。

【通釈】

（私が）出家したと聞いて、ある人が見舞ってくださった時の返歌　（因子）

このように悲しみを感ずるのは、この世（に留まっているという）過ちゆえであると思い出家しましたが、（出家しても）ひたすら藻壁門院が恋しく思われる気持ちは慰められようもありません。

【参考】

①恋ひ死なむ身こそ思へば惜しからねうきもつらきも人の咎かは（詞花集・恋上・二二一・平実重）

②いかばかりうきもつらきも身の咎と思ひ知らずは世を恨みまし（為家集・雑・述懐・一四五〇）

③はかなしと言ふばかりにてそむかぬや心の咎のうき世なるらん（人家和歌集・二〇七・弁全）

④恋しさの慰む方やなからましつらき心を思ひませずは（続古今集・恋五・一三四三・藤原清輔）

❺限りあればさてもとどめぬ別れ路にただ恋しさぞやるかたもなき（明日香井和歌集・一六一六）

【語釈】　○世をそむきぬ　天福元年（一二三三）九月十八日、藻壁門院女院死去をうけて、同九月二十三日に因子が出家したことをさす。○人　具体的には不明だが、痛切な悲しみを表出し、次の歌では「君に馴れけん」（三〇）と言っていることから、

同じく女院に仕えた朋輩の女房かもしれない。三〇番歌【補説】参照。○**咎**　責めを負う行為、過ち。または欠点。恋歌に多く、平実重の①は、恋ゆえにつらさを感じることを我が身の「咎」とする。また②などで、為家が「咎」あるいは「身の咎」と何度も用いている点が注目される。「うき世の咎」という句は当該歌以外見られないが、出家しないことを咎とする歌は③などがある。ここでもそのように解釈した。類似例としては「うき身の咎」という表現がやや多い。○**恋しさ**　亡き女院への思慕。「悲し」と「恋し」が同時に詠みこまれる例は非常に少ない。④は『太皇太后宮大進清輔朝臣家歌合』の「恋」題で清輔が詠んだ歌。⑤は雅経が、承久元年（一二一九）七月九日に、十三歳の娘を亡くした後の哀傷歌のうちの一首で、下句は極めて似る。

【補説】当該歌は『続後撰集』に入集した。『続後撰集』では上皇・女院への哀傷歌の歌群にあり、藻壁門院崩御にこの因子の歌、後堀河院崩御に平繁茂（後堀河院の近臣。『民部卿典侍集』四六番歌詞書に見える）の歌、後高倉院崩御に藤原基氏（後高倉院の近臣。『続古今集』一四五三番歌に後堀河院への哀傷歌もある）の歌が並べられており、彼らはそれぞれの主君に最も近い側近であった。因子が女院にとって最も近い女房であったことがよく知られる。さらに当該歌は『増鏡』にも採られ、因子の哀傷歌の中でも代表作として伝えられたとみられる。

三〇　夢の世に別れて後の恋しさをいかにせむとか君に馴れけん

【底本】
（続拾）夢の世にわかれて後の恋しさをいかにせむ（集よ）とか君になれけん

【校異】いかにせむ（集よ）とか（底・山）―いかにせむ（よ集）とか（円）・いかにせんとか（群・国）

【他出】
○『続拾遺集』雑下

藻壁門院かくれさせ給ひける比、人のとぶらひて侍りけるに

後堀河院民部卿典侍

夢の世に別れて後の恋しさをいかにせよとて君に馴れけん（一三二七）

○『万代和歌集』雑五

藻壁門院かくれさせ給てのち、世をそむきぬとききて、人のとぶらひて侍りける返事に

民部卿典侍

夢の世に別れて後の恋しさをいかにせよとか君に馴れけん（三五六八）

【通釈】

夢のようにはかないこの世で（人の命もはかないものとはわかっていたけれど）、お別れした後の恋しさをいったいどうするつもりで、藻壁門院に親しくおつかえしていたのでしょう（この恋しさはどうしようもありません）。

【参考】

①夢の世にまよふときかばうつつにも猶なぐさまぬ別ならまし（新後撰集・雑下・一四九八・藤原家経）

②見し人のすてて出でにし夢の世にとまる嘆きぞさむるまもなき（同・一四九九・源邦長）

③とはぬかな別れて後の悲しきは忘るる程になりやしぬらん（赤染衛門集・五八二・藤原兼綱）

④名取河せぜの埋れ木あらはればいかにせむとかあひ見そめけむ（古今集・恋三・六五〇・読人知らず）

⑤袖の上に干さぬ涙の色見えばいかにせんとか音のみなくらん（続古今集・恋一・一〇一九・藻壁門院少将）

❻夢の世に月日はかなく明け暮れて又は得がたき身をいかにせむ（新勅撰集・釈教・六〇七・藤原良経）

❼捨てはてむと思ふさへこそ悲しけれ君に馴れにし我が身と思へば（後拾遺集・哀傷・五七四・和泉式部）

【語釈】○**夢の世**　夢のようにはかない世の中。死別、はかなさ、などの連想を持つ語。人の死去時や出家時に用いられることが多い。①②は後代の例であるが、源親長が没した折に交わされた贈答歌で、家経の哀悼の歌に対し、親長の弟邦長は「夢の世」に取り残された者の嘆きが止むことはないと返す。『民部卿典侍集』では四〇番歌でも同じく「夢の世」が用いられる。○**別れて後**　藻璧門院に今生でお別れした後。③は兼綱女の忌を過ぎてのち、兼綱の元から赤染衛門に送られた歌で、兼綱女に死別した後を意味している。○**いかにせむとか**　『続拾遺集』では「いかにせよとて」、『万代和歌集』では「いかにせよとか」。「いかにせむ」「いかにせよ」はいずれも古代から中世まで使用されている表現だが、「いかにせよ」とする場合は、他から詠者が困惑させられていることが多く、「いかにせむ」とする場合は、詠者自身の行動を自分ではかりかねて困惑していることが多い。④の詠が「いかにせむとか」の早い例で、この影響もあり恋歌に用いられた表現。⑤は因子の朋輩の女房であった藻璧門院少将が、貞永元年（一二三二）に成立した『洞院摂政家百首』で詠んだ歌。なお⑤は『後拾遺集』の「恨みわび干さぬ袖だにあるものを恋に朽ちなむ名こそ惜しけれ」（恋・八一五・相模）を下敷きとする。「十題百首」の釈教歌である⑥は、夢のようにはかないこの世に無為に生きる我が身をどうしたものかと詠み、仏教色の強い歌。○**君に馴れけん**　主君にお仕えして馴れ親しんだのでしょうか。⑦は、和泉式部が恋人敦道親王に死別し、出家しようと思った時に詠んだ歌で、恋的要素が濃厚な語。この歌からの影響が考えられる。また、讃岐典侍が身近に仕えた帝が死にゆく悲しみを、「いとかく、何しになれつかうまつりけんと、くやしく覚ゆ」（『讃岐典侍日記』）のように表現しており、女房の意識としてこれと通底するものがある。

【補説】　二九番歌と同様に、因子が出家した天福元年（一二三三）九月二十三日の後、まもなくの頃に詠まれた歌。恋歌によく用いられる詞を用い、和泉式部の恋的身体をあらわす語を取り入れるなど、恋的要素の強い哀傷歌。二九番歌と重なる表現も多く、女院への思慕を強くあらわす。二九番歌とともに、この「人」に送られた返歌である可能性が高い。『万代和歌集』『続拾遺集』はそのように解釈して、二九番歌と同じ詞書を付している。この「人」は、因子から女院への深い思慕をよく知る人物（朋輩の女房・側近など）であろうか。二首にあふれる痛切な慟哭から類推すると、かなり親しい人への返歌と思われる。次の三一番歌も同様の歌とみられる。なお贈歌はいずれも記されていないので、この「人」は歌人としてさほど名のある女房ではなかったのかもしれない。

三一　暮ると明くと流す涙のくれなゐに色もわかれじ墨染の袖

【底本】　くるとあくとなかす泪のくれなゐに色もわかれし墨染の袖

【校異】　わかれし（底・円・山・国）―別し（群）

【通釈】

（出家をしたけれど、あまりの悲しみに）暮れても明けても流す涙の紅に衣が染まり、その紅の色とも見分けることができないでしょう。この墨染の袖では。

【参考】

①あま人の手引の網のくると明くと目かれぬ恋に袖や朽ちなむ（光明峯寺摂政家歌合・寄網恋・二〇〇・藤原道家）

②暮ると明くと涙の中に日数へて別れし月に又や別れん（円明寺関白集・雑・一〇九）

❸なれ着ぬるあけの衣の袖なれば変はる涙の色もわかれじ（重家集・五四八）

④くれなゐの涙はかかる袖なれどまだ墨染の色はかはらず（後葉和歌集・哀傷・四二二・源顕仲）

【語釈】　**○暮ると明くと**　日が明けても暮れてもずっと。①は前年に行われ因子も出席した『光明峯寺摂政家歌合』（当該家集の一七～二〇番歌がこのときの因子詠）の「寄網恋」題で、「網を繰る」と「暮る」を掛けた道家の歌である。なお、明けても暮れても涙を流すという詠み方は、後年、道家の喪が明けた時に子の実経が詠んだ②が当該歌に類似しており、当該歌の影響があったかもしれない。**○涙のくれなゐ**　悲しみが極まったときに流す血の涙の紅色。紅涙によって染まった袖が赤く見えること。**○色もわかれじ**　色も見分けられないだろう。父を失った大外記の師尚に、五位の緋衣に紅涙を流しても見分けられないでしょう、と弔う③の重家の歌がある。『民部卿典侍集』の五番歌は、当該歌と同時期に詠まれたものだが、定家は娘因子が出家してまとった墨染めの衣が紅涙によってふたたび色鮮やかに染まったと詠んだ。当該歌は因子自身が、どれほど紅涙がかかっても墨染の色は変わらないと詠む。④もその例。またこの墨染と紅涙を重ねる趣向は、因子が七九番歌で再び用いている。○**墨染の袖**　ここでは因子が自らの悲しみを詠んでいるので、因子が出家して尼となり墨染の袖になったことをさす。なお、藻壁門院は国母なので、諒闇であり、宮廷の人々はみな黒染の衣をまとっている。二九番歌【他出】の『増鏡』参照。

【補説】当該歌は詠まれた時期は明確ではないが、強い女院思慕の表現や、「墨染の袖」という出家を表す表現がある。また「色もわかれじ」に、相手への訴えかけがあり、やはり前の二九番歌の前にある詞書「世をそむきぬと聞きて、人のとぶらひて侍りける返事」がかかる可能性が高いと思われ、二九・三〇番歌と同じように出家直後の歌、同じ「人」への返歌であるかもしれない。

三一

同じ頃、「谷に煙の」など申しける人に

身をこがす煙くらべの別れ路はおくるべくやは物の悲しき

【底本】おなしころたに〳〵煙のなと申ける人に

身をこかすけふりくらへの別路はをくるへくやは物のかなしき

【校異】たに〳〵（底・山・群）―たにも（円）・たにに（国）

【通釈】同じ頃、「谷に煙の（鳥辺山の谷に煙が燃え立ったならば、はかなく見えた私の火葬の煙だと知ってほしい）」などと申した人に（返した歌）　（因子）

身をこがす煙（の激しさを、あなたと）比べる（死別の）別れ路では、私が後に残されることなどあろうか、いや残されはしない。これほどに物事が悲しいのだから（私も死んでしまいそうだ）。

【参考】
❶鳥辺山谷に煙の燃え立たばはかなく見えし我としらなん（拾遺集・哀傷・一三二四・読人知らず）
②鳥辺山けふはよそなる思ひこそつひには人の身をこがすらめ（如願法師集・哀傷・六五九）
③あはれなど同じ煙に立ちそはで残る思ひの身をこがすらむ（続古今集・哀傷・一四六一・藤原為家）
❹立ちそひて消えやしなましうきことを思ひみだるる煙くらべに（源氏物語・柏木・五〇二・女三宮）
⑤打なびく煙くらべにもえまさる思ひの薪身はこがれつつ（拾遺愚草・藤川百首・返事増恋・一五七一）

【語釈】　**○同じ頃**　二九番歌の詞書「世をそむきぬと聞きて、人のとぶらひて侍りける返事」を受ける。**○谷に煙の**　①をさす。この古歌によって、手紙の送り主が「（女院崩御の悲しみのあまり）私も死んでしまいそうだ」と表現したことになる。その人は、女院崩御の悲嘆を因子と共有する立場にある人。おそらく因子の朋輩で、女院に親しく仕えていた女房か。**○身をこがす**　身を焼く。男が女によって身を破滅させることを夏虫や藻塩焼きの煙に託して恋歌に詠む例が多い中で、哀傷歌では貞応元年（一二二二）の詞書をもつ秀能の②が現存初例である。後に為家が詠んだ③は後嵯峨院大納言典侍為子を失った際の歌。**○煙くらべ**　先行例が少なく、④の後は定家が⑤などで詠んでいる程度である。⑤は④に基づいた作である旨が『藤川五百首』の注に見え、当該歌にも④からの影響が考えられる。④は煙により「物思いの激しさを比べよう」と詠むのに対し、当該歌では「悲しみの深さを比べよう」と転じている。**○おくるべくやは**　自らの死を暗示した手紙の送り主に対し、「（私の悲しみも深いので）死に遅れはしない」と答えたもの。『源氏物語』取りである。【補説】参照。

【補説】　当該歌の「煙くらべ」と「おくるべくやは」という表現の対応は、『源氏物語』「柏木」の冒頭にも見られる。当該歌は柏木と女三宮の贈答歌に基づくもので、柏木が自分の死を予感し、最後に女三宮に呼び掛けた歌を踏まえた。

女三宮との密通が光源氏に露顕した後、病床に臥していた柏木は死期を悟って、女三宮に手紙を送る。その中で、柏木の病を知りつつ見舞いの手紙さえ送らない女三宮を恨み、次のように書く。

いまはとて燃えむ煙もむすぼほれ絶えぬ思ひのなほや残らむ

あはれとだにのたまはせよ。心のどめて、人やりならぬ闇にまどはむ道の光にもしはべらむ。

女三宮は源氏を恐れて、この手紙を無視しようとするが、女房に強いられるままに返事を書く。

心苦しう聞きながら、いかでかは。ただ推しはかり。残らむ、とあるは、

立ちそひて消えやしなましうきことを思ひみだるる煙くらべに

後るべうやは。

すなわち、自らの火葬の煙を詠んだ柏木に対して、女三宮は「煙くらべ」という表現により、「自分も激しく思い乱れて、死んでしまいそうだ」と応じている。

この場面は、当該歌の詠作状況と重なる。「谷に煙の」という引歌によって、自分の死を暗示してきた手紙の送り主に対し、因子は「煙くらべ」と詠むことで、「あなただけではなく、私も死んでしまいそうだ」と返している。また、柏木は右の女三宮からの手紙に対しさらに返事を書くが、その場面は『民部卿典侍集』七〇番歌と表現的に類似している。七〇番歌も、この場面からの『源氏物語』取りであり、同様に悲しみを共有する朋輩の女房との贈答歌の片方と考えられる。七〇番歌参照。

さて、仕えていた院や天皇が亡くなったあとその哀しみの深さを人々が推し量り合うということは『讃岐典侍日記』にも描かれている（『土御門院女房』二〇番歌【補説】参照）。

また、『栄花物語』には、長元九年（一〇三六）四月十七日に崩御した後一条院に続いて中宮威子も同年九月に崩御し、威子の子である二人の内親王も彰子に引き取られることとなって、女房たちが度重なる別れを嘆く場面がある。斎院の小弁命婦は、後朱雀院皇女祐子内親王に仕えた女房であり、出羽弁は、彰子、威子、そして章子内親王に仕えた女房である。

また、今や出でたまふとて、斎院の小弁命婦、

悲しきに添へてもものの悲しきは別れのうちの別れなりけり

出羽、

あまたさへ別れの道を知らましや君におくれぬわが身なりせば

斎院の小弁命婦の歌に見える「ものの悲しき」は類型的な表現であるが、出羽弁の返歌は、表現や発想が、因子の歌とやや類似するとみられる。

ここまでの四首は、おそらく藻壁門院崩御と因子出家の直後に詠まれたものであり、いずれも恋歌の雰囲気をたたえ、まるで恋人を失った時のような痛切な悲しみの響きを伴っている。

述懐歌

三三　うき身までかはればかはる世の中を何ながらへて明け暮らしけん

【底本】　述懐哥

うき身まてかはれはかはる世中を何なからへてあけくらしけん

【他出】

○『万代和歌集』雑六

（題知らず）　民部卿典侍

うき身までかはればかはる世の中に何ながらへて明け暮らすらむ（三七〇九）

【通釈】

述懐歌

つらい我が身までも（出家によって）変われば変わる世の中を、なぜ生き長らえて、明かし暮らしていたのだろうか。

【参考】

①年ふれどうき身はさらにかはらじをつらさも同じつらさなるらん（千載集・恋五・九三七・土御門前斎院中将）

筑紫のかた修行し侍りけるに、箱崎の宮にて、昔に変はらぬ松はげにこそとおぼえて

❷あはれなりうき身の影はかはれどもふたたび見つる箱崎の松（浄照房集・二九）

❸ひとしれぬ人の心のかねごともかはればかはるこのよなりけり（拾遺愚草・二見浦百首・無常・一八〇）

④目に近く移ればかはる世の中を行く末とほく頼みけるかな（源氏物語・若菜上・四六三・紫上）

⑤ありはてぬいのちをさぞとしりながらはかなくも世をあけくらす哉（拾遺愚草・二見浦百首・述懐・一七四）

⑥うき身のみ何ながらへておく露の消ゆるを人の上と見るらん（教長集・雑・九三六）

【語釈】 ○**述懐歌** 不遇、沈淪、詠嘆などが詠まれる。「述懐歌」という詞書がどこまでかかるのか不明だが、内容からおそらく三五番歌までの三首か。また、この歌が詠まれた時期も不明。だが、三五番歌は秋の歌なので、崩御後まもなくの天福元年（一二三三）秋の詠か。○**うき身まで** ①のように、「うき身は（うき身のまま）変わらない」と否定的に詠む例が多い。それを念頭において、「うき身まで（変わる）」と表現したとすれば、「うき身まで（良い方向に）変わる」といった肯定的な内容が想定されるか。ただし『浄照房集』にはうき身の方が変わってしまうものだと定型をずらして詠む②がある。○**かはればかはる** この表現は当該歌と③にしか見出せない。③から影響を受けたか。類似の表現としては④があり、女三宮の降嫁に伴う紫上の不安を詠んだもの。当該歌には異母兄浄照房や父定家の影響が見出されることは興味深い。○**世の中を** ⑤を参考にすれば第五句「明け暮らしけん」にかかる。なお『万代和歌集』は「世の中に」として「ながらへて」に続ける。○**何ながらへて** なぜ生き長らへて。⑥のように、自分が生きていることを疑問視することによって、その命や人生を否定的に省みる。○**明け暮らしけん** 日々を過ごしたのだろうか。⑤は③と同じく「二見浦百首」における定家の歌。この表現は「明け暮らすらむ」と詠む例が目立

ち、当該歌も『万代和歌集』にはその形で載るが、『民部卿典侍集』では諸本とも「明け暮らしけん」とする。

【補説】「うき身までかはればかはる」とは、どのような変化を示しているのか。『民部卿典侍集』は未定稿的な性格を持つので、配列から内容を推測することは難しい。したがってここでは、同じく十三世紀半ばに成立した『万代和歌集』（雑六）の配列から、当時、当該歌がどのように解釈されていたのか検討したい。

（題知らず）　慶政上人

明日よりはあだに月日を送らじと思ひながらもまた暮らしつつ（三七〇八）

民部卿典侍

うき身までかはればかはる世の中に何ながらへて明け暮らすらむ（三七〇九）

千五百番歌合の歌　後京極摂政太政大臣

月日のみなすことなくて明け暮れぬくやしかるべき身の行方かな（三七一〇）

ここには三首だけ掲げたが、さらに前後を広く含めて見ると、当該歌を含む歌群の主題は出家・遁世である。三七一〇番歌は、それを表す明確な詞が詠まれていないが、『千五百番歌合』（雑二・千四百四十二番左）では「旅寝してまどろむ夢の床よりもさむるまことにしくものぞなき」という慈円の判歌が付され、勝とされている。すなわち、三七一〇番歌も仏道を志す歌として理解されていたことが窺われる。明け暮らすという表現は、出家を志しながら果たせない心境を詠む傾向がある。特に因子の詠に隣り合う二首は、出家しないまま無為に月日を過ごすことを嘆いている。

以上の点を踏まえれば、『万代和歌集』の因子の詠は「たとえつらい我が身であっても出家をしようと思えばできる世の中に、なぜ生き長らえて（無為に）明かし暮らしているのだろうか」といった解釈が期待されていよう。なお、出家することを「身が変わる」と詠む例は管見に入らないが、「身を変える」と詠む例は「身をかへてひとりかへれる山里に聞きしに似たる松風ぞ吹く」（源氏物語・松風・二八八・明石尼君）がある。これは、明石尼君が出家した後に大堰の屋敷に戻ってきた感慨を詠んだものである。

ところで、前述のとおり、『民部卿典侍集』の本文では第三句が「世の中を」、第五句が「明け暮らしけん」となっている。したがって、家集においては「世の中を、なぜ生き長らえて（無為に）明かし暮らしていたのだろうか」とし、出家前の生活を出家後に回想していると解すべきであろう。それは「述懐歌」という詞書にもふさわしい。

三四　夢にだに昔はまたもみねにおふる色やみどりの風ぞ悲しき

【底本】　夢にたに昔はまたもみねにおふる色やみとりの風そ悲しき

【校異】　みねに（底・円・山・群）―岑に（国）

【通釈】

昔のことを（夢に見たいと待っているが）夢でさえ再び見ることもなく、その夢を破った、峰に生える（緑の松に、そして待つわが身に吹き付ける）、色も緑の風が（身に染みて）悲しく思われる。

【参考】

❶夢にだにさだかに見えぬ逢ふことをぬるがうちとて待つぞはかなき（建春門院中納言日記・一五）
②花のごと世の常ならば過ぐしてし昔は又もかへりきなまし（古今集・春下・九八・読人知らず）
③立ち別れいなばの山の峯に生ふるまつとし聞かば今かへりこむ（古今集・離別・三六五・在原行平）
④ほととぎすまだいでやらぬ峯に生ふるまつとは知るやをしむ初声（為家千首・夏・二一三）
❺松風は色やみどりに吹きつらん物思ふ人の身にぞしみける（後拾遺集・雑三・九九一・藤原延子）
⑥袖ちかき色やみどりの松風にぬるるがほなる月ぞ少き（拾遺愚草・藤川百首・松間夜月・一五三七）

【語釈】　○**夢にだに**　夢でさえ。①は『建春門院中納言日記』の本編末尾に並ぶ歌の一首で、亡き春華門院に夢でも会いたいと待つのははかないと嘆く歌であり、構造的にも似通い、この歌を参考としたかもしれない。建春門院中納言（健御前）は因子の伯母にあたる。○**昔はまたも**　昔のことを再び。②が踏まえられているとみられる。②は花の落花と開花とが年々循環するように人の世も繰り返してほしいと、無常に抗して懐旧を詠む歌。○**みねにおふる**　「みね」は「昔は又も見ね」と「峯に生ふる」との掛詞。「見ね」と「峯」を掛けた点が新しい。「峯に生ふる松」は③が源流である。松を長久の象徴として寿ぐ祝の歌の中での用例が多く、当該歌のように懐旧の歌に詠まれるのはめずらしい。①や④を参考にすれば、「松」に、夢に見ることを「待つ」が掛けられているとみられる。○**色やみどりの風ぞ悲しき**　小一条院の渡御が望めない堀川女御延子が詠んだ⑤から、「みどりの風」は松風であり、「物思ふ」人である詠歌主体が「悲しき」と言っていることがわかる。⑤の表現を下敷きにしたか。また⑥もある。ただし当該歌では「松」という語は使わずに隠し、凝縮した表現になっている。⑤により、蕭条と吹き付ける松風が悲しむ人の身に染むことをあらわしている。「風ぞ悲しき」については【補説】参照。

【補説】　当該歌は昔を恋い、現在の悲哀を歌う内容から、三三番歌詞書「述懐歌」を受けるとみられる。
「風ぞ悲しき」という形の初例は『義孝集』である。そこでは春の花を散らし無常の思いを催させる風として詠まれた。

　同じ別当、ひゐの別当はなれ、いまだに心やすく仁和寺の花見んと定め給へる日、風のいたくふきて、とまるよしの給へるに

天つ風吹き乱れぬる花なれば心のどかに花も見るまじ（義孝集・六六）

　御返し、別当はなれ給ひぬるよしを、いたうあはれがり聞こえたまひて

吹きとめぬ風ぞ悲しき春の夜の色の常なきことを思へば（同・六七）

これ以降用例が絶えた後、『水無瀬恋十五首歌合』において定家が詠んだが、次にあげるように、俊成に「あまりにやときこえ侍る」と難じられて対手の後鳥羽院が勝となった。

五十五番　左勝　　親定（後鳥羽院）

恋をのみ須磨の関屋の板びさしさして袖とも浪はわかじを（関路恋・一〇九）

右　　　　　　　　　　　　　　　定家

須磨の浦や浪に面影たちそひて関吹きこゆる風ぞ悲しき（同・一一〇）

左右の須磨の関、左は、さして袖ともなど侍る、めづらしく侍るを、右は、関吹きこゆる、よろしく侍るべきを、風ぞ悲しき、あまりにやときこえ侍る上に、左誠に艶にみえ侍り、尤可勝にや

このころのち後鳥羽院が、元久三年（一二〇六）ごろと承元二年（一二〇八）二月の二度用いている。

世の中を秋も絶えにし紅葉葉の深きをさそふ風ぞ悲しき（源家長日記・一八一・後鳥羽院）

古をこふる夕の軒ばなる橘すぐる風ぞ悲しき（後鳥羽院御集・同外宮卅首御会・夏・一三八五）

このうち前者の例は、良経を悼む慈円との連続贈答歌のなかの一首である。慈円もまたこの表現を二度詠ずる（『拾玉集』二七一一・五〇六八）。無常を詠む「風ぞ悲しき」を、定家が恋の題詠歌に取り入れ、後鳥羽院がそれを哀傷歌と懐旧の歌に用いたことになり、定家・後鳥羽院・慈円を結びつける表現摂取の例の一つであることが浮き彫りになる。因子の当該歌はこれらの歌の流れにあるであろう。

三五　葛の葉のいく秋風をうらみてもかへらぬものは昔なりけり

【底本】　葛の葉のいく秋風をうらみてもかへらぬ物はむかしなりけり

【校異】　物は（底・山・群・国）―物うは（円）

【通釈】

葛の葉は、幾たびもの秋風に吹かれて裏を見せて翻るが、幾たび恨んでも、もうかえらないものは昔であることよ。

【参考】

①秋風の吹き裏がへす葛の葉のうらみても猶うらめしきかな（古今集・恋五・八二三・平貞文）
②み吉野のきさ山かげにたてる松いく秋風にそなれきぬらん（詞花集・秋・一一〇・曾禰好忠）
③露しげきふるのの小野の真葛原いく秋風に心知るらん（壬二集・恨・一一一五）
❹……谷がくれ　こりつむなげき　しゐしばの　しゐてむかしに　かへされぬ　くずのうらばゝ　うらむとも　君はみかさの山たかみ　くもゐのそらに　まじりつゝ　てる日をよゝに　たすけこし……（拾遺愚草・雑・述懐・二七四〇）
❺葛の葉の恨にかへる夢の世を忘れ形見の野辺の秋風（新古今集・雑上・一五六五・俊成卿女）

【語釈】　○**葛の葉**　秋の七草のひとつで、歌語。白い葉裏が見える「裏見」が、①のように「恨み」、また「うら悲し」などに掛けられるなど、恋歌で使われることが多い。○**いく秋風**　②が初例。新古今時代においては有家、良経、雅経、定家、慈円ら代表的歌人が詠んだことばであるが、その中で③の家隆の歌は「恨」題で「いく秋風」「葛」をともに詠んでいる点が、当該歌と共通する。新古今時代に流行した「いく…」表現のひとつである。○**かへらぬもの**　葛の葉が「返る」と昔が「返る」との掛詞。葉が返ることと昔が「返る」ことが掛けられる先行例には、水無瀬において慈円の長歌への返歌として詠まれた定家の④、俊成卿女の「寄風懐旧」詠⑤がある。【補説】参照。

【補説】　三三番歌から、かえらぬ昔を詠む当該歌まで、「述懐歌」の詞書がかかるとみられる。次の歌からは別の歌群となるので、ここで断絶がある。

さて、当該歌を含む述懐歌三首の特徴としては、御子左家の歌人たちの先行歌に表現の上で多く負うところがあることがあげられる。既に三三番歌で示したように、「うき身は（うき身のまま）変わらない」と否定的に詠むものであった。女房歌人たちが「更衣」「心」「年」と変わるものとの対比で「うき身」が変わらないことを詠んだ歌を次に示す。

何とかはいそぎも裁たん夏衣うき身を変ふる今日にしあらねば（待賢門院堀河集・衣がへ・一二）
忘らるるうき身変らずつらかりし心も同じ心なるらん（言葉和歌集・恋中・一二〇・伊与内侍）
明日よりは改まりなんふる年にうき身ながらも変はらましかば（殷富門院大輔集・一〇七）

その定型に反し、『浄照房集』二九番歌、また俊成卿女の次の歌（『洞院摂政家百首』）は「うき身」が変わりうるものであることを、それぞれ「松」「月」という、より不変的なものとの対比で詠んだ。「かはればかはる」という句は定家の歌（拾遺愚草・二見浦百首・無常・一八〇）に拠っていることは三三番歌で述べた通りである。

面影はうき身にそへて忘れしにかはらぬ月は有明けの空（俊成卿女集・逢不遇恋・一四七）

三四番歌は「夢にだに」という初句で始まり、これは前掲の『建春門院中納言日記』の、忘れられぬ亡き春華門院に夢でも会いたいと慕う歌に表現上類似する。初句の一致のみならず、起きているときは忘れられず、夢に見えるのを待つのははかないと詠む点が「峯（＝見ね）」の「松（＝待つ）」という当該歌の内容に影響を与えているとみられる。「風ぞ悲しき」は定家の歌合詠（水無瀬恋十五首歌合・一一〇）に学んでいるらしい。「色やみどり」ということばは貞永元年（一二三二）の『洞院摂政家百首』において俊成卿女も「後朝恋」で詠んでいる。

契りおく夕もつらし松風の色やみどりに思ひそめけん（俊成卿女集・後朝恋・一四二）

三五番歌は葛の葉が「返る」と昔が「返る」ことを掛けた点が語釈で示したように定家の長歌、俊成卿女の題詠歌を摂取したものとみられる。「昔」が「返る」ことは従来「波」が寄せては返ることに託して詠まれることが常套であった中で、この二首はめずらしい。それぞれ「しゐて昔に　かへされぬ　くずのうらば〻　うらむとも」（拾遺愚草・雑・二七四〇）、「葛の葉の恨にかへる」（新古今集・雑上・一五六五・俊成卿女）と「恨み」を詠む点も共通し、俊成卿女歌は「秋風」を詠む点も似通う。

以上をまとめると因子は、異母兄光家（浄照房）、伯母健御前（建春門院中納言）、従姉妹の俊成卿女、そして父定家の開拓した表現を摂取して、これらの述懐歌を形成したといえよう。

三六　末の世を照らすとみえし月なれば西の空にや光そふらん

【底本】　すゑのよをてらすとみえし月なれは西の空にや光そふらん

【校異】　光そふ（底・山・群）―ひかりそふ（円）・ひろそふ（本のマヽ）（国）

【通釈】

（女院は）末の世であるこの世を明るく照らす月のようでしたから、（その月は）西の空に一段と明るい光を添えていらっしゃることでしょう。

【参考】

①暗きより暗き道にぞ入りぬべき遙かに照らせ山の端の月（拾遺集・哀傷・一三四二・和泉式部）
②末の世は雲のはるかに隔つとも照らさざらめや山の端の月（長秋詠藻・寿量品、常在霊鷲山・四六六）
③秋の夜に秋の宮にて眺むれば月の光を添へてこそ見れ（栄花物語・御裳着・二一一・藤原斉信）
④住みなれし宿をばいでて西へゆく月を慕ひて山にこそ入れ（千載集・雑・一〇一〇・平実重）

【語釈】　○**末の世**　末法の世。乱れた現世の意。「よ」は「世」と「夜」の掛詞。『建礼門院右京大夫集』二〇三番詞書には「高倉院かくれさせおはしましぬと聞きしころ、見慣れまゐらせし世の事数々におぼえて及ばぬ御事ながらも限りなく悲しく、何事もげに末の世にあまりたる御事にやと人の申すにも」とある。高倉天皇が崩御したのは治承五年（一一八一）で、当時も「末の世」と認識されていた。○**照らす**　末の世すら明るく照らすほどに、生前の藻壁門院がそうした存在であったことを示す。因子から藻壁門院への深い敬慕をあらわしている。なお定家は、藻壁門院が「権化之御体」（仏の化身）であると道家にのべている（七四番歌【補説】参照）。仏教で真如の月が現世の迷妄を照らすと詠む歌は①がよく知られており、俊成も②のように詠んでいる。○**月**　ここでは藻壁門院をさす。③『栄花物語』は、「秋の月、光さやかなり」の題で詠まれた歌で、彰子の繁栄を言祝ぐ歌。「秋の宮」である中宮を月に喩える例は多くある。○**西の空**　西の方向にある西方浄土を象徴的に示すもの。西の空に向かって極楽往生を祈る。ここでは西の空にある月に女院をたぐえることで、女院が極楽往生することを暗示する。和歌では、西へ行く月に導かれて往生を願望する歌などが多い。④は出家後、西山に住んでいることを知人に伝えた歌であり、西方浄土のあるとされる西へゆく月を慕って出家遁世したことを詠む。『新古今集』の最後の巻である釈教歌にも月を詠んだ例は数多く見え、特にその巻末である一九七五〜一九七八番歌も西へゆく月の歌群である。仏法を詠む素材は数多くある中で、巻末を真如の月に割いた勅撰集は『新古今集』が初めてである。○**光そふらん**　光を添える。輝かせる。二三番歌参照。

【補説】　森本論は、五八〜六四番歌は、当該歌から始まる三六〜四二番歌にそれぞれ対応して詠まれた歌群であると推定しており、その通りと考えられる。三六〜四二番歌には詞書が全くなく、一方の五八〜六四番歌には消息文の一部のような文章が接続し、五八番歌の作者名には「さが」とあるだけである。ふたつの歌群は三六〜四二番歌が因子、五八〜六四番歌が当時嵯峨に隠棲していた俊成卿女による詠で、贈答歌群と考えられる。本書解説参照。

当該歌は五八番歌「くまもなく光を照らす秋の月さこそは西の山に入るらめ」と対応し、贈答歌とみられる。それぞれの対応については、主としてあとの俊成卿女の歌（五八〜六四番）のほうで記す。

三七　したへども花のうてなの遠ければ空ゆく月にねをのみぞ泣く

【底本】　したへとも花のうてなのとをけれは空ゆく月にねをのみそなく　（因子）

【通釈】

いくら慕っても（藻璧門院がいらっしゃるであろう）花の台（の極楽浄土）ははるかに遠いので、私はただ西の空へ行く月に（女院を重ねて）声をあげて泣くばかりです。

【参考】

❶おくれじと空ゆく月を慕ふかなつひにすむべきこの世ならねば（源氏物語・総角・六八〇・薫）

②思哉さきちる色をながめてもさとりひらけん花のうてなを（拾遺愚草・雑・釈教・二九七九）

③立ちさらぬ誓ひ頼めばおのづから花のうてなにのぼらざらめや（久安百首・釈教・一三八九・小大進）
❹忘るなよほどは雲ゐになりぬとも空ゆく月のめぐり逢ふまで（伊勢物語・一一段・一六）
⑤さりともと光は残るよなりけり空ゆく月日のりのともし火（秋篠月清集・南海漁夫百首・五九七）
⑥ちかひあれば空行く月の都人袖にみつなり光をぞ思ふ（俊成卿女集・最勝王経吉祥天女品の心を・二一七）

【語釈】○**したへども**　慕うけれども。①は寺の鐘を聴いて薫が亡き大君を偲ぶ歌で、詠出された場面は当該歌の詠歌状況と共通する。【補説】参照。○**花のうてな**　蓮の台。極楽往生した者が身を託す蓮の花の台座のことをさす。例えば『往生要集』巻上には、「時大悲（だいひ）観世音（かんぜおん）、申百福荘厳（しょうごん）手、擎宝蓮（ほうれん）台、…草菴（そうあん）瞑目之間、便是蓮台結跏之程、」とあり、極楽往生した者が蓮台に坐す観音に導かれて、同じように蓮台にのぼり極楽に生まれかわることが記される。『観無量寿経』は往生の仕方に九つの形があると説き、それを九品往生と呼ぶ。定家の②や、信仰の篤さによってここに到れると詠む③がある。○**空ゆく月**　恋歌においては遠く隔たって会えない相手のこと。直前の三六番歌の「末の世を照らすとみえし月」が藻璧門院を月になぞらえたものなので、当該歌の「月」も女院を暗示しているとみられる。恋歌における月は④のようにしばしば「雲」とともに詠まれるのに対して、釈教における月は⑤⑥のように「光」や「照らす」とともに詠まれることもある。蓮台に到る極楽往生は遠くおぼつかないので、この世の空にあって仏法を象徴する月を、藻璧門院を慕うよすがとしようとする。○**ねをのみぞ泣く**　声をあげて泣くばかりだ。恋歌のほか、哀傷歌においては哀しみに耐えず慟哭することを表す。為家の『秋思歌』には末句がこの類の表現で収斂される歌が多い。【補説】参照。

【補説】　表現の先行例は恋歌のような表現が多い。唯一「花のうてな」のみ釈教の要素があるが、それ以外は恋歌に近い表現である。当該歌は因子が天福元年（一二三三）十二月二十日から嵯峨清涼寺に七日間参籠した際に俊成卿女と交わされた贈答歌のうちの一首と考えられるが（本書解説及び五八番歌【補説】参照）、この詠出状況は①の『源氏物語』総角の場面と共通する要素が多い。物語の本文を次に示す。

　雪のかきくらし降る日、ひねもすにながめ暮らして、世の人のすさまじきことに言ふなる十二月の月夜の曇りなくさし出で

たるを、簾巻き上げて見たまへば、向かひの寺の鐘の声、枕をそばだてて、今日も暮れぬとかすかなるを聞きて

おくれじと空ゆく月をしたふかなつひにすむべきこの世ならねば

十二月、寺の前という時節と場所が重なるだけでなく、天福元年末から同二年にかけての冬は降雪が度々であったから、天候も物語の当該場面の情景と一致している。藻璧門院を追慕する歌であるにもかかわらず恋歌に近い表現をもっているのは、亡くなった恋人を偲ぶこの薫の歌に類似していることもかかわっていると考えられる。

当該歌に対して対応しているのが五九番歌「この世にもにごらざりける秋の月花のうてなに光さすらん」であり、当該歌への返歌とみられる。「花のうてな」は遠く、空高く届かない月に泣くばかりだと詠む当該歌に対し、五九番歌は、月にたとえてもあまりある女院は「この世」を超えてすでに「花のうてな」（＝九品蓮台）に到っていると慰める。なお、六五番歌も当該歌への返歌という可能性がある。六五番歌参照。

ところで、「ねをのみぞ泣く」が頻出する哀傷歌集に、後の、為家の『秋思歌』がある。弘長三年（一二六三）七月十三日に没した愛娘の為子（後嵯峨院大納言典侍）への哀傷として詠まれた、死去直後から九月末日までの歌を集成したものである。『秋思歌』には「ねをのみぞ泣く」と詠む歌が四首あり（七、四七、五八、六九）、ほかに「ねのみ泣くらん」などの「ね…泣く」を末句に置く歌が七首ある（三一、四八、六三、一一四、一五八、一七七、一八九）。「ね…泣く」は為家が嘆きの深さを一首に凝縮するために用いられており、上の句に述べられる服喪の間の自分の思いなどを「声をあげて泣く」ことへ収斂させる形は、当該歌と表現上類似する。

（因子）

三八　見てしがなうき世の霞ぬぎ捨てて悟りひらけん花の衣を

【底本】　見てしかなうきよのかすみぬき捨てさとりひらけん花の衣を

【通釈】

（何とかして）拝見したいと思います。このうき世の霞（の墨染の衣）を脱ぎ捨てて、（蓮の上で）悟りをひらいていらっしゃるであろう花の衣のお姿を。

【参考】
①うき世をば峯の霞やへだつらんなほ山里は住みよかりけり（千載集・雑中・一〇五九・藤原公任）
②秋の月うき世のほかの霧はれてさこそはあらぬ光そふらめ（隆信集・九一二・藤原定家）
③何かこのほどなき袖をぬらすらん霞の衣なべてきる世に（紫式部集・四一）
④限りあれば今日ぬぎ捨てつ藤衣はてなき物は涙なりけり（拾遺集・哀傷・一二九三・藤原道信）
⑤先だたむ人は互ひに尋ね見よ蓮の上に悟りひらけて（長秋詠藻・五八四）
❻思哉さきちる色をながめてもさとりひらけん花のうてなを（拾遺愚草・雑・釈教・二九七九）
⑦みな人は花の衣になりぬなり苔の袂よかわきだにせよ（古今集・哀傷・八四七・遍照）

【語釈】　○**うき世の霞**　霞が「うき世」を隔てるものであるという認識は、①などに見られるが、用例の多い語ではなく、「うき世の霞」という表現もやや特異なもの。「寄霞述懐」題で仲正（千載集・雑中・一〇六四）、また西行たちに詠まれたもの（山家集・雑・七二三）がわずかに残る。当該歌の「うき世の霞」とは異なるが、隆信が出家した際に定家が返した②「うき世のほかの霧」も参考になる。霞を衣に見立てた「霞の衣」「霞の袖」は春の佐保姫が着るものとして詠まれるが、哀傷歌では「霞」に「墨」をかけて詠まれる。③は東三条院の崩御後の諒闇のまま迎える春に、着ている喪服を「霞の衣」と詠んだ例である。○**ぬぎ捨てて**　④は道信が父為光の一周忌を迎えた折の歌であり、このように残された人々の喪があけることを、衣を「ぬぎ捨て」ると詠むことは多い。しかし、亡くなった人があの世で「うき世の霞（の衣）」を脱ぎ捨てるという表現は先例がない。ここでは藻壁門院崩御の後に出家の儀を行い、頭を剃り奉り、因子らが袈裟をお着せしたこと（『明月記』天福元年九月二十日条。解説参照）をふまえ、極楽では、俗世のその墨染の衣を脱ぎ捨てて、という意もこめるか。○**悟りひらけん花の衣を**　悟りを開くことと、花が開くことを重ねる。蓮の花がひらくことは極楽往生の象徴。蓮の上で悟りを開くことを詠む歌は多く、⑤⑥はその例である。特に⑥の定家詠とは下句が近い。「花の衣」は⑦のように、残された人々が、服喪があけて、墨染の衣から変わる華やかな装束が詠まれることが多いが、当該歌はそれとは異なる。極楽の蓮の花が開き、悟りをひらいて生まれ変わった女院が、この世ならぬ美しい蓮の花に包まれていることを言う。因子の思いの中に描かれた女院の姿である。【補説】参照。

【補説】　当該歌に対応しているのは六〇番歌「うき世をば霞の色にぬぎすてて花の袖にぞ春を知るらん」である。浄土に生まれ変わった女院の美しい姿を、当該歌は「花の衣」と詠み、返歌は「花の袖」と応じている。返歌は贈歌の内容をほぼ繰り返すようにして贈答する。当該歌と六〇番歌は、諒闇で喪に服す一年のうちはこの世に残された人々は「霞の衣」を脱ぐことができないが、女院はあの世で、この世そのものを脱ぎ捨てて「花の衣」をまとっているだろう、と唱和している。

なお、当該歌の前の「空ゆく月」にも注目すると、月が何かをぬぎ捨てつつ進むという趣向が、次の歌に見られる。

山の端に雲の衣をぬぎ捨ててひとりも月のたちのぼるかな（金葉集二度本・秋・一九四・源俊頼／三奏本・一八九）

このように亡くなった女院の生まれ変わった美しい姿を思い描く歌の先行例に、春華門院を慕う『建春門院中納言日記』（『たまきはる』『健御前日記』）がある。

花の色も月の光もあかざりしこの世ならでもさやにほふらん（建春門院中納言日記・一一〇）

春華門院はあの世でも同じように美しく輝いているだろうと思い描いている。三四番歌と同じように、因子の伯母である建春門院中納言（健御前）の哀悼の表現は、当該歌に影響を与えたのではないか。

三九　うきなみに霧も霞もたちかさねしほたれ衣乾く日ぞなき

【底本】　うきなみに霧もかすみもたちかさねしをたれ衣かはく日そなき　（因子）

【通釈】

うき波が立ち、そこに秋の霧も春の霞も立ち重なって（時は過ぎても）、涙でぬれたこの衣がかわく日などないのです。

【参考】

①うき波の立ちまふ風のあらきにもあはれ昔とかけぬ日はなし（隆信集・雑四・九三三・藤原定家）

❷別れにし春の形見の藤衣たち重ねきる我ぞ悲しき（栄花物語・峯の月・二七七・小一条院）

③身をしれば人をもよをもうらみねどくちにしそでのかはく日ぞなき（拾遺愚草・院五十首・雑・一八二四）

❹きてなれし衣の袖もかわかぬに別れし秋になりにけるかな（後拾遺集・哀傷・六〇〇）

【語釈】　○**うきなみ**　「浮き」に「憂き」をかける。西行、俊成からよく使われるようになった表現で、定家の百首歌には四例ある。①は美福門院の崩御に沈んでいた隆信が長歌を詠み、それを見た定家が詠み送ってきた長歌の反歌。①が風の「立ちまふ」と波が「立つ」ことをかけて詠むように、「うきなみ」は波の縁語「立つ」「かへる」「よせる」などと組み合わされることが多い。当該歌は、うき波が立っては袖を濡らし、霞も霧も立っては重なってゆく、終わらない悲しみを表現している。○**霧も霞もたちかさね**　衣を裁ち重ねるように秋の霧も春の霞も立ち重なって（時が過ぎて）。秋に女院が崩御し、そして春が近づいて霞の季節となる。この天福元年（一二三三）は年末の十二月二十九日に年内立春であったので、春が近い。「たち」はうき波・霧・霞の「立つ」と、衣を「裁つ」の掛詞。②は万寿二年（一〇二五）三月二十五日に母娍子を亡くし、同年七月九日に女御提子（寛子）に先立たれた小一条院が、春に喪服を着てこの秋さらに重ね着ると詠んだ歌。当該歌は秋の霧、春の霞が立って季節がうつろい、月日が経っても、なお減ずることのない悲しみを表現する。秋は藻璧門院が逝去した季節であり、当該家集では霧、露、月など秋の景物が多く詠まれる。○**しほたれ衣**　「しほたる」は海人の袖が海水に濡れること。多くは恋歌に見られる。潮水で濡れた袖と自分の涙で濡れた袖とを重ねあわせ、思いの強さを表現する。○**乾く日ぞなき**　先行歌は定家の建仁元年（一二〇一）春の院五十首の③のみ。「乾く」は衣の縁語であり、特に死別の悲しみを表すときに「乾かぬ」など否定をともなった表現で使われることの多い語である。④は義孝哀傷歌群の一首で、天延二年（九七四）九月十六日の夕方に亡くなった義孝が翌年妹の夢に出て詠んだという歌で、季節がめぐっても涙で袖がかわくことがないと詠む点で当該歌と類似する。

【補説】 当該歌では、歌の中で直接的に表現はされないが「しほたれ衣」によって「海人」をイメージさせ、悲しみに暮れる「尼」、すなわち作者の姿を描き出している。返歌の六一番歌「秋の霧春の霞とたちかさね涙にしほるあまの袖のみ」では、贈歌に直接明示されなかった「海人」を俊成卿女は詠みとり、涙に泣き濡れる尼をよりはっきりと形象化している。

四〇 恋ひわぶる影だに見えぬ夢の世にあはれなにとて有明けの空

【底本】 こひわふるかけたに見えぬ夢の世にあはれなにとて在明の空

【校異】 夢の世に（底・山・群）―夢のまに（円）・夢のよに（国）（因子）

【通釈】

夢の中で（会いたいと思っても）恋い慕う藻璧門院の面影すら見えず、夢のような（はかない）この世に、ああ（私は）どうして生きているのだろう。夢から覚めて眺める有明けの空よ。

【参考】

❶たまきはる命をあだにききしかど君恋ひわぶる年はへにけり（建春門院中納言日記・一）

②こひわぶる花のすがたはかげろふのもえしけぶりをむねにたきつゝ（拾遺愚草・雑・無常・二八二三）

③夢の世になれこし契りくちずしてさめむ朝に逢ふこともがな（長秋詠藻・釈教・五八二・崇徳院）

④見し人もなくなりはつる世の中にまだ有明けときくぞ悲しき（大江嘉言集・一七七）

⑤なき数に思ひなしてやとはざらんまだ有明けの月待つものを（後拾遺集・雑三・一〇〇四・伊勢大輔）

【語釈】 ○**恋ひわぶる** 恋いしさに耐えかねる。亡き藻璧門院の面影を恋い慕うこと。①では定家の姉の健御前が、②では定家が、それぞれ主人の死に対して用いている。これらの例にならったか。○**影だに見えぬ夢の世** 「影だに見えぬ夢」が女院に会えない夢を表し、「夢の世」が夢のようにはかない世を意味する。③は讃岐で崩御した崇徳院が、俊成へ残した長歌の反歌で、都で歌を詠んだ日々が夢のように遠くはかなく思われることを「夢の世」と詠んだもの。○**なにとて有明けの空**　どうしてこの世に生きながらえているのかとかこつ、月の残る空。「あり」は「(この世に)在り」と「有(明け)」を掛ける。どうして私は生きているのだろうかという問いかけ。④は嘉言が昔の友と久闊を叙した際の歌で、「有明け」に同様の掛詞を用いる。⑤は疫病が流行したとき音信をくれない知人に送った歌で、まだ生きている自分をこの掛詞を用いて詠んだもの。

【補説】　当該歌も、三四番歌、三八番歌と同じように、『建春門院中納言日記』からの影響が考えられる歌である。前掲の①「たまきはる…」の歌に加え、「恋しさのしばし忘るる時もなきうき世の夢はいつかさむべき」(建春門院中納言日記・一一)、「夢にだにさだかにみえぬ逢ふことをぬるがうちとて待つぞはかなき」(同・一五)なども重なり合う。もちろん、若く美しい女院に親しく仕えた女房が、亡き女院を恋い慕い、痛切に哀傷する表現が自ずと似通ってくることも考えられる。

女院のいないこの世に自分だけが生き残るつらさと、有明けの刻に目覚めて夢にも現実にも女院の面影を見ない喪失感を訴える歌。六二番歌「さむるまであらまし夢の世の中を見し長月の有明けの空」と対応している。

四一

夢よりもはかなき露の秋の夜に長き恨みや消え残りけむ

【底本】　夢よりもはかなき露の秋の夜になかきうらみやきえ残けむ　(因子)

【通釈】

夢よりもはかない露のようなあの秋の一夜に(藻璧門院は露のように消えてしまわれ、それを受け止めきれない)私の長い恨みだけが消え残ったのだろうか。

【参考】

①夢よりもはかなく見ゆる世の中をなど驚きてそむかざるらん（堀河百首・無常・一五六四・永縁）
❷別れにし名残の春は暮れぬれど長き恨みはつきせざりけり（長秋詠藻・釈教・五八八）
③見し人も宿も煙になりにしを何とて我が身消え残りけん（源氏物語・橋姫・六二二・八宮）
④朝露は消え残りてもありぬべし誰かこの世を頼みはつべき（伊勢物語・五〇段・九三）
⑤君がとふその言のはにかかりてぞうき身の露は消え残りぬる（源家長日記・二〇四・慈円）
⑥風わたる草葉の露の数々に消え残るべき人のうき世か（為家千首・雑二百首・九六九）

【語釈】　○**夢よりもはかなき**　夢をはかなさの比喩として用いるのは、『維摩経』方便品にある身の無常をしめす十喩のひとつ「是身如夢、為虚妄見」による。①の永縁の歌のように、この世のはかなさを「夢」にたとえて認識し、出家の機縁とすべきであったという詠み方が多い。○**露の秋の夜**　「秋の夜」は天福元年（一二三三）九月十八日の藻璧門院崩御の夜を指す。死をあらわす「はかなくなる」が第二句の「はかなき」に響いていて、女院が亡くなった夜を暗示する。通常であれば長いと詠むべき「秋の夜」を、露のように「はかなき」と詠むことによって、女院崩御がもたらした「長き」恨みを強調する。○**長き恨み**　女院の死を受け止めきれないままの私の恨み。「長き恨み」の初出は、長恨歌を翻案した歌群（『二条太皇太后宮大弐集』一一二一～一一二六）の一一二五番歌であるが、直接的には良通を失った兼実を見舞った俊成の詠②からの影響が考えられる。また、六一番歌の後文である「あはれつきせぬ恨みにてはさぶらひけれ」を受ける表現か。本書解説参照。○**消え残りけむ**　「消え残る」は消えるべきものが一部残るの意。中古では雪について使われていた表現であるが、『源氏物語』③では、我が身がうき世に消え残ると詠まれており、当該歌もそれにならっている。「露」に対して、すぐ消えるものとして詠むのが常套で、『伊勢物語』には男を恨む女が詠んだ④がある。一方、『源家長日記』には、遁世願望を吐露する慈円と後鳥羽院の贈答歌の中で、⑤の慈円が、良経と共に果てるべき身でありながら、後鳥羽院の言葉にひかれてこの世に留まる卑小な自らのことを「うき身の露は消え残り」と表現する。ほかにも多いが、こうした詠み方は為家⑥にも見える。当該歌では、女院自身が露のようにはかなく消えたことを示し、それに対して自らの「長き恨み」は消え残ることを対比する。

【補説】　当該歌は六三番歌「はかなさの春の夢かと見しよりも末葉の秋の露の世の中」と対応する。六三番歌ははかなさを象徴するものとして「春の夢」と「秋の露」を対比的にとりあげつつ、最終的には女院を失ったつらい秋に置く露を、よりはかないものととらえている。当該歌でも、「長き恨みや消え残りけむ」と長く消え残る喪失の嘆きを吐露することによって、かえって女院を失った秋に置く露のはかなさが強調されている。

四二　たち別れうき世出づべきつまとてや花色衣着つつなれけん

【底本】　たちわかれうき世いつへきつまとてや花色ころもきつゝなれけん

【通釈】　（因子）

（亡き藻壁門院と）死別して、辛い俗世をのがれるべき機縁として、（私は）華やかな女房装束をまといながら（女院に）親しくお仕えしていたのでしょうか。

【参考】
①いろ〳〵に紅葉をそむる衣手もあきのくれゆくつまと見ゆらん（拾遺愚草・皇后宮大輔百首・秋十五首・一二三九）
②さらぬだに重きが上に小夜衣我がつまならぬつまな重ねそ（新古今集・釈教・一九六三・寂然）
③夏も猶あはれしらするつまとてやしのぶの軒にあやめふくらむ（千五百番歌合・夏一・七四五・俊成卿女）
④くちなしの花色衣ぬぎかへて藤の袂になるぞ悲しき（建礼門院右京大夫集・三四六・平親長）
❺唐衣きつつなれにしつましあればはるばるきぬる旅をしぞ思ふ（伊勢物語・九段・一〇）

【語釈】　○**たち別れ**　亡き藻壁門院との別れをさす。「たち」は「立ち」と「裁ち」を掛ける。○**うき世出づべきつまとてや**　女院を失ったことが、俗世をのがれる機縁となる。「うき世」は「憂き世」と「浮き世」。また、「つま」には「端」と「褄」が掛けられており、同様の例は①の定家詠にもみられる。「衣」とともに詠まれる「つま」は、「不邪婬戒」の題で詠まれた②のように「褄」と「妻」が掛かっていることも多い。また、「つまとてや」の句は当該歌と、③のほかに用例のみられない句。「つま」が出家の機縁となるところが表現の新しさである。**○花色衣**　更衣の歌で春着を指すことが多いが、ここでは、因子が典侍という地位にあってまとっていた華やかな女房装束を指すとみられる。四・五番歌でも因子が女房として「花の衣」をまとっていたことが歌われており、特に女房をイメージさせる語である。女房の衣装は女房生活を象徴するものであり、『明月記』には定家がしばしば因子の衣装の費えについて苦労していることが見える。田渕句美子「民部卿典侍因子伝記考——『明月記』を中心に——」（『明月記研究』一四　二〇一六年一月）参照。また喪服にかえることを詠む④のように、男女を問わず、「花の衣」「花色衣」と墨染の衣とを対照させる詠もある。当該歌では、「花色衣」を着て宮廷生活を送っていたことを、俗世をのがれる機縁としてとらえており、ここが因子の詠の中心となっている。なお、『土御門院女房』三六番歌参照。**○着つつなれけん**　在俗時に、華やかな衣を着て、女院に親しくお仕えしていたのだろうか、と反芻する。「なれ」は「馴れ」に「萎れ」を掛ける。「裁ち」「褄」「萎れ」は「衣」の縁語。当該歌は、『伊勢物語』の「東下り」で詠まれた著名歌⑤を意識して詠まれているとみられる。『伊勢物語』の詠は、愛する妻と遠く離れざるをえなかった男の嘆きを歌う。熱烈な思慕の対象であった女院を失った因子は、「東下り」の世界を歌に取り入れることによって、敬愛する女院と時間的・空間的に大きく隔てられた嘆きを表現したか。

【補説】　当該歌は六四番歌「たちかへし麻の衣の袖の名をうき世に残すつまとこそ聞け」と対応する。三六番歌から続いていた、五八～六四番歌との対応関係をもつ歌群は、ここで終止する。

四三

形見ゆゑまだせきとめぬ涙かな馴れて別れはこり果てし世に

（因子）

【底本】　かたみゆへ又せきとめぬなみたかななれて別はこりはてし世に

【通釈】

（亡き藻璧門院を偲ぶ）よすがですから、今もなお流すままにしている涙なのです。（女院に）親しんで後の別離は

（あまりにつらくて）、すっかり懲り果ててしまった世の中にあって。

【参考】

①別れ路の袂にかかる涙河ほさでやのちの形見とも見む（続後撰集・羈旅・一二九〇・大江匡房）

秋の暮れによみ侍りける　後堀河院民部卿典侍

❷形見とて残る涙のいくかへり秋の別れに時雨きぬらん（続後撰集・雑上・一〇八一）

❸命にはかへて逢ひ見んと思へどもなれて別れは惜しからじやは（久安百首・恋・六七・崇徳院）

④花薄草の袂も朽ちはてぬなれて別れし秋をこふとて（千五百番歌合・冬二・一八一九・藤原定家）

⑤逢ふ期なきなげきの積もる苦しさをとへかし人のこりはつるまで（久安百首・恋・一〇八〇・待賢門院堀河）

【語釈】　○**形見ゆゑ**　ここでいう「形見」は、亡き藻璧門院を偲ぶよすがが。「形見」は、失った人をしのぶよすがとなるもの。森本注では「形見」を「忘れ形見」とし、「藻璧門院所生の皇子（四条天皇、三歳）とみることができる。」とする。しかし、ここでは喪失の嘆きに流す涙自体を、女院を偲ぶよすがとしているとみるのが妥当であろう。涙を形見とする詠は、任地に下る知人を見送った匡房の①などの用例が見られる。また、因子は当該歌とは別に家集未収録の②を詠んでいる。○**まだ**　底本ほかは「又」、山口県立図書館本は「また」。ここでは「まだ」として、今もなお、涙を抑えかねていると解釈した。「又」と読むならば、再び涙を止めがたい状態になると解せる。しかし、因子の嘆きは女院の死から途切れることがないので、当該歌では、「まだ」（未だ）ととるのが自然か。○**馴れて別れは**　女院に慣れ親しんだ後でやってきた別離というのは。「馴れて」は前歌の「なれけん」と同様の意。「馴れて別れ」の先行例は少なく、③の崇徳院詠や、のちに自歌合にも入れられる定家の④のみである。○**こり果てし世に**　すっかり嫌になって懲り懲りしてしまったうき世にあって。「こり果つ」という語は、初期には⑤に示したように、「懲る」と「樵る」が掛詞で用いられることが多い。「なげき」（嘆き・投げ木）は当該歌には言葉として含まれないが、まさしく嘆きに沈む因子の歌であり、「投げ木」の縁で「こり」（懲り）の裏側に「樵る」が響いているとみられる。つらさに懲り

てしまったがゆえ、もう涙はいらないと思っても、尽きることのない嘆きのために涙を止めかね、「形見」として涙を流し続けている。このことを、倒置によって上の句で強調する。

【補説】 贈答歌のうちの贈歌と考えられる歌群は前歌で終わり、ここからまた別の歌群となる。詞書などがないため詠歌事情は不明だが、深い悲しみが吐露される。いずれも涙をとどめかねることを詠む歌であり、このいわば涙三首のような四三〜四五番歌は、三首一連の可能性もあり、いずれも因子の歌とみられ、俊成卿女へ送られた歌の可能性がある（本書解説参照）。

四四 乱れ落つる我がものからの身にそへて今はあだなる袖の白玉

【底本】 みたれおつる我ものからの身にそへて今はあたなる袖のしら玉

（因子）

【通釈】

（私の悲しみゆえに）乱れ落ちていく私の涙（白玉）を身につけているけれど、（出家した）今では、（衣の玉の）袖の白玉はもはや無用のもの。（涙はただ空しく袖を濡らすだけで、何の甲斐もありません。）

【参考】

①いまはとて返す言の葉拾ひおきて我がものからや形見と思はん（古今和歌六帖・形見・三一三五）

❷うき人に濡れぬる袖ぞ今はまた我がものからの形見なりける（為家千首・恋二百首・七四九）

③思へただ涙ばかりを身にそへてならはぬ床のあかしがたさを（実家集・四一〇）

④おきてゆく秋の形見やこれならむ見るもあだなる露の白玉（新勅撰集・秋下・三五六・小侍従）

高階成順、世をそむきはべりけるに麻の衣を人のもとよりおこせはべるとて　読人知らず

⑤今日としも思ひやはせし麻衣涙の玉のかかるべしとは（後拾遺集・雑三・一〇二七）

返し　伊勢大輔

⑥思ふにも言ふにもあまることなれや衣の玉のあらはるる日は（同・一〇二八）
⑦袖の上の玉を涙と思ひしはかけけむ君にそはぬなりけり（新勅撰集・釈教・五八四・源信）

【語釈】○**乱れ落つる我がものから**　乱れ落ちる私の涙ゆえ。乱れ落ちる「我がもの」は、悲しみゆえに尽きることのない「涙」を示す。「から」は、原因や理由を表す名詞。「我がものから」の先行例は少なく、「形見」を題とする①以降にはしばらく用例が見られず、のちに②の恋題の為家詠など、因子周辺で数首に用いられる。②は当該歌に先行する類似歌である。○**身にそへて**　「そふ」は物などを身につける、そばに置く。涙や白玉に対して用いる例は少ないが、「遺懐哀傷十首」の③が当該歌に近い表現を持っている。○**今はあだなる袖の白玉**　「あだなり」は無駄・無用であること。「白玉」は涙の比喩。哀傷歌ではないが、よく似た表現として、秋の露を詠じた④がある。また、因子の詠んだ「白玉」には、『法華経』五百弟子授記品の話にある「衣裏繫珠」（人の内にある仏性を、衣の裏にぬいつけられているのも知らずにいた宝珠にたとえること）を言う際に、和歌でしばしば用いられる「衣の玉」が重ねられているか。「衣の玉」は出家の際にも詠まれる。贈歌⑤の麻衣にかかった涙の玉に対して、⑥は「衣の玉」を詠じて、出家をしたことを言う。また⑦は『法華経』の「五百弟子品」を歌題とし、上の句で袖の上の「玉」を涙と歌う。当該歌は、仏教の喩えをこめつつ、いくら涙を流しても、もはやどうにもならない痛切な悲しみを歌う。涙の三首（四三〜四五）のうちの一首である。

四五　いかさまにしのぶる袖をしほれとて秋を形見と露の消えけん

【底本】いかさまにしのふる袖をしほれとて秋をかたみと露のきえけん
【校異】かたみと（底・山・群）―かたみに（円）・形見と（国）
【他出】

○『続後撰集』雑下

おなじころよみ侍りける　（後堀河院民部卿典侍）

いかさまにしのぶる袖をしほれとて秋を形見に露の消えけん（一二五八）

【通釈】　（因子）

（亡き藻璧門院を）しのんでいる袖を、いったいどれほど（涙で）びっしょりと濡らせとお思いになって、秋を思い出のよすがとして、露のように（はかなく）女院は消えてしまったのだろうか。

【参考】

①墨染めの袖は空にもかさなくにしほりもあへず露ぞこぼるる（新古今集・哀傷・八五五・具平親王）

②ゆく春の霞の袖をひきとめてしほるばかりや恨みかけまし（新勅撰集・春下・一三六・藤原俊成）

❸つゆしぐれ袖になごりをしのべとや秋をかたみのわかれなりけん（拾遺愚草・雑・二八八一）

④いまはさはうき世のさがの野辺をこそ露消えはてし跡と忍ばめ（新古今集・哀傷・七八七）

母身まかりにけるを、嵯峨の辺にをさめ侍りける夜よみける　皇太后宮大夫俊成女

【語釈】　○**しほれとて**　涙でびっしょりと濡らせ、と思って。初句「いかさまに」がかかる。岩佐美代子「「しほる」考」（『和歌文学研究』一〇二　二〇一一年六月）は、「しほる」「しをる」の用例は『千載集』『新古今集』あたりから急増し、歌語として定着したこと、また、①②なども含めて、濡れた袖を「絞る」と読まれてきた歌のなかには、「しほる（霑る）」＝「びしょびしょに濡れる」と解釈する方が妥当である歌が多く含まれていること等を明らかにした。当該歌についても「霑る」と解釈する。○**秋を形見と**　藻璧門院が逝去した秋という季節を形見として。『続後撰集』と、円珠庵本の抹消記号の下の本文は「秋を形見に」としており、「と」の連続を避けて改変したか。「秋を形見」は、当該歌のほかには、老いて後に母の喪に服している知人に詠み送った定家の③しか用例が残っておらず、因子はこれを参考として詠じたか。○**露の消えけん**　はなかく消える露と、女院

の突然の崩御を重ねる。亡き人を露にたとえる例としては④などがある。

【補説】当該歌は、『続後撰集』雑下に、次の家衡との贈答に続く形で置かれている。

藻璧門院御はての日、誰ともなくて、民部卿典侍つぼねにさしおかせ侍りける　正三位家衡

この秋もかはらぬ野辺の露の色に苔の袂を思ひこそやれ（一二五六）

返し　後堀河院民部卿典侍

今日とだに色もわかれずめぐりあふ我が身をかこつ袖の涙は（一二五七）

この二首は『民部卿典侍集』七八・七九番歌にあたり、女院の一周忌での詠である。当該歌はそれに続けて「同じころよみ侍りける」という詞書が記されており、撰者為家は、その頃の詠として当該歌を『続後撰集』に入れている。詠出時期を大まかに記したか。『民部卿典侍集』の中では天福元年（一二三三）冬に詠まれた四六番歌の直前におさめられている。

当該歌は、内容から、俊成卿女の歌とみられる五四番歌と対応しているとみられる。当該歌が俊成卿女に送られた後に、年が改まってから因子に返しの五四番歌が送られたのであろう。この四五番歌と五二番歌の間に、ある雪の日の逸話を語る四六～五一番歌がはさまる形となっている。本書解説参照。

四六　雪ふりたる朝、繁茂参るよし申しけるに、心細さおぼしめしやらるる御ことづけのついでに

今日までも何に命のかかる世にふるも悲しき雪つもるらん

【底本】雪ふりたる朝しけもちまいるよし申けるに心ほそさおほしめしやらるゝ御ことつけのつゐてに

けふまでも何に命のかゝる世にふるもかなしき雪つもるらん

【校異】しけもちまいる（底・円・山・群）―しけもちのまいる（国）　かなしき（底・円・山）―悲しき（群）・なしき（国）

【通釈】雪の降っている朝、（後堀河院のお使の）繁茂が参ったことを（召使が）申したので（繁茂に応対し）、（藻璧門院亡きあとの旧院にいる）私の心細さを（院が）思いやってくださるお言葉を（繁茂を通して）伝えて下さった折に、（院がお詠みくださった歌）

（女院を失ってから）今日までも、何を生きていく頼りとすればよいかわからないこのような世の中に、（さらにこれから）生き長らえていくことも悲しく、降るの（を見ること）も悲しく思われる雪が、そこにも積もっているのだろうか。

【参考】

①今日までもさすがにいかで過ぎぬらんあらましかばと人をいひつつ（式子内親王集・雑・九六）

②頼むにも命のかかるものならば千歳もかくてあらむとを思へ（敦忠集・五二）

③今日までも長らへましや忘れじと言ひしにかかる命ならずは（風葉和歌集・恋三・九六四・玉藻にあそぶ関白）

❹かからでも有りにしものを白雪の一日もふればまさる我が恋（拾遺集・恋二・七二八・在原業平）

⑤巌にも松にも花ぞ咲きにけるかかる雪見し折はありきや（栄花物語・根合はせ・五一四）

❻もの思ひて世にふる雪の悲しきは積もり積もりて消えぬばかりぞ（平兼盛集・五五）

【語釈】○**雪ふりたる朝**　雪の降っている朝。『明月記』によれば、この天福元年（一二三三）十一月から十二月にかけて、何度も雪が降った。積雪があったと『明月記』に書かれているのは十一月二十一日、二十二日、二十七日、二十八日、三十日、十二月八日、九日、十一日、十三日、十四日、二十二日、二十三日であるが、後堀河院と道家の両方から歌が届いたことから、はじめて本格的に積もりさらに降っている朝かと思われ、『明月記』に「朝庭雪白、巳時許紛飛」とある十一月三十日か、「昨日雪積地三寸許」とある十二月九日あたりか。○**繁茂**　平信繁男。従五位上・左衛門尉。後堀河院の近臣。祖父繁雅の妻が、後堀河院の母北白河院の乳母であったことから、繁雅の一族は、後高倉院、北白河院、後堀河院に仕えて勢威があった。田渕句美子『阿仏尼』（吉川弘文館　二〇〇九年）参照。この翌年にあたる天福二年（一二三四）八月六日に後堀河院が崩じたのち、十六日に繁茂は出家。後堀河院を悼む歌「見し夢の別れにあたる月日こそうしとても猶形見なりけれ」（続後撰集・雑下・一二六四）がある。○**参るよし申しけるに**　繁茂が後堀河院の使いとして参ったことを、因子の召使などが因子に言上したので。○**心細さ**　藻壁門院亡きあとも旧院御所に留まる因子の心細さ。女院崩御の後、旧御所から女房が退出して人寂しい状態であることをさすか。【補説】参照。○**御ことづけ**　後堀河院からのご伝言。後堀河院は後高倉院の子。母は北白河院。承久三年（一二二一）七月に十歳で天皇となる。藻壁門院はその中宮。貞永元年（一二三二）十月、四条天皇（母は藻壁門院）に譲位して上皇となった。○**今日までも**　女院を失ってから今日までも。喪失の思いを詠んだ①は、百首の雑で詠まれた題詠歌。○**何に命のかかる世に**　何を命の頼りとすればよいかわからないこのような世の中に。②③と同様に、「かかる」は「懸かる」と「かくある」を掛ける。「かかる」は多くは涙や命といった言葉を導く縁語的な働きを持つが、当該歌では雪の縁語にもなっている。④⑤の歌では、「かくある」と「（雪が）かかる」が掛かる。○**ふるも悲しき雪つもるらん**　「ふる」は「（年月を）経る」と「（雪が）降る」を掛けて、心ならずも生き長らえる老残の思いが詠まれることが多い。ここでは、愛する女院を失っても共に世を去ることもできず、さらに生きていかざるを得ない後堀河院の痛切な悲しみを詠む。⑥は物思いが降り積もる雪のように消えることがないとするが、当該歌においても、悲しみは降り積もるばかりだ、とする。「ふる」「つもる」は「雪」の縁語。⑥は冷泉家本による。

【補説】　平繁茂は後堀河院に側近く仕えた近臣で、『明月記』にしばしば見えている。因子は天福二年（一二三四）七月五日に御幸見物をしていた姿を後堀河院に見られ、そのことを繁茂を通じて伝えられるなど（『明月記』同日条）、院に仕えた者として繁茂と互いに交流があった。弟為家も、同じ近臣として繁茂と親しかったとみられる。井上宗雄『鎌倉時代歌人伝の研究』(風間書房　一九九七年)、田渕句美子『阿仏尼』(前掲)参照。ここでは、繁茂が定家邸にいる因子のもとに来た可能性もあるが、『明月記』にそのような記述はないので、因子が旧院(故女院の御所)に祗候している折の出来事か。天福元年十一月四日の女院の四十九日の後、女院に仕えた女房たちも御所から退出するよう、おそらく道家から、女房たちに言い渡されたものの、同月七日には命令が改められて祗候しても良いこととなる(『明月記』同日条)。しかし殆どの女房は退出してしまい、十一日などは三人のみ祗候していた(本書所収「民部卿典侍因子年譜」参照)。

四七

折を過ぐさぬ仰せごとも、おなじ涙にかきくれて
降りつもる跡なき雪をみてもまづおなじ涙にかきくらしつつ

【底本】
おりを過さぬおほせこともおなし泪にかきくれて
ふりつもる跡なき雪をみてもまつおなし泪にかきくらしつゝ

【校異】
おりを過さぬ(底・円・山・国)―おかを過さぬ(群)(「か」の傍に「り歟」)　跡なき雪を(底・円・山・国)―あとなき雪の(群)(「の」の傍に「を」)
みてもまつ(底・円・山・国)―みてもなを(群)(「な」の傍に「ま」、「を」の傍に「つ」)

【通釈】
ちょうど折に合った後堀河院の仰せごとにも、(藻璧門院を失った)同じ悲しみの涙にくれて、(因子)
降り積もって人の足跡のない雪を見るにつけてもまず、(雪空であたりがすっかり暗くなるように)うち沈んで、(私も)

同じ悲しみの涙にくれております。

【参考】
①年深く積もれる雪の跡絶えて人通ひ路の見えぬ我が宿（躬恒集・三二〇）
②おのづからとひこん人を思ひやる道も悲しく積る雪かな（閑窓撰歌合・二三・藻璧門院少将）
③庭の面に跡なき雪は目なれつつ踏みわけてとふ人をしぞ思ふ（唯心房集・一三二）
❹墨染の袖はいかにと思ふにも同じ涙に暮れてこそふれ（長秋詠藻・五九一）
⑤かきくらし涙とともにふる雪を恋しき人と見るよしもがな（行尊大僧正集・一四九）

【語釈】○**折を過ぐさぬ仰せごと**　四六番歌の詞書にある通り、雪が降って心細い思いをしている時に送られてきた後堀河院からの言葉をさす。○**跡なき雪**　人の足跡のついていない雪。当該歌は、①②③と同様に、人の訪れがない心細さを詠む。また、そこに藻璧門院を追慕する涙を重ねることによって、在りし日の御所の盛況を彷彿とさせる。②の藻璧門院少将は藤原信実女で、因子の同僚である女房。○**おなじ涙にかきくらしつつ**　後堀河院と同じく、因子自身も女院を失った悲しみの涙に泣き濡れていること。「かきくらす」という表現によって、雪を降らせる曇天にほの暗く沈んだ旧院の風景と、女院を失った嘆きに沈む自身のさまとを二重写しにしている。後堀河院と因子は女院を失った嘆きを深く共有しており、四六番歌にこめられた痛切な悲しみに寄り添う返歌となっている。④は養和元年（一一八二）に皇嘉門院が没した悲しみを詠んだ歌を九条兼実から送られ、その悲しみに共感する形で俊成が返した歌。涙にくれる様と雪が降る情景を重ねる歌としては⑤がある。

【補説】　深く寵愛していた女院が没した時、後堀河院は悲しみの余り籠もって涕泣していたという（『明月記』天福元年九月二十一日条）。『民部卿典侍集』に、女院の父道家が何度も登場する一方で、後堀河院の歌はこの一首だけである。後堀河院は、雪の朝に因子を慰める言づてを寄こすのであるが、そこで詠まれた歌は因子への見舞いというよりも、なぜ今日まで私は生きているのだろうという痛切な悲しみを訴えた歌であった。それに対して、因子は、訪れるものとてない旧院に、深い喪失感と共に籠もっていて「おなじ涙」に泣き濡れておりますと詠じて、院に共感の思いを述べる。共感を述べつつも、旧院の孤独を描くことで、後堀河院の絶望的な叫びから少しずらしてやわらげるような返歌となっている。
後堀河院は、こののち一年も経たない天福二年（一二三四）八月六日に病のため崩御する。『民部卿典侍集』の成立はその後のことであり、本集唯一の後堀河院詠として、このような歌が撰ばれているのである。

同じ雪のあした、大殿より

四八　思ひのみ日数や雪に積もるらん跡なき庭も跡消えぬまで

【底本】
おなし雪のあした大殿より
思ひのみ日かすやゆきにつもるらん跡なき庭もあときえぬまて

【通釈】
同じく雪の降った朝に、大殿（道家）から
（亡き娘をしのぶ）思いだけにとらわれている日数が（重なって）雪に積もっているのだろうか。（人の訪れがなく、雪の上に）足跡のない庭も、（娘への思いの）跡は消えないほどに（積もって）。

【参考】
❶忘るなよかへる山ぢに跡絶えて日数は雪の降り積もるとも（千載集・離別・四八一・源俊頼）
②いとどまた跡なき庭と成りぬらん払ふ人なき雪のふる郷（土御門院御集・詠述懐十首・三）
③跡絶えて人こぬ宿の思ひいでは庭の雪見る折ばかりのみ（禅林瘀葉集・雪・五七）
④雪降りて人も通はぬ道なれやあとはかもなく思ひ消ゆらむ（古今集・冬・三二九・凡河内躬恒）
⑤かつしかのままの井づつの影ばかりさらぬ思ひの跡を恋ひつつ（洞院摂政家百首・不遇恋・一〇九三・藤原道家）

【語釈】○同じ雪のあした　後堀河院との贈答があった同日の朝の出来事。同じ日に同じように積雪と悲しみを重ねる歌が、二人から送られてきたことを、因子は書きとどめた。○大殿　藤原（九条）道家。光明峯寺殿、峯殿とも。関白、従一位左大臣に至る。建久四年（一一九三）六月二十八日生、建長四年（一二五二）二月二十一日没、六十歳。父は良経、母は一条能保女。子女に鎌倉将軍頼経、摂政教実、藻璧門院竴子らがいる。摂関家の当主として歌壇を庇護し、多くの歌会・歌合を催す。『新勅撰集』の編纂に際しても大きな影響力をもち、後堀河院崩御によって途絶しかけた『新勅撰集』完成に貢献した。○思ひのみ　亡き娘である女院を思う気持ちばかりが。○日数や雪に積もるらん　日数の経過が重なることと、雪が降り積もる様とを重ねる。俊頼の①を踏まえたもの。当該歌はさらに初句で「思ひのみ」と重ね、物思いが時の経過につれて重くなっていくことを詠む。○跡なき庭　雪などが降りしきり、人の訪れ（足跡）がない庭。②のように、寂莫とした孤独を表出する歌も多い。また雪の積もる庭を見る時間こそが、今はいない人を思い起こさせる契機ともなる。藤原資隆の詠んだ③は、雪の積もる庭が残された者にとって思い出を振り返る機能を果たすことを示す。○跡消えぬまで　他に例を見ない表現。この「跡」は④の『古今集』歌や道家自身の⑤の歌と同様に、「思ひの跡」の意とみられる。娘に対する思いの跡が消えないほどに。普通は人跡のない庭に自らの孤独や悲しみを表現するが、道家は、そこに自分の亡き娘への思いの証跡を幻想して見せた。

【補説】四八・四九番歌は、四六番歌と同じ日の雪の朝に、因子の元に届けられた歌である。因子は出家後も道家邸に出入りしており、道家室とも近く、関係の緊密さが見える。因子は藻璧門院在世中には傍近くに仕え、崩御後はただちに出家し、人の少なくなった旧院に今も伺候している。そのような因子を、道家夫妻は信頼していたであろう。この前の十月二十六日には、おそらく娘の女院崩御のゆえに、道家室（女院の母）も出家していた。

　ところで因子は悲しみに沈む後堀河院に参った時のことを定家に語っているが、「有御哀憐仰、不似北辺云々」（『明月記』天福元年十一月十七日条）とある。この「北辺」とは道家邸（一条殿）を暗に指すかと考えられ、この時には道家は冷淡であると因子が感じていたことを示しているが、この後、因子は十一月二十二日に道家邸へ参っている（同日条）。その数日後、当該歌の道家との贈答が、前述のように十一月三十日か十二月九日あたりに行われたと考えて良いであろう。

四九　うき身世に消えぬもつらきためしとや袖の雪だに払はざるらん

【底本】　うき身世にきえぬもつらきためしとや袖の雪たにはらはさるらん　（道家）

【通釈】
（雪はいつか消えていくが）憂き身がこの世から消えないことも、（この世における）つらい通例ということで、私は袖の雪（のように凍り付く涙）さえも払わないでいるのだろうか。

【参考】
❶うき身世にやがて消えなば尋ねても草の原をば問はじとや思ふ（源氏物語・花宴・九二五・朧月夜）
②程もなくあはれうき世のためしかなつもると見れば消ゆる淡雪（拾玉集・百首和歌・無常・八七）
③袖の雪そらふく風もひとつにて花ににほへるしがの山ごえ（拾遺愚草・歌合百首・志賀山越・八一二）
④白雪を分けてわかるる形見には袖に涙のこほるなりけり（寛平御時后宮歌合・冬・一五二）
⑤誰もみな消え残るべき身ならねばふりそふ雪を何かいとはん（風葉和歌集・冬・四三八・関白）
❻奥山の松葉にこほる雪よりも我が身世にふるほどぞ悲しき（伊勢大輔集・一九・紫式部）

【語釈】　○**うき身世に**　初句と二句は『源氏物語』「花宴」の朧月夜の歌①を下敷とする。【補説】参照。○**消えぬもつらきためし**　「つらきためし」はつらい通例。かつてあったものが消える無常の嘆きの歌などで使われ、②の慈円の歌は淡雪がすぐ消える無常が「うき世のためし」と詠む。当該歌でも、雪は消えるものという意識の上で、「消えぬ」は雪と自身とを結びつける機能がある。○**袖の雪**　③の『六百番歌合』で定家が最初に用いた表現。当該歌では、上句の消えないままの我が身に対比して、下句では袖に降りかかる雪に涙の露を重ねあわせる。④は当該歌と同様に、袖に凍り付く涙を、雪と重ねて詠んだ例。⑤は雪と我が身を重ねあわせる。五〇番歌【補説】参照。一首全体では、上の句で消えない我が身を、下の句で容易に消えてしまう雪を対比的に詠み込む。⑥は紫式部が伊勢大輔に、松に降りかかった雪が凍りついた枝と共に送った歌で、我が身と雪とを比較して、松葉に凍り付く雪ははかなく消えるけれど自分もしばしの間、はかないこの世に生き長らえていることが悲しい、と詠む。⑥は彰考館本では結句「ほどぞはかなき」。当該歌も、はかなく消える雪に対比し、私は世から消えず生き長らえてしまうことよ、という意となる。

【補説】②の歌などのように、無常こそがうき世に生きるつらい出来事の「ためし」である。『源氏物語』「花の宴」の朧月夜の①の歌「うき身世にやがて消えなば尋ねても草の原をば問はじとや思ふ」も、その無常の嘆きが根底にある。『六百番歌合』判で藤原俊成が「花宴の巻はことに艶なる物なり。源氏見ざる歌よみは遺恨の事なり」と言ったことで知られる著名歌である。当該歌は朧月夜の歌から初句を取り、哀艶な雰囲気を詠んだ。朧月夜が「消えてしまう我が身（女）」の嘆きを訴えるのに対し、当該歌は「消えずに残っているうき身（男）」もまた、この世に生きることがつらい例だというのか、と詠む。朧月夜の歌に意識されている露から、目の前の情景を踏まえて雪に転じた点が道家の工夫であろう。

なお、この道家の歌の二首は、いずれも雪を見て詠まれたものだが、四八番歌は雪が「積もる」もの、四九番歌は「消え」るものというふたつの属性を、我が身の悲しみに関連させて詠んでいる。その点を、次の因子の二首は確かに受け取りながら返歌している。

御返し

五〇　憂きことの降りて積もれる雪のうちはいとはぬ庭も跡ぞまれなる

【底本】　御返し
　うきことのふりてつもれる雪のうちはいとはぬ庭もあとそまれなる

【校異】　雪のうちは（底・円・山・国）―雪の中は（群）

【通釈】

御返し　　（因子）

つらいことが（雪のように）降り積もっている、その雪の中は、（普段は）人の訪れが絶えない庭でも（雪のせいで）人の来訪がまれなのでございます。

【参考】

①白雪の降りて積もれる山里は住む人さへや思ひ消ゆらむ（古今集・冬・三二八・壬生忠岑）

②嘆きつつ命はさすがながらへて憂きこと積もる身をいかにせん（秋夢集・三七）

③思ひやれ憂きこと積もる白雪の跡なき庭に消えかへる身を（とはずがたり・九七）

④かきくらし猶ふるさとの雪のうちに跡こそ見えね春はきにけり（新古今集・春上・四・宮内卿）

⑤春とだにまだしら雪のふかければ山路とひくる人ぞまれなる（拾遺愚草員外・韻字四季歌・六〇九）

【語釈】　○**憂きこと**　当該歌は四八番歌への返歌であるが、四九番歌の「うき身」も踏まえる。『風葉和歌集』に載る物語歌も下敷きにするか。【補説】参照。○**降りて積もれる**　①の表現を踏まえる。つらいことが身に積もると詠む歌では、紅葉に重ねる例の方が多い。②は為家の娘後嵯峨院典侍為子の家集『秋夢集』の歌で、つらいことが雪のように積もるイメージが当該歌と共通する。同じく後代に成立した『とはずがたり』の③は、つらいことの積もる様と雪の降る庭の様子を重ねるなど、四八・五〇番歌に似るところが多く、当該歌の影響もあるか。○**雪のうち**　雪の中。宮内卿の④が著名歌。ここではさらに、道家の四八番歌の「日数」を受けて、雪が降り積もる間、という時間も重ねられている。雪が降り積もるのはいつか止み、悲しみもいつか止みましょう、という意をこめた。○**いとはぬ庭**　他に例を見ない表現。人の訪れを厭わない庭。道家邸のふだんの賑やかさを言うもの。○**跡ぞまれなる**　人の来訪がまれになることをさす。定家の⑤は雪のせいで人の訪れが途絶えたことを詠む。「まれなる」という表現を用いた数少ない先行例である。

【補説】　当該歌と五一番歌は、それぞれ四八・四九番歌への返しである。当該歌は、雪の日の朝に悲しみにくれる道家に対し、「雪の降る間は雪のせいで人の足も途絶えてしまうものですよ。（ですがやがては雪も止み春も来ることでしょう）」と、女院への哀傷からわずかに焦点をずらし、慰め励ます歌となっている。

　この贈答は、次の『風葉和歌集』の贈答歌と重なるところが多い。

　　心地例ならず侍りけるころ、関白忍びてまで来て、雪の積もりたる暁の空をいざなひて見せ侍りける　　萱が下折れの宣耀殿の女御

　憂き事は身にのみ積もる白雪の消えかへりてもふるぞ悲しき（四三七）

　　返し

　誰もみな消え残るべき身ならねばふりそふ雪を何かいとはん（四三八）

『風葉和歌集』に残る、散逸物語の中の贈答である。当該歌の上句は、宣耀殿の女御の贈歌と類似し、関白の返歌は、身に降り積もる雪を払うこともあるまいと詠む歌で、四九番歌の道家詠に類似している。影響関係があるのかもしれないが、散佚物語『萱が下折れ』は和歌が『風葉和歌集』に十五首入っているだけで、成立は『風葉和歌集』以前であることしかわからないので、判別しがたい。

五一

消えとまるほども悲しき墨染の袖には雪の降るかひもなし

【底本】　きえとまるほともかなしき墨そめの袖にはゆきのふるかひもなし
（因子）

【通釈】

（雪が消え残るように、この命が）消え残っている間にも悲しみにくれる私の墨染の袖には、雪が降りかかっても（降

る甲斐もなくすぐに消え、私もこの世に）生き長らえる甲斐もないことです。

【参考】

❶消えとまるほどやは経べきたまさかに蓮の露のかかるばかりを（源氏物語・若菜下・四九五・紫上）

②思ふ人のかの宮人をおくらなむ消えとまりふる雪の世の中（具平親王集断簡）

③うら風に我がこけ衣ほしわびて身にふりつもる夜半の雪かな（増基法師集・二六）

④白雪のふるかひもなき我が身こそ消えつつ思へ人はとはぬを（増基法師集・四三）

❺うき身世にふる甲斐もなき白雪の消えのこる身の果てもしられず（如願法師集・雑上四季・六九〇）

【語釈】○**消えとまる**　露などが短い間消えずにとどまる。あるいは人が生き残る。①の『源氏物語』「若菜下」の和歌の影響が考えられる。【補説】参照。小松茂美『古筆学大成一九　私家集三』（講談社　一九九二年）所収の②は、雪の降るさまに世の中のはかなさを見る歌。詞書から初雪の朝に詠まれた歌であり、当該歌と状況が類似する。○**墨染の袖**　出家者の衣。因子が出家した身であることを示す。遁世者の慨嘆を雪に重ねた歌は③などがある。「墨染の袖」に「雪」が降る歌は少ないが、黒と白の色の対比を意図したか。○**降るかひもなし**　「降る」に「経る」を掛ける。我が身が世に生き長らえる甲斐のなさを言う。④は雪が消えてゆく様を、生き長らえる孤独な我が身に重ねて詠んだ歌。⑤は如願（藤原秀能）が承久の乱の翌年に詠んだ歌で、一人取り残された我が身を振り返って「ふる」甲斐がないと詠む例。当該歌の「消えとまる」と、この⑤「消えのこる」とは同じ意で、類似歌。

【補説】当該歌は、前掲の『源氏物語』の「若菜下」にある、紫上の歌①との関係が考えられる。病に伏した紫上が小康を得て、夜に蓮の浮かぶ池を光源氏と眺めながら、命のはかなさを詠んだ歌である。贈歌の四九番歌が「花宴」の朧月夜の「うき身世にやがて消えなば尋ねても草の原をば問はじとや思ふ」から初二句を取るのを受けて、当該歌では返歌として、同じ『源氏物語』から、紫上の「消えとまるほどやは経べきたまさかに蓮の露のかかるばかりを」の初二句を取って詠んだのではないか。四九・五一番歌ともに『源氏物語』歌の「露」のようなはかない身を、実際の雪の朝の景を踏まえて「雪」に転じている。当該歌の場合、「消えとまる」ものは袖の雪であり、因子自身である。

五二

いと寂しく見渡さるるにも

残りなく年も我が身もなりはててとはれぬ雪のほどは見えけり

【底本】　いとさひしく見わたさるゝにも

のこりなく年もわかみもはりはてゝとはれぬゆきのほとはみえけり

【校異】　見わたさるゝ（底・円・群・国）—見えわたさるゝ（山）　はりはてゝ（底）—いりはてゝ（円・群・国）・○をか

はりはてゝ（山）　みえけり（底・山）—みえける（円）・見えける（群・国）

【通釈】

本当に寂しい（風景だと）見渡されるにつけても

今年も自分（の命）も、残り少なくなってしまって、訪ねてくれる人もいないまま降り積もった雪の様子に（人の足跡もなく、さびしい我が身の）境遇が知られることです。（因子）

【参考】

①ふる年は今宵ばかりになりにけり我が身の果てもいつとしらばや（六条院宣旨集・六九）

②数ふれば年の残りもなかりけり老いぬるばかりかなしきはなし（新古今集・冬・七〇二・和泉式部）

③人知れずいりぬと思ひしかひもなく年も山路をこゆるなりけり（後拾遺集・春上・六・大中臣能宣）

④わが宿は雪降りしきて道もなし踏みわけてとふ人しなければ（古今集・冬・三二二・読人知らず）

❺日をふれどまだ跡もなき庭の雪にとはれぬ程を人に見えぬる（千五百番歌合・冬二・一八六六・藤原公継）

【語釈】○**残りなく年も我が身も**　一年の残りの日々も、自分の生涯の残りも少なくなって。正月ごとに年齢を加算する数え年のため、年の瀬を迎えるごとに老いを感じるのである。①は年の果てを我が身の果て、老いの行き着く先と詠む。作者六条院宣旨は俊成の妻。自らの命が残り少なくなった頃に年の暮れをも迎える悲しみを詠む例には②の例がある。当該歌の場合は自身の老いというよりも、藻璧門院崩御を悲しむゆえに、自分の人生も終わりが近いのではないかと感ずる。○**なりはてて**　底本「はりはてゝ」とし、山口図書館本は「をはりはてゝ」かと傍記。森本注は「底本に「はりはてゝ」とあるが、誤りとみて正した。」として「なりはてて」と校訂する。①などでは「なりにけり」と詠まれており、「なる（なり）」が、この場合適当であると思われる。一方、円珠庵本ほかの「いりはてゝ」を尊重するならば、③の歌のように山に入る身（出家した自分）と年が山を越えて改まることを言うとも、一応は考えられるが、その場合は当該歌に「山」がないため解釈がやや苦しい。そのためここでは森本注と同様に「なりはてて」と校訂した。○**とはれぬ**　相手に対して、自分を訪ねてくれない、との恨みを述べる言葉。○**雪のほどは見えけり**　雪は、外界と自身を遮断してしまうものである。美しい景として描かれる一方で、④は深く降り積もり外界と隔絶される孤独感を表現し、影響歌が多い。雪は、悲しみを紛らわす人との交流もない寂しさを象徴する。⑤は④をふまえた歌で、当該歌と似通う類歌。当該歌には「跡もなし」（人が訪ねてきた足跡がない）ということばは表にはないが、⑤と同様にそれをこめた表現と解釈することができよう。【補説】参照。

【補説】　雪の中を訪れるのは親しい友人である。『伊勢物語』にある「忘れては夢かとぞ思ふ思ひきや雪ふみわけて君を見むとは」（八三段）を源流とするが、『拾遺集』には「山里は雪ふりつみて道もなし今日こむ人をあはれとは見む」（冬・二五一・平兼盛）とあり、後に多くの歌人たちが雪を踏み分けて訪れることを友情の証とし、訪れてきてくれた人の厚い気遣いに感謝を述べている。都の内に住む歌人たちの実際の贈答歌にも、雪の中に友人を見舞う例がある。『有房集』には雪が初めて降った日に隆房に送った「君ならでたれをか訪はむ雪のうちに思ひいづべき人しなければ」（二四四）があり、『実家集』には兵衛に贈った「庭の雪あとつけまうきあしたにも訪ふべき人はなほ訪はれけり」（二一三）がある。いずれもそれぞれに雪見舞をせずにはいられない相手をいかに尊重し心にかけているかの表明である。一方、『長秋詠藻』の、実定に送られた「今朝はもし君もやとふとながむればまだ跡もなき庭の雪かな」（二七一）と、同じ日に経盛に送られた「雪ふれば憂き身ぞいとど思ひ知るふみ分けてとふ人しなければ」（二七三）は、雪が降ったのに訪れない相手に来訪を促す歌である。このように雪見舞いに訪れない友人に恨み言を言う歌も多く詠まれた。俊成や六条家歌人たちは、雪見舞いの風流と、庭の雪に足跡をつける惜しさとどちらを優先するかを、繰り返し詠んでいる。また、『広言集』『月詣和歌集』は題詠であるが、ともに雪を踏み分けて訪れる人を「もののあはれ」を解する人、「心ざし」の深い人であると賞賛している。山里であるか都であるか、実際にその家を訪れるのか文を送るのかといった違いはあるものの、雪のなか相手を思いやることはお互いの心の深いつながりを表すものであった。

当該歌の詞書には、誰かに送った歌であるとは記されていないが、歌の「とはれぬ雪のほどは見えけり」という表現には、訪うこともしてくれない相手への軽い恨みが表現されている。当該家集の構成からみて、嵯峨に参籠した後、都へ帰った因子が、天福元年（一二三三）十二月の歳暮近くなったころに、俊成卿女に送ったものとみられる。次の五三番歌も同様であり、当該歌と五三番歌への俊成卿女の返歌が、五五番歌であろう。

五三　宿からの都も知らずふる雪に山のいくへを思ひこそやれ　（因子）

【底本】　宿からのみやこもしらすふる雪に山のいくへをおもひこそやれ

【通釈】
私の家から見遣ると、都とも思えないほど降る雪に、山深いところにお住まいのあなたのご様子を思いやることです。

【参考】

①いたづらによそぢの坂はこえにけり都も知らぬながめせしまに（新勅撰集・雑二・一一四二・行意）
②むさしのの霞もしらずふる雪にまだわかくさのつまや籠れる（拾遺愚草・百廿八首和歌・春・一六〇三）
③水無月の照る日も知らず降る雪にいつもさえたるふじの山かな（老若五十首歌合・雑・四二二・宮内卿）
❹九重に降りつむ雪をながめても吉野の山をおもひこそやれ（四条宮下野集・八六）
⑤都出てくものたちゐにしのべども山のいくへをへだてきぬらん（拾遺愚草・雑・二六九三）

【語釈】　○宿　因子が住む都の住まい。このころ因子は定家の邸である一条京極邸、もしくは旧院御所（故藻壁門院御所）にいる（本書解説参照）。和歌では、荒れた宿の景に、人の訪れがない事の寂しさが詠まれることも多い。○都も知らず　『古今和歌六帖』に一首あるほかは①まで例を見ない。当該歌では、都であることとは無関係のように。都とも思えないほどに。②③は「〜も知らず降る雪」という用法。②は春とも知らずに降る雪、③は水無月、夏とも知らずに降る雪。当該歌は、山に比べ雪が少ない都であるのに、深く積もった雪。○山のいくへ　山の重なり。嵯峨の風景をあらわし、そこに暮らす人物、俊成卿女を思いやるもの。④は宮中（九重）にも雪が多く積もっているのに、まして吉野山にはどれほど積もっているだろうかと思いやる歌で、当該歌に近い類歌。④⑤や当該歌は、「都」と「山」を対比し、遠く隔てられた地を物理的・心理的に表現する。

【補説】　「山のいくへ」について、本位田論は「女院の墓所」とし、森本注は「山里の人（俊成卿女）」としている。本位田論で「山のいくへ」とぼかした表現が女院をさすと解釈するのは無理があると思われる。『明月記』天福二年（一二三四）七月十八日条に「御月忌遠路参〈毎月事也〉」という記述が見え、因子は女院の月忌（月命日）には墓所へ通っている（本書所収の「民部卿典侍因子年譜」参照）。仏事や墓所へ参る様子は、女院逝去の天福元年（一二三三）九月十八日から嘉禎元年（一二三五）十二月二十七日条までずっと、毎月十八日前後に見える。故院の月忌に必ず参るのが仕えた女房たちの思いの証であったことは、『讃岐典侍日記』にも見える。年の暮に女院の墓について思いを巡らすのは、唐突で不自然であろう。ここではやはり山深い嵯峨に住む俊成卿女にあてられたもので、都でもこれほどに降る雪が、山深い嵯峨ではどれほど降っていることでしょう、と思いやっていると考えられる。

当該歌は前歌五二番歌とともに年末に俊成卿女へ送られたもので、年が明けてから、この二首あわせた形での俊成卿女の返歌が五五番歌「春知らぬみ山の雪の深さまでとはるべしとは思はざりしを」であろう。

五四　　年返りて日数過ぎて後、これよりおどろかされて、返しの
　　ついでに　　　　嵯峨
「しほるらん霞の袖の春の色を霧にまよひし秋の形見と
　ばかりは、ひとりながめてこそ候ひしか。

【底本】としかへりて日数過て後これよりおとろかされて返しの
　つゐてに　　　　さか
しほるらんかすみの袖の春の色をきりにまよひし秋のかたみと
　はかりはひとりなかめてこそ候しか

【校異】おとろかされて返しのつゐてに（底・山）―おとろかされてつゐてに（円・国）・おとろかされ［　］つゐてに（群）　しほるらん（底・円・群・国）―しほれ[る・ミ]なん（山）　はかりは（底・円・群・国）―はかりは[本ノマ、]（山）

【通釈】
年が改まって何日かが過ぎた後、私からの便りに促されて、その返事を下さった折に
嵯峨（俊成卿女）

「霞が広がる春となりましたが、墨染の袖のあなたは、この春の色を、（藻璧門院が崩御されて）霧に迷っていた秋の形見と（思って）、さぞ濡れそぼっておられることでしょう。

と、そのようにばかり、（あなたにすぐお便りしませんでしたが）一人で思いにふけっておりました。

【参考】

❶ゆく春の霞の袖を引きとめてしほるばかりや恨みかけまし（新勅撰集・春下・一三六・藤原俊成）

②立ちなれし霞の袖も波こえて暮れゆく春の末の松山（建保名所百首・春・二三三・俊成卿女）

③春の色をとどめ形見の夏衣たつ日も今日になりにけるかな（千五百番歌合・夏一・六〇三・俊成卿女）

④身にしみて惜しむとをしれ別れにし名残の秋の形見と思へば（長方集・一九〇・藤原実定）

【語釈】 **○年返りて日数過ぎて後** 天福二年（一二三四）の早春。**○これよりおどろかされて** 因子自身が催促したことをさす。五二・五三番歌への返しがなかったので、便りで促した。**○返しのついでに** 雪見舞いの返歌の折に、あわせて、前に因子が詠んだ四五番歌への返歌があったことをさすか。それが当該歌である。**○嵯峨** 俊成卿女をさすとみられる。俊成卿女は新古今時代を代表する女房歌人。俊成の孫女にあたり、母は定家の姉八条院三条。因子の従姉妹に当たる。このころ嵯峨に隠棲していた。天福元年（一二三三）十二月二十日から二十六日にかけて因子は嵯峨の清凉寺に参籠し、その間に、俊成卿女と和歌を贈答している（『明月記』天福元年十二月二十日・二十七日条）。底本ではここの「さか」は小字で書かれている。**○しほるらん** 「しほる」は、四五番歌と同様に、「濡れる、湿り気を帯びる」という意味の「霑る」ととる。①はゆく春を惜しんで袖を濡らす歌。当該歌には①からの影響が考えられる。**○霞の袖** 霞の広がる様子を袖に例えて用いることが多い。【補説】に掲げた『源氏物語』「柏木」に、喪服を「霞の衣」と表現する例が見られる。当該歌においては、それに加えて「涙に霞む袖」という意味も含むか。俊成卿女はほかに②のように詠んでいる。**○春の色** 春の雰囲気、風情。俊成卿女には③の作例がある。**○霧にまよひし** 「霧」は秋の景物。九月の藻璧門院の崩御によって、因子が涙にくれていた状況を暗示する。**○秋の形見** 女院が秋に崩御したことをふまえた表現。春霞が秋霧を想起させるので「秋の形見」と表現したか。この用例は多いが、人の死を悼む贈答歌に用いられた例としては④が挙げられる。これは徳大寺実能の死を悼んで藤原長方が九月尽日に実定へ贈った歌への、実定からの返歌であり、九月の最後の一日は祖父に死に別れた秋の形見であると詠んでいる。長方、実定ともに俊成の姉妹の子であること、『長方集』に定家自筆本があることなどから、この歌を定家はもちろん因子も知っていた可能性がある。この歌は『林下集』では脱落している。なお、当該句は「霞を秋の形見と（思って）、袖を濡らしているだろう」と、意味上、初句に続くと同時に、「秋の形見とばかりは」と直後の文にも続くようになっており、歌文融合の表現。

【補説】　前年天福元年（一二三三）終わり頃に詠まれた因子の四五番歌「いかさまにしのぶる袖をしほれとて秋を形見と露の消えけん」に対する俊成卿女の返歌とみられる。「秋を形見」と消えてしまった女院を思って袖を濡らす因子の心情を受け入れて寄り添う返歌である。四五番歌が詠まれたのは少し前だが、年末の雪見舞い五二・五三番歌への返歌と共に、詠み送られてきたとみられる。

当該歌は『源氏物語』からの影響が顕著である。「草枯れのまがきに残るなでしこを別れし秋の形見とぞ見る」（葵・光源氏）の歌は、「葵」で亡き葵上を偲んで、光源氏が葵上の母大宮に贈ったものである。葵上は八月十四日（「御法」による）の夜、夕霧を出産して命を落とした。「なでしこ」には夕霧が、「秋の形見」には葵上が重ねられる。一方、藻璧門院は男子を死産して九月十八日に崩御した。つまり、死去の季節と原因が同じであり、父（葵上の父は左大臣、女院の父は道家）に先立つ点においても共通する。もっとも、当時はこのような類例が少なくないので、直ちに影響関係を断定することはできないが、当該歌も「秋の形見」という表現に故人を暗示させている点は注目されよう。また大宮の返歌「今も見てなかなか袖を朽すかな垣ほ荒れにし大和なでしこ」（葵・大宮）には「袖を朽す」とあり、「しほるらん霞の袖」につながる表現である。また、この場面の前後には「深き秋のあはれまさりゆく風の音身にしみけるかな、とならはぬ御独り寝に、明かしかねたまへる朝ぼらけの霧りわたれるに」や「秋霧に立ちおくれぬと聞きしよりしぐるる空もいかがとぞ思ふ」（葵・朝顔姫君）など、時雨とともに霧が描かれている。

さらにまた、当該歌は「霞の袖」を「霧にまよひし秋の形見」と詠む。「霞」から「霧」が連想され、「霧」によって女院の崩御した秋が想起されるということであろう。しかし、『源氏物語』「柏木」には、「木の下のしづくにぬれてさかさまに霞の衣着たる春かな」（頭中将）、「亡き人もおもはざりけんうちすてて夕の霞君着たれとは」（夕霧）、「うらめしや霞の衣たれ着よと春よりさきに花の散りけん」（弁君）のように、喪服を「霞の衣」と表現する例が見られる。柏木の死後、その父（頭中将）のもとを訪れた夕霧が、柏木の弟の左大弁をも交えて、和歌を詠み合う場面である。その場の情景に基づいて、喪服を「霞の衣」と表現する。これを踏まえているとすれば、「霞の袖」が喪服に見立てられ、それによって女院の崩御が想起されることになり、より直接的な関連性が想定できる。なお、この直前の部分では、頭中将が夕霧に対して「君の御母君の隠れたまへりし秋なむ、世に悲しきことの際にはおぼえはべりしを」と葵上が死去した折のことを回想している。

五五　春知らぬみ山の雪の深さまでとはるべしとは思はざりしを
　　　わが心の浅さこそ。」とありければ、又京、

【底本】　春しらぬみやまの雪のふかさまてとはるへしとはおもはさりしを
　　　わかこゝろのあさゝこそとありけれは又京

（俊成卿女）


【通釈】

春も知らない山奥の雪の深さまで（お心にかけて）お便りを下さろうとは、思いもしませんでしたのに。

　私の心の浅さが（お恥ずかしいことです）」と（手紙に）あったので、また京（の私）から、

【参考】
①春しらぬたぐひをとへばみかさ山このごろふかきゆきのむもれ木（拾遺愚草・老若五十首歌合・冬・一八一七）
②春とだにまだしら雪のふかければ山路とひくる人ぞまれなる（拾遺愚草員外・韻字四季歌・六〇九）
③山里は雪こそ深くなりにけれとはでも年のくれにけるかな（後拾遺集・冬・四一二・源頼家）

④とはざらん人も恨みじ跡たえてふるのの里の雪の深さに（千五百番歌合・冬三・二〇六七・俊成卿女）

【語釈】 **○春知らぬみ山**　深山は春の訪れが遅く、「春を知らない」と詠むことも少なくないが、定家は①②など三首を詠んでいる。当該歌においては、「光なき谷には春もよそなれば咲きてとく散る物思ひもなし」（古今集・雑下・九六七・清原深養父）のように、自分の住む土地を謙遜する意味もあろう。**○雪の深さまで**　五三番の因子の歌「ふる雪に山のいくへを思ひこそやれ」に答える表現。③④のように、山里の雪の深さを詠むことは多い。『伊勢物語』八三段からの影響も考えられよう。五二番歌【補説】参照。**○とはるべしとは思はざりしを**　②〜④に見られる通り、「山里は雪が深いので訪ねる人もいない」と詠むことが一般的である。その予想に反して、便りを送ってくれた因子の厚意に感謝している。**○わが心の浅さこそ**　因子からの便りを予想しなかったことについて、「私の心の浅さが（恥ずかしい）」と弁解することで、因子の思いやりの深さを暗示し、感謝の念を伝える。また和歌の「雪の深さ」に対して「心の浅さ」と表現した。**○京**　因子をさす。

【補説】 天福二年（一二三四）の早春とみられる歌。五四番歌の「しほるらん…」から、この「…浅さこそ」までが、俊成卿女からの消息一通の内容を、因子が編集して書いたものとみられる。前年天福元年（一二三三）に詠まれた因子の四五番歌「いかさまにしのぶる袖をしほれとて秋を形見と露の消えけん」に対して俊成卿女がまず五四番歌「しほるらん霞の袖の春の色を霧にまよひし秋の形見と」を返し、さらに因子の五二番歌「残りなく年も我が身もなりはててとはれぬ雪のほどは見えけり」、五三番歌「宿からの都も知らずふる雪に山のいくへを思ひこそやれ」の二首に対して俊成卿女が当該五五番歌を返したものとみられ、この歌二首を含む歌消息と考えられる。こののちさらに俊成卿女の五四番歌に対して因子が五六番歌を、俊成卿女の当該五五番歌に対して因子が五七番歌を返す。

五六　「墨染のころもいづれとわかぬまに霞や霧に立ちかはるらん
　　　も知られ候はで、

【底本】すみそめのころもいつれとわかぬまに霞やきりに立かはるらん
もしられ候はて

【校異】ころも（底・円・国）―衣も（山）・衣（群）

【通釈】（因子）

出家して（一年中）墨染の衣をまとっている私は、いつ（季節が変わった）ともわからずにいて、いったいいつのまに春の霞が秋の霧にかわって立ちこめているのでしょう。

（このように季節が変わったことに）も気付かなくて、

【参考】

❶あやめふく月日もおもひわかぬまに今日をいつかと君ぞしらする（建礼門院右京大夫集・八四）

②いつのまに年くれぬらむ霞はれ霧たちかはる空と見しまに（六条斎院歌合・としのくれ・一六・播磨）

③吉野山峯の白雪いつきえて今朝は霞の立ちかはるらん（拾遺集・春・四・源重之）

④立ちかはるうき世の中は夏衣袖に涙もとまらざりけり（栄花物語・うたがひ・一七三・大宮の宣旨）

⑤うかりし春も　暮れはてて　いとど卯月は　ほととぎす　語らふ声も　懐かしく　死出の山路や　過ぎこしと　忍びがたくて
もろかづら　かざす御形も　とどまりて　世は墨染に　たちかはり　うきねをひかむ　菖蒲草（長秋草・一六一・源通親）

【語釈】○ころも　「衣」と「頃も」の掛詞。○いづれとわかぬまに　女房として仕えていたころは季節ごとに衣を替えていたが、出家した今となっては春も秋も同じ墨染の衣をまとっているため、季節の推移にも気がつかなかったという意をこめる。同時に、女院を失った悲しみがそれほど深いことをも暗示する。①は母を喪った作者が、今日が端午の節句だとも知らなかったと詠む歌。○霞や霧に立ちかはるらん　「たち」は「立ち」と「裁ち」の掛詞。「裁つ」は「衣」の縁語。月日がたつことを、霧と霞が立つことをあわせ詠む例は②がある。「立ちかはる」は③のように立春を詠む用例が多い。④⑤は春に主人の出家や院の崩御にあった者が、夏の更衣とともにその哀しみを詠む例である。④は寛仁三年（一〇一九）三月二十一日に道長が出家したあとで彰子と女房たちの更衣に際して詠まれた歌。⑤は建久三年（一一九二）三月十三日に後白河院が崩御した後、通親から俊成へ同年四月十五日に送られた長歌で、季節の推移と墨染の衣を「立ち（裁ち）かはる」と詠む点で似通う。なお、この句は「立ちかはるらんも知られ候はで」のように後文に続く消息の一部であり、歌文融合の表現。次の五七番歌までが因子の消息の内容である。

【補説】 当該歌は五四番の俊成卿女の歌「しほるらん霞の袖の春の色を霧にまよひし秋の形見と」への、因子の返歌である。五四番歌はもともと四五番の因子の歌への返歌であったが、五四番歌で俊成卿女は新たに今の季節の春霞と、女院が崩御した季節の秋霧とを重層的に詠み込んだ。因子の当該歌はそれを受けて、女院を失った悲しみのあまり、季節の推移もわからなくなっているいると返歌したものである。

当該歌は『四条宮主殿集』の巻末歌群に、少し類似する点がみられる。

秋霧に立ちやすらへば朝ごとに来たれとや鳴くはつた雁がね（一二八）

ある山寺にまうでて、帰りしに

うち見れば煙絶えたる山里にいかでほすらむ墨染の袖（一二九）

くひなの声をききて

時ぞとも苔の衣は知らなくにいづれのほどに叩くくひなぞ（一三〇）

「秋霧」「墨染の袖」「いづれのほどに」という言葉の類似が見られ、山里に暮らす出家者を思いやりながら、自身も出家してから季節のうつりかわりも感じないと詠む点が、当該歌と似通う。影響を受けたということではなく、出家した女房の歌の表現という点で共通性があり、興味深い。

五七　袖の上のうき椎柴にくらぶればみ山の雪は春も知るらむ」

この返り事こまかにて、

【底本】袖のうへのうきしゐ柴にくらふれはみやまの雪は春も知らむ

この返事こまかにて

（因子）

【通釈】

袖の上（に涙がふりかかる）悲しい椎柴の喪服（をまとう私）に比べれば、深山の雪（が深いところにお住まいのあなた）の方が、春が来たのをご存じではないでしょうか。

この返事を（また）こまやかに書いてくださって、

【参考】

①もろ人の花さく春をよそに見てなほしぐるるは椎柴の袖（千載集・雑中・一一一六・藤原長方）

②椎柴の衣に上はかくすとも藤のたもとの色はかはらじ（高倉院升遐記・八七）

❸つきもせず涙にこほる袖の上も春立つ風にとけ果てにけり（同・九）

④椎柴や雪のしほれはむすぼほれ春の光をいかがとふべき（家長日記・八四・藤原定家）

⑤思ひやれ春の光も照らしこぬ深山の里の雪の深さを（長秋詠藻・雑・三六四）

【語釈】○**袖の上のうき椎柴**　椎柴は薪にするための椎などの木。多く冬の山里の景。また椎を喪服の染料とするため、親の喪に服していることを詠む①のように、「椎柴の袖」は喪服を表す。「袖の上」の「椎柴」という例は他になく、稀な詠み方であるが、喪服の袖の上に涙がふりかかることを暗示している。②は高倉院崩御の百日後、諒闇の衣を薄いものに脱ぎ換え安徳天皇の内裏に参内する作者の歌。③は高倉院の崩御直後の歌で、深い悲しみにそぐわない春の到来を詠む点では、当該歌に似通う。○**み山の雪**　山奥の雪。当該歌は俊成卿女の五五番歌への返歌であり、俊成卿女が「春知らぬみ山の雪」と詠んだのを受けて「み山の雪は春も知るらむ」と詠み、悲しみに沈む自分よりは、あなたの方が春の訪れに気がついただろうと返した。贈答される歌の中で、雪のテーマが、「とはれぬ雪」（五二番）、「都も知らずふる雪」（五三番）、「春知らぬみ山の雪の深さまでとはる」（五五番）、「み山の雪は春も知るらむ」（五七番）のように受け渡されていく。○**春も知るらむ**　春が来たのをご存じでしょう。④は元久二年（一二〇五）兵庫頭に任官した家長に対し、前年薨じた俊成の喪に服す定家が送った歌。⑤は俊成が母の喪に服し西山に籠もっている時に、人への返事に添えた歌で、除目に無縁の身を嘆く。

【補説】「この返り事こまかにて」とあるのは、前歌の「墨染の…」から当該歌「…春も知るらむ」の因子の歌二首の消息に対して、また俊成卿女がこまごまと返事を書いてよこしたことを、編者（おそらく因子）が示している言葉である。しかし、このあとはおそらく後欠となっており、五八番歌には続かず、断絶があるとみられる。「さが」は次の五八番歌に続く作者名と考えて解釈した。これについては本書解説参照。

嵯峨

五八　「くまもなく光を照らす秋の月さこそは西の山に入るらめ

【底本】
くまもなくひかりをてらす秋の月さこそは西の山にいるらめ
さか

【校異】　いるらめ（底・国）―いたるらめ（円）・入らめ（山・群）
嵯峨（俊成卿女）

【通釈】
（この世を）くまなく照らす秋の月でいらっしゃった藻璧門院は、まさしくそのように西の山に入って、西方浄土で往生されていることでしょう。

【参考】
①雲はれて身にうれへなき人の身ぞさやかに月の影は見るべき（山家集・雑・一四〇七）
❷てらさなん世々もかぎらぬ秋の月いる山のはにひかりかくさで（拾遺愚草・雑・釈教・二九五一）
❸雲の上に行く末遠く見し月の光消えぬと聞くぞ悲しき（建礼門院右京大夫集・二〇三）
④闇はれて心の空にすむ月は西の山辺や近くなるらむ（新古今集・釈教・一九七八・西行）
⑤なき人を西にすすめし秋の月光さやかにさして導け（秋思歌・一二）

【語釈】　○**くまもなく**　雲など光を遮るものもなく、影もなく露わに。月に雲（煩悩）がかからず、涙でくもることがない時にさやかに見えると詠む①がある。○**光を照らす**　三六番歌の「末の世を照らす」を受けた表現。光を放って照らす釈教歌のなかで仏法を象徴する月は、しばしば「光」や「照らす」という表現を伴って詠まれる。②は定家が母の忌日に『法華経』供養で書写したもののうち六巻の表紙に付した歌で、月（仏法）がこの世を超えるものであると詠む点で当該歌と類似する。③は高倉院が崩御したことを、月の光が消えたと詠む右京大夫の歌。院の崩御を月の光が消えたと詠む点で、照らしていた月が山に隠れたと詠む当該歌と似通う。○**秋の月**　三六番歌で因子が女院を「月」と言っているのを受けて、さらに、「秋の宮」である藻壁門院を「秋の月」にたぐえた。皇后・中宮のことを秋の宮と言うことと、また女院が崩御したのは秋であることとの反映がある。次の五九番歌も同様。○**西の山に入るらめ**　西の山に入って行かれたのでしょう。山の端に月が隠れたことは、女院の崩御をイメージするか。西の山に入ることは、その向こうの西方浄土に入ることを暗示する。④は西行の『新古今集』巻軸歌で、自身の本性・仏性を見つめ、「西の山辺」、すなわち西方浄土が近くなったと詠む。⑤は月に対して、亡き娘為子を西方浄土へ導いてくれと詠む為家の歌。当該歌の贈答では、先に因子の三六番歌が、月（女院）が西の空に光をそえることでしょう、と言ったことを受けて、当該歌はそれを時間的に進行させ、その月は西の山に入って隠れ、まさしく西方浄土で往生なさるでしょう、と返歌した。

【補説】　ここから、新たな歌群に入る。森本論は五八番～六四番歌は三六番～四二番歌にそれぞれ対応して詠まれた歌群であることを指摘している。当該歌から始まる五八～六四番歌の歌群は、三六～四二番歌に対する俊成卿女の返歌であり、しかも俊成卿女が書いた消息の原態を残している歌群である。

当該歌は三六番歌「末の世を照らすとみえし月なれば西の空にや光そふらん」への返歌と見られる。俊成卿女は因子の歌を丁寧に受け、ことばも繰り返すようにしながら相手の思いを受け止めて応答している。三六番歌は西の空に輝く月を詠むのに対して、当該歌は時間が経過して西の山に入る月を詠んでいるので、三六番歌が先に詠まれた贈歌であることが、ここから明らかである。

因子は天福元年（一二三三）十二月二十日から嵯峨清涼寺で七日間の参籠に入っており（『明月記』同日条）、二十六日には参籠を終え、二十七日に定家のもとに帰っている。二十七日の『明月記』には「又中院尼上〈三位侍従母儀〉同被来訪、詠歌多有贈答等云々」とあり、この記事が当該歌群とそれに対応する因子の三六番～四二番歌の贈答を指すと考えられている。ただ、帰洛後の贈答をも含む可能性も一応考えられるし、ほかにもあったかもしれない。

いずれにしても、当該歌群には服喪の中で季節が秋から春に移り変わることを詠む歌が含まれており、天福元年の秋から次の年の春の間に詠まれた歌であろう。この年は年内立春であり（天福元年十二月二十九日立春）、天福元年の十二月末には、春の到来が近づいていた。

さて、「嵯峨」は俊成卿女と断定できるわけではないが、やはり因子の従姉妹である俊成卿女の可能性が最も高い。また、嵯峨にいた俊成卿女が知人の不幸を見舞って歌を送っていた様子が、『光経集』の末尾（六二〇～六二三）に残っている。光経は出家して嵯峨に住んでいたが、修行に出ていたときに母が亡くなり、急遽帰京した。その光経を俊成卿女は慰め、その後も気遣って、嵯峨の草庵に籠もる光経に、歌を送ってきた。

八月十日ごろ、月あかき夜、嵯峨の草庵におろしこめて侍りしを、俊成卿の女、入堂のついでに人をつかはして、さしもあかき月をも見ぬ、うたてきよし申されて侍りし返事に

紫の雲に心をかけしより月のゆくへもしらずなりにき（六二二）

返事

紫の雲待つ人は山の端の月の光にさしてこそゆけ（六二三）

母の喪に服し、仏道に帰依した身では、月に心をかけることもなくなったという光経に対し、俊成卿女は、月が山の端に入る西の空こそあなたが目指す先だと励まして返歌している。因子に対しても、当該歌と次の五九番歌のように、藻璧門院を秋の月にたとえ、無事に西の山に入り、極楽浄土の花の台に生まれ変わっていますよと励ます歌を返している。

これをも九品蓮台に思ひやり参らせさせ給へ。

五九　この世にもにごらざりける秋の月花のうてなに光さすらん」

【底本】　これをも九品れんたいに思やりまいらせさせ給へ

此世にもにこらさりける秋の月花のうてなにひかりさすらん

【校異】　にこらさりける（底・国）―にこらさりける（円）・濁らさりける（山）・にこらさりけり（群）

【通釈】　（俊成卿女）

（あなたは「光そふらん」と言われましたが、）このことをも、九品蓮台で極楽往生なさっている女院のお姿に（加えて）、おしのび申し上げてくださいませ。

この俗世にあっても濁ることなく澄んだお心をお持ちであった女院は、秋の月が輝くように、極楽浄土の蓮の台でも光輝いて（極楽往生して）いらっしゃると存じます。」

【参考】

①ひさかたのあまてる月のにごりなく君が御代をばともにとぞ思ふ（是貞親王家歌合・九）
②秋をへて光をませと思ひしに思はぬ月のかげにもあるかな（千載集・雑・九七九・藤原実綱）
③ここのへの花のうてなをさだめずはけぶりのしたやすみかならまし（拾遺愚草・内大臣家百首・釈教・一一九八）
④思哉さきちる色をながめてもさとりひらけん花のうてなを（拾遺愚草・雑・釈教・欣求浄土・二九七九）
⑤光さす悟りの空の心地して夢にし見ゆるかすがのの月（閑谷集・二一八）

【語釈】 ○**これをも**　前の五八番歌「くまもなく…」からの続きで、嵯峨（俊成卿女）が因子にあてた消息の文章の一部。「これ」は因子の三六番歌にある、「光そふらん」という点をさすか。当該五九番歌は「花のうてな」をテーマとする因子の三七番歌に応える返歌であるが、さらに、因子の三六番歌の「光そふらん」という部分をも加えて、「花のうてなに光さすらん」と言っているからである。ここではそのように解釈しておく。○**九品蓮台**　九品のうてな。九品のはちす。極楽往生した者はこの蓮の台の上に生まれ変わる。九つの階級があり、上品上生、上品中生、上品下生以下、下品下生にいたる。○**参らせさせ給へ**　因子は年下であるが、消息文ではこのように敬語を重ねて用いて、丁寧に書くことが多い。また、相手の因子は典侍であり、俊成卿女よりも公的な身分は高いこともあるか。○**秋の月**　女院を指す。五八番歌参照。三七番歌の「空ゆく月」を受けた語。②は後白河天皇の女御であった妹が出家したことを、月が光を失うとたとえた例である。○**花のうてな**　先行例は六首と少なく、すべて釈教歌。そのうち二首が③④の定家詠である。三七番歌「したへども花のうてなの遠ければ」と嘆きを訴えた因子に対して、俊成卿女は、その言葉をうけて、女院は今、花のうてなで輝いていらっしゃるのです、と慰めた。○**光さすらん**　因子の三六番歌にある「光そふらん」を受けた言葉で、月として輝いている（五八番歌）だけではなく、花の台にも光を投げかけている（当該五九番歌）と詠んだもの。⑤は夢に東大寺の大仏を見て詠んだ歌で、悟りの場に射す光をあらわす例。

【補説】　当該歌は因子の三七番歌「したへども花のうてなの遠ければ空ゆく月にねをのみぞ泣く」への返歌であるとみられ、因子が「花のうてな」は遠すぎて会えないから月に向かって泣いているのです、と嘆いたのに対し、月にたとえてもあまりある女院は現世を超えてすでに「花のうてな」に到り、光を添えて輝いていらっしゃるのですよ、と因子を慰める。

一般に贈答歌は、一回の贈答は一首〜三首程度であることが多いので、とりあえずここでは、五八番歌・五九番歌の二首（「…光さすらん」まで）が一通の消息であったととっておく。前述のように、この五八・五九番歌は、因子の三六・三七番歌への返歌である。

また、六五番歌の「遠くともしたふ心の契りあらば花のうてなの露もへだてじ」も、位置は離れているが、三七番歌に照応する内容をもっていることは興味深い。当該歌と六五番歌とが、ともに三七番歌に応えるように詠まれた可能性もある。別の時、あるいは別の人からの返歌かもしれない。

「たのもしくこそ候へ。

六〇　うき世をば霞の色にぬぎ捨てて花の袖にぞ春を知るらん

（俊成卿女）

【底本】　たのもしくこそ候へ

うき世をはかすみの色にぬきすてゝ花の袖にそ春を知らん

【校異】　たのもしく（底・円・山・国）―たのもしう（群）

【通釈】　（そうおっしゃるのは）頼もしいことでございます。

（女院は今や）うき世をのがれ、生まれ変わって、花の衣の袖に（極楽浄土の）春を感じていらっしゃることでしょう。

【参考】

①はかなしや霞の衣たちしまに花のひもとく折も来にけり（源氏物語・早蕨・六八八・薫）

②春山の霞の衣ぬぎすてて今朝はみどりの夏の曙（千五百番歌合・夏一・六〇〇・後鳥羽院）

③限りあれば藤の衣はぬぎすてて涙の色を染めてこそ着れ（和泉式部続集・八五）
④色深き形見の衣ぬぎすてて何をか君がなごりともせん（高倉院升遐記・八三）

【語釈】○たのもしくこそ候へ　因子が三八番歌で「見てしがな…悟りひらけん花の衣を」と、藻壁門院の蓮の上の姿を見たい、と言ったことへの言葉であろう。○霞の色にぬぎすてて　因子の三八番歌の「うき世の霞ぬぎ捨てて」を受けた言葉。「霞の色」には墨染めの衣の意をこめる。①は春の霞のころに大君の喪があけた中君の歌。歌の直前に「御ぶくも限りあることなれば、脱ぎ捨て給ふ」とある。「脱ぎ捨つ」が「霞」や「色」とともに詠まれる先行例は少なく、③④の喪服を脱ぐ例が見られる程度である。三八番歌【語釈】でも述べたように、遺族が喪服を脱ぐことを詠む例は見出せるが、亡くなった人があの世で衣を脱ぐという例は稀。『竹取物語』には、かぐや姫が月から迎えに来た天人に天の羽衣を着せられたとたんに地上に執着する心を失い、物思いをしなくなったと書かれている。おそらく三八番歌同様に、女院が崩御の後に出家の儀を行い、墨染めの姿となったことをふまえ、極楽では、俗世のその墨染めの衣を脱ぎ捨てて、という意もこめるか。「脱ぎ捨つ」という言葉には、難産によって亡くなった悲劇を、女院はみずからうき世の執着を捨てて往生を果たしたのだと意味づけるかのような印象があり、極楽浄土に生まれ変わった女院が、うき世の苦しみから解放されたことを詠んでいると見られる。諒闇で喪に服す人々は「霞の衣」（墨染の衣）を脱ぐことができないが、女院はあの世で、この世そのものを脱ぎ捨てて、極楽往生している、と解釈できよう。三八番歌参照。

【補説】　当該歌は因子の三八番歌「見てしがなうき世の霞ぬぎ捨てて悟りひらけん花の衣を」への返歌。因子の三八番歌と三九番歌に対して、俊成卿女が返した歌が当該六〇番歌と次の六一番歌にあたるとみられる。一応、「たのもしくこそ候へ。」から「恨みにてはさぶらひけれ。」までが一続きで、一通の消息であったとみておく。「霞」「春」があることから、天福二年（一二三四）春、もしくは天福元年末の春が近い頃の贈答か。三八番歌の表現をほぼそのまま踏襲し、つらいうき世から浄土へ生まれ変わったであろう女院の姿を、美しい花の衣をまとう姿に形象している。ここでは女院往生を詠むが、次の六一番歌にはふたたび涙が詠まれている。女院の来世の往生を願う気持と自らの耐え難い悲嘆の両方に翻弄される因子の心象に、俊成卿女は寄り添って詠んでいる。

六一　秋の霧春の霞とたちかさね涙にしほるあまの袖のみこそ、数なるも数ならぬも、あはれつきせぬ恨みにてはさぶらひけれ。」

【底本】　秋のきり春の霞とたちかさねなみたにしほるあまの袖のみこそ数なるも数ならぬも哀つきせぬ恨にてはさふらひけれ

【校異】　哀つきせぬ恨（底・円・山・国）―哀尽せぬ恨（群）　さふらひけれ（底・円・山・国）―侍らひけり（群）

【通釈】　秋の霧が立ち春の霞が立って（季節が移ろい）、涙でぬれそぼっているのは（海女ならぬ）尼の私どもの袖ばかりですね。

それこそが、（女院をお慕いする者として）身分の高きも低きも、みな同じように悲しみが尽きないことの恨みでございます。」

【参考】

①おもへ君燃えし煙にまがひなで立ち遅れたる春の霞を（新古今集・哀傷・八二二・源三位）

②霧に閉ぢ霞に昇る面影はとてもかくても立たぬ間もなし（秋思歌・五五）

❸春着てし霞の袖に秋霧のたちかさぬらん色ぞ悲しき（とはずがたり・一四一）

④思ひきや涙にしほる袖に猶身をしる雨をそへん物とは（宝治百首・恋・二五一二・小宰相）

⑤花がたみめならぶ人のあまたあれば忘られぬらむ数ならぬ身は（古今集・恋五・七五四・読人知らず）
⑥いかばかり君嘆くらん数ならぬ身だにしぐれし秋のあはれを（後拾遺集・哀傷・五五一・前中宮出雲）

【語釈】　○**秋の霧**　藻壁門院崩御が天福元年秋であったことから、秋は繰り返し詠まれるキーワードである。因子の三九番歌への返歌であり、三九番歌の「霧も霞もたちかさね」を受ける。三九番歌参照。○**春の霞**　春に立つ霞。前歌同様、天福二年（一二三四）春頃か。三九番歌「霧も霞もたちかさね」を受けて、強調する表現。春の歌として詠まれるものはもちろん、「昇霞」が貴人の死を意味するというところから、哀傷歌でもよく詠まれる。①は、後朱雀院を火葬する煙と、立ち遅れた霞（自分）を詠む。秋の哀傷でありながら春の霞をも詠む歌には、娘為子を失った為家の②がある。『とはずがたり』の③も後世の例だが、後深草院二条が遊義門院にあてた歌で、遊義門院が春に母東二条院を、同年秋に父後深草院を重ねて喪ったことをさす。当該歌との関連が深い。○**涙にしほる**　ぐっしょり濡れるの意。前掲岩佐美代子「「しほる」考」（四五番歌）参照。④は後代の詠だが、恋の歌として「涙にしほる袖」を詠む。故人を思う歌のなかで、恋歌に見られるような表現を用いることにより、自身の思いの激しさを歌にこめた。○**あまの袖のみ**　海人の濡れた袖と恋の涙に濡れた袖を重ねる手法は多く見られる。ここでは「海女」と「尼」の掛詞。俊成卿女も因子もともに尼となっていることをさす。「あまの袖のみこそ…」と後文に続いていく消息文である。○**数なるも数ならぬも**　⑤のように恋歌で詠まれることが多いが、誰かの主人が亡くなった時に、自分のような人数にも入らないような者も悲しいという意で使われることがある。⑥はその例で、この歌は中宮嫄子の崩御にあった少将を慰める歌。当該歌でも、自分のような人数に入らないような者すらも、女院の崩御が大きな悲しみであると強調し、因子の悲しみに寄り添って、悲しみを共有しようとする。また女院の側近女房であり女院との結びつきが強く、典侍でもあった因子を敬う言い方。

【補説】　当該歌は、因子の三九番歌「うきなみに霧も霞もたちかさねしほたれ衣乾く日ぞなき」への俊成卿女の返歌と考えられる。「霧」「霞」「たちかさね」といった詞を繰り返し、また「しほたれ衣」から「あまの袖」を導き出し、贈歌にない「海人」、つまり泣き濡れる尼を形象化するなど、全体的に因子の歌を取り込み、展開を加える。そして私も同じように涙にしほれておりますよ、と慰める。なお、秋の霧と春の霞をあわせ詠むのは、五四番歌（俊成卿女）と五六番歌（因子）の贈答にもみられ、繰り返されたテーマであった。
当該歌には、『伊勢大輔集』の歌からの影響もあるのかもしれない。

筑紫の道に、つねしといふ所に尼の家より煙の立ちしかば
秋は霧春は霞にたちまじり塩やく煙つねしとぞ思ふ（一〇三）

三九番歌が『伊勢大輔集』の歌を取っているかは明確ではない。しかし三九番歌にある霧と霞の組み合わせ、さらに「しほたれ衣」という詞から、俊成卿女は『伊勢大輔集』の歌を連想したのかもしれない。当該歌にある「あま」は、三九番歌に「しほたれ衣」とあることに加え、『伊勢大輔集』の歌を下敷きに詠み出されたものとも考えられる。哀傷の贈答ながら、御子左家の女房歌人同士らしいやり取りか。

六二　「さむるまであらまし夢の世の中を見し長月の有明けの空
いかに候ふ事にか、身にとりて長月の有明けがた、臥待のほどの、たへがたくあはれに思ひしみてさぶらふに、小倉の山の鹿の声さへ、

【底本】　さむるまてあらまし夢の世中を見しなか月のあり明の空
いかに候事にか身にとりて長月の在明かたふし待のほとのたへかたくあはれに思ひしみてさふらふに小倉の山のしかのこゑさへ

【校異】見しなか月（底・山）―みし長月（円・国）・見し在明［長月］（群）　ほとのたへかたく（底・円・国）―ほとのたえかたく、（山）・ほとたへかたく（群）　さふらふに小倉（底・円・群・国）―さふらふ。［に］小倉（山）　こゐさへ（底・円・山・国）―なくさへ（群）

【通釈】

（俊成卿女）

（夢から）覚めるまでそのまま（現実）であって欲しかった、その夢のようにはかない世の中をまさしく見た、あの長月の有明けの空ですね。

なぜかわかりませんが、（嵯峨の）私にとりましても、九月の有明け方、臥待の月の頃が、耐えがたく身に染みて寂しく思われたことでございますが、小倉の山に妻を求めて鳴く鹿の声までも（常よりも寂しそうだと聞いておりましたら、その日が女院の崩御なさった日だったのですね）。

【参考】

①思ひつつぬればや人の見えつらむ夢としりせばさめざらましを（古今集・恋二・五五二・小野小町）

②まどろまでみし世の夢もそれながら又長月もめぐりきにけり（新千載集・哀傷・二二六〇・入道親王道覚）

③奥山に紅葉踏み分け鳴く鹿の声きく時ぞ秋は悲しき（古今集・秋上・二一五・読人知らず）

④草枕この葉かたしくねざめには鹿のこゐさへさびしかりけり（散木奇歌集・旅宿鹿・四四九）

【語釈】**○あらまし夢の世の中**　目が覚めるまでそうあってほしい夢の世を見ていたと述べる。このような表現は、①の歌の影響が大きい。同じく九月に逝去した人への哀傷歌に、嘉禄元年（一二二五）九月二十五日に没した慈円を追懐した②があり、こちらは年月が巡りまた同じ日が来た折に詠まれた歌。**○臥待**　遅い月の出を待つこと。臥待の月は十九日か二十日頃の月をさす。藻璧門院の崩御は九月十八日であった。**○たへがたくあはれに思ひしみてさぶらふに**　女院に仕えていたわけではない俊成卿女にとっても、なぜか大変寂しく感じる朝だったと、因子の悲しみに寄り添う言葉。○**小倉の山**　山城国、嵯峨の歌枕。俊成卿女が住んでいた嵯峨野にある山。鹿の名所。○**鹿の声さへ**　③をはじめとして、響き渡る鹿の声は、秋の寂しさを深めるものである。また俊頼の④は、いつもと違う場で鹿の声がより一層身に染みて聞こえる様を詠む。この後文においては、都から離れた嵯峨野にいる俊成卿女が「なぜこれほど鹿の声が染み入って聞こえるのか」と疑問を抱き、後に女院の崩御を知ったのだ、という仕組みになっている。しかしこの文は、次の歌の「はかなさの春の夢かと見しよりも」には続きにくく、この後に脱文あるか。あるいは、もともとは六二番歌の前文であったという可能性も考えられる。とりあえずここでは、適宜補って意訳した。

【補説】　当該歌は、因子の四〇番歌「恋ひわぶる影だに見えぬ夢の世にあはれなにとて有明けの空」と対応しており、この歌への俊成卿女の返歌である。この贈答では、「夢の世」「有明けの空」を贈歌から受け、四〇番歌で因子が夢の中ですら女院に会えないと現在の悲嘆を詠むのに対し、当該歌で俊成卿女は女院が没したその日に時間を巻き戻し、女院と共にいるという夢が覚めてしまった哀切を詠む。「夢」の中身をずらして痛切な嘆きを和らげつつ、時を違えてしみじみと見上げる有明けの空を共有し、俊成卿女は因子の悲しみに寄り添うのである。

六三　はかなさの春の夢かと見しよりも末葉の秋の露の世の中

【底本】　はかなさの春の夢かとみしよりもするゑ葉の秋の露の世中

（俊成卿女）

【通釈】

このはかなさは春の夜の夢なのかと思ったけれど、（むしろ）秋に葉の先においた露にたとえるべき（真にはかない）この世ですね。

【参考】

①白露も夢もこの世も幻もたとへて言へば久しかりけり（後拾遺集・恋四・八三一・和泉式部）
②宮城野を霧のたえまに見しよりも残る色なき秋の面影（寂蓮法師集・秋恋在野外・一三六）
③いかにせむ風に乱るる荻の葉の末葉の露にことならぬ身を（増基法師集・三二）
④秋の野に鹿のしがらむ荻の葉の末葉の露のありがたのよや（同・三三）
❺うき世をも秋の末葉の露の身に置き処なき袖の月かな（俊成卿女集・月・一一四）

【語釈】○**春の夢**　「春の夜の夢」という用例は中古以来多くあるが、新古今時代の良経、慈円、定家たちはそれを短くして「春の夢」という形で頻繁に用いた。「夢」や「露」のはかなさを「世の中」と比べるのは、①の影響がある。○**見しよりも**　②のように以前見た景物の変容を嘆じ、あるいは花や雪、相手を思う心などある同じ対象を異なる状況でながめて、比べて詠む際に三句目におかれて用いられる。当該歌では四一番歌の比較の表現に唱和する。【補説】参照。○**末葉**　草木の枝や茎の先のほうにある葉のことで、そこにはいまにも落ちそうな露が留まるものとして詠まれる。『増基法師集』には「よの中のはかなきことなど思ひたまへられて」という詞書をもつ③④の歌がある。また他に貞永元年（一二三二）成立の『洞院摂政家百首』で俊成卿女が詠んだ⑤にある「秋の末葉」は、秋の終わりを示すと同時に、当該歌の根底に流れる露のようなはかなさを含む点で類似する。

【補説】　当該歌は因子の四一番歌「夢よりもはかなき露の秋の夜に長き恨みや消え残りけむ」に対応する歌。因子の歌は、はかない露のような世の悲しみを訴え、思いをはげしく言葉にこめているが、それに対する当該歌の俊成卿女の返しは、因子の歌の中の「夢よりもはかなき露」という比喩を認め、「見しよりも末葉の秋の露」と引き継ぐ。つまり一旦春の夢のはかなさを述べ、再び末葉の露のような秋のはかない世を重ねて詠み、寄り添うように応答している。
　秋は、女院が崩御した季節であることから、繰り返されるモチーフである。哀傷の贈答歌などでは、同じ言葉を何度も用いることをいとわず、繰り返し同じモチーフを詠むことによって思いを深めたり、相手を思いやることが見られる。たとえば『拾遺愚草』二八一一〜二八一六には、建永元年（一二〇六）三月七日の良経逝去に際して「春の夢」という言葉をくりかえし用いて悲嘆を述べる歌が並んでいる。当該家集中でも何度も同じ言葉が用いられる。

六四　たちかへし麻の衣の袖の名をうき世に残すつまとこそ聞け」

【底本】　たちかへしあさの衣の袖の名をうき世にのこすつまとこそきけ

【校異】　袖の名を（底・円・山・国）―袖のなを（群）

【通釈】　（俊成卿女）

（あなたが花色衣から）裁ちかえた法衣の袖ですが、（涙で濡れた）麻の衣の袖は、やはり（女院への恩愛にとらわれて）名を俗世に残すきっかけとなると聞いておりますよ。

【参考】

①今日としも思ひやはせし麻衣涙の玉のかかるべしとは（後拾遺集・雑三・一〇二七・読人知らず）

❷我のみやうき世を知れるためしにて濡れそふ袖の名をくたすべき（源氏物語・夕霧・五二八・落葉宮）

❸亡き数に身もそむく世の言の葉に残るうき名の又やとまらん（続後撰集・雑中・一一四四・俊成卿女）

④恨みよと重ねやそめしさ夜衣涙のつまのうき名ばかりを（洞院摂政家百首・恋・一四七三・俊成卿女）

⑤限りなき別れと思へどこれやさはうき世をいとふつまとなるべき（林下集・二六七）

【語釈】　○**たちかへし**　断ち切って別の衣服に作りかえる。夏服に仕立てかえることをさす例が多いが、ここでは因子の四二番歌の「たち別れ」を「たちかへし」と転じた表現。○**麻の衣**　喪服や出家者の法衣のこと。高階成順が出家した折の①にあるように、多く涙が落ちることが詠まれ、当該歌にもそのイメージが読み取れよう。時に粗末な布のイメージを伴い、他人の法衣を指して「麻の衣」と言う例は少ない。ここでは四二番歌の「花色衣」をふまえて、それを法衣にかえること。四二番歌の「花色衣」を「麻の衣」に転じたものである。○**袖の名をうき世に残す**　「名」は世間への聞え、評判。ここでは、因子が出家してもなお藻璧門院への思いにとらわれていたと、世で言われることを意味するか。「袖の名」という表現は少ないが、②の『源氏物語』の「夕霧」に見え、夕霧に求婚された落葉宮が、夕霧との関係が世間で取り沙汰される濡れ衣の「袖の名」を憂う歌。当該歌と同様に、「名を」と「猶」を掛ける。当該歌のように出家した人物の袖（麻の衣）の名が残ると詠んだ例は少ない。貞永元年（一二三二）の『日吉社撰歌合』で俊成卿女の詠んだ③は、出家したのに、自らの「言の葉」（この場合は和歌）によって「うき名」が残ってしまうと詠む。なお俊成卿女には、恋ゆえに袖が濡れて「うき名」が立つと嘆く④もある。○**つま**　端緒、てがかりの意の「端」に、「衣」の縁語「褄」を掛ける。⑤は今生の別れが出家の「つま」であるとした歌で、当該歌と逆の趣向。

【補説】当該歌は因子の四二番歌「たち別れうき世出づべきつまとてや花色衣着つつなれけん」に対応する歌。「うき世」「つま」を四二番歌から引き継ぎ、「たち別れ」を「たちかへし」に、「花色衣」を「麻の衣」に転じる。四二番歌から読みとれる、藻璧門院への思いにとらわれた因子の様子に対して、先に出家している俊成卿女が、因子の心の迷妄をなだめた一首であると解釈した。

ここまでを、俊成卿女の歌（六二〜六四）を含む消息一通ととっておく。

我ながら捨てしこの世を、うち返し又惜しみさぶらふかとさへ、
又恐ろしうもさぶらへども、秋より冬まで思ひつめ候ひし
事を、仏にひかれ参らせて、うちいだしそめ候ひて、なかなか
にとどめかねたる様に、

六五　遠くともしたふ心の契りあらば花のうてなの露もへだてじ

【底本】我なから捨し此世をうち返し又おしみさふらふかとさへ
またおそろしうもさふらへとも秋より冬まて思つめ候し
事を佛にひかれまいらせてうちいたしそめ候て中〳〵
にとゝめかねたる様に
とをくともしたふ心の契あらは花のうてなの露もへたてし

【校異】おそろしうもさふらへ（底・円・国）―おそろしうさふらへ（山）・おそろし［う］もさふらへ（群）　とをくとも（底・円・山・群）―とふくとも（国）　したふ心の（底・円・山・国）―しとふ心の（群）

【通釈】自ら捨てたこの世を、一方では又惜しむのでしょうかとまで、（それも）又恐ろしいことでございますが、秋から冬まで思いを重ねておりましたことを、御仏のお導きで、（歌に）詠み始めてみまして、かえってもうとどめかねるような有様で（次々に詠み出されます）。

極楽が遠くても、あなたが藻璧門院を慕うお心の結びつきがあるならば、（女院のいらっしゃる極楽浄土の）蓮のうてなは（あなたと）少しも隔たることはないでしょう。

【参考】
①うきを猶したふ心のよわらぬやたゆるちぎりのたのみなるらん（拾遺愚草・皇后宮大輔百首・二六七）
②かくばかりしたふ心のしるしあらば隔ても果てじ雲の通ひ路（有房集・一一）

③契りおかむこの世ならでも蓮葉に玉ゐる露の心へだつな（源氏物語・若菜下・四九六・光源氏）
❹先立ちしよそになるともかの岸の蓮の上は露もへだてじ（四条宮下野集・二〇二）

【語釈】 ○**我ながら捨てしこの世**　おそらく因子の出家をさすと考えられるが、不明。○**うち返し**　相反する気持ちを持ったり、逆の行動に出たりすること。「また」を伴うことが多い。○**秋より冬まで**　天福元年秋から冬までであろう。○**仏にひかれ参らせて**　仏に導かれまして。『四条宮主殿集』跋文などと同様に、歌を詠む行為と仏道とを結びつけて叙述している部分である。○**したふ心**　離れがたい、恋しいと思う気持ち。定家の①「逢不遇恋」詠は、「したふ心」を「契り」の頼りとしている点で当該歌と類似する。『有房集』の②は、殿上を下りた蔵人が殿上を望む歌を送ってきたのに対して返した歌。「したふ心」があれば「隔て」て絶えることはあるまいとする。○**花のうてな**　極楽往生した人が座るという蓮の花の台。蓮台。三七番歌参照。○**露もへだてじ**　少しも隔たることはないでしょう。「花のうてな」から草木におく「露」が導かれ、「露」と副詞「つゆも」が掛けられる。③は病に伏した紫上が小康を得た際、命のはかなさを詠んだ紫上に対して光源氏が返した歌。浄土の蓮台に共に乗ることを詠んでおり、これは夫婦の例。当該歌においては特に『四条宮下野集』④との関連が注意される。後冷泉天皇崩御・寛子落飾ののちに出家し隠棲した四条宮下野が、典侍（大弐三位か）と交わした贈答である。表現上の類似のみならず、片方が山に隠棲しており、もう片方が典侍という点や、この世での別れを嘆く相手に対し、「蓮の上は露もへだてじ」と詠じて慰める点など、共通点が多い。

【補説】 この詞書の「我ながら…とどめかねたる様に」は、おそらく出家した因子の心情を述べたものとみられるが、この詞書に連続して記されている当該六五番歌は、因子の歌というよりも、因子を慰める人の作と考えるほうが自然である。詞書のあとになんらかの脱落・断絶があるか。あるいは詞書・歌ともに他の人の消息か。歌自体は、因子の三七番歌「したへども花のうてなの遠ければ空ゆく月にねをのみぞ泣く」と呼応する内容であり、因子の悲しみを慰めた内容の歌とみることができる。けれども因子の三七番歌には、嵯峨（俊成卿女）が五九番歌を返している。当該歌は、俊成卿女が再び返歌したのか、あるいは三七番歌が別の知人にも送られ、その人が詠んだ返歌という可能性もあるか。不明なところが多い部分である。

六六　秋の月影も知られぬ山かげの庵にだにも露はこぼれき

【底本】　秋の月かけもしられぬ山かけのいほりにたにもつゆはこほれき

【校異】　かけもしられぬ（底・山・国）―かけ。しられぬ（円）・影もしられぬ（群）

【通釈】

秋の月の光も届かない山陰の庵（に住み、藻璧門院のご恩を受けたわけでもない私）さえも、（女院が亡くなった悲しみで）涙がこぼれました。（ましてあなたのお悲しみはいかばかりでしょうか。）

【参考】

①春日山峯つづき照る月影に知られぬ谷の松もありけり（金葉集二度本・雑上・五三七・源師光／三奏本・五二四）

②うちしぐれむら雲まよふ夜半の月眺めわびぬる山かげの庵（千五百番歌合・冬二・一八〇九・源通光）

③宇津の山月だにもらぬ蔦の庵に夢路たえたる風の音かな（御室五十首・雑・旅・五九九・藤原家隆）

④庵さす草の枕にともなひてささの露にもやどる月かな（山家集・雑・一一〇九）

【語釈】　○**秋の月影も知られぬ**　秋の月の光さえささない。また、女院に親しくお仕えしてそのご恩を受けたわけでもない私、という意を含ませる。「秋の月」は、当該家集では藻璧門院の象徴としても使われている。五八・五九番歌参照。月の光に権力者の威光を重ねた例は、藤原師実が月の歌を召した際に源師光の詠んだ①がある。○**山かげの庵**　出家遁世後の嵯峨の俊成卿女の住まいをさすか。当該家集では、俊成卿女が自身の住まいを山奥の閑居として詠む傾向がある。なお、五三・五五・五七番歌参照。②③のように、月の光も届かない庵は山奥のわび住まいのイメージ。②③や良経、雅経、宮内卿ほかが詠み、新古今時代に増加した表現。○**露はこぼれき**　「露」は女院喪失の涙を暗示する。④のように露は月を宿すもので、月の光が届かない庵には露がこぼれても意味はない。その庵にさえも露（涙）がこぼれたのだ、と詠んだものか。一首全体で叙景的に描き出しながら、女院への哀傷を歌う。

【補説】 作者がはっきりしない部分だが、本位田論は、六四番歌から前文を挟んで六五番歌までが因子の書信、六六番歌以降がそれに呼応した俊成卿女の詠歌と見ておく、としている。また森本論では六五～六七番歌を、因子の「述懐歌」群に対して俊成卿女が詠んだ歌かとしている。いずれも明確な決め手はない。

六五・六六番歌はそれ以前の歌群と断絶しており、作者を明示する詞書もないが、因子を慰める内容を有し、当該六六番歌については「山かげの庵」に住む人が作者であるから、俊成卿女の作の可能性が高いか。

六七

身をなきに思ひなしても悲しきはうき世を捨てし秋の夜の月

【底本】 身をなきに思ひなしてもかなしきはうきよをすてし秋のよの月

【通釈】

我が身をこの世では無益なものと自ら思っても、悲しいのは、この世をお捨てになった秋の夜の月（藻璧門院）でございます。

【参考】

❶なき物と思ひすてて し身のはてに世のうきことぞ猶のこりける（定家名号七十首・無常・五七）

②捨てていにしうき世に月のすまであれなさらば心のとまらざらまし（山家集・秋・寄月述懐・四〇五）

③詠むればいとど物こそ悲しけれ月はうき世の外と聞きしに（林葉和歌集・秋・月五首・四六六）

④かりそめのうき世の闇をかきわけてうらやましくも出づる月かな（詞花集・雑下・三七〇・大江匡房）

【語釈】 ○**身をなきに思ひなし** 世を捨てて出家したことをさす。因子が自らのことを言っている言葉と解釈しておく。ただ、前歌に続いて俊成卿女の作と考えることも不可能ではない。『伊勢物語』九段「身をえうなきものに思ひなして」とある表現を引く。①は定家がこの数年後に詠んだ『定家名号七十首』の「無常」題の詠。身をなきものと思った後に、なおこの世に生きて抱える慨嘆が類似する。○**うき世を捨てし**　ここでは藻壁門院が崩御したことをさす。②のように、他人が死んだ（あるいは出家した）ことを「うき世を捨てた」と詠む例は多いが、「月」が「うき世を捨てた」とする歌は珍しい。③は「うき世の外」に月があることを詠んだ早い例。○**秋の夜の月**　藻壁門院のこと。④はうき世にある己と、出家した人（月）を対比する例。女院を秋の月に例える例は当該家集三六、三七、五八、五九番歌で、繰り返されるテーマである。

【補説】　この三首は、当該家集の中でも特に不明な部分だが、天福元年（一二三三）秋ごろの、知人（俊成卿女かもしれない）と因子の贈答の断片の残滓であろうか。このあたりは必ずしも年代順とは考えられず、未定稿的な部分である。そして当該歌と次の歌との間に再び断層があり、次からまた消息の形態の歌群が始まる。

六八　「君が代を祝ひし春も百千鳥世をうぐひすと鳴くを聞くにも
　　まづ涙の氷は、いとど解けそめ候ひぬる心地してこそ今朝も候ひつれ。」

【底本】　君か代をいはひし春も百千とりよをうくひすと鳴を聞にも
　　まつ泪の氷はいとゝとけそめ候ぬる心ちしてこそけさも候つれ

【校異】　けさも（底・円・山・群）―さも（国）

【通釈】
かつて藻璧門院の御代を祝った春も（昔のことになり、季節は再び巡り来て）、春の到来を告げる鶯が、この世をつらいと鳴くのを聞くにつけても、まず（鶯の）涙の氷は、一層解け始めました心地が今朝もしたことでございます。

【参考】
①百千鳥さへづる春は物ごとにあらたまれども我ぞふり行く（古今集・春上・二八・読人知らず）
②百千鳥その名は君が万代のはじめや春の数にぞ有りける（正治第二度百首・春・一〇六・藤原範光）
③我のみや世をうぐひすとなきわびむ人の心の花と散りなば（古今集・恋五・七九八・読人知らず）
❹雪の内に春はきにけり鶯のこほれる涙今やとくらむ（古今集・春上・四・二条后）

【語釈】　○**君が代を祝ひし春**　具体的に何をさすかは不明だが、春の慶事としては藻璧門院の立后が寛喜二年（一二三〇）二月十五日、四条天皇出産が同三年（一二三一）二月十二日。「春」がこれらをさすとするなら、当該歌は、因子とともに女院に仕えた女房が作者であるかもしれない。○**百千鳥**　鶯。『俊頼髄脳』では他に種々の鳥のことをさすとする。①②のように、春の到来を告げると同時に、その名前から時間の経過を再認識させる歌語でもある。○**世をうぐひす**　この世を生きることが辛い。「うくひす」が「鶯」と「憂く干ず」の掛詞。③はその例で、『小町集』には「見し人」に先立たれた頃の詠とある。○**聞くにも**　以下の後文「まづ涙の氷は…」に続いていく、歌文融合の表現。○**涙の氷**　冬の間に凍り付いた鶯の涙。④をふまえた表現である。春の到来とともに鶯の涙の氷が解け、泣くに泣けなかった鶯が鳴き始める。そのように、改めて悲しみがこみ上げてきたさまを詠む。

【補説】　ここから新たな歌群が始まり、七三番歌までが、一通もしくは数通の消息とみられる（最小単位の括りに「　」を付した）。年代的には天福二年（一二三四）春の消息であろう。憶測だが、流れとしては、あるいは五七番歌あたりに続く年時の歌かもしれない。そして当該歌について言えば、内容から、女院崩御の悲しみを共有する朋輩女房からの消息かとも思われる。
　この消息の作者は判断し難い。森本注では、五八番歌から七三番歌まで、すべて一連の歌消息（作者は俊成卿女）とみているが、内容的にすべてが同一人の消息とは断定できない部分がある。さらにまた、前半の五八～六四番歌が俊成卿女の消息と推定できるのとは異なって、後半の六八番歌以降には「嵯峨」という作者表記がなく、「小倉の山」などの言葉もないため、俊成卿女とは断定しにくい。親しい女房や縁者などの可能性もないとはいえない。ひとまずここでは作者は確定しないでおく。

六九　「これも又惜しみながらもそむく世と勧むる道のしるべなりけり
　　とまで思ひなし参らせてこそ候へ。」

【底本】　これも又おしみなからもそむくよとすゝむるみちのしるへなりけり
　　とまておもひなしまいらせてこそ候へ

【校異】　なりけり（底・円）―なりけれ（山）・也けり（群）・成けれ（国）

【通釈】
これもまた、（あなたの出家を）惜しみつつも、出家する世であると勧める仏道のお導きであったのか、
　とまで、あえて（そのように）お思い申し上げているのです。

【参考】
①うへもなき道を求むる心には命も身をも惜しむものかは（続後撰集・釈教・五九五・藤原道長）
②憂きたびにまづ先に立つ涙こそまことの道のしるべなりけれ（有房集・三七二）
③いづ方からき世をそむく道ならん我が心こそしるべなるらめ（続後撰集・雑下・一二一二・上総）
④ちかひをきて影の形に離れずは勧めし道のしるべをもせよ（秋思歌・三六）

【語釈】　**○これも又**　何を指すものか不明。藻璧門院の崩御を婉曲に表現したものか。女院崩御という悲しいできごとも、改めて考えてみれば、という意となる。本位田論では「これ」を「前の歌を受けているのであろう」と解釈するが、歌意を取りにくい。**○惜しみながらも**　消息の作者が、因子の出家を惜しむ心情と解釈した。「これも又」同様、当事者間での理解を前提に歌

が交わされるため、意味が明確でないところがある。釈教歌において「惜しむ」と詠む例には①などがあり、『法華経』勧持品に「我不愛身命、但惜無上道」とある。仏道のためであれば命をも惜しまない、と詠むことが一般的であり、これに基づけば、因子が自分自身を「惜しみながらも」と詠むとは考えにくいので、因子以外の人が作者であると解釈した。○**道のしるべ**　仏道への道案内。釈教歌に見られる表現で、『有房集』の題知らずの歌②では涙を、堀河院中宮上総が発心した折の歌③では自らの心を、それぞれ「しるべ」とする。娘為子を失い嘆きに暮れる為家の『秋思歌』④では、普賢菩薩を「しるべ」にと願う。この『秋思歌』は、後代のものだが類歌が複数見え、注目される。○**思ひなし**　あえてそのように思う。ことさらにそのように思い込む。「なりけりとまで思ひなし…」と続く歌文融合の表現。

【補説】消息の作者は、因子の出家を惜しむ立場の人物である。本位田論、森本論ともに俊成卿女の作とするが、他に手がかりがなく、確実ではない。六五番歌の前の「我ながら捨てしこの世を、うち返し又惜しみさぶらふかとさへ…」との関連なども不明。

七〇　「谷かげの柴の朽木の煙ともならん夕べの空をながめよ」

【底本】谷かけの柴の朽木のけふりともならんゆふへの空をなかめよ

【校異】けふりとも（底・円・山）―烟にも（群）・煙とも（国）

【通釈】谷陰の柴の朽木（のような私）が、（悲しみのあまり死んでしまって、やがて茶毘に付され）煙ともなって（立ちのぼって）いくであろう夕べの空を眺めやって下さい。

【参考】

①谷かげの柴の煙に知られけり思ひもかけぬ家ゐありとは（正治初度百首・山家・三九一・守覚法親王）
②山里に心は深く入りながら柴の煙のたちかへりにし（山家集・七三七・西行）
③人恋ふる思ひに絶えずかくれなば谷の煙となりこそはせめ（江帥集・四七〇）
❹ゆくへなき空の煙となりぬとも思ふあたりを立ちは離れじ（源氏物語・柏木・五〇三・柏木）
⑤見し人の煙を雲とながむれば夕べの空もむつましきかな（源氏物語・夕顔・三六・光源氏）
⑥煙とも雲ともならぬ身なれども草葉の露をそれとながめよ（栄花物語・鳥辺野・四三・定子）

【語釈】 **○谷かげの柴の朽木の煙** 「谷かげ」「柴の煙」は、①のように隠遁者の住む山家を象徴し、「朽木」は不遇・老残の身を表す。②は西行から山里に住む知人への歌で、「柴の煙」は侘しい山家を印象づける。当該歌における「煙」は、詠歌主体がやがて逝去し、荼毘に付されたときに立ちのぼる煙。ここで自分の死を言うのはやや唐突であり、その前に何かの消息・贈答があったと思われるが、判然としない。おそらく藻璧門院の崩御を悲しんで死んでしまうことをさす。③は「思ひ」の「火」の縁語に「煙」を導き、恋死を暗示して女に訴える歌で、似通うところがある。特に関係が深いのが、『源氏物語』「柏木」であり、女三宮からかろうじて返事をもらった柏木が、さらに女三宮に手紙を書いた時の歌④と、表現が類似しており、下敷きとしたと見られる。「柏木」のこの場面から物語取りしている点で、当該歌は三二番歌と共通する。三二番歌の詞書に見える「人」は、おそらく女院に仕える朋輩の女房と考えられ、当該歌の作者という可能性もある。あるいは同様に女院崩御を悲嘆する朋輩の女房との贈答の片方か。三二番歌参照。**○夕べの空をながめよ** 夕方に亡き人の煙を眺め偲ぶ情景は多く詠まれる。前掲の柏木の歌④は、すぐあとに「夕はわきてながめさせたまへ。」と書いており、これもふまえるとみられる。また『源氏物語』「松風」の明石入道の台詞に「煙ともならむ夕まで、若君の御事をなむ、六時の勤めにもなほ心きたなくうちまぜはべりぬべき」とある。『源氏物語』「夕顔」の⑤もよく知られた歌。⑥は定子が没した後に発見された、定子の辞世の和歌であり、自分の没後の何かを「ながめよ」と命令する表現が共通する。上句では隠遁者のイメージを伴う表現を用い、下句では、荼毘の煙となったわが身を「ながめよ」と強く訴えかける。

【補説】　前歌とは詠歌内容が異なり、直接に続くような関連性が見出されないので、前歌とは一応切り離しておく。当該歌のあとの七一・七二番歌は、自分の死後のことを予想して訴えかけている点で当該歌と共通しているので、七〇・七一・七二番歌は連続しているようだ。とは言え、当該歌と七一番歌とは表現的に重なるところはなく、いったん切れる可能性も一応考えられる。

当該歌の作者を、本位田論・森本論ともに作者を俊成卿女と比定する。けれども俊成卿女は、因子との贈答で自分の不遇や死を詠むことはしておらず、因子に対してここで自分の死後のことを言うのは唐突であり、不適当であろう。

当該歌は、三二番歌「同じ頃、「谷に煙の」など申しける人に／身をこがす煙くらべの別れ路はおくるべくやは物の悲しき」と、同じ状況・発想の詠である。三二番歌の詞書の「「谷に煙の」など申しける人」はおそらく女院に仕えた朋輩であり、当該歌も、同じような朋輩の女房との贈答の片方と考えるのが自然であろう。この歌が同じように悲嘆にくれる朋輩の女房のものか、因子自身の詠かは確定し難い。七一・七二番歌【補説】参照。

七一

「聞かせおはしまさば

かきつめてうきみづ茎の跡なりと忘れずしのぶ形見ならじや

【底本】　きかせおはしまさは

かきつめてうき水茎のあとなりとわすれすしのふかたみならしや

【校異】　かたみならしや（底・円・山）―かたみならすや（群・国）

【通釈】

（もしも私の死を）お聞きになったならば、

（私のような、拠り所のないつらい身の上の者の）悲しい筆の跡を掻き集めたものであっても、（私を）忘れずに偲ぶ形見とならないことがございましょうか。

【参考】

①水茎はこれを限りとかきつめてせきあへぬ物は涙なりけり（千載集・恋四・八六八・源頼政）

❷かきつめて誰しのぶべき形見とは涙の底の藻屑なれども（俊成卿女集・洞院摂政家百首・述懐・一七三）

③かきとむる言の葉のみぞ水茎の流れてとまる形見なりける（新古今集・哀傷・八二六・藤原公通）

④誰なりとおくれさきだつほどあらば形見にしのべ水茎の跡（新古今集（後出歌）・一九八七・和泉式部）

⑤見ても猶袖ぞぬれぬる亡き人の形見としのぶ水茎の跡（忠度集・九二）

⑥数ならぬうきみづ茎の跡までも御法の海に入るぞ嬉しき（殷富門院大輔集・二三五）

【語釈】 ○**聞かせおはしまさば** 七〇番歌を受けるなら、私が死んだことをあなたが聞いたならば、となる。ただし、七〇番歌と当該歌の詞書「聞かせおはしまさば」は、文章としてそれほど滑らかに繋がっていない。歌と詞書との間に、なんらかの脱落も考えられるか。○**かきつめて** 私が書いたものを掻き集めて。「かき」は「書き」と「掻き」の掛詞。筆跡・詠草を掻き集める歌としては、頼政の恋歌の①や、俊成卿女の述懐歌である②などが先行例としてある。哀傷歌としては、通っていた女性の死後にその消息を、経を書写するための料紙としようとした際に詠じた公通の③があり、この歌は、『続詞花和歌集』（哀傷・四二三）掲載時には初句が「かきつめし」となっていて、その方が当該歌との共通性が高い。○**うきみづ茎の跡** 「水茎」は、筆跡（詠草・消息など）のこと。「水茎の跡」を「形見」として「しのぶ」歌は、和泉式部の④や、『忠度集』にみえる、故人盛方の家族の歌⑤など、数首が先行例として残る。「うきみづ茎」には「憂き身」（つらい身の上）と「浮き身」（拠り所がない状態の身の上）が掛かっている。「浮く」と「水」は縁語。「うきみづ茎の跡」は、殷富門院大輔が人麻呂の墓の前で経供養を行った折に「法文」という詞書で詠んだ⑥が先行する唯一の例として残っており、当該歌はその影響下に詠まれたものであろう。○**形見ならじや** 死後、その人の詠草を形見として偲ばないことがあろうか、と詠む。『洞院摂政家百首』述懐五首の俊成卿女詠②は類似する詠みぶりであり、時期の近さから当該歌に影響を与えたとみてよい。「形見ならじや」は、内容的に次の「と、心をやりて…」に続いていく。

【補説】七〇番歌で詠歌主体が死んだときのことを詠じていることからすると、七〇～七二番歌は連続しているとみてよかろう。七〇番歌と同様に当該歌にも作者の手がかりは見出し得ない。

と、心をやりて、又又かくれに恥づかしく、

七二　かきやればそのこととなく水茎に涙のかかる心ならひに」

【底本】　とこゝろをやりて又〳〵かくれにはつかしく
かきやれはそのことゝなく水茎になみたのかゝるこゝろならひに

【校異】こゝろを（底・円・国）―ころを（山）・心を（群）　やりて（底・円・群・国）―やかて（山）　水茎に（底・円・山）―水くきの（群）　こゝろならひに（底・円・山）―心ならひを（群）　かきやれは～こゝろならひに―ナシ（国）

【通釈】

と、心を慰めるが、ふたたび人知れず気恥ずかしい思いにかられて、

（亡き人が手紙や詠草を）書き送ったとなれば、その内容がどんなものであれ、（亡き人の残した）筆跡に涙がこぼれるというのは当たり前のことですのに。

【参考】

①亡き人の言の葉かへす水茎はかきもやられで袖ぞ濡れぬる（中務集・一三〇）

②暮れがたき夏の日ぐらしながむればそのこととなくものぞ悲しき（伊勢物語・四五段・八五）
③今よりはふけ行くまでに月は見じそのこととなく涙落ちけり（千載集・雑上・九九四・藤原清輔）
④はかもなくかきながしけむ水茎を形見と今日は見るぞ悲しき（冷泉家時雨亭文庫蔵経信卿家集・一五八・中の姫君）
⑤水茎の昔の跡に流るるは見ぬよをしのぶ涙なりけり（続古今集・雑下・一七六五・藤原為家）
⑥涙をやしのばん人は流すべきあはれにみゆる水茎の跡（山家集・雑・八〇四）
⑦亡き魂ぞいとど悲しき寝し床のあくがれがたき心ならひに（源氏物語・葵・一二八・光源氏）
⑧ゆくすゑは我をも忍ぶ人やあらむ昔を思ふ心ならひに（新古今集・雑下・一八四五・藤原俊成）

【語釈】○**と、心をやりて**　「心をやる」は、思いをはせる、心を慰める。ここでは後者。直前の歌を受けて、私のようなもののつまらない筆跡であっても、死後にあっては幾ばくかの形見にはなるだろうと、心を慰めること。○**又又かくれに恥づかしく**　ふたたび人知れず気恥ずかしい思いにかられる。内容としては七一番歌からさらに、「…恥づかしく、かきやれば…」と続いていく。○**かきやれば**　手紙や詠草を書き送った際の一般的な心の有り様を前提として示す。涙をかきやることも暗示されるか。①の中務詠はその例。○**そのこととなく**　私が死んだからということに限らず、いつだってそのようになる。『伊勢物語』四五段の②詠は、現存する用例としては最も古く、人知れず思ってくれていた女性のことを、彼女の死後に知らされた男が、女の家で喪に服しているときに詠んだ歌で、当該歌と場に共通性が見られる。○**水茎に涙のかかる**　水茎の縁で涙がみちびかれ、亡き人が残した筆跡をみて涙する。④⑤⑥は、亡き人の筆跡を目にして止めかねた涙について歌っている。④は、経信の死後に筑紫から上京する途中に遺草をみて、中の姫君が述懐を記したもの。⑥は、手元に送られてきていた消息を、送り手の死後にその娘に見せにやったときの歌。○**心ならひに**　「心ならひ」は心の習慣、習わしのこと。結句に用いられていることが多い。葵上の四十九日ののち、娘夫婦のいない部屋のなかで父左大臣が見つけた源氏の手習いの歌⑦や、『千載集』に載っている古い時代の人々の歌をみての感慨が歌われた俊成詠⑧などでも結句に用いられている。

【補説】七一・七二番歌は詞書によって明確に繋がっている。七一番歌では、私のようなものの詠草であっても、死んだとなれば形見になるだろうと思うが、当該七二番歌で我に返り、亡き人が生前に書き送った筆跡というのは、いつだって心にかかるものであるのが当たり前であるのに、何故わざわざそのことを書いてしまったのかしら、と恥じ入る風情である。七一・七二番歌が贈答歌の一部であるとするならば、哀しみのなかにユーモアを感じさせる詠みぶりであることからみて、よほど心安い相手へと送ったものであろう。

ところで、七一・七二番歌は、次のような歌々と表現上共通性を有している。

人の草子書かせける奥に

我よりは久しかるべき跡なれどしのばぬ人はあはれとも見じ（中務集・一三一）

山里になにとなきことどもを、人人のあれども、今日はましてよしなく、いとま惜しくて

涙のみかきもやられず目の前の昔語りになりぬと思へば（四条宮下野集・二一〇）

そむきにしふにはあらず夢の世の思ひしらるる言の葉なれば（同・二一一）

人の草子書かせしを、書きはてて、いとわろかりしかば、奥に書きつけし

思ひ出でのなからんのちも水茎のかかる跡をば誰かしのばん（周防内侍集・七五）

これらのように、家集の巻末に、自らがまとめた家集や詠草についての感懐や謙遜が書きつけられることはしばしばある。右にあげたほかにも、『拾遺集』（雑賀・一二〇〇・読人知らず）や『続拾遺集』（雑上・一一五一・藤原俊成）など、例は多い。この二首の場合も、自詠への思いと謙辞を詠んでおり、因子の詠であるならば、当該家集巻末を飾るために詠んであった歌が、未定稿の家集であるがゆえに中間部に混入したという可能性も皆無ではない。

七三　あはれいかにこの春雨のつれづれとふるにつけても袖濡らすらん」

「推しはかり参らせ候ふも、

【底本】　をしはかりまいらせ候も

あはれいかにこの春雨のつれ〳〵とふるにつけても袖ぬらすらん

【校異】　をしはかりまいらせ候も（底・円・山・群）―ナシ（国）

【通釈】

（ご心情を）お察し申し上げますにつけても

ああ、どれほどあなたは、この春雨が降りつづける中で（藻壁門院を失った寂しい年月をお過ごしになり、哀しみの涙で）袖を濡らしておられることでしょう。

【参考】

①思ひやる心のうちの哀しさをあはれいかにと言はぬ日ぞなき（成尋阿闍梨母集・二九）

❷霧はれぬ秋の宮人あはれいかに時雨に袂濡れまさるらん（栄花物語・暮待つ星・四六七）

③つれづれとふる春雨の日数へてやむ世も知らぬ物思ふかな（太皇太后宮小侍従集・一三）

④かげろふのそれかあらぬか春雨のふる日となれば袖ぞ濡れぬる（古今集・恋四・七三一・読人知らず）

【語釈】○**推しはかり参らせ候ふ**　誰のどのような心中を推察するものかは不明。この前に脱文か断絶があると見られる。○**あはれいかに**　ああ、どれほどかお辛いだろう、と相手の心中を忖度している。「あはれいかに」の用例は古くは①②などが著名歌としてあるものの、その表現が増えていくのは『新古今集』以降である。②は、後朱雀院の中宮嫄子崩御の折に中宮周辺の人々の落胆を思いやって詠まれたものであり、藻壁門院を失った心情を推しはかる歌と内容的に近い。○**この春雨のつれづれとふるにつけても**　この降りつづく春雨に誘われるように涙をこぼしているのではないかと、女院を失った辛さが途切れず続いている心情を思いやっている。「ふる」は「降る」と「経る」の掛詞。③もその例。○**袖濡らすらん**　女院を失った悲しみが癒えることなく、涙で袖を濡らしているだろうと推測する。「ぬる」は、「（雨に）濡る」と「（涙に）濡る」の掛詞。④などが近い。

【補説】当該歌は消息の一部であったと考えられるが、直前の七二番歌との繋がりは特に認められない。「推しはかり参らせ候ふ」と述べつつ心情を忖度していることから、作者は因子以外の人のようだが、誰であるかは不明。春雨とあることから、天福二年（一二三四）の春であろう。

人の夢に見参らせたりける歌

七四　迷ひこし我が心から濁りけりすめばすみける池の水かな

【底本】　人のゆめに見まいらせたりける哥

まよひこしわか心からにこりけりすめはすみける池の水かな

【校異】　すみける（底・円・山・群）―すみける（国）（すみけるに「住か」の傍記）　水かな（底・円・山）―水哉（群）・水かけ（国）

【他出】

○『明月記』天福元年十一月十一日

日暮賜大殿御書、或人夢有女院御歌、

まよひこしわが心からにごりけりすめばすみける池の水かな

この世にてあひ見むことはしかすがにはかなきゆめをたのむばかりぞ

御和

すぎやすき日かずのほどを思にもかずなきものはなみだなりけり

池水のすめばすむらんことはりはもとの心のきよきなりけり

二首非童義理之相叶、可謂秀逸之殊勝、近日夢告多聞、其心兜率之引接歟、此池水之心、又是八功徳池候心歟、
凡御在世之儀、倩案之、尤権化之御体歟、只拭涙行者也、

【通釈】

ある人が夢に拝見した（藻璧門院の）歌

（現世において）迷い来た私の心ゆえに（池の水は）濁っていたのです。（けれども、浄土に住んで心が）澄めば、それも澄んだ池の水となることですよ。

【参考】

①迷ひこし心の闇も晴れぬべしうき世はなるる横雲の空（続後撰集・雑下・一二一三・信生）
②古里に行く人もがな告げやらむ知らぬ山路に一人まどふと（新古今集・哀傷・八一四・夢中歌）
③白雲のたえずたなびく峯にだにすめばすみぬる世にこそ有りけれ（古今集・雑下・九四五・惟喬親王）
④月かげもすめばすみけり白雲のたえずたなびく峯の木枯らし（内裏歌合建保元年閏九月・七・藤原家隆）
⑤我が心池水にこそ似たりけれ濁りすむ事さだめなくして（続後拾遺集・釈教・一三一五・源空上人）
⑥つひに我が願ふすみかは極楽の八功徳池のはちすなりけり（秋篠月清集・釈教・一六一〇）

【語釈】**○人の夢に見参らせたりける歌**　ある人の夢に女院が出てきて歌を詠んだこと。『明月記』天福元年（一二三三）十一月十一日条によると、藻璧門院の父道家から、定家のところに書状があり、「或人夢有女院御歌」と伝えてきた。ある人とは誰か不明だが、道家周辺の人物か。【補説】参照。**○迷ひこし我が心から**　現世において、女院は自身が煩悩と離れがたい状況にあったと歌う。①は信生法師の出家の折の歌で、同様に「迷ひこし」と歌い出している。このように、迷いの心との決別が詠まれる例が他にもいくつかみられる。②は、後一条院中宮威子の没後に、人の夢に現れて詠んだ歌。**○濁りけり**　煩悩のために、自身の心が汚れていたことを述べる。「濁り」は、心の「濁り」であるとともに、池の水の「濁り」でもある。「心ばかりは蓮の上

に思ひ上り、濁りなき池にもすみぬべきを」（『源氏物語』橋姫）など。○**すめばすみける**　女院が、浄土に住むことで心が澄んだ、つまりは往生したことを伝える表現となっている。「すむ」は、「住む」と「澄む」を掛ける。「すめばすむ」と歌う例は③にみえるが、こちらは「住む」として解釈される歌であり、その後も数少ないながら用例としては「澄む」ではなく、「住む」が用いられてきた。それが④の家隆詠あたりから「澄む」も用いられるようになる。○**池の水**　わが心の濁りを、池の水にことよせて詠じた。法然の「題知らず」詠⑤は釈教歌の巻軸歌で、同じように我が心の状態を池水になぞらえている。定家は『明月記』に「此池水之心、又是八功徳池候心歟」と記し、「池の水」を八功徳池ととって女院が極楽往生したと考えている。八功徳池とは、極楽浄土にあるとされる八功徳の水をたたえ、七宝によってできた池のこと。八功徳は、『往生要集』には「八功徳者、一澄浄、二清冷、三甘美、四軽耎、五潤沢、六安和、七飲時除飢渴等無量過患、八飲已、定能長養諸根四大、増益種種殊勝善根」とある。「八功徳池」という語がそのまま歌に詠み込まれることは極めて珍しいが、女院の祖父良経が⑥の歌で用いている。定家の発想は、あるいはこういった所に源泉を求められようか。

【補説】　生前は和歌を詠んだ記録が残らない藻壁門院であるが、「ある人」の夢に現れて当該歌以下の二首を詠んだと『明月記』に記されている。【他出】に掲げた本文は、日本大学所蔵定家自筆『明月記』（日本語日本文学デジタルアーカイブ）を底本とした。このうち、冒頭の「非童」は、デジタル写真では確かにそのように見え、大野順子「『明月記』天福元年十一月十一日条について」（『明月記研究』一四　二〇一六年一月）は、この本文のままで考察している。ただ一方ではやや唐突に「童」が出てくるので、仮にここでは字形が極めて近似する「非啻（ただ）ニ」と読んでみた解釈を示す。「非啻」は『明月記』の中で他に三箇所見えるので、可能性はあると思われる。以下に、天福元年十一月十一日条の女院の和歌についての、定家の記述部分の訓読と現代語の試訳を示す。

（訓読）

二首、啻（ただ）に義理の相叶ふのみにあらず、秀逸の殊勝と謂ふべし。近日、夢告多く聞く。その心、兜率の引接するか。この池水の心、又是れ八功徳池に候ふ心か。おほよそ御在世の儀、つらつらこれを案ずるに、尤も権化の御体か。ただ涙行を拭ふ者なり。

（現代語訳）

女院が夢でお詠みになった二首は、単に歌の内容・表現が調和しているだけではなく、秀逸の中でも殊勝というべきものでございます。このごろは、夢でのお告げを多く耳にいたしております。お歌の示すところは、女院が兜率天に導かれたことでございましょう。この池水の示す心とは、あるいはこれは、極楽浄土にあるという八功徳池にいらっしゃることを示しているのでしょう。およそ女院が生きておいでのときの有様というのは、よくよく考えますと、なるほど仏が仮に人の姿をとってあらわれたそのお体であったかと思われるご様子です。ただもう、流れる涙を拭うばかりでございます。

この「二首……只拭涙行者也。」までは、道家からの手紙に対して、定家が道家に書き送った自分の返事を、ここに転記したものと見られる。

かつて、兼実は『玉葉』文治四年（一一八八）三月九日条（この日の出来事は、『古今著聞集』巻第五「後京極良経夢に冷泉内大臣良通と会ひ六韻の詩を和する事」にもみえる）と建久二年（一一九一）二月十六日条に、長子良通が、死後に他人の夢のなかに詠み置いた詩文や和歌を載せている。

今日二位中将夢中、故内府呈六韻之詩、示可和之由云々、而一句僅覚之、其句云

　春月羽林悲自秋

其文躰似平生之作骨、其心又相叶、実哀而有餘事也、尤彼韻昔所好也、而作秋字、弥添悲歎、可謂希代々々々々（『玉葉』文治四年三月九日条）

文章博士業実進願文草、来廿日、為故内府、可奉供養丈六仏之願文也、此次注申云、去夜有夢想事、故内相府詠一首云、

　嘆くなよ過ぎにし夢の春の花覚めずはさとり開かましやは

以此旨、可申殿下之由、故内府被示仰業実朝臣云々、

聞此言、悲泣歓喜、涙已数行、（以下略）（『玉葉』建久二年二月十六日条）

兼実は、建久二年二月十六日条の夢中の歌によって、良通の極楽往生が間違いないことを感得して歓喜の涙を流している。九条家には、すでに往生の夢告が歌によって行われる先例が存在したのである。

さらに近い時期には、寛喜二年（一二三〇）八月、定家の連歌の仲間であった春華門院弁（連歌尼）が、彼女の兄弟である信実の夢のなかで往生を告げる歌を詠じている。

春華門院弁みまかりて後、定家卿一品経など書き供養して、あはれたしかにかれが苦しびの助かるたよりとなれかしと歎き侍りける夜、信実朝臣夢に折紙に書きて定家卿の前にさしおくと見侍りける歌

山深みとふ人なしと思へどもひとりすむ身は今日ぞ嬉しき

この歌をききて　　前中納言定家

夢の世はとふ人あらじとばかりの道のしるべを待ちやつけけむ（玉葉集・雑四・二三三七、二三三八）

このことは『明月記』寛喜二年（一二三〇）八月十五日条にも見えている。このように、死者が夢に現れて歌を詠むことは、中古・中世にはそれほど珍しいことではない。死者が詠む歌の多くは、極楽往生に関係するものであった。

平安時代に『日本往生極楽記』や『本朝新修往生伝』といった往生伝がまとめられていることからも明らかなように、中古中世の人々は死後に往生することに強い関心があった。彼らは、生きているうちに善行を積んで往生できればよし、さもなければ生きている人々に死後の供養を行ってもらうことで往生を目指していた。そのためには、死者は往生できているか否かを現世の誰かに伝えなくてはならないのであるが、すでにこの世のものでない死者が死後の有り様を伝える主要な回路として、夢が活用されていたのである。

一例をあげれば、やはり夢のなかで漢詩と和歌とを詠んだものとして、義孝の往生譚が著名であり、『大鏡』や『江談抄』等さまざまな作品で語り継がれている。義孝もまた、死してまもなくの夢では中有に迷う悲しみを詠じていたが（義孝集・七七）、のちの夢では極楽往生したことを和歌と漢詩によって僧侶に伝えている。

失せ給ひての十月ばかりに、せいえむ僧都の夢に、父の大臣のおはする所に、ものを隔てて兄君とおはするに、兄の

少将はもの思はしげにて、笙の笛を吹き給ふをみれば、ただ御くちのなるなりけり、など母上の兄君よりも恋ひきこえ給ふを、御心ちよげにてはおはする、ときこゆれば、いとあはず思したる気色にて、たつ袖をひきとどめて、かくの給ふ

時雨とはちぐさの花ぞ散りまがふなに故郷の袖濡らすらん（義孝集・七九）

昔は契りき蓬萊宮の中の月　今は遊ぶ極楽界のうちの風に（同・八〇）

七五　この世にて逢ひ見んことはしかすがにはかなき夢を頼むばかりぞ

【底本】　此世にてあひみん事はしかすかにはかなき夢をたのむはかりそ

【校異】　しかすかに（底・円・山・国）―しかすかに（群）

【他出】

○『明月記』天福元年十一月十一日条（前歌【他出】参照）

この世にてあひ見むことはしかすがにはかなきゆめをたのむばかりぞ

（夢中歌・藻壁門院）

【通釈】

この世でお目にかかることはさすがにもうできません。（今はこのように）はかない夢（のなかでめぐり逢えること）を頼みとするばかりです。

【参考】

①絶えはてぬ命ばかりを嘆くかな逢ひ見む事はこのよならねば（三百六十番歌合・雑・六五八・小侍従）

②しかすがに悲しかりけるうき事をこれは夢ぞと思ひなせども（殷富門院大輔集・一九八）
③ながらへばつらき心もかはるやと定めなき世を頼むばかりぞ（千載集・恋一・六七九・藤原頼輔）

こほりたる水に月のうつりたるを、同じ少将

❹池水の濁りに沈む月影を我が身になしてみるぞ悲しき（公任集・四〇八・藤原道信）

返し

❺月影の浮かびわづらふ濁りにはおふる蓮を頼むばかりぞ（同・四〇九）

【語釈】○**この世にて逢ひ見ん**　現世で直接に対面すること。「逢ひ見る」という表現が使用される場合は、大切な人と離れているか、今まさに別れようとする時の悲しさを示す場合が多い。①では、もはや現世では逢えない間柄なので、せめて死後にと思うのに、死ぬことすらできないと嘆いている。しかし当該歌の場合には、すでに往生している藻璧門院がこの世に戻ってくる可能性は皆無であり、かすかに縁を結ぶことがあるとすれば、それはかりそめの夢の世界だけであるとする。○**しかすがに**「そうは言うものの」、「そうであるがしかし」の意。時代が下るにつれ、②のように「現実・事実は〜のようであるし、それは変えようのない事実なのだけれど、やはり納得しがたい」と不満や未練を表明する時に用いられる例が加わってくる。二〇番歌参照。○**はかなき夢を頼むばかりぞ**　往生した女院がこの世に戻ってくることはもはやないので、逢うことができるとすれば、それは夢のなかであることを詠じている。七四番歌【補説】でもとりあげたが、夢はしばしば死者と生者とを結ぶ回路となっていた。当該歌はそうした伝統に従って詠まれている。「頼むばかりぞ」という句は、③が『頼輔集』詞書では「皇太后宮大夫俊成卿家十首会」とされ、ほかに定家・隆信に二首、俊忠・為家に一首が詠まれ、御子左家周辺で用例の残る句である。⑤の公任詠は、贈歌④に「池水の濁り」が詠まれていることとあわせて、影響関係をみてよいか。

【補説】　前歌に続き、夢にあらわれた藻璧門院が詠んだ歌の二首目である。『明月記』には「近日夢告多聞、其心兜率之引接歟」とあるが、この頃に多くの人が女院の夢を見た理由は、取り立てて述べられてはいない。しかし、天福元年（一二三三）十一月七日は、女院の四十九日である。七四番歌【補説】にあげた良通の夢中歌の記事（『玉葉』建久二年二月十六日条）は、二月二

十日の一周忌に先だってのことであり、忌日の近辺には死者からの知らせが到来しやすいとの感覚があったのかもしれない。
七四～七七番歌のやりとりに因子はまったく関係していない。それにもかかわらず当該家集中に四首がおさめられたのは、女院自身の夢告によって「往生」と決定づけられたためではなかろうか。

御覧ぜられて、大殿

七六　過ぎやすき月日のほどを思ふにも数なきものは涙なりけり

【底本】　御覧せられて大殿
すきやすき月日のほとをおもふにもかすなき物は泪なりけり

【校異】　月日のほと（底・円・山・国）—月日のほと（群）

【他出】

○『明月記』天福元年十一月十一日条　（七四【他出】参照）

御和
すぎやすき日かずのほどを思にもかずなきものはなみだなりけり
池水のすめばすむらんことはりはもとの心のきよきなりけり
二首非童義理之相叶、可謂秀逸之殊勝、近日夢告多聞、其心兜率之引接歟、此池水之心、又是八功徳池候心歟、
凡御在世之儀、倩案之、尤権化之御体歟、只拭涙行者也、

【通釈】

（藻壁門院が夢で詠まれた歌を）ご覧になって、大殿（道家）
たやすく過ぎ去ってしまう月日の程を思っても、数限りなく流れるものは（亡き女院を思って流す私の）涙であることよ。

【参考】
①過ぎきける月日の程もしられつつこのみを見るもあはれなるかな（金葉集二度本・雑上・五六三・上東門院／三奏本・五五三）
②過ぎやすき月日のほども今更に思ひしられて年ぞ暮れぬる（新後撰集・冬・五三〇・藤原実兼）
③いにしへの野中の清水見るからにさしぐむ物は涙なりけり（後撰集・恋四・八一三・読人知らず）
④日数さへ過ぎわかれぬと思ふにもはなれぬ物は涙なりけり（長秋詠藻・三九八・藤原親隆）

【語釈】 ○**大殿**　藻壁門院の父、藤原道家。四八・四九番歌参照。夢中で藻壁門院が詠んだという歌二首に、道家が唱和した。当該歌は、七四番歌ではなく、七五番歌に唱和したもの。○**過ぎやすき月日のほど**　女院を失ってから、あっけなく過ぎていく月日を詠じている。四十九日が過ぎてしまうという具体的な時間の感覚をもって詠まれたものか。十一月七日は女院の四十九日。こうした節目には、死者が夢にあらわれやすいか。七五番歌【補説】参照。「過ぎやすし」「月日のほど」は、ともに和歌では珍しい表現で、「月日のほど」は唯一の先行例として①があるものの、「過ぎやすし」には先行する用例は見られず、後に実兼が「性助法親王家五十首」で②を詠んでいる。詞続きの近さから、実兼詠は当該歌を参考に詠じられているか。なお『明月記』では「すぎやすき日かずのほど」となっている。○**数なきものは涙なりけり**　とめどなく流れる涙を、「数なきもの」（数限りないもの）と表現している。「数なきもの」は『万葉集』に二首見られるのみの珍しい表現であるが、それらとの直接的な影響関係はない。「～ものは涙なりけり」という句は、恋や哀傷を中心に、親しい人との別れにおいて止めることのできない涙を詠ずる際に用いられることが多い。③は、心ならずも別れた恋人に送った歌であり、④は、美福門院の忌日が果てることを嘆く俊成に対して、親隆が詠んだ歌である。

【補説】 当該歌は女院の夢中歌の七五番歌「この世にて逢ひ見んことはしかすがにはかなき夢を頼むばかりぞ」に対して道家が唱和したもの。ただ、七五番歌の表現に対して、当該歌はそれほど明瞭な表現上の重なりはみられない。

『明月記』天福元年十一月十一日条（前掲）によれば、当該歌を含む四首は、定家が道家からの手紙で知り、『明月記』に書き留めた歌である。女院の歌とされる夢中歌の二首に対して、道家が二首を唱和して詠んだ。七四番歌【補説】参照。内容から、七四番歌には七七番歌、七五番歌に当該七六番歌が唱和されたとみられる。つまり夢中歌二首に対して、道家の唱和歌二首は、順序が逆である。これは『明月記』もそのようになっているので、因子は、『明月記』からこの歌を書き写した可能性がある。

この夢中歌・唱和歌は道家周辺のできごとであり、因子が直接関わったわけではないが、藻壁門院関連の歌として、当該家集に取り込んだものと思われる。

七七

池水のすめばすむらんことわりはもとの心の清きなりけり

【底本】 いけ水のすめはすむらんことわりはもとの心の清きなりけり

【校異】 すむらん（底・山・国）―すみぬる（群）

【他出】

○『明月記』天福元年十一月十一日条（七四【他出】参照）

池水のすめばすむらんことはりはもとの心のきよきなりけり（道家）

【通釈】

（極楽浄土に住めば、心の）池の水が澄んでいくと（おっしゃいますが）その道理は、（女院の）もとのお心の清さゆえなのですよ。

【参考】
①武蔵野の堀兼の井もあるものを嬉しく水の近づきにける（千載集・釈教・一二四一・藤原俊成）
②底清く心の水をすまさずはいかが悟りの蓮をもみん（新古今集・釈教・一九四七・藤原兼実）
❸さてもさはすまばすむべき世の中に人の心の濁りはてぬる（新勅撰集・雑二・一一四八・藤原良経）
④石上ふるからをのの本柏もとの心は忘られなくに（古今集・雑上・八八六・読人知らず）
⑤人はみなもとの心ぞ変はりゆく野中の清水たれか汲むべき（後鳥羽院御集・一〇三五）

【語釈】　○**池水**　澄んだ池の水に藻壁門院の清い心を結びつける。水に心の状態をよそえる例は多く、法師品を題とした①や、五智を詠んだ②のように釈教歌がさまざま見られる。七四番歌参照。○**すめばすむらん**　「澄む」に「住む」を掛ける。七四番歌参照。道家の父である良経の詠に、「南海漁父百首」の「述懐」で詠まれた③の歌がある。○**もとの心**　女院の本来の心のこと。池の水がより一層澄み渡ることが女院の心の清さを示し、またその女院は、生前の心の清さゆえに極楽にいるであろうことを同時に表す。④のように、「もとの心」は古くは『古今集』にも見られる。その用例が増えるのは院政期以降であり、後鳥羽院は「詠五百首和歌」雑百首の⑤で人の心の移ろいを詠んでいる。

【補説】　前歌に続き、道家が唱和して詠んだ歌の二首目。当該歌は七四番歌「迷ひこし我が心から濁りけりすめばすみける池の水かな」に対して唱和したもので、「すめばすみける池の水かな」に対して「池水のすめばすむらんことわり」と反復し、また女院の「我が心から濁りけり」に対して「もとの心の清きなりけり」と同型で反駁して、女院の清浄な心を強調した。道家は、女院の夢中歌とともに唱和歌を書き添えて、定家に送ってきたのである。七四番歌の【補説】参照。
この七四～七七番歌には、整序された詞書が付されており、それ以前の歌群とは区別される。この四首は女院の四十九日の直後のできごとであり、次から始まる七八～八三番歌は、女院の一周忌のできごとである。これらは女院の死をその周辺の人々と共に公的に悼む歌群であると言えよう。

御果ての日、嵯峨よりとて差し置かれたりける

七八　この秋も変はらぬ野辺の露の色に苔の袂を思ひこそやれ

とあるを、誰とも見分かねば、殿の御紛れ事にやとて御車に入れさせつ

【底本】　御はての日さかよりとてさしをかれたりける

この秋もかはらぬ野への露の色に苔のたもとをおもひこそやれ

と有を誰とも見分ねは殿の御まきれ事にやとて御車に入させつ

【校異】さかよりとて（底・円・群・国）―さかりよりとて（山）

【他出】

○『続後撰集』雑下

藻璧門院御はての日、誰ともなくて、民部卿典侍つぼねにさしおかせ侍りける

正三位家衡

この秋も変はらぬ野辺の露の色に苔の袂を思ひこそやれ（一二五六）

返し　後堀河院民部卿典侍

今日とだに色もわかれずめぐりあふ我が身をかこつ袖の涙は（一二五七）

【通釈】

（藻璧門院の）一周忌の日に、嵯峨からであるとして（因子の局に）置かれていた歌

今年の秋も、変わらず色づいた野辺におく露の色を目にして、（上皇の崩御で更に諒闇が続き）変わらぬ悲しみの涙の色を見るにつけても、（女院を悼み）出家したあなたの墨染の衣の袂（にかかっているであろう紅涙と、その辛いお心のうちに）思いを馳せております。

とあるのを、誰であるのかわからなかったので、殿（道家）の御気紛れであろうと思って、（道家がお帰りになる）お車に（次の返事を）入れさせた。

【参考】
①この秋はなれしみかげの恋しさにそのよに似たる月をだに見ず（俊忠集・三二）
②野辺の露は色もなくてやこぼれつる袖より過ぐる荻の上風（新古今集・恋五・一三三八・慈円）
③色かはる露をば袖におき迷ひうら枯れて行く野辺の秋風（新古今集・秋下・五一六・俊成卿女）
④みな人は花の衣になりぬなり苔の袂よかわきだにせよ（古今集・哀傷・八四七・遍照）
⑤野辺にこそ露はおくかと思ひしに宿りは苔の袂なりけれ（俊成五社百首・春日社百首・露・二四六）

【語釈】 ○**御果ての日** 藻壁門院の一周忌のこと。『明月記』天福二年（一二三四）九月十八日条に見える。○**嵯峨よりとて差し置かれたりける** 嵯峨からの手紙だということで置いてあった。「差し置く」は置く。『続後撰集』によれば実際には家衡の歌で、誰からとも言わずに因子の局に置かせた、と具体的に記述されている。「嵯峨より」というのは召使などの勘違いか。家衡については八一番歌参照。○**この秋** 女院不在の今年の秋。人を見送った後の秋は、その人が生きていたときとは異なったものとなっていると強調する例は、古くから哀傷歌に見られ、堀河院を偲ぶ贈答で俊忠が詠じた①などがその例となる。しかし、当該歌の「この秋も」は、この年八月六日に後堀河院が崩御したことをさすか。『続後撰集』の配列でも、この前の二首は人の死が重なった時の歌である。○**変はらぬ野辺の露の色** 秋になると野辺に露が置くというのは毎年変わらないことである。後堀河院崩御により更に諒闇が続き、また変わらぬ悲しみの色が続くことをさすか。又、野辺に置く露には色がないこととの対比から、我が袖に置く紅涙を暗示する②がある一方で、野辺の草葉が色づくことで露までもが色づくことを詠んだ③なども ある。野辺の紅葉を映す露に紅涙を重ねるか。○**苔の袂** 出家した因子の袂のこと。苔の衣（袂）が涙に濡れる歌は④の遍照詠以降、枚挙に暇がない。表現の面では、⑤の俊成詠の影響がみられる。○**誰とも見分かねば、殿の御紛れ事にやとて御車に入れさせつ** 因子は、「嵯峨」より歌を詠み送ってきた人が誰であるのか、この贈答の時点ではわかっていない。嵯峨よりとはいうものの、筆跡から俊成卿女でないことはすぐにわかったのであろう。女院の御果ての日ということから、おそらく女院の父道家が気紛れに送ってきたものであろうと判断して、道家の車に返歌を入れさせた。この車は、道家が自邸へ帰る時の車であろう。八〇番歌【補説】参照。

七九 今日とだに色もわかれずめぐりあふ我が身をかこつ袖の涙に

【底本】 けふとたに色もわかれすめくりあふ我身をかこつ袖のなみたに

【他出】（前歌【他出】参照）

○『続後撰集』雑下

返し　　　　　　後堀河院民部卿典侍

今日とだに色もわかれずめぐりあふ我が身をかこつ袖の涙は（一二五七）

【通釈】

（藻璧門院の一周忌が）今日であることすら（よくわからず、紅涙で染まる袖の色がいつもと違うのかも）区別がつかないまま（茫然として、再びこの女院の忌日に）めぐりあいました。我が身を嘆く袖（を濡らしつづける紅の）涙のせいで。

【参考】
①今日とだに契らぬ中はあふ事を雲井にのみも聞きわたるかな（玉葉集・恋四・一六三三・藤原道長）
②亡き人もあるがつらきを思ふにも色わかれぬは涙なりけり（拾遺集・哀傷・一三〇一・伊勢）
③別れにしその日ばかりはめぐりきて行きも帰らぬ人ぞ悲しき（後拾遺集・哀傷・五八五・伊勢大輔）
④月ごとにうき日ばかりはめぐりきて沈みし影の出でぬつらさよ（高倉院升遐記・一〇一）
⑤数ふれば憂かりし今日にめぐりきてさらに悲しき暮れの空かな（土御門院女房・三九）
⑥さらに又昔のゆゑもしのばれて袖の涙も色ぞかはりし（長秋詠藻・六〇二）

【語釈】 ○**今日とだに**　今日が女院の一周忌であることさえ。「今日とだに」の用例は、七月七日に詠み送った①の歌（『馬内侍集』六〇にも）があるのみ。○**色もわかれず**　贈歌の「この秋も変はらぬ野辺の露の色に」を受けた言葉。「今日とだに」を受けて、今日が一周忌であることもわからないことと、「袖の涙に」を受けて、紅涙が袖を濡らしているのはいつものことなので、ことさら忌日だからといって色が違っているのか区別がつかないことをいう。親を亡くしたことと、男が通ってこないことと、つらさは二つあるが紅涙の色は区別がつかないとする②などが哀傷にかかわる場面で詠まれており、当該歌と発想が近いか。また、当該家集の三一番歌も同じ発想で詠まれている。三一番歌参照。○**めぐり**　「月」とともに詠まれる例が多い。成順に先立たれた翌年の忌日に伊勢大輔が詠じた③などで詠まれており、大切な故人の忌日に一年という時間がながれたことの実感が、また同じ日にめぐりあう、という形で詠まれてきた。院の月忌や年忌に「めぐりきて」ということばを用いる例として、『高倉院升遐記』の養和元年（一一八一）三月十四日の御月忌に法花堂に参堂した折の通親の④、『土御門院女房』の土御門院崩御の翌年の貞永元年（一二三二）十月十日に、承久三年（一二二一）の配流の日を今日だと思い出した⑤がある。『土御門院女房』三九番歌参照。○**我が身をかこつ**　「かこつ」は、満たされない思いで嘆く。「御果ての日」にめぐりあったのも、生き残ってしまった我が身ゆえであるという思いがあらわされている。直接心情を吐露するのではなく、自らを卑下し控えめに悲しみを述べる。その点で、この歌は、道家に返すということから、身分の高い人に対しての詠み方を意識していよう。これは生き長らえる我が身を嘆じるという同じ内容を、より直接的に述べる述懐歌、当該家集のたとえば三三、三五番歌などにはみられない要素である。
○**袖の涙**　早期の例は実方詠（拾遺集・恋二・七六四）で、院政期以降に用例が増える。すでに俊成が、成家が賀茂祭の使をした折の詠⑥で、「袖の涙」の「色」を詠んでいる。
【補説】　贈答歌であるがかなり凝縮度の高い歌。道家への歌ということで細やかに気を遣って詠んだのだろう。なお、道家の歌（拾遺風体和歌集・哀傷・二〇九）を意識して詠んだ可能性も考えられる。八〇番歌【補説】参照。「我が身をかこつ袖の涙に」は上の句へ返り、倒置によって余情をもたせている。『続後撰集』にも入集しているが、歌意がすっきり読めるように句末が「涙は」と改められていて、この歌の知巧がやや削がれているか。

八〇
里に出でて、むげに更けぬるほどに、又殿よりとて
かきくらし重なる秋はめぐるともなほ墨染の色やひがたき

【底本】　さとに出てむけにふけぬるほとに又殿よりとて
かきくらしかさなる秋はめくるともなを墨染の色やひかたき

【通釈】
実家に退出して、すっかり夜も更けた頃に、また殿（道家）からといって
（藻壁門院一周忌の今日は）心も空も暗く曇り、（昨秋の女院の崩御に加えて後堀河院も今秋に崩御するという）悲しみが重なっている秋、その秋が再び巡ってきても、やはり（あなたの）墨染の袖の色は（涙で）乾きにくいことでしょう。

【参考】
八条院かくれさせ給て、御正日八月十五夜にあたりて侍りけるに、雨降り侍りければよめる　藤原信実朝臣

①闇のうちも今日をかぎりの空にしも秋の半ばはかきくらしつつ（新勅撰集・雑三・一二五九）
②長月の重なる秋を見なれてはいとども惜しき今日の暮れかな（教長集・五二八）
　御門の御服に親のを重ねてして、貫之が来たりけるによみてやりける
③ひとへだに着るはわびしき藤衣重なる秋を思ひやらなん（兼輔集・一二一）
④夕さればいとどひがたき我が袖に秋の露さへ置きそはりつつ（古今集・恋一・五四五・読人知らず）
　或人の夢に、亡くなりにしむすめ、母にかくなん伝へよと申し侍りける
⑤夕露にいとどひがたき袖ぞとはいづれの秋にならひそめけむ（実材母集・六八八）
　これを聞くに、いと悲しうおぼえて、経仏など供養し侍るとて
⑥亡き人の袖もひがたき露消えてあととふ法のたまやかくらん（同・六八九）
【語釈】○**里に出でて、むげに更けぬるほどに**　因子が定家邸に退出して夜が更けた頃。『明月記』天福二年（一二三四）九月十八日条に「夜深典侍退出」とあることに合致する。【補説】参照。○**かきくらし**　心も空も暗くして。『明月記』同日条に「朝天晴、未後陰、夕雨降」とあることから、夕方以降は雨であったことがわかる。①では、八条院の御正日に雨が降ったことで、悲しみにくれる歌が詠まれている。○**重なる秋**　昨年の秋に女院が崩御し、女院のあとを追うように今年（天福二年）八月六日に後堀河院が崩御したことをさす。悲しいできごとが二年続いて重なった秋、という意。この時のことを『増鏡』第三「藤衣」は詳しく記し、「故宮の御はてだに過ぎず、又とり重ねて諒闇の三年までにならんことを、いとまがまがしくゆゆしとみな人思ふべし。」とあり、「故宮の御はて」は藻璧門院の一周忌をさす。重なる不幸が世の衝撃であったことを示している。②で教長は「閏九月尽」を題として、九月・閏九月と重なる秋を歌っている。③では、帝と親の二人の死が重なる歌に「重なる秋」が用いられている。○**墨染の色やひがたき**　因子詠を受けて、墨染め色の袖が、一年の時を経てもまだ涙で濡れたまま乾くことがなく、女院を失った悲しみが癒えないのであろう、と推測する。八三番歌で因子は、「墨染の袖もひがたき」というよく似た表現を用いている。誰かを恋しく思う涙ゆえに袖が乾きがたいことは、④の恋歌や、時代は後だが⑤の死者の詠とそれに和した⑥の哀傷

歌に用いられている。

【補説】七八番歌（実は家衡の歌）を「殿の御紛れ事にや」と誤解した因子が、道家への返歌のつもりで、七九番歌を道家に送り、道家からさらに詠み返されてきた。道家は、因子からの唐突な贈歌に戸惑ったかもしれないが、夕方から夜の天候を詠み入れつつ、悲しみの重なる因子を思いやる詠を返している。前歌にある「色」を用い、三句目「めぐりあふ」を「めぐるとも」と転じ、結句「袖の涙」に「ひがたき」と応じた。緊密な返歌に仕立てられているといえよう。

『明月記』天福二年（一二三四）九月十八日条には、「十八日、甲寅、朝天晴、未後陰、夕雨降、夜深典侍退出、朝参法華堂、巳時帰参、大殿、准后、殿下、令参給、」（以下略）とあり、藻壁門院の一周忌に道家・道家室・教実も参っていた。その一周忌の諸事が終わり、「秉燭各還御之後、女房等皆退出」とあるように、暗くなるころに道家らは自邸へ戻った。おそらくこの道家が帰る車に、因子が七九番歌を入れさせたのであろう。その後、女房たちもみな旧院から退出し、因子も夜遅く退出して定家邸に戻った後に、道家から返歌が届いたのである。

なお、『拾遺風体和歌集』（冷泉為相撰か）哀傷に、藻壁門院の死を悲しむ次の歌がある。

　藻壁門院かくれさせ給ひてのち典侍に　　光明峯寺入道

いたづらに過ぎ行く年はめぐりきて我が身ひとつの秋ぞ悲しき（二〇九）

これも道家から民部卿典侍因子への歌であろう。これは詠歌年次不明であるが、道家の七六番歌、また因子の七九番歌と表現上共通点があることなどから、天福二年七月～八月頃の詠かもしれない。その場合、七九番歌に先行し、影響を与えた可能性もある。いずれにせよ、こうした歌の存在は、道家と因子の贈答歌が他にもあったことをうかがわせる。

又御返し、いと心得ずながら

八一　世のうさに秋のつらさを重ねてもひとへにしほる墨染の袖

ほどへてのち、はじめの歌は六条の三位家衡、さること
したりしと宰相殿に語りけると聞く。

【底本】　又御返しいとこゝろえすなから
世のうさに秋のつらさをかさねてもひとへにしほるすみそめのそて
ほとへてのちはしめの哥は六条の三ゐいゑひらさること
したりしと宰相殿にかたりけるときく　祥室

【校異】御返し（底・円・山）―御返事（群・国）　こゝろえす（底・山・国）―こゝろへす（円・群）　祥室（底・円・山・群）―禅室（国）

【他出】
○『秋風和歌集』雑下
藻壁門の院かくれさせ給へりける秋、世をのがれてよみ侍りける　民部卿典侍
世のうさに秋のつらさを重ねてもひとつにしほる墨染の袖（一二九八）
○『玉葉集』雑四
藻壁門院かくれさせ給ひにける秋、世をのがれてのちよみ侍りける　後堀河院民部卿典侍
世のうさに秋のつらさを重ねてもひとへにしほる墨染の袖（二三九〇）

【通釈】

再び（道家への）御返歌を、（状況が）よくわからないままに（送った歌）

世の無常の物思いに、（藻壁門院と後堀河院が亡くなられた）秋のつらさを重ねて、ただひたすら涙に濡れる墨染の袖でございます。

しばらく経った後に、（贈答の）最初の歌は、六条三位家衡がそのようなことをしたと、宰相殿（為家）に語ったと聞きました。

【参考】

①世の憂さを知らする秋ぞいとどまた昔をしのぶ露はかくらん（林下集・哀傷・二八二・上西門院兵衛）

②いかなれば人のつらさも身の憂さも我が身一つに積もるなるらん（月詣和歌集・恋下・五八四・藤原経家）

③ひとへだに着るはわびしき藤衣重なる秋を思ひやらなん（兼輔集・一二一）

④墨染の袖をぞしほるたらちねのあらましかばと思ひつづけて（拾玉集・百首堀河院題・述懐・二九九）

【語釈】○**いと心得ずながら**　状況がよくわからず、変だなあと思いながら。七八番歌を道家からの気紛れ事と思って返歌をして、そこで終わりになるはずなのに、その道家からさらに返歌が到来したからである。主家の道家から歌が送られればすぐに返歌をするのが礼儀であり、不審に思いながらも返歌した。○**世のうさ**　世の無常の哀しみ。実定室の三周忌の頃に実定から送られてきた歌に返歌した上西門院兵衛の①に用いられている。「右大臣家後番歌合」において、恋の「憂さ」も「つらさ」も我が身一つに積もっていくとする経家の②がある。○**秋のつらさを重ねても**　前歌の「重なる秋」を受けた表現。女院を失ってから、癒えることのない哀しみを抱えたまま秋を重ねていくこと。また前歌と同様に、天福二年（一二三四）八月六日に後堀河院が崩御したことをふまえ、二年続けての崩御で秋の悲しみが重なることも指している。③は前歌でも既出。ただし他出の『秋風和歌集』『玉葉集』の詞書は女院が亡くなった秋の歌としているので、解釈が異なることになる。○**ひとへ**　ひたすらに。「重ねて」に対して「一重に」、「袖」の縁語で「単衣」と言った。○**しほる**　びっしょりと濡れる。四五番歌【語釈】参照。○**ほどへての**

ち 以下は、従来は八二番歌の詞書と考えられてきたが、当該歌の左注とするのが自然であろう。七八番歌から八一番歌までの、やや噛み合わないやりとりの種明かしをしている部分である。【補説】参照。○**はじめの歌** 七八番歌をさす。○**六条の三位家衡** 藤原家衡。六条三位とも。治承三年（一一七九）～寛元三年（一二四五）六月二日、六七歳。宮内卿経家男。母は修理権大夫藤原頼輔女。『新古今集』以下の勅撰集に九首入集。建仁元年（一二〇一）二月八日のいわゆる「和歌試」に参加。この後も後鳥羽院歌壇で歌会・歌合に出詠、『新古今集』にも二首入集。続く順徳天皇歌壇においても歌人として認められた存在であった。『拾遺愚草』二八六九・二八七〇番歌には、「人におくれてなげく」家衡を気遣う定家との贈答が残されている。嘉禄元年（一二二五）にすでに出家している。因子はかつて後鳥羽院女房であったので、家衡とは旧知の間柄であったであろう。○**宰相殿** 藤原為家。建久九年（一一九八）～建治元年（一二七五）五月一日、七八歳。法名は融覚。藤原定家の嫡男、母は内大臣藤原実宗女で、因子の三歳年下の同母弟。天福二年（一二三四）の時点で正三位参議右衛門督、三十七歳。後堀河院の近臣であった。『続後撰集』と『続古今集』の撰者。為家は、七八番歌の詠歌事情を家衡から直接聞いていたので、『続後撰集』一二五六番歌に、ことの成り行きを正確に記している。○**祥室** 本来、八二番歌の作者名であるものが、当該行に紛れこんだとみられる。次の八二番歌【語釈】の「禅室」を参照。

【補説】 七八～八一番歌は、藻璧門院の「御果ての日」に、「嵯峨より」というだけで差出人のわからない歌が、因子の局に置かれていたことから展開していく。当日が女院の一周忌であることから、歌の送り主を女院の父道家であろうと考えた因子は、その車に返歌を届けさせた。しかし、定家邸に帰宅した彼女のもとへ、深夜にもう一度、道家から歌が送られてくる。因子は、ふたたび歌が送られてきたことに当惑しつつも、もう一度歌を返す。後になって、弟為家から、最初に歌を送ってきたのは道家ではなく家衡であったことが知らされる。

これと類似する形の例が、『顕綱集』八一番歌に見える。

　　二月ばかりに寺に講聞きにまかりたりけるに、ある宮ばらの女房、また車をならべて聞きければ、誰ともなくてしきみの葉に書きてつかはしける

よそよそにみつの車と思へども人の心は一つならなむ

講果てて、人人さわぎいでけるをりに、使ひまぎれにければ、誰とも知らで、いみじうねたがりて、日頃たづねけれど、えたづねえで、ほどへてぞかくと聞きける

因子は歌を送られた側であり、顕綱は歌を送った側であるという相違点はあるが、詞書において作者不明の歌が送られてきた経緯を語り、左注においてその種明かしをするという構造は『民部卿典侍集』と共通し、「ほどへてのち」以下が左注であるという説を補強する例といえよう。

因子の勘違いによって起きた一連のできごとを綴った筆には、そこはかとないユーモアが感じられる。女院を失った悲しみの歌々を取り扱いつつも、その悲しみに耽溺せず、返歌に対して「いと心得ずながら」といった細やかな記述をしている。謎を解き明かしていくような書きぶりは、優れた文筆家である定家の娘にふさわしい。これらのエピソードは、家集の結末部を飾るには恰好の佳章となっているといえよう。

また、因子の曽祖父俊忠の家集『俊忠集』には、次のような、堀河院の死後に亡き院をしのぶ歌が送られてきたことから始まるエピソードが載せられている。俊忠には歌の送り主がわからなかったため、堀河院の中宮篤子に仕える女房であろうかとそちらへ返歌したのであるが、あとで肥後から返歌の先を間違えておりますよと洒落っ気のある歌が送られてきた。これらは、当該家集七八〜八一番歌の話柄とよく似ており、因子が道家・家衡のやりとりを一つの挿話に組みあげた引き金の一つとして、曽祖父の家集があったとも考えられよう。

あまた年へて後の春、花御覧ずる女房の御車よりとて、二条の家にさしおかせて侍りし

ゆきて見しそのかみ山の桜花ふりにし春ぞ恋ひしかりける

使隠れにしかば、中宮の女房にやとて堀河の院へ奉りにし

思ひきや散りにし花のかげならでこの春にさへあはむ物とは

ひがごとなりければ、后の宮の女房返し

ありしよの花のかげのみ恋しきにいとどあはれを添ふる春かな
　大殿の肥後の君にてありければ、かくと聞きて　肥後の君
桜花ゆきと山路にふりしけばむべこそ人のふみたがへけれ
　かへし、これより
ゆきとふる花ならねどもいにしへを恋ふる涙に迷ふとをしれ（俊忠集・三四〜三八）

禅室

八二　今日よりの花の袂のあらましに涙重なる墨染の袖

【底本】　けふよりの花のたもとのあらましになみたかさなる墨染のそて　（公経）

【通釈】
今日からは（みなが喪服を脱いで）華やかな衣装になるはずだったのに、（後堀河院の崩御で諒闇が続き）悲しみの涙が重なる墨染の袖ですね。

【参考】
❶みな人は花の衣になりぬなり苔の袂よかわきだにせよ（古今集・哀傷・八四七・遍照）
②いにしへの花の袂も墨染も色こそかはれ乾く間はなし（万代和歌集・雑六・三七三二・宣陽門院大弐）
③悲しさにそへても物の悲しきは別れのうちの別れなりけり（千載集・哀傷・五六一・小弁命婦）
④春着てし霞の袖に秋霧のたちかさぬらん色ぞ悲しき（とはずがたり・一四一）
⑤限り有りて二重はきねば藤衣涙ばかりを重ねつるかな（千載集・哀傷・五九二・藤原貞憲）

【語釈】○**禅室**　底本では前歌の後文の最後「語りけると聞く」に続けて「祥室」と書かれているため、本位田論は「祥室」は同僚女房の法号かとし、森本注は「祥室」は家衡の法号かとするが、そうとは考えにくい。おそらくこれは本来改行して次の行にあるべきものが、転写されていくうちに、前行最後に紛れこんでしまったのであろう。つまり当該八二番歌の作者表記と考えられる。「祥室」では意味がとりにくいが、国文研本では「禅室」とも読めるので、底本は「禅室」を「祥室」と誤写したとみて、ここでは「禅室」と校訂し、かつ八二番歌の作者名として示した。「禅室」は西園寺公経。承安元年（一一七一）生、寛元二年（一二四四）没、七十四歳。西園寺実宗二男。実氏の父。承久の乱後は絶大な権勢をもち、貞応元年（一二二二）太政大臣に至り、寛喜三年（一二三一）に出家、法名覚勝。新古今時代から歌人としても活躍。定家が公経の異母姉を妻としたことから、御子左家とも密接で、御子左家を終始庇護した。公経は藻壁門院の母方の祖父にあたり、『明月記』天福元年（一二三三）九月二十一日条には「禅門悲歎、今度又無比類如兒子涕泣云々」と、孫娘藻壁門院の死を嘆き悲しんでいたことが記されている。「禅室」の呼称は、『明月記』天福元年五月二十九日条以降に頻出。○**花の袂**　華やかな衣。女院は四条天皇の母、すなわち国母なので、女院崩御ののち一年間は諒闇であり、人々はみな墨染の衣となる。そして、七八番歌の「御果ての日」、すなわち一周忌ののちは、本来はみな墨染の衣を脱いで、華やかな衣となるはずであった。宮廷が一斉に変わる時の華やぎは『讃岐典侍日記』の「殿をはじめて、殿上人、蔵人、装束かへ、纓おろし、女房たちの姿、我も我もと、色々と尽くしあはれたるさまぞ、ただおりけん心地してぞ、並みゐられたる。」といった一連の記述などにも見ることが出来る。また『土御門院女房』三六番歌参照。僧正遍照の『古今集』歌①は仁明天皇崩御の後に出家した遍照が、諒闇が明けてなお悲しみにくれる思いを詠んだ歌。上の句に世間の喪が明けた衣を、下の句に出家者（自分）の衣を置く構造が類似し、参考とされたとみられる。②も「花の袂」と「墨染」を対比的に詠む。○**涙重なる墨染の袖**　「涙重なる」は先行例の少ない句。「重なる」は袂・袖の縁語。女院にうちつづいて天福二年（一二三四）八月六日に後堀河院が崩じたことをさすとみられる。八〇番歌参照。後堀河院の崩御によって、さらに諒闇が続くため、花の衣にはならず、みな墨染の姿が続くことを言う。③は後一条天皇の長元九年（一〇三六）四月崩御に続いて、藤原威子（後一条天皇中宮）が同九年九月に崩じた折の歌。④は後代の歌だが、遊義門院の歌「春着てし霞の衣ほさぬまに心もくもる秋霧の空」（『増鏡』第十一「さしぐし」）を何らかの理由で聞き知った二条が、遊義門院に対して送った歌。遊義門院は、嘉元二年（一三〇四）春に母東二条院が崩じたのに続き、父後深草院が同年秋に崩御した。③④ともに諒闇が続いた折の歌。また⑤は母の服喪中に義母を喪った時の歌で、墨染の衣を二重に着ることはできないが、涙だけを重ねることよ、と詠む。諒闇ではないが身内が相次いで亡くなった例で、表現的に類似する。

八三　　返し

墨染の袖もひがたき秋なれどとふ人しもやわきて露けき

【底本】　返し

墨染の袖もひかたき秋なれととふ人もしやわきて露けき

【校異】　返し（底・円・山・国）―返事（群）

【通釈】

返し　（因子）

墨染の袖も（涙と露によって）乾きにくい秋ですが、ご消息をくださるあなた様こそ、とりわけ涙に濡れていらっしゃるのではないでしょうか。

【本歌】

夕さればいとどひがたき我が袖に秋の露さへ置きそはりつつ（古今集・恋一・五四五・読人知らず）

【参考】

①かへりてはかごとやせまし寄せたりしなごりに袖のひがたかりしを（源氏物語・明石・二四七・光源氏）
②ここにしもわきていでけん石清水神の心を汲みて知らばや（後拾遺集・雑六・一一七四・増基法師）
③なべて世の色とは見れど蘭（ふぢばかま）わきて露けき宿にもあるかな（長秋詠藻・雑・三九〇）
❹わきてこの暮こそ袖は露けけれもの思ふ秋はあまた経ぬれど（源氏物語・葵・一二六・光源氏）

【語釈】 **○袖もひがたき**　涙によって濡れた袖が乾きがたいことを言う。類似の表現は、【本歌】と①に見られる。同じ表現は八〇番歌にも見える。**○とふ人しもや**　藻璧門院を失った悲しみにくれている私の様子をお尋ねくださる方こそ。これは公経のことを指す。「しもや」の部分は諸本すべて「もしや」とするが、八幡に詣でた折の増基法師の②のごとく、「わきて」とともに詠まれるのは、強調を表す「しも」であることが多い。また、森本注、本位田論も「しも」の誤写と推測しており、ここでも「しもや」と校訂した。**○わきて露けき**　鍾愛する孫娘を失った公経の悲嘆を、女房として思いやった表現。先行例として、鳥羽院の諒闇のころに俊成によって詠ぜられた③があるが、内容的には④と類似する。これは光源氏が朝顔姫君に送った歌であり、葵上を失った今年の秋は特に涙にくれると詠む。葵上に女院を重ねるか。当該の表現と【本歌】とを考え合わせれば、女院を偲んで流す涙に、秋の露までが加わって墨染の袖が乾きにくいという意になろう。

【補説】　現存の『民部卿典侍集』の結末部は、公経と因子の贈答歌によって結ばれている。公経は、八二番歌で述べたように、藻璧門院の母方の祖父にあたる。女院の崩御の時、深い悲嘆にくれていたことが『明月記』天福元年（一二三三）九月二十一日条に記されている。また、因子と公経は、公経が因子母の異母弟であり、近い親族でもある。そもそも因子が女院に出仕したのは、竴子入内の際、公経から求められたことによる（『明月記』寛喜元年（一二三〇）九月二十六日・二十七日条）。姪の因子が孫娘竴子に出仕するにあたって、公経は衣装をはじめ何くれとなく世話をしており、たとえば『明月記』寛喜元年十一月十六日条には「自相門調預局雑具」と記されていて、因子の局の雑具一式などにも公経の援助があったことがわかる。こうした両者の近さから、家集最後の贈答歌の相手が公経であることは、悼尾としてふさわしい。本書解説などで述べているように、『民部卿典侍集』には草稿的な性格があるので、この公経との贈答歌を、末尾に据えようとする明確な意図が因子にあったのかは、現状では断定し難いが、一周忌をもって家集を閉じるのは哀傷の家集のあり方として自然である。

付　録

民部卿典侍因子年譜

（凡例）本年譜は『明月記』等により民部卿典侍因子の生涯における事蹟を示したものである。

上段に因子に直接関わる記事・出来事を掲げた。『明月記』による場合は特に出典を示さなかったが、『明月記』以外の資料によった場合は（　）内に記した。下段にその他の関連する記事・出来事を掲げた。

『明月記』の本文は、『冷泉家時雨亭叢書』の自筆本影印により、影印にない部分は『翻刻明月記』一・二（朝日新聞社　二〇一二年・二〇一四年）によるが、この未刊部分は『明月記』一～三（国書刊行会　一九七〇年）によった。

本年譜作成にあたっては、多くの研究書より学恩を受けたが、特に「藤原定家年譜」明月記研究会（『明月記研究提要』八木書店　二〇〇六年）、『訓注明月記』一～八　稲村榮一（松江今井書店　二〇〇二年）を参考にした。

本年譜は、田渕句美子・米田有里が作成した。

年号	西暦	因子年齢	因子の記事・出来事	その他の主要な関連記事・出来事
建久六	一一九五	1歳	因子誕生(出家記事より)	
建久七	一一九六	2歳		香(同母妹)誕生(出家記事より)
建久九	一一九八	4歳		1・11 後鳥羽院、土御門天皇に譲位 3月　為家(同母弟)誕生
正治元	一一九九	5歳	12・11 因子着袴	
元久元	一二〇四	10歳		11・30 藤原俊成(因子の父方祖父)没
元久二	一二〇五	11歳	1・24～2・20 因子、定家らと嵯峨に滞在 7・5 因子、日吉百日参籠 8・5 日吉参籠に不審のことあり、定家妻が日吉の因子のもとへ行く 11・3 因子、祖母と共に七条院に参る 11・8 因子、明日後鳥羽院に参るように仰せあり 11・9 因子、後鳥羽院に初参するが見参はせず。祖母同行する 11・22 因子、後鳥羽院に見参し、櫛棚等を賜る。祖母同行する	3・26『新古今集』竟宴、以後も切継ぎ続く 11・24 西園寺実宗(因子の母方祖父)、任内大臣
建永元	一二〇六	12歳	6・18 因子、七条院に参り、夜に後鳥羽院に参る。名謁の後退下 7・5 因子、後鳥羽院御所より退出 7・6 因子、後鳥羽院御所に帰参 7・17 因子、後鳥羽院より女房名「民部卿局」を賜る 10・4 因子、後鳥羽院御所に参る 11・9 因子、番に入る。また他の女房らと共に衣を賜る 11・25 因子、母と共に出家前の祖父(西園寺実宗)を訪ねる 12・19～26 定家・為家・因子・健御前、日吉参籠。また為家と宮廻り 12・27 因子、後鳥羽院御所に参る	5・22 健御前出家(50) 11・27 西園寺実宗出家(58)

承元元	一二〇七	13歳	1・6 因子、後鳥羽院御所より退出、七条院に参る。退出、沐浴の後定家と共に帰参 1・23 因子、後鳥羽院御所より退出 3・20 因子、後鳥羽院の水無瀬・鳥羽御幸に御供せよとの仰せあり 3・22 因子、定家と共に後鳥羽院の高野御幸行列見物 3・26 因子、水無瀬殿に参る 4・6 定家、後鳥羽院に供する因子に車を送る。鳥羽殿に還御 4・15 後鳥羽院還御にあわせ、因子、御所（高陽院殿）に参り、退出 4・27 後鳥羽院新日吉御幸。因子・為家、退出 6・28 因子、定家の命で為家と共に日吉参詣 7・17 因子、病気のため後鳥羽院御所より退出するが殊なることなし 7・28 因子、後鳥羽院の白河新御所渡御の供に入らず 12・29 因子、後鳥羽院より白粉の入った風流の火取を賜る	3・22〜4・6 後鳥羽院、高野・水無瀬御幸
承元二	一二〇八	14歳	4・14 因子、定家と共に日吉参詣、因子のみ先に帰洛 5・18 因子、病気のため後鳥羽院御所より退出	
承元四	一二一〇	16歳		11・25 土御門院、順徳天皇に譲位（この年『新古今集』最終成立）
建暦元	一二一一	17歳	7・9 因子、為家と共に順徳天皇の七条殿行幸に供し参入 11・5 因子、精進のため定家と共に後鳥羽院御所より退出 11・7 因子、為家と共に日吉に参籠 12・11 家の女たち（因子も含むか）日吉参詣 12・12 因子、後鳥羽院御所（高陽院殿）に帰参 12・29 因子、後鳥羽院御所（高陽院殿）より退出 12・30 因子、後鳥羽院御所に帰参	6・26 八条院没（75） 9・8 定家、従三位侍従となる 11・8 春華門院昇子内親王没（17）
建暦二	一二一二	18歳	1・3 因子、定家に命じられ後鳥羽院御所（高陽院殿）より退出。沐浴後すぐに帰参	

1・18	因子、後鳥羽院の八幡御幸・水無瀬殿御幸のため、後鳥羽院御所より退出
2・10	定家と為家・因子ら大内へ。因子は祖母より御殿の朝餉の故実などを教わる
2・16	因子（又は妹の新中納言）、祇園・吉田・賀茂・北野の諸社に参詣
2・28	因子、修明門院重子熊野より還御を稲荷にて出迎える
4・16	因子、朝後鳥羽院御所（高陽院殿）より退出、順徳天皇内裏へ参内、深更退出
4・26	因子、後鳥羽院の水無瀬御幸に御供
6・16	為家・因子、病気
6・20	因子、後鳥羽院御所に帰参（病により先日退出）
6・29	因子、公定の任参議を定家に示し送る
7・10	因子、後鳥羽院御幸の間に退出。後鳥羽院御所に帰参するついでに内裏に参る
7・13	定家、後鳥羽院御所に参り因子の様子を伺うも会えず
8・6	因子、卿二位兼子の命により伊輔卿女と共に健御前を見舞う
8・12	因子（又は妹の新中納言）、後鳥羽院御所より退出
8・17	因子（又は妹の新中納言）、後鳥羽院御所に帰参
8・21	因子、後鳥羽院御所（高陽院殿）より退出
8・24	因子、為家とともに愛染明王の呪（真言）を受ける
8・27	男女両息（為家・因子）、定家の代わりに日吉・北野参詣
10・1	因子、後鳥羽院御所（高陽殿）へ参る（高蒜により日来籠居か）
10・20	因子、後鳥羽院御所より退出、すぐに帰参。院より重用される旨を定家に語る
10・24	因子、卿二位兼子から五節に出仕するよう命ぜられ、定家困

6・29	藤原道家、任内大臣
7・20	健御前重病
8・7	健御前、嵯峨へ移る

			惑する 11・5 因子、為家の任近江権介を定家に伝える 11・25 因子、女房を伴い九条に向かうため、定家車を送る 12・2 因子、母・為家と共に日吉参詣。因子は七日参籠 12・9 因子、参籠より帰る。越中内侍に早く除服し院参するよう求められる	12・8 西園寺実宗(因子の母方祖父)没(64)
建保元	一二一三	19歳	1・4 因子、雨のため年始の退出を取りやめる 1・18 因子、里下がり 1・22 因子、内裏に参り、すぐに退出 2・1 因子、卿二位より急ぎ参るよう消息があり、すぐに院に参る 4・23 為家・因子、日吉に参籠 6・14 定家、治部卿局から、為家と因子の評判が良いと聞く 6・28 因子、後鳥羽院御所より退出し、夜に再び参る 閏9・23 後鳥羽院、夕方に熊野精進屋御幸 閏9・26 因子、後鳥羽院の熊野御幸に供奉するために退出 閏9・27 因子、違事ありて精進せず、後鳥羽院御所に帰参。院は熊野御幸へ出発 10・22 因子、後鳥羽院御所に帰参。 11・14 定家、因子が後鳥羽院に毎度供奉扈従し、今回は因子ら四人のみと聞く 11・17 因子、定家に連れられ後鳥羽院御所より退出 11・18 因子、後鳥羽院御所に帰参 12・2 因子、後鳥羽院御所より退出。物詣のために精進 12・4 因子、賀茂・北野社等へ参詣し、夜に後鳥羽院御所に帰参 12・13 因子、後鳥羽院の水無瀬御幸に供奉 12・26 因子、後鳥羽院御所より退出 12・29 因子、後鳥羽院の恩のことを語る	1・20 俊成卿女出家 閏9・27〜10・22 後鳥羽院、熊野御幸
承久三	一二二一	27歳		4・20 順徳院、仲恭天皇に譲位

			5・6～21 定家、『後撰集』書写。この後三年間に因子らのため四度書写（承久本後撰集）	5～7月 承久の乱 7～10月 仲恭天皇廃位、後堀河天皇即位 後鳥羽院（隠岐）、順徳院（佐渡）、土御門院（土佐）配流 （この頃、定家は従二位前参議民部卿）
嘉禄元	一二二五	31歳	1・4 因子、安嘉門院に出仕。退出・帰参 1・26 因子、安嘉門院御所より退出 1・29 因子、安嘉門院御所（四辻殿、修明門院御所）に帰参 2・12 因子、安嘉門院御所（本御所）より退出 2・14 因子、日吉・祇園・吉田・賀茂の諸社参詣 2・15 因子、安嘉門院に帰参 2・20 因子、軽服を定家に告げる。定家、鶴王御前（定家姉延寿御前の叔母）の没かと推測 2・21 因子、定家の命により除服 3・12 安嘉門院女房ら、貝合をする（3月14日記事） 3・16 因子、安嘉門院御所より退出 3・17 因子、安嘉門院御所に帰参 3・23 因子、安嘉門院御所より退出 5・4 因子、安嘉門院御所より退出 8・18 因子、安嘉門院御所へ帰参 10・24 因子、人無く頻りに召しあるにより、安嘉門院御所へ帰参 11・22 因子、安嘉門院御所（冷泉殿）に参り、退出 12・3 因子、安嘉門院御所に帰参 12・29 因子、安嘉門院御所より退出	9・5 異母兄光家、出家し、法名浄照房 12・22 為家、蔵人頭に任じられる
嘉禄二	一二二六	32歳	8・8 因子、修明門院御所に参り、帰る 11・21 因子、定家、為家室、その母、祖母ら、為家邸に集う 12・16 公経、因子の禁色のことを北白河院陳子に願い出る	11・4 為家、従三位に叙される

			12・18 因子の禁色聴さる。定家、因子の禁色・為家の叙従三位を喜ぶ 12・21 定家・因子ら、一条京極の定家の新邸へ移る	
安貞元	一二二七	33歳	1・16 因子、安嘉門院に出仕（去年は心中冷然により籠居） 1・29 因子、安嘉門院御所より退出 1・30 因子、安嘉門院御所に帰参 2・15 因子、安嘉門院御所より退出 3・11 因子、安嘉門院石清水八幡御幸に供奉か 3・12 因子、安嘉門院八幡御幸随行について女院の仰せを書状で定家に伝える 閏3・3 因子、安嘉門院御所より退出 閏3・4 因子、安嘉門院御所に帰参 閏3・12 因子、安嘉門院御所より退出、洗髪後帰参。女院の北白河殿渡御を定家に語る 閏3・14 安嘉門院、北白河殿へ渡御 4・23 因子、安嘉門御所より退出 12・29 因子、安嘉門院御所（北白河殿）に帰参。譴責により遁れ難く、定家は内心不賛成だが因子の出仕を黙認	9・2 俊成卿女の元夫源通具没（57）
寛喜元	一二二九	35歳	3・1 因子、月来籠居していること 4・2 因子、興心房により受戒 7・18 勧修寺法眼、北白河院御所で猿楽。因子、仰せにより密かに参る（貧により籠居） 9・26、27 定家、公経より道家女竴子への因子出仕を求められて苦慮 10・2 定家、因子出仕の経費について忠弘法師と相談 10・3 北白河院・安嘉門院より、因子の出仕替許される 公経、因子の出仕費用の援助を約束 10・13 因子出仕につき、定家、実氏と相談	

			10・18 因子出仕につき、定家、公経と相談 10・20 定家、因子出仕の料として讃岐国一村が下賜されると伝える実氏書状を受け取る 11・10 因子、竴子（一条室町殿）に正式に出仕する 11・16 公経、因子の内裏の局の種々の雑具を下賜。因子、局に入る 11・17 因子、内裏の竴子の元に初めて参入する 11・24 後堀河天皇、女御竴子の元に渡御あり。因子、供する 11・25 因子、昨日は大原野祭により参入せず。定家、内裏の因子に物具衣を送る 11・30 定家、因子が「毎事穏便、言語分明」との教実の評を聞く 12・5 因子、内裏より退出 12・6 因子、沐浴（7日記事） 12・7 因子、内裏へ帰参する 12・16 因子、病のため退出する 12・18 因子、病のため帰参せず 12・20 因子、帰参する 12・29 定家、因子の年始装束一式を用意して因子に送る	11・16 竴子、後堀河院天皇に入内 11・23 竴子、女御となる
寛喜二	一二三〇	36歳	1・12 因子、今年初めて内裏から退出。精励ぶりや女御御所のこと等語る 1・27 因子、内裏より退出 1・29 因子、内裏に帰参 閏1・27 因子、内裏より退出 2・13 定家、公経より因子に関して恩言あり、衣一具を因子に賜る 3・12 因子、風邪のため退出、沐浴 3・14 因子、中宮竴子行啓のため参内、供奉ののち退出 3・19 因子、中宮竴子の元に帰参 4・1 定家、公経より因子に几帳の帷子や衣等を賜る 4・5 定家、因子の装束の負担が大変である旨を、道家室に伝える	2・16 竴子立后

より実氏に依頼
4・14 因子、御神事を憚るため退出
4・18 因子、帰参
5・3 定家、公経より因子の装束を賜る
5・5 因子、中宮竴子より因子の雑仕の装束を賜ったと伝えてきて、定家恥じ入る
5・14 因子、退出
5・15 因子、内裏に帰参
5・20 因子、最勝講を見ながら後堀河天皇とその作法について談笑す
6・6 因子、御神事を憚るため退出
6・11 因子、公経別邸（吉田泉殿）に招かれる
6・14 定家の任中納言のこと。因子、定家に道家室の意向を伝える
7・10 因子、内裏より退出
7・12 因子、昨日召しあるにより内裏に帰参
7・25 因子、二、三日病気であるが通常のように出仕
7・30 因子、手紙で破鏡について定家に禁忌を尋ねる
8・7 因子、中宮竴子の元より退出
8・16 定家、実氏の使の橘長政と、因子出仕の経費について話す
9・3 定家、重陽の日の因子装束調送の予定（9月9日記事参照）
9・4 因子、退出
9・9 因子、帰参。重陽の日の装束一式を定家が用意
9・16 高野の大塔庄のこと
9・27 因子、退出
9・29 因子、帰参
10・17 定家の任中納言について、因子、定家に書状を送る
10・24 定家の任中納言について、因子、定家に書状を送る
10・25 定家の任中納言について、因子、定家に書状を送る

7・11 中宮竴子懐妊
7・23 定家、中宮初度和歌会について道家より下問を受ける
9・5 承明門院姫宮（土御門院皇女）没（21） 定家妹愛寿出家（67）

			11・2 定家の任中納言について、因子、定家に書状を送る 11・7 定家の任中納言について、因子、定家に書状を送る 11・9 因子、退出。明後日中宮着帯の儀などのことを定家に語る 11・11 因子、内裏に帰参 11・17 定家を宗清法印が訪れ、宗清女への因子の芳心に感悦という 12・1 因子、御神事の憚りのため退出 12・6 因子、内裏に帰参 12・14 因子、播州小庄園のことで困り、定家に相談 12・25 因子の播州小庄園について、定家、賢寂に指示 12・27 因子、退出。去夜道家を通じて後堀河天皇の御前に召されたこと等を語る 12・28 因子、帰参 12・30 定家、因子を通じて任中納言の所望を道家に申し入れる	11・11 竴子着帯の儀
寛喜二	一二三〇	37歳	1・1 定家、因子に正月の装束を送る 1・4 因子、中宮竴子の御産が早くなりそうなので、御産の折に着る装束を定家に頼む 1・10 因子、今年初めて退出 1・11 因子、早く戻るよう召し出され帰参 1・12 定家の任中納言のこと。因子、参内 1・13 因子、昨夜の参内の仔細を定家に伝える 1・16 定家、為家二男の為定(源承)を因子の元に参らせる 1・18 因子、中宮竴子の一条殿(一条室町殿。道家邸)行啓に供奉 1・19 因子、明後日予定していた日吉参詣を取りやめる 1・20 深夜、因子、中宮竴子行啓還御の供奉 2・3 因子、中宮竴子御産の兆しあると伝える。白装束少々を送る	1・6 為家、正三位に叙せられる 1・30 除目。定家の任中納言はかなわず 2・4 中宮竴子御産の御祓、修法等あり

2・12 中宮竴子、皇子出産。為家が使者となり参内して宮中に急報する
2・27 因子、西園寺に行く道家に随行せず中宮御所に留まり、中宮それを喜ぶ（29日記事）
3・1 因子の任典侍のこと。因子、御神事により早朝退出し、夕方内裏に帰参
3・2 因子の任典侍のこと。定家、因子の処遇に不満あり
3・4 因子の任典侍のこと。定家、承諾。因子、衣装等には道家室らの援助あると伝える
3・11 因子の任典侍のこと
3・13 因子の任典侍のこと
3・14 中宮御所にてにわかの御読経。因子からは定家に音信なし
3・16 因子の任典侍のこと
3・26 定家、除目の様子を密かに因子に窺わせる
3・28 女官除目で典侍に補される。名を貞子から因子に改める（29日記事）
3・30 因子、明日里亭（定家邸）で神事を行うため、退出
7・18 因子、深夜退出
7・19 因子、定家と謁談、定家、因子を「似父不知世事本性歟」と評す
7・24 因子、内裏に帰参
8・1 因子、中宮竴子の一条殿（道家邸）行啓に供奉
8・4 為氏（為家嫡男）が拝賀で一条殿の中宮御所へ参る。教実が因子と中門にあり
8・6 因子、天皇咳の気あり、教実が参内したが、大事ではなかった旨を定家に連絡
8・18 西方に火あり、定家、念のため因子に車を送る
8・20 定家の任中納言のこと。因子、沐浴のため朝内裏を退出、夕

2・12 後堀河天皇第一皇子（四条天皇）誕生

年号	西暦	年齢	事項	参考事項
			方帰参 8・23 因子の車のこと 8・24 中宮竴子、一条殿（道家邸）より内裏へ。因子供奉。定家、因子に車を送る 8・27 定家、因子の局に自邸の梨三籠を送る 8・28 定家、梨を各所に送り、道家室には因子が書を添えて送る 8・30 因子、急ぎ重陽節会の装束を定家に頼み、定家手配する 9・8 因子、佐々木如法経所に参る 9・9 定家、因子に重陽の装束を送る 9・12 香、因子の局に行き、また帰宅する 9・22 定家、因子の更衣の装束の負担大きく退出を促すが、因子、人がいないと渋る 9・25 因子、内裏より退出 9・26 因子、香らと共に灸治。風病だが後堀河天皇の意を受け内裏に帰参	10・11 土御門院、阿波で崩御（37） 12・22 西園寺公経出家、法名覚勝
貞永元	一二三二	38歳	6・25 因子、『中宮初度和歌会』出詠（民部卿典侍集） 7・11 因子、『前摂政家七首歌合』出詠（民部卿典侍集） 7月頃 因子、『光明峯寺摂政家歌合』出詠（歌合の証本あり） 7月頃 因子、後堀河天皇の五首歌会に出詠（民部卿典侍集） 8・10頃 因子、東山にて道家と贈答（風雅集一五六三～一五六四） 8・15 因子、『名所月三首歌合』出詠（歌合の証本あり）	1・30 定家、権中納言に任ぜられる（公卿補任） 6・13 定家、勅撰集撰進の下命を受ける 9・3 竴子、暐子内親王を生む（百練抄・民経記） 10・2 『新勅撰集』序・目録を奏覧 10・4 後堀河天皇譲位、四条天皇践祚 12・5 四条天皇即位（2）

年号	西暦	年齢	因子	その他
				12・15 定家、権中納言を辞す(71)
天福元	一二三三	39歳	1・2 因子、中宮御所から退出するがすぐ帰参。正月の装束のこと 1・6 因子、内裏と一条殿に参る。定家、因子に車を送る 1・15 因子、定家に書状を送る 1・29 因子、方違行幸・行啓に供奉。定家、因子に車を送る 1・30 因子に送った車、戻る 2・13 因子、中宮御所より退出、参内しまた一条殿に参る。定家に様々語る 2・14 因子、帰参 2・29 因子、退出 3・1 因子、定家宅に逗留 3・2 因子、家長妻下野と謁談。頻りに召しがあり帰参 3・6 因子、今晩為家邸に宿泊、明暁より女房らと共に日吉参詣 3・8 因子帰京し、すぐに中宮御所に帰参 3・10 中宮竴子、内裏へ。定家、因子に車を送る 3・13 因子を送った車が定家邸に戻る 3・20 因子、濃州庁宣を賜る。物語絵制作のため、式子内親王から因子幼少の折に賜った月次絵を中宮に進上 3・21 因子、定家に『更級日記』の新図を送って見せ、定家はすぐに返す 3・30 因子、道家邸(一条殿)に参り、深夜に帰参 4・13 因子、暇を頂戴し(14日記事)、藻璧門院御所を退出 4・14 因子、憔悴のため、忠弘宅にて蒜の服用を始める。香も蒜服用(19日の記事) 4・19 因子ら、藻璧門院の御幸始の行列と為氏供奉を見るため、忠弘宅に集まる 4・28 因子、母禅尼とともに定家宅にいるが、参上するよう頻りに	4・3 竴子の院号宣下。藻璧門院となる(公卿補任・民経記) 4・25 藻璧門院の院号のこと

仰せあり
4・29 因子に、今夕参上するよう頻りに仰せあり
4・30 因子、藻壁門院御所に帰参。藻壁門院の院号のこと
5・19 定家、因子の装束に苦慮
6・2 因子、早朝に退出し後堀河院の近臣などについて語り、帰参
6・9 定家、後堀河院国衙領播磨国上岡郷が因子に下賜された旨を実氏から聞き喜ぶ
6・12 定家、明日の行幸中止の旨を因子周辺から聞く
6・18 因子、定家に後堀河院の物語絵を送って見せ、定家、賞翫して返送
7・1 因子、洗髪のため退出し、夕方に帰参
7・16 因子、定家邸から養子に出す忠弘家少女の調度を送る
7・19 因子、車を借りて参内。叔父公暁逝去により帰り、命により直ちに除服。
7・20 因子の衰日（7月19日記事）
7・26 因子、退出
7・28 因子、帰参
8・17 因子、退出の次いでに灸治
8・19 因子、早朝に帰参
8・21 後堀河院と藻壁門院、後堀河院乳母二品成子の新邸近衛邸に渡御。因子も参る
9・9 定家、因子の重陽の日の装束を賢寂に用意させる
9・10 因子、参内
9・16 因子、藻壁門院の様子について定家に返事（前日にも）
9・17 因子、御神事あることにより一時退出、夕方帰参
9・18 藻壁門院、難産の後に急変して崩御。因子、定家に出家を希

4・25 藻壁門院の院号のこと
5・6以前 俊成卿女の長女が難産のため死去（40）
7・16 竴子着帯の儀
9・13 藻壁門院、出産の気配あり
9・14 藻壁門院、容体悪化
9・15 藻壁門院、持ち直して院御所（冷泉殿）に移御（17日記事）
9・18 藻壁門院崩御（25）。後堀河院は

	望する旨を伝える
	因子、女院御所に参上した定家に、局で藻璧門院臨終の様を語る
9・20	定家、藻璧門院臨終の様を興心房から聞く。香、定家に出家を希望し許される
9・23	因子と香、興心房の菩提院で出家（因子39歳、香38歳） （この頃定家、因子の出家を巡り家隆と贈答。拾遺愚草・民部卿典侍集） （この頃定家、因子の出家を巡り蓮生と贈答。民部卿典侍集） （この後因子、自身の出家を巡り贈答。民部卿典侍集）
9・25	永光、因子・香の出家を見舞う
9・26	因子の局の上童の小女、奇事を見る
9・27	盛兼が定家を訪れ、因子の出家を見舞う。また源家長来談
9・30	藻璧門院葬送。因子は素服を賜る
10・11	定家、出家。為家・因子、出家に立ち会う （この頃定家、自身の出家を巡り寂空・家長らと贈答。拾遺愚草・民部卿典侍集）
10・14	因子、香とともに興心房のもとへ参り、不動の小画像開眼
10・15	因子、旧院（故藻璧門院御所・冷泉殿）に帰参
10・19	故藻璧門院の五七日仏事。因子ら出家した女房、後堀河院に見参（20日記事）
10・20	故藻璧門院の女房達、御墓所で惟長が修した仏事に参加
10・28	因子、故藻璧門院の墓所にて仏事を修す。旧院近くで火事があり、急ぎ帰参
11・4	女房らに四十九日後は旧院に留まらないようにとの通達あり、因子は定家宅に移る計画す
11・7	故藻璧門院四十九日。4日の通達は覆される。因子、一時的に旧院を退出す

	近衛邸へ渡御。
9・19	為家長女（後嵯峨院大納言典侍為子）生まれる
9・24	藻璧門院入棺 御墓所は東山の月輪殿の近く（22日記事）
10・9	為家、藻璧門院の仏事を修す。藤原頼資が草した諷誦文現存
10・26	道家室（故藻璧門院母）出家

年号	西暦	年齢	事項	関連事項
			11・8 因子、旧院に帰参。冷泉殿（故女院の女房）のほかには人なしと言う 11・11 ある人の夢で故藻壁門院が詠歌。道家唱和す（明月記・民部卿典侍集） 因子、旧院に祗候し続ける。権大夫（故女院女房）が帰参、三人のみ祗候 11・17 因子、後堀河院に参る。哀憐の仰せあり 11・18 因子、法華堂（御墓所）で権大夫局が修した仏事に参加。旧院に帰参 11・22 因子、道家邸（一条殿）に参る。定家の一条京極邸に泊まる 11・23 因子、今日は帰参せず。旧院の様子や道家の言などを語る 11・24 因子、旧院に帰参 12・1 因子ら女房、栖霞寺参詣。故藻壁門院が去夏に夢で嵯峨釈尊を見たと仰せあり 12・13 因子と宰相局の両尼女房、後堀河院に参る 12・19 因子、旧院より退出、沐浴して定家邸に泊まる 12・20 因子ら清涼寺に七日参籠。俊成卿女来訪、詠歌し贈答（明月記・民部卿典侍集） 12・27 因子ら、嵯峨清涼寺より帰る 11月末～12月頃 因子、後堀河院と和歌の贈答（民部卿典侍集） 同日 因子、道家と和歌の贈答（民部卿典侍集）	12・28 旧院にて故藻壁門院百日仏事。道家・道家室・実氏ら出席 （この年頃、『建礼門院右京大夫集』『土御門院女房』成立か）
文暦元	一二三四	40歳	春頃 因子、俊成卿女と贈答（民部卿典侍集） 5・5 因子、道家・通方と贈答（続拾遺集一二八九～一二九一） 7・2 因子、早朝旧院より退出、夕方帰参 7・5 因子、藻壁門院少将と同車して後堀河院御幸見物。後堀河院より仰せあり 7・15 故藻壁門院の女房ら、供花会を営む（7月16日記事）	

嘉禎元	一二三五	41歳	7・17 因子、後堀河院に参る。このころ後堀河院病悩 7・18 因子、故藻璧門院御月忌に参る。定家に後堀河院御所の様子を語る 7・24 因子、後堀河院に参る 7・25 因子、定家に後堀河院の病状を報告 8・5 因子、一条殿より退出。定家に後堀河院の病状を報告 8・6 為家、後堀河院容態急変を旧院の因子に急報。その後崩御。為家拝顔を許される 8・7 定家、四条天皇病気の巷説を聞き、因子に問うが、因子は否定する 8・11 定家、因子に車を送る 9・2 因子、旧院（故藻璧門院）より退出、沐浴ののち帰参 9・11 因子、素服を除服 9・15 因子、旧院（故藻璧門院・冷泉殿）の仏を譲り受けるよう定家に頼む（9月19日記事） 9・18 因子、一周忌を終え旧院（故藻璧門院・冷泉殿）より退出。女房達皆退出 因子、家衡と贈答（続後撰集一二五六～七、民部卿典侍集） 9・28 因子、道家邸（一条殿）に参り、退出 1・3 因子、病気	8・6 後堀河院崩御（23） 8・7 定家、「勅撰愚草二十巻」（『新勅撰集』草稿）を庭で焼く 8・9 後堀河院入棺 8・11 後堀河院葬送（以後、為家は頻繁に仏事・月忌に参仕） 8・22 旧院（冷泉殿）で故女院仏事。旧院（堀川殿）で故後堀河院仏事 8・23 無量寿院にて故藻璧門院斎会 9・10 故藻璧門院の墓所御堂供養 9・16 旧院（堀川殿）で故後堀河院結縁経供養。故後堀河院が故藻璧門院のために書写した経あり 9・18 旧院（故藻璧門院）の仏を運び出し一時的に為家邸に置く 9・19 定家、旧院（故藻璧門院）の仏を持仏堂に安置する （この年、源家長没）

1・4	因子、針治療をして快方へ向かう
1・6	因子、今日又無為
1・18	故藻壁門院の月忌。因子、信大夫局らと法華堂に参る
2・7	因子、内裏と堀川殿（故後堀河院御所）に参り、また内裏へ帰参
2・10	権大夫局（故藻壁門院女房）宅の隣宅が火事
2・15	因子、興心房より受戒
2・16	因子、道家邸（一条殿）に参り、夜退出
2・18	故藻壁門院の月忌。因子、権大夫局・新大夫局と法華堂に参る
2・24	因子、病気伺いに道家と教実のもとに参る
2・27	因子、旧院（堀川殿）と道家邸に参る。定家に各所の様子を伝える
3・5	因子、定家の命で故後堀河院の普賢像供養に旧院に参る。教実邸（室町殿）に参る
3・13	比丘尼三人（定家妻・因子・香）、日吉参詣
3・20	比丘尼三人（定家妻・因子・香）、日吉参詣から帰京
3・21	因子、病の定家に代わり、病気伺いに教実邸（室町殿）に参る
3・24	因子、法華堂に参る。今月の月忌に参れなかったため。
3・27	為家・因子、教実の危篤の報に馳せ参る。因子、帰ってから報告
3・29	因子、道家邸（一条殿）・内裏に参り、夕方帰る
4・7	因子、室町殿（故教実邸）へ参るか（欠字あり）。夕方帰る。
4・16	因子、嵯峨滞在中の定家のもとにいる。印円法印（定家兄成家の子）来訪
4・22	聖覚の中陰仏事。定家は出席、因子は参らず
4・29	比丘尼三人（定家妻・因子・香）、この頃嵯峨へ向かうか（5月5日記事）

1・23	為家、従二位に叙せられる
2・28	行能、勅撰集（『新勅撰集』）清書
3・12	定家、清書した勅撰集（『新勅撰集』）二十巻を道家に提出
3・28	教実（道家男・故藻壁門院弟）没（26）

5・5	定家、栖霞寺に参り、禅尼（定家妻ら）の局に入る
5・6	比丘尼三人（定家妻・因子・香）、嵯峨（栖霞寺）から帰る
5・18	故藻璧門院の月忌。因子、権大夫局と共に法華堂に参る
5・27	因子、道家邸に参る
6・3	因子、堀川殿（故後堀河院御所）に参る
6・12	但馬局（藻璧門院但馬・家長女）が来訪、因子謁談
6・24	因子、冷泉殿（故藻璧門院女房）と共に法華堂に参る
6・30	因子、内裏・道家邸に参り、姫宮に見参し、夕方帰る
閏6・14	印円法印、因子を訪れる。因子、暑気耐えがたく会わず
閏6・18	故藻璧門院の月忌。因子、権大夫局と共に法華堂に参る
10・5	為家が、典侍の女房の説の事近々かと言う
10・17	因子、道家邸（一条殿）に参る
10・18	故藻璧門院の月忌。因子、権大夫局と共に法華堂に参る
10・28	播磨国の荘園のこと
11・2	播磨国の荘園のこと
11・10	因子、親季邸にいる道家姫君の病を見舞う。道家室に会って帰る
11・18	故藻璧門院の月忌。雪の中、因子、権大夫局と共に法華堂に参る
11・21	因子、道家室に参り、播磨国の苛政を訴える
12・15	因子、内裏・道家邸（一条殿）に参り、夜に帰る
12・18	故藻璧門院の月忌。因子、明後日の日吉社参詣の精進を始め、法華堂に参らず
12・21	因子ら、日吉参詣より帰る
12・27	因子、権大夫局と共に法華堂に参る

民部卿典侍因子詠歌集成

（凡例）本詠歌集成は勅撰集・私撰集・歌合等にある民部卿典侍因子の和歌を集成したものである。

本文・歌番号は『新編国歌大観』により、部立等や歌番号を歌末の（　）内に記した。ただし本文の表記等は私意によった。前歌の詞書を受けている詞書は、（　）内に前歌の詞書を記した。歌がなく空白の場合は（空白）と記した。

各歌に他出がある場合は、〔　〕内に記した。作品名は二回目以降適宜略した（光明峯寺入道摂政家歌合＝光明、名所月歌合＝名所月、題林愚抄＝題林、歌枕名寄＝名寄）。

『民部卿典侍集』にある歌には、歌末に★を付した後に算用数字で歌番号を掲げた。

本詠歌集成は、大野順子が中心となって作成した。

『新勅撰和歌集』

（家歌合に、雲間花といへる心をよみ侍りける）　典侍因子
咲かぬまぞ花とも見えし山桜おなじ高嶺にかかる白雲（春上・六六）〔題林愚抄1052〕
前関白家歌合に、寄鳥恋といへる心をよみ侍りける　典侍因子
よそにのみゆふつけ鳥のねをぞ鳴くその名も知らぬ関のゆききに（恋二・七五三）〔題林7906〕

『続後撰和歌集』

入道前摂政家の歌合に、同じ心を　後堀河院民部卿典侍

いく返り須磨の浦人我がための秋とはなしに月を見るらん（秋中・三五五）★26〔名所月歌合46・歌枕名寄4281〕

（家恋十首歌合に、寄船恋）　後堀河院民部卿典侍

にごり江にうき身こがるるもかり舟はてはゆききの影だにも見ず（恋五　九五一）〔万代集2679・光明峯寺入道摂政家歌合177・題林8318〕

入道前摂政家恋十首歌合に、おなじ心を　後堀河院民部卿典侍

とどめおきてさらぬ鏡の影にだに涙へだててえやは見えける（恋五・九六四）★18〔万代集2098・光明24〕

秋の暮れによみ侍りける　後堀河院民部卿典侍

形見とて残る涙のいくかへり秋の別れに時雨きぬらん（雑上・一〇八一）

藻壁門院御はての日、誰ともなくて民部卿典侍局にさしおかせ侍りける　正三位家衡

この秋も変はらぬ野辺の露の色に苔の袂を思ひこそやれ（雑下・一二五六）★78

返し　後堀河院民部卿典侍

今日とだに色もわかれずめぐりあふ我が身をかこつ袖の涙は（雑下・一二五七）★79

同じころよみ侍りける

いかさまにしのぶる袖をしほれとて秋を形見に露の消えけん（雑下・一二五八）★45

藻壁門院御事ののち、かしらおろし侍りけるを、人のとぶらひて侍りける返事に
後堀河院民部卿典侍
悲しきはうき世の咎とそむけどもただ恋しさのなぐさめぞなき（雑下・一二六三）★29　〔増鏡42〕

『続古今和歌集』

（花歌とて）
後堀河院民部卿典侍
よそに見る葛城山の白雲に風こそにほへ花や咲くらん（春上・八九）

光明峯寺入道前摂政家恋十首歌合に、寄衣恋
後堀河院民部卿典侍
山姫の染めぬ衣も紅の色にいでてや今は恋ひまし（恋一・九五四）★17　〔万代集1901・光明2・源承和歌口伝129〕

『続拾遺和歌集』

光明峯寺入道前摂政家の八月十五夜歌合に、名所月
後堀河院民部卿典侍
清見潟月の空には関もゐずいたづらに立つ秋の浦波（秋下・三一〇）★25　〔名所月24・雲葉集560・名寄5191〕

年の暮れによみ侍りける
後堀河院民部卿典侍
行末をはるかに待ちしなぐさめの頼みだになき年の暮かな（雑秋・六六〇）

（恋の歌とてよみ侍りける）
後堀河院民部卿典侍
かひもなし問へど白玉乱れつつこたへぬ袖の露の形見は（恋五・一〇六一）★19　〔光明68〕

藻璧門院かくれさせ給うて又の年の五月五日、大納言通方むすびたる花を仏の御前にとて民部卿典侍もとにつかはしたりけるを、そのよし光明峯寺入道前摂政のもとに申しつかはすとて

後堀河院民部卿典侍

思ひきやかけし袂の色色を今日はみ法の花とみむとは（雑下・一二八九）

返し

光明峯寺入道前摂政左大臣

今日までに露の命の消えやらで御法の花とみるぞかひなき（雑下・一二九〇）

このよしをききて民部卿典侍につかはしける

大納言通方

今更によその涙の色ぞそふみ法の花の露のことのは（雑下・一二九一）

藻璧門院かくれさせ給ひける比、人のとぶらひて侍りけるに

後堀河院民部卿典侍

夢の世に別れて後の恋ひしさをいかにせよとて君に馴れけん（雑下・一三二七）★30　〔万代集3568〕

『玉葉和歌集』

光明峯寺入道前摂政家恋十首歌合に寄筵恋

後堀河院民部卿典侍

よしさらば涙の下に朽ちもせよ身さへながるる床のさ筵（恋一・一三五三）〔万代集2338・光明155・題林8116〕

藻璧門院かくれさせ給ひにける秋、世をのがれてのちよみ侍りける

後堀河院民部卿典侍

世のうさに秋のつらさを重ねてもひとへにしほる墨染の袖（雑四・二三九〇）★81　〔秋風集1298〕

『続千載和歌集』

月下鹿を　　後堀河院民部卿典侍

さを鹿の峯のたちどもあらはれて妻どふ山を出づる月影（秋上・四〇六）★15〔秋風集348・題林3726〕

『続後拾遺和歌集』

光明峯寺入道前摂政家恋十首歌合に、寄網恋を　後堀河院民部卿典侍

志賀のあまの網のうけ縄とけながらたえぬ恨みは猶ぞ苦しき（恋四・九六六）〔万代集2672・光明199・題林8369〕

『風雅和歌集』

貞永元年八月十日比、中宮女房いざなひて東山へまかり侍りけるに、水に月のうつりてくまなかりければ

光明峯寺入道前摂政左大臣

せきいるるいしまの水のあかでのみやどかる月を袖にみるかな（雑上・一五六三）

返し　　後堀河院民部卿典侍

たちかへる袖には月のしたふともいしまの水はあかぬたびかな（雑上・一五六四）

『新千載和歌集』

（題しらず）　　後堀河院民部卿典侍

山の端の在明の月もひとつにて霞の上に残る白雪（雑上・一六七二）　〔閑月和歌集14〕

『新拾遺和歌集』

（光明峯寺入道前摂政家恋十首歌合に、寄帯恋）　後堀河院民部卿典侍

かりそめに結び捨てける下帯をながき契となほやたのまむ（恋二・一〇三八）　〔光明112・題林8217〕

光明峯寺入道前摂政家十首歌合に、おなじ心を　後堀河院民部卿典侍

人はいさ安達の真弓おし返し心の末をいかが頼まむ（恋五・一三三五）　〔光明46〕

『万代和歌集』

（歌合に、風前擣衣といふ事を）　民部卿典侍

あし垣に木の葉吹きしく追ひ風の音も間近く打つ衣かな（秋下・一一一四）★16

入道前摂政家恋十首歌合に、寄衣恋を　民部卿典侍

山姫の染めぬ衣も紅の色にいでてや今は恋ひまし（恋一・一九〇一）★17　〔続古今集954・光明2・源承和歌口伝129〕

入道前摂政家恋十首歌合に、寄鏡恋を　民部卿典侍

契りおきてさらぬ鏡の影にだに涙へだてて見えやはえける（恋二・二〇九八）★18　〔続後撰集964・光明24〕

入道前摂政家恋十首歌合に、寄莚恋を　民部卿典侍

よしさらば涙のしたに朽ちもせよ身さへながるる床のさ筵（恋三・二三三八）　〔玉葉集1353・光明155・題林8116〕

入道前摂政家恋十首歌合に、寄網恋を　民部卿典侍
志賀のあまの網のうけのをうきながらたえぬ恨みはなほぞ悲しき（恋五・二六七二）〔続後拾遺集966・光明199・題林8369〕
寄船恋を　民部卿典侍
にごり江にうき身こがるるもかり舟はてはゆききの影だにも見ず（恋五・二六七九）〔続後撰集951・光明177・題林8318〕
藻璧門院かくれさせ給てのち、世をそむきぬときキて、人のとぶらひて侍りける返事に　民部卿典侍
夢の世に別れて後の恋しさをいかにせよとか君に馴れけん（雑五・三五六八）★30〔続拾遺集1327〕
（題しらず）　民部卿典侍
うき身までかはればかはる世の中に何ながらへて明け暮らすらむ（雑六・三七〇九）★33

『光明峯寺入道摂政家十首歌合』

一番　寄衣恋　左持　権大納言基家
紅のこぞめの衣たちそめて心の色をしらせつるかな（一）
右　民部卿典侍
山姫の染めぬ衣も紅の色にいでてや今は恋ひしき（二）★17〔続古今集954・万代集1901・源承和歌口伝129〕
左右各可申所存之旨被仰、両方、共無令難申事之由申、紅衣之色、大概同心歟、浅深難分之旨各申

十二番　寄鏡恋　左　　九条大納言基家

別れにし石井の水の増鏡あかぬかげさへなど濁るらむ（二三）

右勝　　民部卿典侍

とどめおきてさらぬ鏡の影にだに涙へだててえやは見えける（二四）★18　〔続後撰集964・万代集2098〕

石井の水、あとある事のうへ、ことわりきこゆる由申し侍りき、涙へだててえやは見えける、珍しき由人申して、勝と被定

廿三番　寄弓恋　左　　九条大納言基家

契りのみ安達の真弓色にいでて今は時雨のすゑの秋風（四五）

右勝　　民部卿典侍

人はいさ安達の真弓おし返し心の末もいかが頼まむ（四六）　〔新拾遺集1335〕

右方申云、左右同じ安達の真弓に侍れど、色にいでて時雨の染める心、檀の木に侍らば弓題には叶はずや侍らむと、定家申云、安達の真弓と一句におかるる上は、弓なき難は侍るまじくや、猶各申、いるとも引くとも続けてや、弓心は侍らん、秋の色に染めむばかりはいかが侍るべき、偏以時雨令染葉之色、難用織月当心句心之勢、是為樹木之名字、定遺弓之失之疑殆者歟、依無此難、右可勝之旨被仰

卅四番　寄玉恋　左持　　権大納言基家

きえかへり袖にくだくる涙ゆゑこひぢにひろふ玉もはかなし（六七）

右　　　　　　民部卿典侍

かひもなし問へどしら玉乱れつつこたへぬ袖の露の形見は（六八）★19　〔続拾遺集1061〕

涙の玉、同心に侍れば、為持

四十五番　寄枕恋　左勝　　九条大納言基家

せくとこのうらわの藻塩かくとのみ枕の上ぞ煙たえせぬ（八九）

右　　　　　　民部卿典侍

涙もる枕やこひを知りぬらむさだめかねてはうちも寝ぬ夜に（九〇）

（空白）

五十六番　寄帯恋　左持　　九条大納言基家

待ちわぶる我が涙さへむすぼほれ逢ひみぬなかにとけぬ下帯（一一一）

右　　　　　　民部卿典侍

かりそめに結び捨てたる下帯をながき契と猶やしのばむ（一一二）　〔新拾遺集1038・題林8217〕

両首、優に侍るよし各申、為持

六十七番　寄糸恋　左勝　九条大納言基家

あはぬ夜は乱れやわぶるささがにの逢ふをかぎりに年をへにけり（一三三）

右　民部卿典侍

（空白）★20

左の糸、詞のより所おほく、宜しく侍之由申して、為勝

七十八番　寄筵恋　左　九条大納言基家

うち返し衣かたしく狭莚に人の心を見る夢もがな（一五四）

右勝　民部卿典侍

よしさらば涙の下に朽ちもせよ身さへながるる床のさ莚（一五五）〔玉葉集1353・万代集2338・題林8116〕

傍題の衣、無指要之由各申、右為勝

八十九番　寄船恋　左持　九条大納言基家

袖のうらよする涙も色そへていとどちしほのあけのそほ舟（一七六）

右　民部卿典侍

にごり江にうき身こがるるもかり舟はてはゆききの影だにも見ず（一七七）〔続後撰集951・万代集2679・題林8318〕

左、袖のうらよする涙の色ならばあけのそほ舟かなふべしやなど申す人人侍りしにや、弁申し侍らず、右

歌、又ことなる事侍らねば、猶不能勝負

百番　寄網恋　左持　九条大納言基家

須磨のあまの朝な夕なに引く網のかけてもこひぬ浪の間ぞなき（一九八）

右　民部卿典侍

志賀のあまの網のうけ縄うきながらたえぬ恨みは猶ぞ苦しき（一九九）〔続後拾遺集966・万代集2672・題林8369〕

各申無難之旨、為持

『名所月歌合　貞永元年』

一番　名所月　左勝　女房

三笠山ふりさけみれば榊葉のいやとしのはに月はすむらし（一）

右　民部卿典侍

龍田山染めてうつろふ木末より時雨れぬ色にいづる月影（二）★24

左、榊葉のいやとしのは、姿詞非凡俗之所及之由各一同申、右、上に染めてうつろふ木末とおきて、下に時雨れぬといへる、ことわりかなはずや侍らむ、今いづる月の色をよめる由、右方陳申、其難侍らずとも、

左非同日論、為勝

十二番　左持　　　　　　　　　　　　女房

かず見ゆる雁のはだれの霜のうへに月さえわたる天の橋立（一二三）

右　　　　　　　　　　　　民部卿典侍

清見潟月の空には関もゐずいたづらに立つ秋の白波（二四）★25〔続拾遺集310・雲葉集560・名寄5191〕

かず見ゆる雁のはだれ、月さえわたる天の橋立、風情景気殊勝無双、清見潟の月、詞姿難捨など申す人人侍りしにや、持之由仰せらる

二十三番　左勝　　　　　　　　　　　　女房

須磨の浦やあまとぶ雲のあとはれて波よりいづる秋の夜の月（四五）

右　　　　　　　　　　　　民部卿典侍

いく返り須磨のあま人我がための秋とはなしに月を見るらむ（四六）★26〔続後撰集355・名寄4281〕

右、殊なる難はきこえ侍らねど、常の月にや、あまとぶ雲の跡、立ち並ぶべき物侍らぬ由申して、為勝

『源承和歌口伝』

民部卿典侍

山姫の染めぬ衣も紅の色にいでてや今は恋ひまし（一二九）★17〔続古今集954・万代集1901・光明2〕

『増鏡』

悲しさはうき世の咎とそむけどもただ恋しさのなぐさめぞなき（藤衣・四二・民部卿典侍）★29　〔続後撰集1263〕

『秋風和歌集』

（歌合し侍りける時、月前鹿といふことを）　民部卿の典侍

さを鹿の峯のたちどもあらはれて妻どふ山を出づる月影（秋下・三四八）★15　〔続千載集406・題林3726〕

藻璧門の院かくれさせ給へりける秋、世をのがれてよみ侍りける　民部卿典侍

世のうさに秋のつらさを重ねてもひとつにしほる墨染の袖（雑下・一二九八）★81　〔玉葉集2390〕

『雲葉和歌集』

光明峯寺入道前摂政家歌合に、名所月　後堀河院民部卿典侍

清見潟月の空には関もゐずいたづらに立つ秋の浦波（秋中・五六〇）★25　〔続拾遺集310・名所月24・名寄5191〕

『閑月和歌集』

題しらず　後堀河院民部卿典侍

山の端の有明の月もひとつにて霞の上に残る白雪（春上・一四）　〔新千載集1672〕

（題しらず）　後堀河院民部卿典侍

あまを船うらのゆききもいまさらに春は霞のひとめよきつつ（春上・四〇）

『題林愚抄』

同（新勅）　典侍因子

咲かぬまぞ花とも見えし山桜おなじ高嶺にかかる白雲（春三・雲間花・一〇五二）　〔新勅撰集66〕

続千　後堀河院民部卿典侍

さを鹿の峯のたちどもあらはれて妻どふ山を出づる月影（秋二・月下鹿・三七二六）★15　〔続千載集406・秋風集348〕

新勅　典侍因子

よそにのみゆふつけ鳥のねをぞ鳴くその名も知らぬ関のゆききに（恋四・寄鳥恋・七九〇六）　〔新勅撰集753〕

玉　後堀河院民部卿典侍

よしさらば涙のしたに朽ちもせよ身さへながるる床のさ筵（恋四・寄席恋・八一一六）　〔玉葉集1353・万代集2338・光明155〕

同（新拾）　後堀河院民部卿典侍

かりそめに結び捨てける下帯をながき契と猶や頼まん（恋四・寄帯恋・八二一七）　〔新拾遺集1038・光明112〕

同（続後撰）　後堀河院民部卿典侍

にごり江にうき身こがるるもかり舟はてはゆききのかけてだに見ず（恋四・寄舟恋・八三一八）　〔続後撰集951・万代集2679・光明177〕

同（続後拾）　後深草（ママ）院民部卿典侍

志賀のあまの網のうけ縄うきながらたえぬ恨みは猶ぞ悲しき（恋四・寄網恋・八三六九）〔続後拾遺集966・万代集2672・光明199〕

『歌枕名寄』

同（続後六）　後堀河院民部卿典侍

いく返り須磨の浦人我がための秋とはなしに月を見るらん（摂津国三・阪磨篇・浦・四二八一）★26〔続後撰集355・名所月46〕

続拾五　後堀河院民部卿内侍（ママ）

清見潟月の空には関もゐずいたづらに立つ秋の浦波（駿河国・清見篇・関・五一九一）★25〔続拾遺集310・名所月24・雲葉集560〕

『民部卿典侍集』諸本校異一覧

（凡例）全釈で底本とした上賀茂神社蔵三手文庫本（三）と、円珠庵蔵本（円）、山口県立山口図書館蔵本（山）、宮内庁書陵部蔵続群書類従原本（群）、国文学研究資料館蔵本（国）を対校し、漢字・仮名の別、仮名遣いの別も含めた校異の一覧を掲げた。

抹消・見せ消記号は左傍に示し、虫損などで判読が不可能なところは［　］で示し、残画により推測可能な本文は［　］内に入れて掲げた。

本一覧は幾浦裕之が作成した。

1　雲井（三・山・群・国）—雲ゐ（円）　世の（三・円・群）—よの（山・国）　なをそ（三・円）—猶そ（山・群・国）かなしき（三）—悲しき（円・山・群・国）

2　かなしさ（三・円・山・国）—悲しさ（群）　おもひやれ（三・山）—思ひやれ（円・国）・思やれ（群）　あはれに（三・円・山）—哀に（群・国）

3　いかはかり（三・円・山・国）—いか計（群）　かなし（三・群）—悲し（円・山・国）　すつる（三・円・群）・捨る（山・国）　このみの（三・円・山）—この身の（群）・此身の（国）　心は（三・群）—こゝろは（円・山・国）

4　花の色も（三・円・群）—花のいろも（山）・花も色も（国）　墨染（三・山・群・国）—墨そめ（円）　袖やうき世

に（三・円）―袖やうきよに（山・国）・袖のうきよに（群）　猶しつくらん（三・円・群）―猶しつく覧（山）・なをしつくらん（国）

5　墨染を（三・円・山・国）―墨そめを（群）　はなのころも（三・山）―花のころも（円・国）・花の衣（群）　たちかへし（三・円・山・国）―たちかへて（群）　泪の色（三・山・群）―涙のいろ（円）・涙の色（国）

6　君かいる（三・円・群・国）―君かはる（山）　影（三・山・群）―かけ（円・国）　みし（三・円・山・国）―見し（群）　いまや（三・円・山）―今や（群・国）　てらさん（三・円・山・国）―てら［さ］ん（群）

7　かへし（三・円・山・群）―返し（国）　うきよ（三）―うき世（円・山・群・国）　ゝらさは（三）―てらさは（円・群）・照さは（山・国）

8　紫の（三・円・群・国）―むらさきの（山）　色に（三・山・国）―いろに（円・群）　そての（三・山）―袖の（円・群・国）　かなしき（三・円）―悲しき（山・群・国）

9　世の（三・円・山・国）―よの（群）　色は（三・山・群・国）―いろは（円）

10　墨染（三・山・群・国）―墨そめ（円）　袖を（三・円・山・群）―そてを（国）　かなしき（三・山）―悲しき（円・群・国）　そへて（三・円・山・国）―つけて（群）

11　世に（三・円・群・国）―よに（山）　かなし（三・円・山）―悲し（群・国）　おいの（三）―老の（円・山・群・国）

12　修栄（三・円・山・国）―隆栄（群）　かた見（三・円・国）―かたみ（山・群）

13　しらゆき（三・山）―白ゆき（円）・白雪（群）・しら雪（国）　としの（三・円・山・群）―年の（国）　みえなん

（三・円・山）—見えなん（国・群）
14 千代（三・山）—千世（円・群）・ちよ（国） は衣（三・円・山・国）—羽衣（群） たちなれむ（三・山）—た［ち］なれん（円・群）・たちなれん（国） つるの（三・円・山）・鶴の（群・国） かよひち（三・山）—通ひち（円・群）・通路（国）
15 峯のたちとも（三・円・山・国）—峰のたちと［も］（群） 出る月影（三・山）—いつる月かけ（円・群）・出る月かけ（国）
16 木の葉（三・山・国）—木のは（円・群） おひかせ（三・円・山）—おひ風（群・国） 音（三・山・群・国）・音（音）（円） ころもかな（三・円）—衣かな（山・群・国）
17 やま姫（三・円・群・国）—山姫（山） ころもゝ（三・円・山）—衣も（群・国） 紅の（三・円・山・国）—くれなゐの（群） 色に（三・山・群・国）—いろに（円） いてゝや（三・円・山・国）—出てや（群）
18 集とゝめをきて（三・円・山・国）—ナシ（群） かゝみ（三・円・山）—鏡（群・国） なみた（三・山）—涙（円・群・国） みえける（三・円・国）—見えける（山・群）
19 みたれつつ（三・円・山・群）—乱つゝ（国） こたへぬ袖の（三・円・山・国）—こたえぬ袖の（群） かたみは（三・山・群）—かた見は（円）・形見は（国）
20 絶やらぬ（三・山）—たえやらぬ（円・群・国） 片糸（三・山・国）—かた糸（円・群） 年は（三・山・国）—年へ（はゝ）（円）・年（とし）は（群） へにけり（三・円・山・群）—経にけり（国）
21 又（三・山）—また（円・群・国） 音信て（三・山）—をとつれて（円・国）・をとか（っ）れて（群） なれそんる

（三・山）―なれそむる（円・国）・馴そむる（群）　あきの初風（三・山）―秋のはつかせ（円）・秋の初風（群・国）
22　音羽（三・山）―をとは（円・群・国）　つゆ（三・山）―露（円・群・国）
23　そふ（三・山）―てふ（円・群）・てふ〔をそ〕（国）　ゆふくれの空（三・山）―ゆふくれのそら（円）・夕暮の空（群）・夕暮のそら（国）
24　歌合名所月（三・山）―哥合名所月（円・群・国）　辰田やま（三）―辰田山（円・山・群・国）　木末より（三・円・山・群）―梢より（国）　月影（三・群）―月かけ（円・山・国）
25　続拾（三・円・山・国）―ナシ（群）　きよみかた（三・円）―きよみ潟（山）・清見潟（群）・清見かた（国）　白浪（三）―白なみ（円・群・国）・白波（山）
26　続後撰（三・円・山・国）―ナシ（群）　いく返り（三・山）―いくかへり（円・群・国）　すまのうら人（三・円・山・群）―須磨の浦人（国）　あきとはなしに（三）―秋とはなしに（円・山・国）・秋とはなしの〔に〕（群）
27　行すゑの（三・円・山）―ゆくすゑの（群）・行末の（国）　煙と（三・円・山・国）・けふりと（群）　心のやみ（三・円・山・群）―心の闇（国）
28　月の色に（三・円・山・国）―月［　］色に（群）　はるゝを（三・円・群・国）―晴るを（山）　まつ（三・円・山・国）―待（群）
29　きゝて（三・山・国）―聞て（円）・聞［て］（群）　返事（三・円・山・国）―返し（群）　かなしきは（三・円・群・国）―悲しきは（山）　こひしさ（三・山）―恋しさ（円・群・国）
30　世に（三・山・群・国）―よに（円）　わかれて（三・円・山）―別れて（群）・別て（国）　いかにせむ〔集よ〕とか（三・

山）—いかにせむとか（円）・いかにせんとか（群・国） 君に（三・山）—きみに（円・群・国） なれけん（三・円・山・群）—なれけむ（国）

31 泪の（三・山）—涙の（円・国）・なみた（群） くれなゐに（三・円・山）—紅に（群）・くれなひに（国） わかれし（三・円・山・国）—別し（群） 袖（三・山・国）—そて（円・群）

32 おなしころ（三・円・山・国）—おなし比（群） たにゝ（三・山・群）—たにも（円）・たにに（国） 煙のなと（三・円・山・国）—烟のなと（群） けふりくらへ（三・山）—煙くらへ（円）・烟くらへ（群・国） 別路（三・山・群）—別ち（円・国） 物の（三・山・群）—ものゝ（円・国） かなしき（三・円・国）—悲しき（山・群）

33 何なからへて（三・山・国）—なになからへて（円・群）

34 昔は（三・山）—むかしは（円・群・国） またも（三・円・山）—又も（群・国） みねに（三・円・山・群）—岑に（国） おふる（三・円・山・国）—生る（群） 悲しき（三・山・群・国）—かなしき（円）

35 葛の葉（三・山・国）—葛のは（円）・くすのは（群） 秋風（三・山・群・国）—秋かせ（円） 物は（三・山・群・国）—物う（円） むかしなりけり（三・円・国）—昔なりけり（山）・昔也けり（群）

36 すゑのよ（三・山）—末のよ（円・国）・末の世（群） みえし（三・円・山）—見えし（群・国） 西の空（三・山・群・国）—西のそら（円） 光そふ（三・山・群）—ひかりそふ（円）・ひろそふ（国）

37 花のうてな（三・円・山・国）—花の臺（群） とをけれは（三・円・山・国）—遠けれは（群） 空ゆく月（三・円・山）—空行月（群・国） ねをのみ（三・円・山・群）—音をのみ（国）

38 うきよ（三・円・国）—うき世（山・群） かすみ（三・円・山・国）—霞（群） 花の衣（三・山・群・国）—はな

のころも（円）

39 霧もかすみも（三・山）―きりも霞も（円・国）・霧も霞も（群）　たちかさね（三・円・山・国）―立かさね（群）　しをたれ衣（三）―しほたれ衣（円・山・群・国）　かはく日そなき（三・円・山・国）―かはく日そな［き］（群）

40 こひわふる（三・円・山・群）―恋ひわふる（国）　見えぬ（三・山・群・国）―みえぬ（円）　夢の世に（三・山・群）―夢のまに（円）・夢のよに（国）　なにとて（三・円）―何とて（山・群・国）　在明の空（三・山・群）―在明のそら（円）・有明の空（国）

41 夢よりも（三・円・山・国）―ゆめよりも（群）　秋の夜（三・山・国）―秋のよ（円・群）　なかきうらみ（三・円・山）―長き恨（群）・なかき恨（国）　きえ残けむ（三）―きえのこりけん（円・群）・消残けむ（山）・きえ残りけん（国）

42 たちわかれ（三・円・群）―たち別れ（山・国）　いつへき（三・円・山・国）―出へき（群）　花色ころも（三・山）―花色衣（円・群・国）　きつゝなれけん（三・群・国）―きつゝなれけむ（円）・着つゝ馴けん（山）

43 かたみ（三・円・群）―かた見（山・国）　又（三・円・群・国）―また（山）　なみたかな（三）―涙かな（円・山・群）・涙哉（国）　なれて（三・円・群・国）―馴て（山）　別は（三・群）―わかれは（円・国）・別れは（山）

44 みたれおつる（三・円・国）―みたれ落る（山・群）　しら玉（三・山・群・国）―しらたま（円）

45 しのふる（三・山・国）―忍ふる（円・群）　かたみと（三・山・群）―かたみに（円）・形見と（国）　きえけん（三・円・群・国）―消けん（山）

46 しけもちまいる（三・円・山・群）―しけもちのまいる（国） けふまても（三・円・山・国）―けふまても〔て〕（群） 命の（三・山・群・国）―命の〔命〕（円） かゝる世に（三・山）―かゝるよに（円・群・国） かなしき（三・円・山）―悲しき（群）・なしき（国）

47 おりを（三・山）―おかを（円・国）・おかを〔り歟〕（群） おほせことも（三・円・山・国）―お［ほ］せことも（群） 泪にかきくれて（三・円・山・群）―涙にかきくれて（国） ふりつもる（三・円・山・群）―降つもる（国） 跡なき雪を（三・円・山・国）―あとなき雪の〔を〕（群） みてもまつ（三・円・山・国）―みてもなを〔まつ〕（群） おなし泪に（三・山・群・国）―おなし涙（円）

48 思ひのみ（三・円・国）―おもひのみ（山・群） 日かすや（三・円・山・国）―日数や（群） ゆきにつもるらん（三・山）―雪につもるらん（円・群・国） 跡なき庭も（三・円・山）―あとなき庭も（群・国） あときえぬまて（三・円・群）―跡きえぬまて（山・国）

49 うき身世に（三・円・群・国）・うき身よに（山）

50 御返し（三・山）―御かへし（円・群・国） うきことの（三・円・山・国）―うき事の（群） 雪のうちは（三・円・山・国）―雪の中は（群） あとそ（三・円・群・国）―跡そ（山） まれなる（三・山）―稀なる（円・群・国）

51 かなしき（三・円・山・国）―悲しき（群） 墨そめの（三）―墨染の（円・山・群・国） 袖にはゆきの（三・円）―袖には雪の（山・群・国）

52 見わたさるゝ（三・円・群・国）―見えわたさるゝ（山） はりはてゝ（三）―いりはてゝ（円・群・国）・。〔をか〕はりはてゝ（山） 年も（三・円・群・国）―としも（山） わかみ（三・山）―わか身（円）・我身（群・国） とはれぬゆき

の（三）―とはれぬ雪の（円・山・群・国）　みえけり（三・山）―みえける（円）・見えける（群・国）

53　みやこも（三・円・山）―都も（群・国）　おもひこそやれ（三・円・群）―思ひこそやれ（山・国）

54　おとろかされて返しのつゐてに（三・山）―おとろかされてつゐてに（円・国）・おとろかされ［　］つゐてに（群）　しほるらん（三・円・群・国）―しほれ〔る〕なん（山）　かすみの袖（三・山）―霞のそて（円）・霞の袖（群・国）　秋のかたみと（三・円・山・群）―秋の形見と（国）　はかりは（三・円・群・国）―〔本のマヽ〕はかりは（山）

55　みやま（三・円・山・国）―み山（群）　わかこゝろ（三・円・群）―わか心（山・国）

56　すみそめの（三・円・山・群）―墨染の（国）　ころもいつれと（三・円・国）―衣もいつれと（山）・衣いつれと（群）　霞やきりに（三・円）―霞や霧に（山・群・国）　立かはるらん（三・円・国）―たちかはるらん（山・群）

57　みやま（三・円・山）―み山（群・国）　知らむ（三・山）―しるらん（円・群・国）　この返事（三・円・群・国）―此返事（山）

58　ひかりを（三）―光を（円・群・国）・光りを（山）　いるらめ（三・国）―いた〔る〕らめ（円）・入らめ（山・群）

59　思やり（三・山）―思ひやり（円・群・国）　此世にも（三・円・群・国）―この世にも（山）　にこらさりける（三・国）―にこらさりける〔る〕（円）・濁らさりける（山）・にこらさりけり（群）　花のうてな（三・円・山・国）―花のうてな〔うて〕（群）　ひかりさすらん（三・円・山）―光さすらん（群・国）

60　たのもしく（三・円・山・国）―たのもしう（群）　うき世（三・円・山・群）―浮世（国）　かすみの色（三・山）―霞の色（円・群・国）　知らん（三・山）―しるらん（円・群・国）

61　秋のきり（三・円）―秋の霧（山・群・国）　たちかさね（三・山）―立かさね（円・群・国）　なみたに（三・円・

群）―涙に（山・国） 哀つきせぬ恨（三・円・山・国）―哀尽せぬ恨（うらみ）（群） さふらひけれ（三・円・山・国）―侍らひけり（群）

62 世中を（三・円・山・国）―よの中を（群） 見しなか月（三・山）―みし長月（円・国）・見し在明（長月）（群） あり明の空（三・山）―ありあけのそら（円）・在明の空（群）・有明のそら（国） 在明かた（三・円）―在明かた、（山）・在明方（群）・有明かた（国） ほとのたへかたく（三・円・国）―ほとのたえかたく、（山）・ほとたへかたく（群） さふらふに小倉の（三・円・群・国）―さふらふ。（に）小倉の（山） しかの（三・円・群・国）―鹿の（山） こゑさへ（三・円・山・国）―なくさへ（群）

63 みしよりも（三・円・山・群）―見しよりも（国） すゑ葉の（三・山）―末はの（円・群・国） 世中（三・山・群）―よの中（円）・よのなか（国）

64 袖の名を（三・円・山・国）―袖のなを（群） うき世（三・山・群・国）―うきよ（円） のこす（三・円・群）―残す（山・国） つまとこそきけ（三・山・群）―つまと社きけ（円・国）

65 此世を（三・円・山・国）―此よを（群） うち返し（三・山）―打かへし（円・群）・うちかへし（国） おしみさふらふかとさへ（三・円・山） おしみさふらふか［と］さへ（群）・をしみさふらふかとさへ（国） おそろしうもさふらへ（三・円・国）―おそろしうさふらへ（山）・おそろし［う］もさふらへ（群） 思つめ候し事（三・円）―思ひつめ候し事（山）・思ひつめ候（し）事（群）・おもひつめ候し事（国） 佛に（三・山）―仏に（円・国）・仏［ ］（群） うちいたしそめ（三・円・群・国）―うち出しそめ（山） 中〳〵に（三・円・山・群）―なか〳〵に（国） とをくとも（三・円・山・群）―とふくとも（国） したふ心の（三・円・山・国）―しとふ（たく）心の（群） へたてし（三・円・国）

—隔てし（山・群）

66　かけもしられぬ（三・山・国）—かけ。しられぬ（円）・影もしられぬ（群）　山かけの（三・円・山）—山陰の（群・国）　いほりに（三・円・山）—庵に（群・国）　つゆは（三・円・国）—露は（山・群）

67　かなしきは（三・山）—悲しきは（円・群・国）　うきよをすてし（三・山）—うき世を捨し（円・群）・憂世をすてし（国）

68　百千とり（三・円）—百千鳥（山・群・国）　よをうくひすと（三・円・山・群）—よを鴬と（国）鳴を聞にも（三・山・群）—なくをきくにも（円・国）　とけそめ（三・円・群・国）—解そめ（山）心ちして（三・円・山・国）—心地して（群）　けさも（三・円・山・群）—さも（国）

69　これも又（三・山・群・国）—これもまた（円）　そむくよと（三・円・山・国）—そむく世と（群）　みちの（三・円・山）—道の（群・国）　なりけり（三・円）—なりけれ（山）・也けり（群）・成けれ（国）　おもひなし（三・円・山・群）—思ひなし（国）

70　谷かけの（三・円）—谷陰の（山・群・国）　朽木の（三）—くち木の（円・山・群・国）　けふりとも（三・円・山）—烟にも（群）・煙とも（国）　ゆふへの（三・円・山）—夕の（群・国）

71　水茎（三・山）—水くき（円・群・国）　あとなりと（三・山）—跡なりと（円・群・国）　わすれすしのふ（三・円・山）—忘れす忍ふ（群・国）　かたみならしや（三・円・山）—かたみならすや（群・国）

72　こゝろを（三・円・国）—ころを（山）・心を（群）　やりて（三・円・群・国）—やかて（山）　そのことゝ（三・円・山）—その事と（群）　水茎に（三・円・山）—水くきの（群）　なみたの（三・山）—涙の（円）・泪の（群）　こゝ

ろならひに（三・円・山）―心ならひを（群） かきやれは〜こゝろならひに―ナシ（国）
73 をしはかりまいらせ候も（三・円・山・群）―ナシ（国） あはれいかに（三・円・山・群）―哀いかに（国） この春雨（三・円・山）―此春雨（群・国） つれ〳〵と（三・円・山・国）―つれ〳〵と《と》（群）
74 ゆめに見まいらせ（三・円・山）―夢に見参らせ（群）・夢に見まいらせ（国） わか心から（三・円）―我心から（山・群・国） すみける（三・円・山・群）―すみ《住み》ける（国） 池の（三・山・群・国）―いけの（円） 水かな（三・円・山）―水哉（群）・水かけ（国）
75 此世にて（三・円・群・国）―此よにて（山） あひみん（三・山・群）―逢みん（円・国） しかすかに（三・円・山・国）―しかす《か》に（群） たのむはかりそ（三・円・山・国）―頼む計そ（群）
76 御覧せられて（三・山）―御らんせられて（円・群・国） すきやすき（三・円・山・群）―過やすき（国） 月日の（三・円・山・国）―月日の《の》（群） おもふにも（三・山）―思ふにも（円・群・国） かすなき物は（三・円・山・群）―数なきものは（国） 泪なりけり（三・山）―涙なりけり（円・国）・涙也けり（群）
77 いけ水の（三・山・群）―池水の（円・国） すむらん（三・円・山・国）―すみぬ《むらん》る（群） もとの心の（三・山・群・国）―もとのこゝろの（円） 清きなりけり（三・山）―きよき成けり（円・国）・きよき也けり（群）
78 さかよりとて（三・円・群・国）―さかりよりとて（山） 野への（三・円・山・群）―野辺の（国） 苔のたもと（三・円・山）―こけの袂（群）・苔の袂（国） おもひこそやれ（三・山）―思ひこそやれ（円・国）・思こそやれ（群） 誰とも見分ねは（三・山・国）―誰ともみ分ねは（円）・たれともみ〔分〕ねは（群） 御車（三・円・山・国）―御くるま（群）

79　めくりあふ（三・円・山・群）―めくり逢ふ（国）　袖のなみたに（三・円・山・群）―袖の涙に（国）

80　出て（三・円・山・国）―いてゝ（群）　色や（三・山・群・国）―いろや（円）

81　又御返し（三・円）―また御返し（山）・又御返事（群・国）　こゝろえす（三・山・国）―こゝろへす（円・群）　世のうさに（三・円・国）―よのうさに（山・群）　すみそめのそて（三）―墨染のそて（円・国）・すみそめの袖（山）・墨染の袖（群）　ほとへてのち（三・山）―ほとへて後（円・群・国）　いゐひら（三・円・群・国）―いへひら（山）　さること（三・円・群・国）―さる事（山）

かたりける（三・円・山）―語ける（群・国）　祥室（三・円・山・群）―禅室（国）

82　花のたもと（三・円・山・群）―花の袂（国）　なみたかさなる（三）―泪かさなる（円・群・国）・涙かさなる（山）

墨染のそて（三・群）―すみ染のそて（円・国）・墨染の袖（山）

83　返し（三・円・山・国）―返事（群）　墨染の（三・山・群・国）―墨そめの（円）　秋なれととふ人（三・円・群・国）―秋なれとゝふ人（山）

II 土御門院女房

解説

一 『土御門院女房』について

『土御門院女房（つちみかどいんのにょうぼう）』は、冷泉家から姿をあらわした新出の作品である。『冷泉家時雨亭叢書』の第二十九巻『中世私家集 五』（朝日新聞社 二〇〇一年）に影印が収められた。

本作品は、土御門院の崩御後にまとめられた、哀傷歌集的な日記である。土御門院に仕えていたある女房が、承久三年（一二二一）、承久の乱後に土佐へ配流される土御門院を見送るところから始まり、母承明門院や女房たちと共に、土御門院の帰京を待ち続け、悲しみの日々を過ごす。遂に寛喜三年（一二三一）、土御門院が阿波で崩御したとの報を受けて、悲嘆に沈み、哀傷の長歌で締めくくる。

土御門院は後鳥羽院第一皇子で、建久九年（一一九八）四歳で即位。その後ずっと父後鳥羽院の院政のもとにあり、十六歳の承元四年（一二一〇）に異母弟順徳天皇に譲位。それは順徳天皇を鍾愛した後鳥羽院の命によるもので、実際は不本意であったと伝えられる。承久の乱には関わらなかったが、すすんで配流されることを申し出て、土佐へ配流。そして阿波へ移り、そこで寛喜三年崩御した。

形態としては、文章が高く和歌が低く、仮名日記の体裁だが、必ず和歌を伴っており、文章は歌にかかる詞書のような機能を果しており、歌集的な日記である。ゆえに『私家集全釈叢書』のうちに収めた。

作者は、土御門院の女房であることは確かであるが、誰であるか不明である。本作品の中の和歌は、一首も他の歌集類に見えない。後人が表紙に記す、藤原家隆女の土御門院小宰相（承明門院小宰相）かともされるものの、確証はなく、おそらく小宰相である可能性は低いとみられる。

1　先行研究と注釈

『土御門院女房』の『冷泉家時雨亭叢書』影印の刊行後、山崎桂子が翻刻、論文、注釈を発表しており、これらから学恩を受けた。以下の六篇である。

「新出資料「土御門院女房」（冷泉家時雨亭文庫蔵）の翻刻」（志學館大学文学部『研究紀要』二三巻二号　二〇〇二年一月）。「冷泉家時雨亭文庫蔵「土御門院女房」の構成と内容――作者の手がかりを求めて――」（『中世文学』四八号　二〇〇三年六月）。「『土御門院女房』注釈（一）」（志學館大学人間関係学部『研究紀要』二五巻一号　二〇〇四年一月）。「『土御門院女房』注釈（二）」（同二六巻一号　二〇〇五年一月）。「『土御門院女房』注釈（三）」（同二七巻一号　二〇〇六年一月）。「『土御門院女房日記』考」（『国文学攷』第二一一号　二〇一一年九月）。

その後、これらをまとめて改稿した山崎桂子『土御門院御百首　土御門院女房日記　新注』（青簡舎　二〇一三年）が刊行されたので、本稿においては最終的にこれを参看し、引用する場合は「山崎新注」と略称した。山崎新注はより詳細なものとなっており、ご参照いただきたい。また、二〇〇八年に『新編私家集大成』（エムワイ企画）で翻刻がなされている（兼築信行担当）。

本全釈は、「『土御門院女房』注解と研究（上）」田渕句美子・中世和歌の会（早稲田大学教育学部『学術研究』（国語・国文学編）第五九号　二〇一一年二月）・「『土御門院女房』注解と研究（下）」田渕句美子・中世和歌の会（早稲田大学教育学部『学術研究』（人文科学・社会科学編）第六〇号　二〇一二年二月）として刊行したものである。なお、注釈を行った際、本文の判読について、遠藤珠紀（東京大学史料編纂所）・宮崎肇（同）のご教示を得た。深く感謝したい。本書の刊行にあたり、旧稿に多少の手直しを加え、解説なども改稿した。

2　伝本と成立

『土御門院女房』は冷泉家時雨亭文庫蔵の孤本であり、書誌については、『冷泉家時雨亭叢書』第二十九巻『中世私家集　五』（前掲）解題（井上宗雄）に詳しいが、以下これによりつつ簡略に記しておく。書写は鎌倉中期頃であり、作品の成立年代に近い伝本である。縦一二・二糎、横一二・〇糎の、小さな枡型本一冊で、料紙には金銀切箔、銀泥流し、金銀野毛を散らしたもの等があり、美麗な本である。全体に虫損があり、第七丁までは料紙の天地に欠損がある。全四十四丁で、四十四枚の料紙を一枚ずつ重ねて大和綴様に糸綴じされた特殊な装訂。片面と両面の書写がある。一面五〜八行書き。薄様の雁皮紙とやや厚い雁皮紙とがある。奥書はない。片面書写の場合は見開きで続くように写されている。

外題も内題もなく、江戸中期に補われた紙表紙に「此集は土御門院につかへまいらせし女房のかける物とみゆ。もし家隆卿の女小宰相などにてやあるらん」と書かれている。この言葉から、『冷泉家時雨亭叢書』で仮に『土御門院女房』という書名を与えられており、これに従った。なお山崎新注は、本作品が日記であることから『土御門院女房日記』と新たに命名していて、内容的には妥当であると思うが、本書においては、『冷泉家時雨亭叢書』における書名を尊重し、旧稿のまま『土御門院女房』とした。

前述のように、本文の体裁は、文章を高く、和歌を一、二字分低く記す、仮名日記の形態である。文章は短いものが多く、和歌にかかる詞書のように前詞（前文）として書かれており、歌集的な日記である。和歌は四十三首（うち一首は長歌）を載せている。

『土御門院女房』の成立は、土御門院が崩御した寛喜三年（一二三一）の翌年、貞永元年（一二三二）十月以降となる。おそらくこの時からさほど時を隔ててはいないころにまとめられたものであろう。『土御門院女房』には『建礼門院右京大夫集』と影響関係にある部分が散見される。『建礼門院右京大夫集』の成立は天福元年（一二三三）以降であり、『土御門院女房』との成立の前後は微妙だが、『建礼門院右京大夫集』は成立後まもなく女房たちに読まれたことが奥書から知られるので、おそらく『建礼門院右京大夫集』が『土御門院女房』に影響を与えた可能性が高い。すると、『土御門院女房』の成立は『建礼門院右京大夫集』よりもあとであり、『建礼門院右京大夫集』の成立が天福元年（一二三三）前後なので、それ以降となる。

冷泉家時雨亭文庫蔵『土御門院女房』の本は小さく、そして美麗である。料紙は厚手の雁皮紙と薄様の雁皮紙があり、装訂も簡略なので、正式に清書された献上本ではないと思われるが、料紙の豪華さから見て、この本は宮廷周辺の高い身分の女性周辺で作られ、読まれた可能性が高いのではないかと憶測される。孤本であるから、さほど流布したわけではないだろう。おそらくは土御門院、あるいは承明門院などの周辺に何らかのゆかりをもつ女性のために作られた本かもしれないと想像される。それが誰かは具体的には不明だが、土御門院に最も寵愛され後嵯峨院らの皇子女を生んだ典侍源通子には、『土御門院女房』は全く触れていないので、通子所生の皇女ではないだろう。また、土御門院崩御の十年後の仁治三年（一二四二）に思いがけず即位した後嵯峨院の影も全くないので、後嵯峨院に近い人ではないのか、あるいは成立がそれ以前という可能性もある。おそらく土御門院に寵愛された女房から生まれた姫宮か、土御門院・承明門院ゆかりの上﨟女房のような女性のために書かれた本であろうか。しかしいずれも決め手はないし、作者もわからない（後述）。序文において、土御門院の御代について簡明ながら格調高く説明する筆致に、読む人への意識がうかがわれる。

なぜこれが現在冷泉家に伝わっているのかも不明だが、女主人から女房に本が下賜されるのはよくあることである。そして御子左家出身の女性には女房が非常に多い。当時、土御門院の姫宮（寛喜二年に早世）を養育していた承明門院中納言（藤原定家妹。愛寿御前。寛喜二年に出家）や、その娘（押小路姫宮戸部。嘉禄二年出家）、土御門院に仕えた少将内侍（藤原隆信女）、あるいは承明門院に仕えた承明門院右京大夫（同じく隆信女。天福元年生存）、あるいは、やや後の後嵯峨院大納言典侍（藤原為家女）などのような、御子左家周辺の女房を経て、御子左家に入った可能性も考えられよう。とはいえ、勅撰集・私撰集などにはまったく採られておらず、文献等に痕跡もなく、定家・為家以下の御子左家の男性歌人たちがこの作品を見たとは確言できない。むしろ女性たちの手に留まっていたものかもしれない。

3　配列構成をめぐって

『土御門院女房』は、仮名日記の常として、おおむね年代順に配列されている。しかし、厳密に年代順とは言えない部分もある。全釈で述べるが、本作品の配列には、関連・類似する性格の二首の和歌を比較対照させつつ並べる意識が仄見える。六・七番歌、一六・一七番歌、二五・二六番歌、二九・三〇番歌、三七・三八番歌などがそうした例である。こうした部分は厳密には年代順ではないかもしれない。

山崎新注は、本作品は全体が時系列に沿って書かれたものだが、七番歌だけは時系列を乱していると指摘している。七番歌は土御門院の阿波遷幸を示すもので、それは『吾妻鏡』によれば貞応二年（一二二三）五月であるが、本作品の配列上ここは承久三年（一二二一）の歌群となるからである。山崎新注は土御門院が実際に土佐から阿波に遷ったのは貞応二年五月であったが、阿波遷幸の風聞が配流時から流れていたためと推定した。その可能性もあろうが、ここについても、厳密な時系列ではなく、配列上、六・七番歌の二首を対照させる形で置いたと考えて良いのではないか。

仮名日記が常に厳密に時系列で書かれるとは限らない。たとえば後鳥羽院歌壇を描く『源家長日記』は、一見すると時系列のように見えるが、必ずしもそうではない部分が多い。『土御門院女房』も、おそらく全体が土御門院崩御後に編集されたものであり、配列上の工夫や、あとからの和歌の詠出や挿入、あるいは記憶違いなどもあったであろうし、年が経過すると記事にもかなり間があいている。恐らくおおむね年代順に書き並べてはいるが、厳密ではないと見ておきたい。

4　記述の特質

本作品の記述の特徴として、主題に関わらないことは、たとえ土御門殿や土御門院に関係する事件であっても記さないという点があげられる。作者が承明門院御所（土御門殿）にいたことは、五番歌、九番歌などで明示されているのだが、たとえば、貞応元年（一二二二）七月二日に承明門院御所が放火によって突然焼亡したことが、『百練抄』に「七月二日、今夜子刻、承明門院御所土御門萬里小路、焼亡、放火云々」、『承久三年四年日次記』に「七月二日、戊申、今夜承明門院御所炎上、放火」と見える。しかしこれにはまったく触れていない。また土御門院に寵愛された典侍源通子（土御門通宗女）が、承久三年（一二二一）の承久の乱の直後にあたる八月に逝去したこと（『明月記』寛喜二年（一二三〇）九月七日条）、その通子が生んだ邦仁親王（後に即位して後嵯峨天皇となる）が乳父の土御門通方（通宗の弟）のもとで養育され、暦仁元年（一二三八）の通方没後には承明門院の土御門殿で養育されて不遇のうちに成人したことなどにも、まったく触れることはない。また承明門院御所で養育されていたほかの土御門院の皇子女たちについてもまったく言及しない。女房日記ではあるが、その叙述が及ぶ範囲は極めて限定的で、テーマが非常に絞られている。

また、和歌の内容に関連する史実・情報を、日記の中に年時も含めて詳しく記すという姿勢が、冒頭を除いて殆ど見られない。たとえば、三四番歌について、山崎桂子は、嘉禄元年（一二二五）四月から六月にかけて、土御門院の還京の巷説があったことによって詠まれたと推定する。その可能性はあると思われるが、その動向等は和歌の前文で全く説明されていない。

なおこの点について若干補足の説明を加えておく。還京の巷説はたしかに『明月記』に書かれており、嘉禄元年（一二二五）四月二十六日条に「又巷説南海之上皇可有御帰洛云々」、さらに六月二日条に「狂説云、南方旧主可帰給云々」とあり、これは土御門院をさす。ただしこの後、大江広元・北条政子の死が続く不穏な情勢の中で、幕府は三帝二王（後鳥羽院・土御門院・順徳院・六条宮・冷泉宮）を厳重に禁固すべきことを下知した（六月二十八日条）。還京の噂は、十月にも流れ、翌嘉禄二年にも引き続き何度も還京の噂が流れ、隠岐にまで届くが、還京は実現しない。安貞元年（一二二七）正月には承久の乱の首謀者の一人尊長が阿波へ渡ろうとしたという噂があり（正月二十八日条）、閏三月十五日には、熊野の衆徒が土御門院を迎え奉ろうとしたという噂があったが、これについて定家は、当時土御門院姫宮を養育していた定家妹の承明門院中納言から、実は漁り火を敵と間違えたなどで、事実無根であったと聞く（閏三月十九日条、二十七日条）。このように還京の巷説は嘉禄元年（一二二五）から安貞元年（一二二七）にかけて絶えず流れているので、三四番歌はこの間のいつであっても良いとみられる。

ここで注意しておきたいのは、前掲の最後の記事で、承明門院の女房である中納言が、熊野と阿波についての正しい情報を定家に伝えてきている点である。同じ御所にいた『土御門院女房』の作者も、こうした情報は常に聞いていたとみられるが、そうしたことはまったく本作品の中には書かれていない。この作品の執筆態度なのか、あるいは想定された読者への意識があるのかもしれない。

5　哀傷歌集的な日記として

『土御門院女房』は、土御門院の崩御後にまとめられた哀傷歌集的な日記として、冷泉家から姿を現したが、順徳院（土御門院の異母弟）が、父後鳥羽院の死を悼んで記した『御製歌少々（ぎょせいかしょうしょう）』もまた、冷泉家から現れた新出の哀傷歌集的日記である。田渕句美子・兼築信行「順徳院詠『御製歌少々』を読む」（『明月記研究』七　二〇〇二年一二月）に記したように、これも哀傷・追悼をテーマとする作品である。延応元年（一二三九）隠岐で後鳥羽院が崩御したことを伝える使が佐渡の順徳院のもとに着いた時から始まり、一周忌までの悲しみの一年間が綴られている。この『土御門院女房』も、土御門院が土佐に出立するところから始まり、ひたすら院の還京を待つ自分とその周辺のことのみが記され、女房の言葉はあるが女房同士の贈答歌もない。そして十一年後に崩御の報を受け、その一周忌までが描かれる。この二作品は、文化圏も成立も近接しているが、年代的にはおそらく『土御門院女房』の方が先にまとめられたとみられる。

廷臣・女房による日記では、『讃岐典侍日記』『高倉院升遐記』『とはずがたり』などが、主君たる天皇・上皇の死を悼み、書かれたものである。また、主君だけではなく、主君（女院）の平家一門の衰滅、恋人の死、そしてある時代の喪失を描く日記的家集に、『建礼門院右京大夫集』があり、これは前述のように、『土御門院女房』と同じ頃の成立だが、おそらく『建礼門院右京大夫集』が先に成立しているとみられる。『土御門院女房』には、全釈に記す通り、『讃岐典侍日記』『高倉院升遐記』『建礼門院右京大夫集』と、表現の点で多くの共通性が見られる。山崎新注は、『土御門院女房』は『高倉院升遐記』と『建礼門院右京大夫集』から強い影響を受けて書かれたと述べている。そして本書におさめた『民部卿典侍集』や、これに関連が深い『たまきはる（健御前日記・建春門院中納言日記）』も、主君（女院）の死を限りなく哀悼する、こうした系列に連なる家集である。本書所収の『民部卿典侍集』全釈、および解説の中の「哀傷家集・日記から見る『民部卿典侍集』」（大野順子）をご参照いただきたい。

作品に流れる時間の幅や、構成、表現的特質はさまざまであるが、これらの作品は、自分が深く敬愛した主君の死と、主君の死によって失われた時代を、悲嘆をこめて哀悼する記である。『土御門院女房』もまた、その一つとして位置づけられよう。

6　前文・和歌の表現上の特質

『土御門院女房』の和歌には、勅撰集や私家集、日記や物語などからの、多くの影響が見られる。これらを参看し、摂取し、表現形成を行ったことは疑いない。しかし一方で、注釈で指摘するように、和歌の句に、その言葉自体が殆ど和歌では使われない例、また言葉自体は和歌で使われるが、通常使われない用法や状況で使われている例などが、実にしばしば見られる。また、一首全体が剽窃と言えるほど古歌に酷似していたり、上句と下句とが通常行われない連結をされていたり、遠くにいる人を想うことに哀傷歌のような表現がされていたり、主語が曖昧であったり、漢詩句の理解が不十分かと思われる例もある。もちろん題詠の和歌と、本作品のような歌集的日記の和歌との相違もあり、一概には言えないが、それにしても『土御門院女房』の和歌の表現上の逸脱の幅は大きく、未熟な点も多いと言わねばならない。そして和歌一首の表現構成が、散文のような作りで、一文のような構成が多いことも、本作品の一つの特徴であろう。和歌が一文の文章のような構成になることは、『建礼門院右京大夫集』の和歌などにも見られ、歌壇での修練をしていない歌人に多い特質かとも思われる。

さらにもう一つ注目したいのが、詞書にあたる前文の表現である。普通、歌集においては、詞書は和歌では表現できない場や時、状況、歌題などの説明を行うものであり、和歌に対して補完的な機能を持つ。『土御門院女房』では、そうした機能を持つ前文もあるが、そうではなくて、和歌ですでに詠まれている内容を、散文で繰り返し説明しているものが非常に多い。全部ではないが、もし極論を言うならば、和歌がまずあって、それを並べ、それに合わせてあとから適当な前文を付けたのではないかとも想像させるような、和歌内容の繰り返し的な前文がかなり多いのである。逆に、前述の三四番歌の場合、院の帰京が噂される状況下で詠まれたとするならば、そのことを説明する前文が必要だが、それはまったく記されておらず、詞書の機能を果たしていないと言える。こうした前文のあり方は、『土御門院女房』の大きな特徴であり、作品形成のプロセスを考えさせるものである。ゆえに、極端な憶測をしてみるなら、必ずしも和歌・前文すべてが一人の人物による作品とは、断言できないかもしれない。

加えて本作品には繰り返しが非常に多く、前述のように前文と和歌とで同じ言葉が繰り返されているのみならず、前後の和歌と文でも繰り返されていることが、少なからずある。これも本作品の特徴と言えよう。

7　巻末の長歌について

最後に、『土御門院女房』巻末の長歌について述べておきたい。鎌倉期の日記・物語などの散文に長歌が含まれている例として、『高倉院升遐記』『十六夜日記』『恋づくし』などがあり、後二者の長歌は、作品の総括のような形で、作品内部の表現を取り込みつつ詠まれており、巻末に置かれている。『高倉院升遐記』の中には、作者通親による高倉院哀悼の長歌がある。私家集では、藤原俊成が崇徳院と後白河院に哀悼の長歌を詠んでいる（『長秋詠藻』『長秋草』）。また『隆信集』には、美福門院崩御後の隆信と定家の長歌の贈答などがある。これらは、その主君の御代を始まりから辿り賛頌しつつ、崩御への追悼と悲傷、あるいは述懐を述べるものである。このほか、撰集や定数歌では、『久安百首』『千載集』『新勅撰集』などに見え、『承久記』には、佐渡に流された順徳院と、都の九条道家との間で交わされた、訴嘆の長歌の贈答がある。『中務内侍日記』にも長歌の贈答が見える。このように長歌が詠まれる場合には、普通の贈答もあるけれども、多くは自らの述懐・訴嘆、あるいは主君への追悼を詠む長歌である。

これらのうち、散文作品の巻末に長歌が置かれている場合、それが作品の作者によって詠まれたもので成立時から付されていた、とは断定できない。家永香織は、『恋づくし』の長歌は後人の創作であり、「御所本系『隆房集』を一旦ばらばらにし、その内から幾つかのピースを拾い出して、新たに組み立て直したようなもの」（「『隆房の恋づくし（艶詞）』の成立をめぐる諸問題」『国語と国文学』八四―一　二〇〇七年一月）と推定した。ただ『土御門院女房』の場合は、成立と、冷泉家本の書写年代とが近接していることから、この長歌は成立当初からあった可能性が高いのではないかと思われる。

『土御門院女房』の長歌のうち、最後の三分の一は、『土御門院女房』が始まる土御門院配流以降の時と重なっているゆえか、本作品の和歌表現との重なりが多く見られ、詞句を点綴していると言えるほどである。前述のように、こうした傾向は、『恋づくし』や『十六夜日記』の長歌にも見られる。

このように『土御門院女房』の長歌は、自らが仕えた君主の御代を辿り賛頌しつつ、その崩御を悲嘆し追悼すること、そして長歌を巻末に置き、作品中の措辞を点綴する点において、長歌の文学的特質・伝統に沿ったものであると言えよう。

二　『土御門院女房』作者について

作者は、土御門天皇に仕える女房であったことが、序と巻末の長歌とによって知られる。序には、欠字があるもののそれを補って読むと、おそらく「かた時もいでつる時なくて、かたじけなくたのみおきまいらせしに」と記しており、自分は番の女房ではなく常に祗候している女房であり、在位中も譲位後も出仕していた旨を述べている。四歳の即位時から出仕していたかどうかは断定できない。ゆえに、『三長記補遺』の「建久九年正月十一日　付簡女房」に、「掌侍従五位上高階秀子」以下、この日受禅した土御門天皇に女房として出仕して簡を付した女房二十七名の名が列挙されるが、この中に『土御門院女房』の作者がいるかどうかは不明である。『土御門院女房』の中では、作者の個人的な側面について触れていないので、特定は困難である。ただ、繰り返し恋歌のような表現をしているので、土御門院に寵愛された女房であることは間違いないであろう。

『冷泉家時雨亭叢書』所収の『土御門院女房』によれば、外題も内題もなく、江戸中期に補われた紙表紙に「此集は土御門院につかへまいらせし女房のかける物とみゆ。もし家隆卿の女小宰相などにてやあるらん」と書かれている。この「家隆卿の女小宰相」という推定は、妥当であろうか。以下、これについて述べておきたい。

冷泉家時雨亭文庫所蔵の私家集の表紙には、稀ではあるが、書写や書き入れの錯誤もある。時代も筆者も異なるものの、前述の順徳院が作者である『御製歌少々』(『冷泉家時雨亭叢書』所収『中世私家集　六』)の表紙外題には、「御製歌少々　土御門院歟」と書かれているが、これは誤りである。また、『澄覚法親王集』の表紙(後補)の外題には「證覚法親王集」(つまり「証覚法親王集」となる)と書かれているが、これは「澄覚法親王集」とあるべきものである(『冷泉家時雨亭叢書』所収『擬定家本私家集』解題)。小宰相かという推定は、一説ではあるが、何らかの根拠に基づく推定ではないと考えられる。土御門院・承明門院の女房のうち最も著名な女房歌人は小宰相であるから、そのように書かれたのであろう。なお、小宰相については、大取一馬「承明門院小宰相詠歌攷——付、承明門院小宰相詠歌集成補遺——」(『王朝文学の本質と受容　韻文編』和泉書院　二〇〇一年)、山崎桂子「承明門院小宰相の生涯と和歌」(『国語国文』七二―六　二〇〇三年六月）に詳しく、ほかにそれぞれによる詠歌集成がある。

小宰相は新古今歌人として著名な家隆の女であり、四十五年もの長きにわたって、歌人として活動を続けた女房である。題詠の和歌を読みこなし、後嵯峨院歌壇で活躍し、『宝治百首』などいくつもの百首を詠み、『新勅撰集』以下の勅撰集に三十九首もの入集をみている。しかも、『土御門院女房』の和歌と、土御門院小宰相の和歌とは一首も一致せず、表現上の重なりを見出すことすらも困難である。また総体的に、前節で述べたような『土御門院女房』の和歌表現の問題点や未熟な点を鑑みると、半世紀近くにわたって歌壇で活躍した専門歌人である小宰相とは、本作品は一致しにくいと思われる。

小宰相は『新勅撰集』に既に入集しているので（三二七・一〇三八）、当時既にある程度の女房歌人として定家に認められていたとみられ、一〇三八番歌は「土御門院歌合に、春月をよみ侍ける」という詞書を持つので、承久の乱以前に、土御門院周辺で行われていた小さな歌合に出詠していたことを示す証左である。そして、『土御門院女房』が『建礼門院右京大夫集』（『新勅撰集』の撰集資料）のあとの成立ならば、『新勅撰集』の後に、『土御門院女房』が成ったことになる。その場合、もし小宰相が作者であるなら、土御門院の御代の記念である『新勅撰集』入集歌を、『土御門院女房』にも入れるなどのことがあっても良いのだが、『新勅撰集』二首との関連はみられない。

小宰相の和歌について、大取一馬は前掲論文で、判詞の付された歌合歌を検討し、「基本的には「やさし」「艶」「優」などの評語で評される伝統をふまえた優美な歌」としており、『土御門院女房』の成立に近い『遠島御歌合』の出詠歌は、後鳥羽院の判詞から「歌の姿のおとなしい、そして殊勝で深い情の感じられる歌」と考察する。これは『新勅撰集』の二首にも言える特質である。また建長八年（一二五六）「基家百首歌合」は、「伝統にのっとった歌らしい歌であるが、それゆえに平凡で新奇さに欠ける」と判詞で評されていると指摘する。これらをふまえると、『土御門院女房』の、特異で奇抜な表現を詠み込んだり、和歌で詠まれる語であるが普通は使われない用法でそれを用いるというような詠歌姿勢は、小宰相の詠歌と一致しないものである。

山崎新注は、「作者は『右京大夫集』のごく初期の読者であり、利用者であったことになる。周知の如く小宰相は『右京大夫集』を書写しており、作者の可能性を強くする。或いは『右京大夫集』書写が日記執筆の契機であったかと思わせる。」と述べている。しかし、小宰相が『建礼門院右京大夫集』を書写した頃、小宰相と同じく承明門院に仕えていた女房たちが、『建礼門院右京大夫集』を読んだり写したりすることは当然考えられる。

『土御門院女房』巻頭では、欠字を私意により補って記せば「我君四にて位につかせおはしまして十二年、院号ののち十年、かた時もいでつる時なくて」、と述べる。また巻末長歌で「初春の　十日余りに位山　うつし植ゑてし松が根の　いつしか木高くなりしより」としている。断定はできないものの、作者は、土御門天皇の即位のときからずっと仕え、幼帝が成長するのを見ていたことを示しているようだ。その場合は、小宰相は正治二年（一二〇〇）前後の生まれで土御門天皇よりも五歳程度年少（山崎桂子の推定）であるので、合致しないことになる。一方、たとえば本書所収の『民部卿典侍集』作者因子は、十一歳で後鳥羽院に出仕しており（解説参照）、女房が若年のうちから出仕することはよくあった。そして、たとえば『とはずがたり』の作者二条の母大納言典侍は、後深草天皇乳母であり、やがて十歳以上も年下の後深草院に新枕を教え、若き後深草天皇に深く愛された。即位時に、四歳の土御門天皇の女房には老若の女房がいたであろうが、もし仮に（あくまでも仮にだが）作者が十歳前後であったとしても、長じた土御門天皇の愛人の一人となっても全く不思議ではないのである。このような年齢を想像することも可能であるなら、その推定年齢はかなり幅広いものとなる。

そして土御門院の後宮には寵愛された女房は多かった。土御門院の中宮は麗子（陰明門院）であるが、その間に皇子女はいない。おそらく最も寵愛されたのは典侍通子（源通宗女。後嵯峨天皇の母。贈皇太后）であり、数人の皇子女が生まれた。そして、土御門院に仕えた女房でその出自が確認できる女房のうち、皇子・皇女を生んだ女房は十名に及んでいる。寵愛した女房の数は、これよりもさらに多かったであろう。これらのことを勘案すると、土御門院に愛されたこと、和歌を詠んだことだけで、土御門院小宰相を作者に決定するのはむずかしいと思われる。『土御門院女房』に限らないが、ある作品の作者にこうした著名な歌人をあてはめるということは、慎重にしなくてはならないと考える。『土御門院女房』の表現のありようからは、むしろ歌壇の歌人ではない、和歌史に名の残らないような無名の女房なのではないか。時代の波の中で、数奇な運命をたどった土御門院に長く仕えて生涯を送り、和歌や日記に深く親炙しながらも、著名な歌人たちの影に隠れてしまい、やがて消えていった、ある女房の詠歌や意識のありかを伝えている作品として考えてみたい。

（田渕句美子）

凡例

一、和歌の前文（地の文）を和歌にかかる前詞とみて、前詞とそれに続く和歌一首ごとに区切った。ただし和歌の後の文まで含めた部分もある。和歌には通し番号を付した。この歌番号は、『新編私家集大成』の歌番号と同じである。

一、最初に整定本文を掲げた。整定本文では、読解の便宜のため、濁点、漢字・仮名遣い、句読点、カギ括弧など、私意により整定して表記した。【語釈】における見出しの表記はこれによる。

一、整定本文ののちに【底本】として、底本の翻刻を掲げた。本文は『冷泉家時雨亭叢書』の『中世私家集　五』所収『土御門院女房』を翻字した。漢字・仮名の別、仮名遣いなどは底本のままとしたが、改行は反映していない。

一、【底本】本文のうち、料紙の天地などの欠損している部分は、［　］で示した。そのうち残画によって判読・推定した文字は、［　］内に入れて記した（これは整定本文においても同じ）。。は補入符、ミ（文字の左傍）は抹消の符号である。

一、文字が全く欠損している［　］のうち、前後の文脈によって仮に推定した文字を、【整定本文】の（　）内に私案として記した。【通釈】【語釈】等も、これに基づいて記した。本作品冒頭は欠損部が多いため、読解の便宜のために一案としてこのように私案を掲げておいたが、他の可能性もある。

一、本文に続いて、【通釈】【参考】【語釈】【補説】の順に項目を立てて注釈した。なお、『土御門院女房』には他文献に見える和歌は一首もないため、【他出】という項目は設けなかった。

一、【通釈】は、極力和歌の本文に沿って現代語訳したが、わかりやすさを考慮し、和歌に直接書かれていない部分等は（　）内に補って記述した。

一、【参考】は、当該歌の本歌・参考歌、および現在和歌を読解するにあたって参考となる類歌等を掲げて、【語釈】での解説の順に数字を付した。【語釈】においてはその数字を用いて解説を加えた。【参考】に掲げた和歌のうち特に重要な和歌は、その番号を❶のような白抜き数字で示した。詞書は特に必要な歌のみ記した。

一、【参考】【語釈】【補説】に掲げる和歌の本文・歌番号は、『新編国歌大観』によった。これに所収されていない私家集等の歌は『新編私家集大成』によった。ただし漢字・仮名の別、仮名遣い、清濁などの表記は私意によった。これら以外の作品は通行の本文によった。

一、【補説】では、当該の歌に関する事項を補記したが、記すべきことが特にない場合は省いた。

一、先行の注釈書である山崎桂子著『土御門院御百首　土御門院女房日記　新注』（青簡舎　二〇一三年）を引用する際は、「山崎新注」と略記した。

一、各歌の担当者は、以下の通りである。
小林賢太（一）、梅田径（二・三・三五・四一・四二）、三宅潤子（四・五）、長井崇壮（六・七・二五〜二七）、冨里美由紀（八・九・一九〜二一）、井上翠（一〇〜一二・二二〜二四）、富澤祥子（一三・一四・二八〜三〇）、橋本典子

（一五・一六・三一・三二）、矢部富仁子（一七・一八）、芹田渚（三三・三九・四〇）、板垣満理絵（三四・四三）、大地美紀子（三六・四三）、小沢美沙子（三七・四三）、大野順子（三八）

これらの担当者が報告したのちに礎稿を執筆し、それをもとに田渕が加筆・改稿した。

全　釈

一

（我）君四にて位につか（せ）［お］はしまして十二［年］、（院）号ののち十年、か［た］（時）もいで［つ］る時なく［て］、（か）［た］じけなくたのみ（お）きまいらせしに、一（年）［は］る［か］に御渡り［　］。前の世の御ち［ぎ］（り）をや、わかち給はらせお（は）［し］ましけむも、［　　］へときこえさせ［　　］ず、これもと［　　］とて御出で立ちあり。（かな）らず御供すべき身（と）思ひ定めなが［ら］、［　］まのおそろしさ人［　　］ぬる身にて、のこりと［ど］（まる）心地せむかたなし。

　身にかへて思は［ぬ］（と）しもなきもの（を）とまるは惜しきいの（ち）なりけり

【底本】

［　］君四にて位につか［　］［お］はしまして十二［年］［　］号のゝち十年か［た］［　］もいて［つ］る時なく［て］［　］［た］しけなくたのみ［　］きまいらせしに一［　］［は］る［か］に御わたり［　］さきのよの御ち［き］［　］をやわかち給はらせお［　］［し］ましけむも［　　］へときこえさせ［　　］すこれもと［　　］とて御いてたちあり［　　］らす御ともすへきみ［　］おもひさためなか［ら］［　］まのおそろしさ人［　　］ぬるみにてのこりと［ゝ］［　　］心地せむかたなし

みにかへておもは［ぬ］［　］しもなきもの［　］とまるはをしきいの［　］なりけり

【通釈】

我が君は、御年四つで即位されて、在位なさったのは十二年、上皇になられて十年であり、（私はその間）片時もおそばを離れず、恐れ多くもお頼み申し上げていたが、先年遙か遠くにお移りになることになった。前世のご宿縁を［　　　］、御出立になる。（私は）必ず御供をするべき我が身と、心に決めていたけれども、［　］の身であり、都に残り留まる心持ちはどうしようもなく辛い。

我が身に代えても（院を都にお留めしたい）と思わぬことなどないが、（そうはいかず、私の方が）都に留まるのが無念な我が命であることよ。


【参考】
①身にかへて惜しむにとまる花ならば今日や我が身の限りならまし（金葉集三奏本・春・六七・源俊頼）
❷惜しからぬ命にかへて目の前の別れをしばしとどめてしかな（源氏物語・須磨・一八六・紫上）
❸惜しからぬ命をかへてたぐひなき君が御代をも千世になさばや（高倉院升遐記・一）
④寂しとも思はぬ時はなきものをいかにせよとて冬の来ぬらん（建長八年百首歌合・七八六・鷹司院帥）

【語釈】　○**四にて位に**　土御門院は建久九年（一一九八）三月三日に四歳で即位。○**十二年**　承元四年（一二一〇）十一月二十五日に十六歳で譲位。約十二年間の在位年数を指す。ただし巻末長歌には、「十返り三つの春秋は　九重にてぞすぎこしを」とあるので、欠損部分に「年余」とあったかもしれない。○**十年**　譲位して院となって過ごした約十年を指す。○**かた時もいでつる時なくて**　欠字を補って解釈した。『讃岐典侍日記』に、堀河帝の乳母の言葉に「うまれさせ給ひしより、かた時はなれ参らせず、…」とある。○**御渡り**　承久三年（一二二一）の承久の乱後、土佐に下ったことを指す。『愚管抄』には配流であると明記される。○**御出で立ち**　土佐国へむけての出立。○**御供すべき身**　作者は院に近い女房であったことを示す言。しかし配流に随行する女房の中には含まれなかった。その理由を示しているかもしれない部分が欠損しており、理由は不明。○**身にかへて**　我が身に代えて。①のように花を惜しむ歌に詠まれることが多いが、ここでは都を追われる院と代わってさし上げたい、という意。『源氏物語』で須磨に下る光源氏との別れに際して紫上が詠んだ歌②、および②を念頭に詠まれた『高倉院升遐記』③が意識されていよう。③が『高倉院升遐記』内でも一番歌であることは示唆的。土御門院の母承明門院は源通親養女であり、通親一家と土御門院の関係はきわめて深い。通親の高倉院哀悼の記『高倉院升遐記』を、『土御門院女房』作者が意識していた可能性は高い。○**思はぬとしもなきものを**　三十五年後の建長八年（一二五六）に詠まれた、藤原基家『百首歌合』における鷹司院帥の歌④とやや類似する。なおこの歌合で帥は「嘆きのみこりやつむらん山人のをの炭やく煙くらべに」（一一九四）という歌を詠んでおり、これは『土御門院女房』二〇番歌と類似していることは注意される。二〇番歌参照。

【補説】　冒頭で即位から土佐下向までの土御門院の閲歴を簡単に述べ、常におそばに祗候する女房である自分の立場を明らかにする。『讃岐典侍日記』の序にある、「思ひ出づれば、我が君に仕うまつること、春の花、秋の紅葉を見ても、月の曇らぬ空をながめ、雪のあした、御供にさぶらひて、もろともに八年の春秋仕うまつりしほど、…」とあるのに共通する姿勢がある。

二

［あか］月、御下りにて、［　　］堀川の堂（に）あからさまにわたらせ［お］（は）します。御供に参り（ぬ）れば、ただ今ばかりぞ（か）しと思ふに、死な（ば）やとのみおぼえて、

　　出でていなん姿（を）見てもいかにせむ（君に）先立つ命とも（がな）

【底本】

［あか］月御くたりにて［　　］ほりかはの堂［　］あからさまにわたらせ［お］［　］します御ともにまいり

［　］れはたゝいまはかりそ［　］しとおもふにしな［　］やとのみおほえて
　いてゝいなんすかた［　］みてもいかにせむ［　　］さきたついのちとも［　　］

【通釈】

暁に、（配流地へ）お下りになるが、堀川の堂へ少しの間渡御される。その供に参ったが、「もう今しかお目にかかれないのだ」と思うと、「（今ここで）死んでしまいたい」とばかり思われて、出発して去ってゆかれるお姿を見ても、どうしようもないことです。いっそ（院に）先だって消えていく（私の）命であればいいのに。

【参考】

①うき世をば又なにかはなぐさめん花に先立つ命ともがな（清輔家歌合・一五・大輔）
②あはれそのうきはて聞かで時の間も君に先立つ命ともがな（風雅集・雑下・一九五二・永福門院内侍）

【語釈】○**御下り**　土御門院が土佐へ下向したのは、承久三年（一二二一）閏十月十日（『吾妻鏡』『百練抄』『増鏡』『六代勝事記』など）。○**堀川の堂**　源通親二男の通具は、本邸が二条堀川にあったため（『猪隈関白記』承元四年四月一日条・『明月記』嘉禄元年四月二日条など）、堀川大納言とも呼ばれた。通具は、土御門院の幼時から仕え、蔵人頭や執事別当などを歴任しており、さらに通具猶子である雅具（兼忠男）は、配流される土御門院に供奉しており（『吾妻鏡』『六代勝事記』）、関係が深い。本文前後欠脱があるため確定できないが、この二条堀川邸の仏堂をさす可能性はあるだろう。ただし土御門院がこの日二条堀川邸に渡御したことは、他資料には見えない。「あからさまに」とあるので、暫時の渡御であったか。なお「御堂」ではなく「堂」なので、御所ではない。○**おぼえて**　山崎新注は「覚えて」と翻字するが、仮名書き。紙背文書の仮名文などに多く見られる字体。以下の七箇所も同様である。○**先立つ命**　①②等の例があり、特に②は後代の例だが、類似する表現。山崎新注は「いかにせむ行くべき方もおもほえず親に先立つ道を知らねば」（古今著聞集・一九九・小式部内侍）を当該歌の本歌であるとしている。

三

暁近くなりて、心［も］あられねば、
　　いづちとも思ひも分か（ぬ）あけぼのにいかでなみ（だ）の先に立つらむ

【底本】
あか月ちかくなりて心［も］あられねは
　　いつちとも思もわか［　］あけほのにいかてなみ［　］のさきにたつらむ

【通釈】

（出発される）暁が迫って、心も惑乱してしまったので、

　（院が）どの方向へ行かれるともわからず、分別もつかない暁（の時刻）となって、どうして（暁が別れを告げるよりも）先立って涙が流れてしまうのだろう。（涙は行く先を知っているのだろうか。）


【参考】

　物言ひける女の、いづこともなくて遠き所へなん行くと言ひ侍りければ　中原頼成
❶いづちともしらぬ別れの旅なれどいかで涙の先に立つらん（後拾遺集・別・四九二）
②いづれとは思ひも分かずなつかしくとまる匂ひのしるしばかりに（隆信集・六八〇・建礼門院右京大夫）

【語釈】　○**いづちとも**　「いづち」は方向・場所の不定称。どことも知らぬ、の意。和歌では旅と共に詠まれることが多い。当該歌は一首全体が①の頼成歌と酷似しており、これをふまえたとみられる。○**思ひも分かぬ**　どちらの方ともわからないという意に、分別もつかないという意をこめる。②はその例。

御輿の寄る程には［　］さぶらひあはれたる人［　］泣く気色のき（こゆ）れば、ことわりに悲し（く）て、

四　ありしにもあらぬ（み）ゆきと思ふにもつら［な］（る）袖はさこそ濡るらめ

【底本】

御こしのよるほとには［　］さふらひあはれたる人［　］なくけしきのき［　］れはことはりにかなし［　］て

ありしにもあらぬ［　］ゆきと思にもつら［な］［　］そてはさこそぬるらめ

【通釈】

（院がお乗りになる）御輿が寄せられる時には、共にお仕えしておられた人々がみな泣いている気配が聞こえるので、当然なことではあるけれども悲しくて、

（今回の御幸は）以前とはまったく異なる御幸であると思うにつけても、袖を連ねてお仕えしてきた人々のその袖は、さぞ涙に濡れていることでしょう。

【参考】

❶消え残る我が身ぞつらきありにしもかはる御幸をみるにつけても（高倉院升遐記・一一）

②山深き苔の下にもうづもれずあらぬ御幸の折ぞ悲しき（御製歌少々・二七）

③色色につらなる袖は見ゆれども立ち居のさまはかはらざりけり（文治六年女御入内和歌・五・藤原季経）

【語釈】　○御輿　『六代勝事記』には、「あくるをつぐるとりのねに、土御門の大納言御車よせて、君も臣も泣くよりほかの事な

し。末より御輿にめしかへて、」とあり、源定通が車を寄せて院を乗せ、「末」で輿に乗り換えたとある。○**ありしにもあらぬみゆき**　以前とは打って変わった御幸。①の通親歌を踏まえるとみられる。②は当該歌よりも少し後だが、順徳院が、父後鳥羽院が崩御し遺骨となって大原に渡御・納骨されたことを「あらぬ御幸」と言う表現。田渕句美子・兼築信行「順徳院詠『御製歌少々』を読む」（『明月記研究』七　二〇〇二年一二月）参照。なお、土御門院配流の時の様子は、『増鏡』に「近く侍ひける北面の下臈一人、召次などばかりぞ、御供仕うまつりける。いとあやしき御手輿にて下らせ給ふ。」（新島守）とある。○**つらなる袖**　「つらなる」「つらぬる」ともに可能だが、ここでは底本の残画から「つらなる袖」とみる。この類の表現は「小朝拝」「臨時客」「重陽宴」などの祝賀的な歌題に見られ、宮廷で多くの臣下が居並ぶさまをあらわす。③などの例がある。しかし土御門院の場合、遷幸とはいえ実質は配流であり、ここでは「涙」の関連で言ったものであろうが、配流の見送りのような場面に言うのは異質な使われ方とみられる。

五

土御門殿に帰り参りて、昼の御やすみ所の御座、取りのけ、打ち払ひなどする心地、涙にむせびておぼゆれば、

　かはりゐる仮のよ床の塵ばかり思はざりきなかかるべしとは

【底本】

土御門殿にかへりまいりてひるの御やすみ所の御さとりのけうちはらひなとする心ちなみたにむせひておほゆれは

　かはりゐるかりのよとこのちりはかりおもはさりきなかゝるへしとは

【通釈】

土御門殿に帰参して、昼の御座所の御座を取り去って（片付けて）、そこの塵を払ったりする気持ちは、涙にむせぶ

ばかりに思われて、

すっかり変わってしまっているかりそめの世が、こんなことになろうとは、（院の）代わりであるかのようにして仮の夜床に積もっているこの塵ほどにも、思いもしなかったことよ。

【参考】

❶かはりゐる塵ばかりだにしのばなんあれたる床の枕なりとも（和泉式部続集・二〇七）

❷みがきこし玉の夜床に塵つみて古き枕をみるぞ悲しき（建礼門院右京大夫集・一〇六・重盛北方）

③朝夕に見慣れすぐしその昔かかるべしとは思ひてもみず（同・二一三）

④君もこぬ夜床の塵を秋風の心のほかに払ひつるかな（風情集・一八八）

【語釈】　○**土御門殿**　土御門院とその母承明門院の御所。土御門大路の南、鷹司小路の北、富小路と万里小路の間に位置。作者もここに仕えていた。この後、翌貞応元年（一二二二）七月に火災により焼亡。○**昼の御やすみ所の御座**　昼の御座所（おましどころ）の御座。○**かはりゐる**　和泉式部が男の家を去る時に枕に書き付けた①をふまえるか。当該歌では「夜床」にかかり、土御門院の代わるように積もる床の上の塵を表す。また「世」にかかり、変わってしまっている、の意。○**仮のよ床の**　「仮の世とこの」と「仮の夜床の」を掛ける。「夜床」は、②や④のように、夫や恋人が死んだり訪れが絶えて、塵ばかり積もることが詠まれるが、「仮の夜床」という表現は他に類例がない。「仮の世」と掛けたためこのような表現になったと見られるが、やや晦渋。○**かかるべしとは**　下句は③に類似。

【補説】　院を見送った後の土御門殿の様子である。ここでは、院出立後ほどなくして昼御座を片づけたのであろう。上皇の恒久的な不在を実感させる情景であったと思われる。『讃岐典侍日記』に、堀河天皇崩御直後に慌しく昼御座から取り壊す音が聞こえてくる、という描写がある。これは践祚する新帝のもとに神璽・宝剣を急ぎ移すためであり、土御門院配流とは状況は異なるが、昼御座の様子が一変したことが、近仕した女房に与えた衝撃という点では、似たものがあるだろう。

六

土佐へ御渡りあるに、
人かずに今日はゆくともわびつつは帰るもとさと思はましかば

【底本】
土さへ御わたりあるに
人かすにけふはゆくともわひつゝはかへるもとさとおもはましかは

【通釈】
(土御門院は)土佐へ渡られるので、
きょうはお見送りする者の一人として(堀川の堂へ)参ったが、嘆きながらも思うことは、(私が)帰っていくもとが(土御門殿ではなく)土佐であったら良かったのにと(思われる。けれどもそうではないのが悲しい)。

【参考】
①人かずにけふは貸さまし唐衣涙にくちぬ袂なりせば(建礼門院右京大夫集・二八一)
②君恋ふる心の闇をわびつつはこの世ばかりとおもはましかば(千載集・恋五・九二五・二条院讃岐)

【語釈】○**土佐へ**　配流地が土佐であることを、ここで初めて述べる。歌に「土佐」を詠み込んでいるので、その説明として記したもの。○**人かず**　人員。頭数などの意。ここでは土御門院を送る者の一人であること。①のように、恋歌では「人かず(人数)」は「人並み」の意で詠まれることが多い。○**わびつつは**　悲恋の嘆きや苦悩を詠む歌に多い。一首の構造には②の影響があるか。○**帰るもとさと**　「ゆく」と「帰る」を対比する。「帰るもと」と「土佐と」とを掛けるか。このようなやや無理な続き方の掛詞は、本作品に少なくない。自分が土佐に随行できなかったことを悲しむ。「帰る」はもとの場所に戻るのではなく別の場所に対しても用いられる。「いく返りゆきかふ秋を過しつつうき木にのりて我帰るらん」(源氏物語・松風・二八七・明石君)

などの例がある。

【補説】「土佐」をあえて詠み込んだ歌。次の歌が二番目の配流地である阿波にある歌枕を詠んだものであり、一対として置いたものと見られる。

七

近く渡らせ給ふべしとて、阿波へ御渡りあるべしときくにも、
何と又鳴門の浦の浦渡りあはれや何のむくいなるらん

【底本】
ちかくわたらせ給へしとて阿波へ御わたりあるへしときくにも
なにと又なるとの浦のうらわたりあはれやなにのむくひなるらん

【通釈】

（都の）近くへお移りになるのが良いということで、阿波へ御遷幸になるだろうと聞くにつけても、

（土佐に流された時も一体どうなるのかと思ったけれど）阿波の鳴門へ行くことになるとは、一体どうなってしまうのだろう。ああこれは、いったい何の報いだというのだろうか。


【参考】
①綱手引くなだの小舟や入りぬらん難波のたづの浦渡りする（堀河百首・鶴・一三四七・源国信）
②はるかにも思ひやるかな知らざりし浦よりをちに浦伝ひして（源氏物語・明石・二二〇・光源氏）
❸契りあらば思ふがごとぞ思はましあやしや何のむくいなるらん（和泉式部集・五四三／後拾遺集・恋四・八一一・源高明）

【語釈】○**近く渡らせ給ふべし**　土御門院が土佐から阿波へ移った理由は、「せめて近きほどにと、東より奏したりければ」（『増鏡』新島守）、「小国也、御封米難治のよし」（『承久記』前田家本）、「御栖居賤き由申せば」（同流布本）などがある。○**鳴門の浦**　鳴門海峡。阿波国の歌枕。「鳴門」に（何と又）「成る」を掛ける。○**浦渡り**　浦々（海岸線）に沿って進むことを表す。ただし①のように「鳥」等の題で詠まれるのが一般的で、人を主格とする例は極めて稀。「御わたりあるべし」に引かれた表現か。一方、「浦渡り」とほぼ同意の「浦伝ひ」があり、②は須磨から明石へ移ることをさし、影響歌も多い。これを参考としたか。○**あはれや何のむくいなるらん**　③の歌を参考とした表現とみられる。帰京するのではなく、阿波へ移ることを悲嘆する。

【補説】　土御門院が土佐から阿波に移った時期は、A承久三年（一二二一）閏十月廿四日（『百錬抄』）、B貞応元年（一二二二）五月（『愚管抄』）、C貞応二年（一二二三）五月（『吾妻鏡』『鎌倉年代記』等）、の三説がある。Aは、承久三年閏十月十日の土佐配流直後であり、やや考えにくい。BかCが正しいとすると、本作品では土佐下向を見送った直後にこの歌が置かれており、時系列に乱れが生じる。これについて、山崎新注は、「実際に阿波へ遷ったのは貞応二年五月頃だったのだが、その風聞は早くも配流時から流れており、作者はそれを聞いてここに記している」という可能性を提示している。その可能性もあろうが、本作品全体が院崩御後に編纂されたものであり、当該歌も、承久三年閏十月頃でなく、貞応元年五月以降に詠まれたものという可能性もある。ここでは、配流先の土佐と阿波（鳴門）の二つの地を詠んだ歌、それもそれぞれ地名に掛詞を詠みこんだ歌を、ここで一対にして並べたのではないかとみておく。

八

東向きの御壺に呉竹を植ゑられたる、見出してふしたれば、風の吹くに、あはれもせむかたなし。

　万代の友とぞ植ゑし竹の葉にひとり悲しき風わたるなり

【底本】
ひむがし。きの御つほにくれたけをうへられたるみいたしてふしたれは風のふくにあはれもせむかたなし

よろつよのともとそうへしたけのはにひとりかなしき風わたるなり

【通釈】

（土御門殿の）東向きの庭に呉竹が植えられているのを、中から眺めながら臥していると、風が吹いて（竹の葉がそよぐ音が聞こえ）、悲しみがどうしようもなくわいてくる。

（院の治世の）万代にわたる友として（御所に）植えられた竹の葉（の色は変わらないが）、（院はすでにいない今、その竹の葉をゆらして）ただ悲しい風ばかりが吹き渡っていることだ。

【参考】

❶思ひきや雲井はるかに見し竹をうきふししげき庭に植ゑんと（高倉院升遐記・一三九）

②鶯の初春祝ふ呉竹の千年の色をわが友にせん（土御門院御集・二五八）

③色変へぬ竹のけしきにしるきかな万代ふべき君が齢は（新勅撰集・賀・四四九・藤原忠実）

④旅なる所に来て、月のころ、竹のもと近くて、風の音に目のみさめて、うちとけてねられぬ頃

　竹の葉のそよぐ夜ごとに寝覚めして何ともなきに物ぞ悲しき（更級日記・四一）

【語釈】　○**東向き**　底本で「む」補入。○**呉竹**　淡竹（はちく）の異名。清涼殿の東庭のものが有名で、『年中行事絵巻』に描かれている。❶は閑院の朝餉の壺庭に植えた竹を、高倉院崩御後に法華堂に移し、その緑が変わらないことを見て詠んだ歌。○**ふしたれば**　「ふし（臥し）」に竹の「節（ふし）」が響いている表現。○**友**　白居易が竹を愛して我が友と言った（『和漢朗詠集』四三二など）ことから、竹を友と詠む歌は多い。土御門院の歌にも②がある。○**竹の葉**　葉の緑色が変わらないことから、永代に続く世や年齢を重ねて、③のような祝いの歌が多く詠まれる。○**ひとり**　ものについても使われる。独り寝も響かせるか。一人竹の葉のそよぐ音を聞いている状況は、④と類似している。

【補説】　上句では永代に続く上皇の治世を願いながら、下句でそれが叶わぬ現在の状況を表すのは、和歌として特異である。

「万代」の「竹」を詠む歌は、言祝ぎの賀歌であることが鉄則であるから、当該歌のように、上句でその長久を詠みながら、それを否定する詞を続けることは、普通は宮廷和歌では行われない。貞応三年（一二二四）に配流先で詠まれた土御門院の歌の②でさえ、その原則から外れていない。賀歌ではない竹を詠むときは、「万代」などの言葉は使わずに、「くれ竹を宿の籬にうゑしより吹きくる風も友とこそなれ」（老若五十首歌合・四一九・寂蓮）のように、閑寂・孤独などを詠むのが普通である。

九

見馴れこしその面影の恋しさもいかにまことに有明けの月

となかめさせ給ふを聞くに、

周穆新会　西母之雲欲帰

梁元昔遊　春王之月漸落

寝られぬままに、有明けの月のくまなきをながめて、局の上口もたてぬほどに、土御門の大納言殿、女院の御方に参らせ給ひて、暁近くなるまでさぶらはせ給ひて、いでさせ給ふにや、御妻戸開く音して、中門の方へ歩みおはしますに、御供の人も召さず、寄り居させ給ひて、有明けの月をながめさせ給ふ。

【底本】

ねられぬまゝにありあけの月のくまなきをなかめてつほねのうへくちもたてぬほとに土御門の大納言殿女院の御方にまいらせ給てあか月ちかくなるまてさふらはせ給ていてさせ給にや御つまとあくおとして中門のかたへあゆみおはしますに御とものの人もめさすよりゐさせ給てありあけの月をなかめさせ給

梁元昔遊　春王之月漸落

周穆新会　西母之雲欲帰

となかめさせ給をきくに

みなれこしそのおもかけの恋しさもいかにまことにありあけの月

【通釈】

寝付けぬままに、有明けの月が曇りなく輝くのを眺めていて、局の上口もまだ閉めていない頃、土御門大納言殿（源定通）が女院（承明門院）の御所に参上なさって、暁近くなるまで祗候なさっていて、（大納言殿が）退出されるのか、妻戸の開く音がして、中門の方へ（中門廊を）歩いていらっしゃると、（すぐには）御供の人も召さず、（中門廊の高欄に）寄りかかっておすわりになり、有明けの月を眺めておられる。（大納言殿が）

梁元の昔の遊び　春王の月漸くに落ち

周穆の新たなる会　西母が雲の帰りなんとす

と朗詠されるのを聞いて（詠んだ歌）、

（この御所で）いつも見馴れてきた院の面影を慕う思いも、どれほど真に深くあることだろう。この有明けの月を見るにつけても。

【参考】

①山の端に隠れ果てぬる有明けの月の名残はながめばかりか（高倉院升遐記・一六）

②別れにしその面影の恋しきに夢にもみえよ山の端の月（新古今集・釈教・一九六〇・寂然）

【語釈】　○**上口**　身分の高い人々の出入り口。下口に対する語。○**土御門の大納言殿**　源（土御門）定通。当時は正二位権大納言。通親男。母は範子。承明門院の異父弟。長兄通宗（建久九年に三十一歳で没）の猶子となり、その家嫡となる。承久三年（一二二一）七月に承久の乱によって恐懼に処せられたが、閏十月に免ぜられた。土御門院配流の時には土御門殿で車を寄せて院を乗せ、泣く泣く院を見送ったと言う（『吾妻鏡』『六代勝事記』『承久記』など）。後の仁治三年（一二四二）四条天皇が突然崩御した後、幕府に働きかけて土御門院皇子（後嵯峨天皇。通宗女通子を母とする）の即位を実現させ、その後見となった。〇**女院**　承明門院在子。後鳥羽院妃で土御門院母。通親養女。母は範子。実父は法勝寺執行能円。建仁二年院号宣下。〇**妻戸**　寝殿造で殿舎の側面の出入口に設けた両開きの板製の扉。ここでは承明門院がいる寝殿の妻戸。〇**中門**　寝殿南庭の入口となる門で、中門廊へ続く。院御所や上級貴族の邸で、来訪者が通る道筋は身分によって違うが、公卿の場合は、中門から一旦入り、その内側から中門廊を上がっていく形をとる。秋山喜代子『中世公家社会の空間と芸能』（山川出版社　二〇〇三年）参照。〇**御供の人も召さず、寄り居させ給ひて**　定通は、すぐには帰ろうとせずに、御供を呼び寄せないまま、中門廊の途中で、高欄（勾欄）などに寄りかかってすわったのであろう。「寄り居させ給ひて」は、ここでは戸口や長押、高欄などに寄りかかってすわる動作。たとえば『源氏物語』の「若菜上」で、朧月夜のもとから明け方帰る源氏が「人召して、……寄りゐたまへるを」など。〇**梁元昔遊　春王之月漸落　周穆新会　西母之雲欲帰**　『和漢朗詠集』（帝王・六五九・菅原文時）の詩句。内宴が終わって皆が帰る時の様子を中国の故事によって叙したもの。後句は『穆天子伝』（巻三）に基づくもので、西王母と穆王子が会した折の、別れの場面を引く句。華やかな往事を追想しての朗詠。〇**いかにまことに**　どれほどか真のことだろう。和歌では他にみられない表現。次の「あり」（在り）に続く。〇**有明けの月**　明け方に空に残っている月。陰暦二十日以降の月を指すことが多い。「有明け」に「在り」を掛けるが、やや無理な続き方か。なお①は、高倉院崩御後、旧院に旧臣たちが集まり、有明けの月に院の面影をしのぶ場面。②は歌全体の構造が類似する。

【補説】本作品の中で、土御門院と承明門院のほかに、具体的な人物（定通）が登場する唯一の場面である。土御門殿の女院と定通の交流が知られて興味深い。定通は物語の貴公子のように描かれている。

一〇　心もあられねば、南面の中門のうちを見れば、御小弓のありし所の変はらぬを見て、

ももさ矢もむなやなかりし梓弓など引く人のなき世なるらん

【底本】

心もあられねはみなみおもての中門のうちをみれは御こゆみのありしところのかはらぬをみて

も〳〵さやもむなやなかりしあつさゆみなとひく人のなきよなるらん

【通釈】

心も惑乱して、南面の中門の内を見ると、（かつて院主催の）小弓合が行われた所であるが、それが今も変わらない様子であるのを見て、

（かつてここで行われた小弓合は）百矢に一矢もそれた矢がないような（見事な）ものであったのに、どうして（今はここに）弓を引く方がいらっしゃらない世となってしまったのだろう。

【参考】

①ももしきや射手（いて）引く庭の梓弓昔にかへる春に逢ふかな（六百番歌合・賭射・五九・藤原定家）

【語釈】　○**心もあられねば**　三番歌の前文にも見える表現。定通が、中門廊で南庭の月をながめながら朗詠しているのを見て、かつてこの南庭に人々が集ったさまが回想され、心が呆然となったのである。○**南面**　寝殿の南側の空間。ここでは南庭。○**中門**　寝殿南庭の入り口となる門。九番歌参照。○**小弓**　小弓合をさす。小弓を持つ射手が左右にわかれて勝負を争う競技。小弓会。貴族たちの遊戯としてよく行われた。「御小弓」とあるので、院が行ったもの。○**ももさ矢**　不詳。百小矢かもしれない。百矢とは、矢櫃に百本入れた矢。百発百中の意もある。『管見記』に「嘉吉三年六月五日、今日小弓場拵レ之、七日、有二小弓百矢一謝レ之」との記述が見られ、小弓の百矢が行われており、『看聞日記』には小弓の「百手会」「百矢事」などが散見され、『小

弓肝要抄』にも百手を射たと見える。「さ」は「小」か。矢は弓の縁語。○**むなや**　不詳。あるいは空矢と表記し、徒矢(あだや)を指すか。徒矢とは、目標に命中しない矢。それ矢。○**梓弓**　梓の木で作った弓。

【補説】本注釈では試みに、「ももさ矢」を「百小矢」、「むなや」を「空矢」と解釈した。土御門院がいたかつては、院の主催で若い貴族たちによって小弓が行われ、華やかで賑やかであったのであろう。院がいない今は、小弓をする場所はあっても弓が引かれることはなく、寂寞とした御所の風景を描いていると考えられる。①とは逆の詠み方。

二

忘られぬ面影ばかり身にそへて見るも悲しき月の影かな

【底本】

わすられぬおもかけはかりみにそえてみるもかなしき月のかけ哉

【通釈】

忘れることのできない（院の）面影ばかりが我が身に寄り添って、見ることも悲しい月の光であるよ。

【参考】

❶ためしなきかかる別れになほとまる面影ばかり身にそふぞうき（建礼門院右京大夫集・二二五）

②わすられぬその面影を身にそへていつを待つまの命なるらん（続拾遺集・恋五・一〇七〇・藤原基忠）

【語釈】○**忘られぬ面影ばかり身にそへて**　土御門院の面影が、身にまとわりついて離れないこと。①は死んだ恋人資盛の面影を詠む哀傷歌で、『建礼門院右京大夫集』には「あやにくに面影は身にそひ」という言葉もある。いずれも恋的な要素が濃厚だが、資盛死後の詠。②は恋人の面影を詠む恋歌。二二番歌でも「身をも離れぬ君が面影」と詠まれる。○**月の影**　月は不在の人への思いをかきたてるもの。ここでは月に院の面影が重ねられているか。天皇・上皇を月に喩えることは時々ある（『千載集』

雑上・九七八など)。また『源氏物語』の「須磨」に、「亡き影やいかが見るらむよそへつつながむる月も雲がくれぬる」(一八二)があり、桐壺院と月を重ねて眺めている。

【補説】前歌でかつて小弓合が行われた所を見て往事を回想し、当該歌では、そこを照らす有明けの月を詠んだものであろう。月を見るにつけても、土御門院の面影ばかりが浮かんで離れないことを言う。なお、土御門院の容貌を記す記事として、『明月記』元久二年(一二〇五)正月十九日条に「龍顔甚華美、望之如日」とある。

一二

女院の御所の御嘆き、ことわりにも過ぎて、見参らする悲しさ、
　涙川袖より落つる滝つ瀬にうきぬばかりと見るぞ悲しき

【底本】
女院の御所の御なけきことはりにもすきてみまいらするかなしさ
　なみたかはそてよりをつるたきつせにうきぬはかりとみるそかなしき

【通釈】
女院御所のお嘆きが、あまりにも甚だしく、それを拝見する悲しさは、
　涙が川となって袖から落ちて激しい急流(となるほどで、その急流)に(身も)浮いてしまうばかりのご様子であると見るのは、悲しいことだ。

【参考】
①涙川ながるる瀬々の音きけばせきとめがたき滝つ白波(高倉院升遐記・二二)

②あるほどがあるにもあらぬうちに猶かく憂きことを見るぞ悲しき（建礼門院右京大夫集・二二二・平資盛）

【語釈】 ○**女院の御所の御嘆き** 承明門院の御所の人々の嘆き。「御嘆き」とあるので、女院の嘆きが中心である。承明門院については九番歌参照。○**ことわりにも過ぎて** 理にも過ぎて。道理を越えて。はなはだしく。○**涙川** 流れる涙を川と見立てる歌ことば。激しく流れる涙のたとえとして用いる。①もその例。○**滝つ瀬** 激しく流れ下る急流。○**うき** 「浮き」であるが「憂き」を響かせる。下句は②に似通う。

一三

立ち寄る方もなき心地のみして、いかにすべきぞやとぞ嘆かるる。

数ならでほどなき身とぞ思ひしに今は心の置きどころなき

【底本】

たちよるかたもなき心ちのみしていかにすへきそやとそなけかる〻

かすならてほとなきみとそおもひしにいまは心のをきところなき

【通釈】

身を寄せて頼るところもない（不安な）思いばかりで、「どうしたら良いのだろうか」と、嘆かずにはいられない。

（院がいらっしゃった頃も）とるに足りない、長くもないわが身と思っていたのに、（院がいらっしゃらない）今は、（身ばかりか）心の置き所もないほど（に悲しいこと）だ。

【参考】

❶我が恋はみくらの山にうつしてむほどなき身には置き所なし（古今和歌六帖・八七〇・読人知らず）

②秋の夜の露もくもらぬ月を見て置き所なきわが心かな（詞花集・秋・一〇三・隆縁）

【語釈】○**立ち寄る方**　身や心を寄せて頼る所。○**数ならで**　土御門院にお仕えしていた女房の中でも、ものの数ではない自分。身分の高下や寵愛の深さなどを卑下した言い方。○**ほどなき身**　先も長くない我が身。和歌では殆ど使われないが、①があり、当該歌はここから学んだか。○**心の置きどころなき**　身の置き所だけではなく、心の置き所も定まらない。②も心の置き所がないと詠む例。

【補説】「立ち寄る方もなき心地」と記していることから、作者はもともと土御門院付きの女房であったと思われる。建保二年（一二一四）以降、土御門院と承明門院は、土御門殿で同居していたから、土御門院配流後も、作者は引き続き土御門殿にいて承明門院に仕えているが、元の主君を失った不安定な状態を嘆いているのであろう。

一四

知りたる人のもとより、「嘆きもいかばかりか」ととひにつかはしたるも、催さるる心地して、

悲しさのその暁のままならば今日まで人に問はれましやは

【底本】

しりたる人のもとよりなけきもいかはかりかとゝひにつかはしたるももよをさるゝ心地して

かなしさのそのあか月のまゝならはけふまて人にとはれましやは

【通釈】

知っている人のもとから、「お嘆きもどれほど深いことでしょう」と見舞ってきたのも、（かえって）悲しみがかきたてられる気持がして、

悲しみが、（院と）お別れしたあの暁のまま続いたならば、今日まで（生き長らえ）、誰かのお見舞いを受けるようなことがありましょうか。（いえ、もう私の命はなかったでしょう。それほど深い悲しみなのです。）

【参考】

兼房朝臣重服になりてこもりゐたりけるに、出羽弁がもとよりとぶらひたりけるを、返しせよと申しければよめる

❶悲しさのその夕暮のままならばありへて人にとはれましやは（金葉集二度本・雑下・六二四・橘元任／三奏本・六一六）

【語釈】○**知りたる人**　作者の知人。今、土御門殿にいる朋輩の女房ではないが、作者が土御門院を深く敬愛していることを知る人物であろう。○**とひにつかはしたる**　見舞によこす。機嫌や安否をたずねる。○**催さるる心地して**　改めて悲しみがかきたてられる思いがして。○**その暁のまま**　院が出立した暁の別れの場面を指し、しばしば言及される。二・三・一五・三三番歌参照。

【補説】当該歌は、①の橘元任の歌をそのままとったものであり、これは出羽弁からの弔問歌への返し（代作）である。当該歌に限らないが、本作品において、院の配流を嘆く歌は、哀傷歌に近い表現形成が多い。つまり、まるで土御門院がもう没した後のような表現が多いのである。

『建礼門院右京大夫集』に、当該歌とよく似た筆致で書かれている部分がある。平家滅亡、資盛死去の後の叙述である。この部分を参考にしたかと思われる。

ほどへて人のもとより、「さてもこのあはれいかばかりか」といひたれば、なべてのことのやうにおぼえて

悲しとも又あはれとも世の常に言ふべきことにあらばこそあらめ（二一四）

『建礼門院右京大夫集』や『高倉院升遐記』に親炙したことが、『土御門院女房』全体に、土御門院が生きている間であっても、哀傷歌のような表現形成をうながしたものかもしれない。

京を立たせおはしますあか月を思ひ出づれば、今ぞ限りとおぼえしに、何となく明け暮れて長らへたるも、我ながらつれなくおぼえて、

一五　今はとて思ひ送りしあけぼのの心のいかで猶残りけん

【底本】京をたゝせをはしますあか月をおもひいつれはいまそかきりとおほえしになにとなくあけくれてなからへたるも我なからつれなくおほえて

いまはとておもひをくりしあけほのゝ心のいかてなをのこりけん

【通釈】（院が）京をお立ちになったあの暁のことを思い出すと、今はもう（私の命も）これが最後だと思われたのに、何ということなく日々が過ぎて生き長らえているのも、我ながら無情なことと思われて、

今は（私の命は）もうこれまでだと思ってお送りした、あの曙の（私の）心は、どういうわけで今も猶こうして生き残ったのだろう。

【参考】
①かばかりの思ひにたへてつれもなくなほ長らふる玉の緒も憂し（建礼門院右京大夫集・二三〇）
②花にそむ心のいかで残りけん捨て果ててきとおもふわが身に（千載集・雑中・一〇六六・西行）

【語釈】○**京を立たせおはしますあか月**　土御門院が土佐へと出発した日の明け方。この「あか月」（暁）の記憶は、本作品で繰り返されるテーマ。○**今ぞ限りと**　今が命の限界、生涯の最後であると。○**長らへたる**　命が続く。長生きする。○**つれなく**

おぼえて　深い悲しみにもかかわらず生き長らえている自分への批判的な視線。①はその例。○**今はとて**　自分の命に対して、今はもうこれが終わりであると思って。「今は限り」「今はよし」などの下部を省略した表現。院ともうこれきり会えないのだ、とする解釈も可能だが、生き長らえる自身を無情だと述べる前文とのつながりを考慮して、このように解釈した。○**残りけん**　心がなぜまだ残っているのかと問う。②はその例。日々明け暮れて過ごす身と、心とを対比する。

【補説】　前歌とともに、土御門院を見送った日を振り返り、なお生きながらえる自身の悲嘆を詠んだ作。三番歌と同様に、前文「あかつき」、歌に「あけぼの」が用いられる。「あけぼの」は「あかつき」に次ぐ時であり、厳密にいえば時間差が発生してしまうが、「あかつき」が聴覚に、「あけぼの」が視覚に関わる表現例が多いことを考えると、院の出立を見送った時の強い記憶から、歌には「あけぼの」が詠み込まれたか。

一六

をかしき事もあれば、おのづからうち笑ひなどするも、「こは何事ぞや」とおどろかれて、

　ありふればなぐさむとしもなけれども涙のひまのあるぞ悲しき

【底本】

をかしき事もあれはおのつからうちわらひなとするもこはなにことそやとおとろかれて

　ありふれはなくさむとしもなけれともなみたのひまのあるそかなしき

【通釈】

おもしろいこともあると、自然に笑うなどしているのも、「いったいこれはどうしたことか」と、自分でも驚かれて、

月日を重ねれば悲しみが薄れるというわけでもないのだが、（気づけば）涙を流さずにいる折もあることが、
悲しく思われる。

【参考】
❶あひみぬになぐさむとしもなけれどもことはなよりもなつかしきかな（行尊大僧正集・一五四）
②なげくことひまなく落つる涙河うき身ながらもあるぞかなしき（落窪物語・二九・落窪君）

【語釈】　○**ありふれば**　この世に生きながらえて日々を過せば。○**なぐさむとしもなけれども**　この二・三句は①と同じ。他にはほとんどみられない表現なので、これを参考としたか。○**涙のひま**　涙の絶え間。涙が流れない時。「果ての日も過ぎて、僧ども散り散りになりぬれば、あはれにかなしと言ひながら、涙の隙やうやう出できけるに、…」（浅茅が露）などがある。しかし和歌では、②の例や、次の一七番歌の前文にあるように、「ひまなし」「ひまなき」となるのが普通であり、「ある」と続けるのは希少である。

一七

日ぐらし、よもすがら、涙のみひまなきに、
　我が袖を何にたとへむあま人もかづかぬひまは濡れずとぞ聞く

【底本】
日くらしよもすからなみたのみひまなきに
　わかそてをなにゝたとへむあま人もかつかぬひまはぬれすとそきく

【通釈】

昼も夜もずっと、涙だけが絶え間なくこぼれ落ちるので、私の袖をいったい何にたとえたらよいのだろう。海人の袖でさえ、海に潜らない時は濡れていないと聞いている。（でも私の袖は涙で濡れたままだから、海人にもたとえることができない。）

【参考】
❶伊勢島や一志の浦のあまだにもかづかぬ袖はぬるるものかは（千載集・恋四・八九三・道因）
②潮たるる伊勢をのあまの袖だにも干すなるひまはありとこそきけ（千載集・恋三・八一五・藤原親隆）
❸しほたるるそのあま人をきくからにかづかぬ袖もぬれまさりけり（高倉院升遐記・一二）

【語釈】 ○**あま人** 漁夫。海人。魚貝や海藻を採取し、また製塩の業に携わる人々を指していう。水に濡れる海人は、恋人を思う涙のために濡れる様子に結びつけられることが多い。○**かづかぬ** 「かづく」は水中にもぐる。○**濡れずとぞ聞く** 海人も海に潜らない時は濡れないと聞いている。私の袖は涙で乾く暇もない、ということを言うための言辞。類歌として①②③がある。③は①を本歌としている。当該歌にも①と③の影響があるか。

【補説】 直前の一六番歌で「涙のひまのあるぞ悲しき」とあるのに、当該歌の詞書で「涙のみひまなきに」と言うのは、一見矛盾しているようにも見える。しかしこの両方が作者の心象をあらわしており、表現上反転している二首を、あえて一対のように配列したものとみられる。他にもこうした箇所はいくつかある。本書解説参照。

一八

くまなき月を見れば、同じみ空ぞかしと思ふにも、かきくらす心地して、

思ひやる心やゆきてもろともに旅の空なる月を見るらん

【底本】

くまなき月をみれはおなしみそらそかしとをもふにもかきくらす心ちして
　おもひやる心やゆきてもろともにたひのそらなる月をみるらん

【通釈】
曇りなく輝く月を見ると、（院が見ていらっしゃるのも）同じこの空なのだと思うにつけ、（空も心も）さっと暗くなるような気持ちがして、
　院のことを思う私の心は、配所へ届いて、ご一緒に旅の空にかかっている月を見ているのだろうか。

【参考】
❶夜な夜なは目のみさめつつ思ひやる心やゆきておどろかすらん（後拾遺集・恋四・七八五・道命）
❷都にてながめし月のもろともに旅の空にもいでにけるかな（詞花集・雑下・三八七・道命）
【語釈】　○**かきくらす**　空などがさっと暗くなること。転じて悲しみにくれて惑乱している状態。空の暗さと作者自身の心の暗さが重ねられている。○**ゆきて**　「心」が「ゆく」のは、満足する意の例と、「心」が「身」を離れてどこかへ「行く」と表現する例の両方があり、ここでは後者。
【補説】　作者と土御門院の物理的距離が強調され、そのために思い乱れる心情を詠む。空や心は暗くとも、曇りのない明るい月はあまねく人々を照らす光である。同じ月を見ているであろう院の心と自分の心とを重ね、距離を超えて心だけは院のもとへと飛んで行き、共に見ているのではないかと幻想する。山崎新注の指摘する通り、①②の歌の影響が考えられる。

一九
　臥したる所の漏るを、「それはみるか」と人問へば、
　　このごろの床は涙にならはれて雨の漏るにも返さざりけり

【底本】

ふしたるところのもるをそれはみるかと人とへは

　このころのとこはなみたにならはれてあめのもるにもかへさゝりけり

【通釈】

私が臥している所に雨が漏るのを、「それをごらんになっていますか（それは海松ですか）」と、人が（私に）聞いたので、

　この頃の私の床はいつも涙に濡れていて、（濡れているのに）慣れていますから、雨漏りがして濡れても、裏返したりはしないのです。

【参考】

❶敷妙の枕の下に海はあれど人を見るめは生ひずぞありける（古今集・恋二・五九五・紀友則）

　雨のもりければ、筵をひきかへすとて

❷思ふ人雨とふりくるものならばわが漏る床は返さざらまし（大和物語・八三段・一一七）

③ひとりねの床は涙にあらはれてうちはらはねど塵もつもらず（覚綱集・九〇）

【語釈】○**みる**　海松。海松布と同じ。海藻の一種。一七番歌「あま人」からの繋がりもある。「見る（目）」との掛詞は男女の逢瀬の暗喩。ここでは「見る」をかけ、「お気づきなのですか」という問いかけ。古歌の①を前提に、その濡れている床は海のようですが、「みるめ」（海松布・逢瀬）はあるのですか、という戯れの問いかけもこめる。○**人**　誰を示すのか不詳だが、同僚の女房であろう。○**雨の漏るにも返さざりけり**　②は、内裏の女房が、自分の局の床に雨漏りがし、床を裏返そうとしながら、恋人が雨となって降ってくるなら床を裏返したりはしないのに、と詠んだもの。①②をふまえて、恋人ではなく涙でいつも濡れ

ているので、今更裏返したりはしないのです、と応じたもの。本作品の中では珍しい、女房同士の機知的なやりとりだが、やはり涙を主題とする歌群の中に含まれている。

【補説】『大斎院前御集』一五八番歌詞書に「六日、雨いみじう降る。漏りて、例は在り処も知らぬ御ゆぶねを、御前近うひきよせて漏るところに据ゑたるを御覧じて」とあり、邸宅における雨漏りの実状がうかがえる。床を返す習慣があったことは②で明らかだが、それを歌に詠み込む例はあまり見られない。歌の構造は③に類似している。

二〇

御方々の、「人の御心どもも劣るもあらじ」と思ふも、いと悲し。
　たづねばや誰もなげきをこりつめて胸にたく火の炎くらべを

【底本】
御方々の人の御心ともゝおとるもあらしとおもふもいとかなし
　たつねはやたれもなけきをこりつめてむねにたく火のほのをくらへを

【通釈】
土御門院にお仕えした女房の方々が、「(自分も深く嘆いているが)ほかの人の御心(の嘆きの深さ)も劣ることはないだろう」と(互いに)思うのも、とても悲しいことだ。
　たずねて見てみたいものです。誰もかれもが嘆き(投げ木)を樵り集めているけれど、それを胸に焚く火の、炎比べを。

【参考】

①わぎもこにあはぬなげきをこりつめていく炭竈に焼かばつきなむ（覚綱集・五九）
②人しれぬあはれなげきをこりつめてつひに思ひの燃えや果てなん（苔衣・二七）
③悲しさにたえぬなげきをこりつめてうきふる里をかれぞはてぬる（苔衣・七〇）
④独りゐてこがるる胸の苦しきに思ひあまれる炎とぞ見し（源氏物語・真木柱・四一〇・木工君）
⑤なげきのみこりやつむらん山人のをの炭やく煙くらべに（建長八年百首歌合・一一九四・鷹司院帥）

【語釈】**○御方々**　土御門院に仕えた女房たち。寵愛を受けるなど土御門院と近い関係にあった女性達を中心にさすと思われる。**○こりつめて**　樵り集めて。当該歌のように、「樵る」は「嘆き」「投げ木（薪）」の掛詞を伴うことが多い。①②③などの例がある。恋の悲しみを詠んだものが多い。**○炎くらべ**　炎は和歌にはさほど詠まれず、『源氏物語』に④がある。また和歌で「煙くらべ」はかなりあるが、「炎くらべ」は見られず、特異な表現。歌謡などにおいても見出されない。なお、類歌として⑤があるが、詠まれたのは三十五年後の建長八年（一二五六）である（一番歌参照）。

【補説】天皇崩御を周囲の人々が悲しみ、その思いの深さを比較してしまう様子は、『讃岐典侍日記』に、「あの人たちの、思ひ参らせらるらんにも劣らず思ひ参らすと年ごろは思ひつれど、なほ劣りけるにや、あれらのやうに声たてられぬは、とぞ思ひ知らるる。」と描かれている。また本書所収『民部卿典侍集』三二一番歌参照。なお、当該歌で、前歌と同様に①『覚綱集』が参考歌として挙げられることは注意される。山崎新注は作者は覚綱の縁につながる者かと想像する。

院が配流された嘆きの表現は、当該歌では特に恋歌的な要素が強い。恋歌のような歌と、院の死を連想させるような歌が続き、混在していることは、本作品の性格を考える上で重要であろう。

二一

人の失せたる嘆きを聞くにも、いかにして長らへてすぐすぞと思ふに、

　あさましく思ふに違ふ命かないとふも長し惜しめどもなし

【底本】
人のうせたるなけきをきくにもいかにしてなからへてすくすそと思に
　あさましくおもふにたかふいのちかないとふもなかしおしめともなし

【通釈】
人が亡くなった嘆きを聞くにつけても、（残された人は）どのようにして生き長らえて過ごすのであろうと思って、
　なんとも、人が思うのとは違う命であることだ。命あることを厭っても長らえてしまうし、（逆に）命を惜
　しんでも亡くなってしまう。

【参考】
①これも又おもふにたがふこゝろ哉すてずはうきをなげくべきかは（拾遺愚草・閑居百首・述懐・三八五）
②うきにいとふ又おなじ世をしむとて命ひとつをさだめかねぬる（風雅集・恋四・一二七七・徽安門院）
【語釈】　○人　誰であるかは不明。○**思ふに違ふ**　考えているのとは相違する。その例としては①などがある。○**いとふも長し惜しめどもなし**　人の運命がさまざまで、各々の望みと裏腹に、命が長らえたり絶えたりすることへの詠嘆を詠む。後代の歌だが、②が「いとふ」「惜しむ」を詠み込む例。
【補説】　涙に沈む自身にまつわることを詠んできたが、徐々に悲しみが一般化されてくる傾向にある。その主体は自分自身・院周辺の人々・残された人と変化してきており、当該歌では、悲しみの根源に対して第三者的視点に立っているような詠み口である。しかしまた次の歌では自身の悲しみに戻る。なお、二〇・二一番歌は「人」の嘆きに目をやった歌の一対。

御所にては辺りになぐさむ方もなく、いまも見参らするやうなれば、宿直所に出でたれば、いとどなぐさ

む方もなくて、
宿かへて思ふも悲しいかにせん身をも離れぬ君が面影

【底本】

御所にてはあたりになくさむかたもなくいまもみまいらするやうなれはとのゐところにいてたれはいとゝなくさむかたもなくて
やとかへておもふもかなしいかにせんみをもはなれぬきみかおもかけ

【通釈】

御所では辺りに慰められるようなものもなく、今も（土御門院のお姿を）拝見するような気持ちがするので、（御所を退出して）宿直所へ出たが、ますます慰められるものもなくて、
宿を変えても（院のことを）思ってしまうのも悲しくてたまらない。いったいどうしたら良いのだろう、我が身を離れない土御門院の面影を。

【参考】

①外にもやまた憂き事はありけると宿かへてこそ知らまほしけれ（和泉式部集・四三五）
②忘れぱや憂きにいくたび思へどもなほ面影の身をも離れぬ（いはでしのぶ・二一五・嵯峨院）
③ためしなきかかる別れになほとまる面影ばかり身にそふぞ憂き（建礼門院右京大夫集・二二五）

【語釈】 ○御所　土御門殿。○宿直所　廷臣等が御所に宿泊するとき用いる部屋（直廬）をさす場合と、御所近くに構えた自分の邸や宿所などをさす場合（『たまきはる』『源家長日記』などに見える）がある。ここでは後者をさす。自分の家をさす「宿

所」に近い意か。なお、山崎新注は『高倉院升遐記』の「閑院の宿直所にまかりて…」以下の一節から当該歌への影響を指摘する。**○いとどなぐさむ方もなくて**　『建礼門院右京大夫集』に「なぐさむこともなきままに、仏に向ひたてまつるも…」（二三二詞書）、「なぐさむことはいかにしてかあらんなれば、あらぬ所たづねがてら…」（二四四詞書）とあり、参考としたかもしれない。**○宿かへて**　①のように、「試みに宿を変えてみて」の意。**○身をも離れぬ君が面影**　②はおそらく後の例だが、内容が類似する歌。一一番歌でもこのように、我が身から離れない院の面影が詠まれているが、ここでも③の影響があるか。

【補説】　御所では、ここにお住まいだった土御門院の面影がいつも感じられてつらく、それは場所のせいかと思い、気を紛らわせるために御所近くの宿直所へ退出してみたが、院の面影は、私の身にまとわりついていて離れない、どうしたら良いのだろう、と嘆く歌。このような嘆きは、一一番歌にも見られる。

二三

数ならぬ身にて、かたじけなく御祈りにかなふべしとはなけれども、三日月を拝み参らするには、今一度も見参らせばやと申さるるこそ、

　三日の夜は影だに見むと祈れども空しくてのみ有明けの月

【底本】
かすならぬみにてかたしけなく御いのりにかなふへしとはなけれともみか月をゝかみまいらするにはいまひとたひもみまいらせはやと申さるゝこそ

　三日のよはかけたにみむといのれともむなしくてのみありあけの月

【通釈】

とるに足りない身で、恐れ多くも御祈りの趣旨に叶うものではないが、（きょうの）三日月を拝み申し上げるのだから、今一度だけでも（土御門院に）お会いしたいと（思わず）言ってしまって、
三日の夜は、三日月の光（のようにほのかな院の面影）だけでも見たいと祈ったが、ただ空しく（日々は過ぎて）、有明けの月を見るまでになってしまった。

【参考】
①ふりあふぎて三日月見ればひとめ見し人のまゆひきおもほゆるかも（古今和歌六帖・三五二・大伴家持）
②初雪の降りすさみたる雲間より拝むかひある三日月の影（拾玉集・二三六〇）
③都をば三日月を見て出でしかど今日はありあけの小夜の中山（忠盛集・九六）

【語釈】○**数ならぬ身**　一三番歌で「数ならでほどなき身」と言う。卑下・謙尊の表現。○**御祈り**　土御門院帰京を祈る、承明門院主催による祈禱か。○**三日月**　陰暦三日目の月やその前後の新月に対し広く用いられる。形状から眉月ともいう。三日月は恋人の眉を思わせ、かつ束の間あらわれてまた見えなくなるもの。①は一目会った女性を詠んだ歌で、『万葉集』にもある。○**拝み**　三日月の顔を見る意と、祈る意。②も「拝む」と詠む。○**申さるるこそ**　「るる」は自発。○**有明けの月**　明け方にも空に残っている月。陰暦十五日以後、特に二十日以降の月。ここでは「(空しくてのみ) あり」を掛ける。③のように、時間が経過したことをあらわす。すなわち、三日の夜の御祈で、土御門院の面影を眼にしたいと三日月に祈ったが、それがかなうこともなく日は経ち、有明けの月が見られる頃になってしまった、という意。

二四
来し方行く末を何となく案じ続けて、寝（ぬ）ともなくて明かす日数（ひかず）のみ積れば、
まどろめば夢にも君を見るものを寝られぬばかりうきものはなし

【底本】

こしかたゆくすゑをなにとなくあんしつゝけてぬともなくてあかすひかすのみつもれは

　まとろめはゆめにも君をみるものをねられぬはかりうきものはなし

【通釈】

これまでのこと、これからのことを何くれとなく思い悩み続けて、眠るともなくて夜を明かす日数ばかりが重なるので、

　まどろめば夢で院にお会いできるのに。（それもなくて）眠れないことほど苦しいことはない。

【参考】

①あふことをわびて夢路をたのめどもうたたねにだにいこそ寝られね（経衡集・二〇八）

❷夢にだに目もあはばこそ君を見めうきものはただ涙なりけり（高倉院升遐記・三〇）

【語釈】　○**来し方行く末**　これまでと今後。ここでは承久三年（一二二一）の年末か。歳暮には時間の流れへの感慨がよく詠まれる。特にここでは、承久の乱と、配流、別れという悲劇がおきた年。○**まどろめば**　①のように、夢で恋人に逢えるという歌は古来多い。二二番歌なども我が身を離れぬ面影を詠むが、ここでも「憂きに紛れぬ恋しさの、寝れば夢、覚むれば面影たち添ひて」（『しのびね』）のような状態が表現されている。きわめて恋的な要素の強い歌。表現は異なるが、②からの影響があるか。

二五

嘆く嘆く正月にもなりぬ。

　さりともと待つ事もなき年だにもかならずかへる春にやはあらぬ

【底本】

なけく／＼正月にもなりぬ

さりともとまつ事もなきとしたにもかならすかへる春にやはあらぬ

【通釈】

こうして嘆いているうちに（年が改まって）正月になった。

そうは言っても（何かあるかもしれないとじっと）待つわけでもない年でさえ、必ず巡ってくる春でないことがあろうか。（こうしていればいつかは院がお帰りになり、本当の春がくるかもしれない。）

【参考】

❶さりともと嘆き嘆きてすぐしつる年も今宵にくれはてにけり（千載集・冬・四七〇・藤原公光）

②世の中に苦しき事は来ぬ人をさりともとのみ待つにぞ有りける（和泉式部集・三四七）

③さりともと待つこともなく悲しきはあひみて後のつらさなりけり（隆信集・五一六）

④かへる春卯月のいみにさしこめてしばしみあれの程までもみん（金葉集初度本・春・一三八・源俊頼／二度本・九二／三奏本・九六）

【語釈】○**正月**　年が明け、貞応元年（一二二二）の正月となる。○**さりとも**　それにしてもこのままではあるまいと。状況が変わることもあろうと淡い希望を抱く心情を表す。「嘆く嘆く」以下、①をふまえるか。○**待つ事もなき**　「さりともと待つ」は和歌でよく詠まれるが、②のように、実現しない可能性が高いがそれでも淡い期待を抱いて恋人を待つ、というように使われる。それがさらに「なき」という否定表現に続くことは、③があるものの、稀である。当該歌では、さらに「だにも」「やはあらぬ」と曲折が続き、晦渋な構造になっている。○**かへる春**　「返る」は年や季節などがめぐって改まる。「かへる春」は和歌に多いが、春を擬人化して春が去っていくことをさすことが多く、例として、④は「三月尽」の歌。しかし当該歌では正月の歌であり、必ずめぐってくる春、という意味で詠まれていると見られる。「返る」に院が「帰る」を掛けるか。またこの「春」には、いつか土御門院の世が復活する春という意もこめるか。この点を含めて意訳した。

【補説】当該歌から貞応元年の記事となるが、ここを境に作品内における時間の流れに変化がみられる。土御門院配流からの約三ヶ月を記した二四番歌までに対して、ここから後は年月の流れが速く進んでいく。それゆえにか、季節や月の記載、できごとの記述などが目立つようになる。

二六

春にもなりぬれば、中門の桜美しく咲きたるを見れば、
　君まさぬ宿には何と桜花かへらぬ春は枝にこもらで

【底本】
春にもなりぬれは中門のさくらうつくしくさきたるをみれは
　きみまさぬやとにはなにとさくらはなかへらぬはるはえたにこもらて

【通釈】
春にもなったので、中門にある桜が美しく咲いているのを見ると
　土御門院がいらっしゃらない御所に、何だからといって桜花が咲いているのでしょうか。（院が）お帰りにならない春には、枝に（こもって咲かなければいいのに）こもりもしないで。

【参考】
①君まさぬ春の宮には桜花涙の雨にぬれつつぞふる（貫之集・七八二）

②くりかへし悲しきものは君まさぬ宿の宿守る身にこそありけれ（栄花物語・いはかげ・七四・尋円）
③吹く風や春たちきぬとつげつらん枝にこもれる花咲きにけり（後撰集・春上・一二・読人知らず）
④風吹かばかへりかくれよ桜花咲かぬ間もさぞ枝にこもりし（月詣集・三月・一六六・源頼政）

【語釈】○**中門**　土御門殿の中門。九番歌参照。○**君まさぬ宿**　土御門院が不在の御所。土御門殿。①は東宮保明親王薨去の後の歌。②は一条院薨去の後に隆円へ送られた歌で、いずれも亡き人を悼む歌。○**何と**　なぜ。どうして。土御門院は帰らないのに、例年のように咲き誇る桜を恨む。○**枝にこもらで**　咲く前の花は枝に籠もっている、と見る表現。③のように春になって咲く、あるいは、④のように散るのを防ぐためにまた枝に籠もって隠れる、などのように詠むのが常套。当該歌のように否定型を取って、咲き誇る桜を拒む歌は見られない。

【補説】二五番歌は「かならずかへる春」と必ずめぐってくる春を言い、当該歌「かへらぬ春」は院が帰らない春を詠む。ここでもひとつの言葉を肯定と否定の両側から反転させて詠み、一対として並べておくような配列が見られる。

二七

おのがさく春をも知らば心して今年は花の匂はざりせば

「花こそ物は」と、うらやましくもおぼゆ。

【底本】

おのかさくはるをもしらは心してことしは花のにほはさりせは
花こそ物はとうらやましくもおほゆ

【通釈】

（桜の花が）自分が咲くのが春（という季節）であることをも知っているのならば、気を遣って、今年は咲き匂うことなどしなければ良かったのに。
（古歌にあるように）「花は悲しい物思いなどはしないものであった」と、花がうらやましくも思われる。

【参考】
①おのがさく雲井に君を待ちつけて思ひひらくる花桜かな（二条院讃岐集・三）
❷深草の野辺の桜し心あらば今年ばかりは墨染めに咲け（古今集・哀傷・八三二・上野岑雄）
③心して今年は匂へ女郎花咲かぬ花ぞと人は見るとも（栄花物語・月の宴・五）
　後三条院かくれおはしまして又の年の春、盛りなりける花を見てよめる　秦兼方
❹こぞ見しに色もかはらず咲きにけり花こそ物はおもはざりけれ（金葉集二度本・雑上・五二四）

【語釈】○**心して**　気遣いをして。残された人々の嘆きをよそに咲き誇る桜に対して、今年は気を遣って咲かないでいてくれたらいいのに、と思う。類歌に著名な②がある。③は歌合歌で、類歌とは言えないが、表現はやや似通う。○**匂はざりせば**　反実仮想。「良からまし」が略されている。○**花こそ物は**　「思はざりけれ」が省略されており、後三条院崩御の翌春に詠まれた④の歌をさす。この④の歌は、『讃岐典侍日記』堀河院崩御の翌春に、故堀河院の御所を訪れ、桜が美しく咲くのを眺めている場面でも引かれている。つまり④は主君の崩御後に詠まれた歌というイメージを濃厚に持つ。また②も著名な哀傷歌。まだ存命である土御門院を思う表現にこれらの歌を用いるのは、暗く不吉な気配を漂わせていて、本作品の特徴となっている。

【補説】「おのがさく」と詠まれる先例は①の二条院讃岐の作のみである。讃岐は若くして二条天皇に出仕し、おそらく寵愛された女房であった。①は讃岐十九歳くらい、内裏で初めて開かれた和歌会の時の晴れやかな歌である。しかし二条天皇は早くに崩じ、讃岐も宮廷を退いた。およそ三十年後、中宮任子（宣秋門院）に出仕し、後鳥羽院に召され、長く歌壇で活躍した。本作品の作者にとって、愛する主君を喪うという同じ経験をし、しかも歌人として名を馳せた讃岐は、敬愛する対象であったかもしれない。しかも次の歌にあるように、本作品の作者も、二条院讃岐も、また『讃岐典侍日記』作者の讃岐典侍も、みな宮廷へ再び出仕することをすすめられている。

二八

宮仕へも久しくなりぬれば、「内裏へ参れかし」といざなふ人のあるにも、まづ涙のみところせくて、
　さらに又大内山の月も見じ涙のひまのあらばこそあらめ

【底本】

みやつかえへもひさしくなりぬれは内裏へまいれかしといさなふ人のあるにもまつなみたのみところせくて
　さらに又おほうちやまの月もみしなみたのひまのあらはこそあらめ

【通釈】

宮仕えも長年にわたるので、「内裏へ出仕なさい」と誘う人があるのにも、まず涙ばかりがあふれて、
　この上再び内裏に出仕して、宮中の月も眺めたりはするまい。（土御門院を想って流す）涙の隙があるのならば（涙で覆われずに月も見ることができようけれども）、涙の隙はないのだから。

【参考】

①更級や姨捨山に月は見じ思ひやるだに涙おちけり（正治初度百首・一八五一・藤原実房）
②人しれぬ大内山の山守は木がくれてのみ月を見るかな（千載集・雑上・九七八・源頼政）

【語釈】　○**宮仕へ**　ここは前文の「……おぼゆ」に続けて書かれるが、意味上ここで改行した。底本で「え」（「は」とも）が抹消記号で消され、続けて「へ」が書かれている。○**久しくなりぬれば**　土御門院に長年仕えていたことを示す表現。本作品の序や巻末の長歌にもそのように叙述されている。解説参照。おそらくその年若い帝に仕えていた経験をかわれて、現在の内裏の女房に推薦されたのであろう。○**内裏**　後堀河天皇の内裏。後堀河天皇は後高倉院の皇子。承久の乱により仲恭天皇が廃されて、その後の天皇として迎えられ、十歳で即位。○**さらに又**　内裏で異なる主君に仕えることを言う。○**大内山**　宮中・禁中をさす語。○**月**　宮中で眺める月であるが、一方で、ここでは天皇を言うか。天皇を月に喩えることはあり、②はその例。②は二条天

皇の時代に源頼政が、昇殿できない我が身の沈淪を詠んだもので、『続詞花集』『千載集』などに採られ、説話にも取られ、注目を集めた歌。○**涙のひま**　涙の絶え間。涙の出ない時。一六番歌参照。○**あらばこそあらめ**　反実仮想。ありようがない。

【補説】　女房が、仕えていた主君が亡くなったため、別の主君に仕えることになった時に、それを悲しむ表現は、女房日記や和歌に見られる。周防内侍は、後冷泉天皇の崩御後、後三条天皇に仕え、その後も白河、堀河の四朝に仕えた。後三条天皇への出仕を命ぜられた時の悲しみを詠んだ歌が『後拾遺集』にある。

後冷泉院うせさせたまひて、世の憂きことなど思ひ乱れてこもりゐて侍りけるに、後三条院位につかせたまひて後、七月七日に参るべきよし仰せごと侍りければ、詠める　周防内侍

天の川同じ流れとききながらわたらむことの猶ぞ悲しき（雑一・八八八）

『讃岐典侍日記』でも、堀河院の崩御後、鳥羽天皇への出仕を命ぜられ、この『後拾遺集』歌をも引きながら、煩悶し、やがては拒みきれずに出仕する様子が描かれている。また『土御門院女房』に影響を与えたかとみられる『建礼門院右京大夫集』の右京大夫も、後鳥羽天皇に再出仕しており、「思ひの外に、年経てのち、また九重の中を見し身の契り、かへすがへす定めなく、わが心の中もすずろはし。」と記している。

当該歌においても、前掲の歌のように、再出仕を拒む心情が詠まれるが、作者が後堀河天皇の内裏に出仕することになったのかどうかは、作品中では語られていない。

二九

古き御所の軒に、しのぶといふ草の茂りたるをみて、

軒端には忘るる草もある物をしのぶばかりは何茂るらん

【底本】

ふるき御所のゝきにしのふといふ草のしけりたるをみて

のきはにはわするゝ草もある物をしのふはかりはなにしけるらん

【通釈】

旧御所の軒に、しのぶという草が茂っているのを見て、

軒端には、（悲しいことを）忘れてしまうという忘れ草も生えるものなのに、しのぶという名の忍ぶ草ばかりが、なぜこんなにも生い茂っているのだろう。

【参考】

①ももしきや古き軒端のしのぶにも猶あまりある昔なりけり（続後撰集・雑下・一二〇五・順徳院）

②荒れにける宿の軒端の忘れ草かくしげれとは契らざりしを（玉葉集・恋四・一七一二・伊勢大輔）

③我が宿の軒のしのぶにことよせてやがてもしげる忘れ草かな（後拾遺集・恋三・七三七・読人知らず）

【語釈】　○**古き御所**　かつての土御門院の御所。旧御所。「しのぶといふ草」との関連から、「古き」としている。院が配流になったのが承久三年（一二二一）閏十月で、当該歌は貞応元年（一二二二）又は同二年（一二二三）の春〜夏頃の詠。荒れて寂莫とした様子を描く。○**軒**　屋根の端。軒端と同じ。○**しのぶといふ草**　忍ぶ草。シダ類の植物ノキシノブの古名。「忍ぶ」又は「偲ぶ」と掛詞にして、恋や懐旧の歌に用いられる。古家の軒端や古木に生え、人の訪れなくなった寂しい邸など、荒廃したイメージで詠まれることが多い。①もその例。○**忘るる草**　忘れ草。萱草の異名。ユリ科の植物。憂いや恋しい人のことを忘れる草とされていた。しかし、『伊勢物語』「忘れ草を忍ぶ草とやいふとて、出させたまへりければ、たまはりて／忘れ草おふる野辺とは見るらめどこはしのぶなり後も頼まむ」（一〇〇段・一七六）を契機に、しのぶ草と忘れ草とが同じ草であるという誤解が生まれ、②のように、忘れ草が軒端に生えると詠まれるようになった。○**しのぶばかりは何茂るらん**　忘れ草が生えてほしいのに、しのぶ草ばかり生えているから、悲しいことが忘れられず、院が偲ばれてしまうのだ、という気持ちを表す。軒端の草に「しのぶ」「忘る」という恋の二面を対比する点では③と類似する。

三〇　局の前に山吹の美しく咲きたるが、露にしほれてみゆる朝に、
くちなしに物こそいはぬ色なれど露にもしるし山吹の花

【底本】
つほねのまへにやまふきのうつくしくさきたるか露にしほれてみゆるあしたに
くちなしに物こそいはぬいろなれと露にもしるしやまふきの花

【通釈】
局の前（の庭）に山吹が美しく咲いているのが、朝露に濡れしおれて見える朝に、
山吹の花は梔子（くちなし）色で、物言わぬ色だけれども（声に出して泣きはしないけれども）、そこに置く露にも（悲嘆が）はっきりとあらわれているよ。

【参考】
❶山吹の花色衣ぬしや誰問へど答へずくちなしにして（古今集・雑体・一〇一二・素性）
②山吹の言はで物思ふ涙こそくちなし色の露と置くらめ（実材母集・三一〇）
③いかばかり嘆くとか知るくちなしに物こそいはね山吹の花（安嘉門院四条五百首・一二五）
④言はねどもくちなし色にしるきかなこや音にきく山吹のさき（顕輔集・一二一）

【語釈】　○**山吹**　バラ科。花は晩春から初夏に咲く。花が梔子色（梔子の果実から染める色。黄色）なので、①のように「口無し」（物を言わない）の縁で詠まれる。○**露にしほれて**　露に濡れてうるおう。「露」は涙の象徴。山吹の花からくちなしを導いて詠むことは常套的であるが、露をあわせ詠んだものは他に②のみで、これは後代の例。○**物こそいはぬ**　「口無し」から導く。同様の表現の類歌に、後に詠まれた③がある。○**しるし**　はっきりしている。明瞭に見える。山吹では④などがある。

【補説】　当該歌と前歌の二首は、いずれも草花を題材とし、その名や色に由来する常套的な掛詞を用いて心境を詠んだ歌。いずれも晦渋さはなく、なめらかで印象的な歌となっている。本作品の中で、桜の二首（二六・二七）を除けば、草花を題材とした歌はこの二九・三〇番歌だけであり、ここで一対のように並べられている。こうした対になる和歌二首が多いことについては、本書解説参照。

三一

水無月に、物の嘆かしさ、今日ばかりにてあらばやと思ふに、それにも心もかはらず、
　憂き事はみな月果つと思ひしに秋立つ日こそ又悲しけれ

【底本】
みな月に物ゝなけかしさけふはかりにてあらはやとおもふにそれにも心もかはらす
　うき事はみな月はつとおもひしに秋たつ日こそ又かなしけれ

【通釈】
水無月に、心の嘆きは今日限りであってほしいと思うけれども、それにも（悲嘆に沈む）心も変わらず、
　つらいことは水無月の終わりと共に皆尽き果てると思っていたが、（そんなことはなくて）秋になった（立秋の）日にもまた悲しみがこみ上げることだ。

【参考】
①思ふことみな月果つる今宵よりやがて夏越の禊をぞする（二条太皇太后宮大弐集・五一）
②憂きこともみな月果つと思ひせば今日の禊やうれしからまし（有房集・一一九）

③憂きこともみな月果つる今日ならば明日や禊のしるしをも見ん（千五百番歌合・夏三・一〇四九・藤原兼宗）

【語釈】○**みな月果つ**　水無月は陰暦六月の異称。「水無月果つる」と「皆尽き果つる」とを掛ける。①②③はその例。ただしこれらは、六月晦日に行われる禊、すなわち夏越の祓を詠むもの。当該歌は、その伝統からははずれ、立秋を詠むが、さらに立秋の日に悲嘆を新たにするという詠み方自体も稀である。○**秋立つ日**　立秋。貞応元年（一二二二）の立秋は六月二十一日、貞応二年の立秋は七月三日（『日本暦日総覧』本の友社）。水無月がおわったあとに立秋が来たと詠む点を、事実に沿うものとするなら、当該歌は貞応二年（一二二三）七月の詠ということになる。それは次の歌の年次と一致する。

三二

嘆かしさも三年になりぬ。年の暮れに、

今日も暮れ明日も明けぬと数へきて嘆く三年の果てぞ悲しき

【底本】

なけかしさもみとせになりぬとしのくれに

けふもくれあすもあけぬとかそへきてなけくみとせのはてそかなしき

【通釈】

嘆きの思いも三年となった。その年の暮れに、

今日も暮れ明日も明けたと数えてきて、嘆き続けた三年の年の終りが、悲しく思われる。

【参考】

①今日も暮れ明日も過ぎなばいかがせむ時のまをだにたへぬ心に（物語二百番歌合・二七二・みかはにさける／風葉和歌集・恋二・九三二）

②今日も暮れ明日も過ぎなばと思ふまに空しき年の身に積もりつつ（後鳥羽院御集・詠五百首和歌・一〇一六）
③今日と暮れ今年と暮れぬ明日よりや昨日と思ひし春のあけぼの（土御門院御百首・七〇）

【語釈】○三年　配流から足かけ三年目をさす。貞応二年（一二二三）の年末。赦免もないまま足かけ三年が過ぎたことを悲しむ心情。【補説】参照。○**今日も暮れ明日も明けぬ**　①②のような先行歌があるが、「今日も暮れ明日も過ぎ」と詠む。②は後鳥羽院の隠岐配流後の詠。「明日も明けぬ」は他に用例が見られない特異表現。③は土御門院の建保期の作で「歳暮」題の類歌。

【補説】　三年は、遠く離れている人々にとって一つの節目であった。『伊勢物語』二四段にあるように、夫が消息不明であっても、三年経てば、結婚が許されたともいう。また『八代集抄』は、「流れ木も三年ありてはあひ見てん世のうき事ぞかへらざりける」（拾遺集・雑上・四八〇・菅原道真）に、「古は軽罪三年とて、配所三年ののちは赦免あり」と注し、これは『令義解』等に見える。また『源氏物語』の光源氏の流謫は足かけ三年であり、物語中の叙述にも流罪三年の意識が見える。もともと罪を犯したわけではない土御門院の配流は、三年後には許されるという期待があったとみられる。

このあたりでは、「物の嘆かしさ」「又悲しけれ」（三一）、「嘆かしさも三年になりぬ」「嘆く三年の果てぞ悲しき」（三二）、「嘆かざらまし」（三三）、のような、同じ語の繰り返しがある。

三三

尽きもせず、涙のひる夜もなければ、
　かくばかり嘆かざらまし暁の露より先に消えなましかば

【底本】
つきもせすなみたのひるよもなけれは
　かくはかりなけかさらましあか月の露よりさきにきえなましかは

【通釈】

尽きることもなく、涙が乾く昼夜もないので、

これほど嘆くことはなかっただろう。（土御門院と別れたあの）暁に置いた露が消えるよりも前に、（私が）はかなく消えていた（死んでいた）ならば。

【参考】

❶白玉かなにぞと人の問ひし時露と答へて消なましものを（伊勢物語・六段・七）

②同じくはわが身も露と消えななん消えなばつらき言の葉もみじ（新古今集・恋五・一三四三・藤原元真）

御なやみ重くならせ給ひて、雪の朝に　後白河院御歌

③露の命消えなましかばかくばかりふる白雪をながめましやは（新古今集・雑上・一五八一）

④露の身のその暁に消えずしてたゆるうらみにむすぼほれつつ（千五百番歌合・恋二・二五四四・藤原良平）

【語釈】　○**尽きもせず**　主語は三二番歌を受ければ「嘆き」、直後を受ければ「涙」であると考えられる。よく詠まれる句。○**ひる**　涙が乾くの意の「干る」に、「昼」をかける。○**暁**　土御門院が出立した暁。本作品では「暁」「あけぼの」は繰り返される語。露が消える「暁」は、現実に土御門院が出立した時間帯を指すもの。○**露より先に消えなましかば**　著名歌である①をふまえた表現。露のようにはかなく消える、という歌は多いが、露のように消えたい、と望む歌は、②や④のように、恋ゆえの苦悩であることが多いが、③のような例もある。当該歌が、土御門院存生時における嘆きを締めくくる歌となっている。

三四

又秋にもなりぬ。虫の声声を聞く中に、松虫のきこゆれば、

帰りこむ君まつ虫の声聞けば秋よりほかにうれしきはなし

【底本】
又あきにもなりぬむしのこゑ〳〵をきくなかにまつむしのきこゆれは
かへりこむきみまつむしのこゑきけは秋よりほかにうれしきはなし

【通釈】
また（季節がかわって）秋になった。虫の声々を聞く中に、松虫（の鳴く声）が聞こえるので、
帰っていらっしゃるだろう君を待つかのように鳴く松虫の声を聞くと、秋よりほかにうれしいものはない
（と感じられる）。

【参考】
①秋の野にしのびかねつつなく虫は君まつ虫のねにやあるらむ（斎宮女御集・二九）
②とふ人も今はあらしの山風に人まつ虫の声ぞ悲しき（拾遺集・秋・二〇五・読人知らず）
③夜もすがら人まつむしの声きけばさもあらぬ袖も露けかりけり（久安百首・秋・三三五・藤原顕輔）
④あたらしきとしのはじめにあひくれどこの春ばかりうれしきはなし（後葉和歌集・春上・一八・平兼盛）

【語釈】 ○**帰りこむ**　帰ってくるだろう、の意。下に続く「君」は、土御門院を指す。山崎新注は、嘉禄元年（一二二五）四月から六月にかけて流れた、土御門院還御の巷説（『明月記』）によって詠まれたものと推定する。ただしそれは嘉禄元年だけではない。還京の巷説は嘉禄元年（一二二五）から安貞元年（一二二七）にかけて断続的に流れていた。当該歌はこの間に詠まれたものか。本書解説参照。○**まつ虫**　「（恋人を）待つ」との掛詞で詠まれるのが一般的。①②③はその例。当該歌においても、「君」を「待つ」との掛詞で詠まれている。○**秋よりほかにうれしきはなし**　秋に催される感情としては「悲し」とするのが一般的であり、この歌のように「うれしきはなし」と詠むのは例外的。特に、三一番歌で「秋立つ日こそ又悲しけれ」と詠み、ここで「秋よりほかにうれしきはなし」とするのは好対照である。

【補説】　恋しい人を待って松虫の声を聞く秋、という状況において、伝統にそった「悲し」ではなく、「うれし」と詠むことは、①②③の歌をみても明らかなように、非常に特殊なものであり、和歌的伝統からはずれる表現である。また繰り返し悲嘆を詠む本作品の中においても、異質な部分である。嘆きつつも松虫に自分を投影して、待っているのは自分一人ではないという心で、逆説的に「うれし」と詠んだとも一応は考えられるが、そのような心情を詠むにしては措辞や構成が直接的で、単純に過ぎる。春なら④のような歌がある。一方、山崎新注の指摘するように、院の帰京が噂されるような状況下で詠まれたとするならば、和歌の伝統にあえて反する形で「うれしきはなし」と詠むこともあり得るであろう。ただし仮名日記であるのに、和歌の前で、そうした状況に関して一切触れられていないことが疑問として残る。あるいは、歌の作者と文の書き手とが別で、編集の際に歌の詠作事情を知らない人が文を書いたという可能性もあるかもしれない。

三五

隠れ果ておはしましぬれば、夢に夢見る心地して、つやつやとうつつの事ともおぼえず。

おのづから漕ぎもや寄すと思ひしをやがて空しき舟ぞ悲しき

【底本】

かくれはておはしましぬれはゆめにゆめみる心ちしてつや〳〵とうつゝの事ともおほえす

おのつからこきもやよすと思しをやかてむなしきふねそかなしき

【通釈】

（土御門院が）崩御された（との報が届いた）ので、夢の中で夢をみているような心地がして、まったく現実だとは思えない。

もしかすると院のお船は（都へ）漕ぎ寄せてくるかと思っていたのに、そのまま空しき舟という名の通りに院が空しくなられてしまったとは、なんと悲しいことだ。

【参考】
①あさましや夢に夢みるうたたねに又うき夢を見るぞ悲しき（高倉院升遐記・六五）
②はかなしや夢に夢みる世の中にまだ夢みずとなげく心よ（同・八一）
❸住吉の神はあはれとおもふらん空しき舟をさしてきたれば（後拾遺集・雑四・一〇六二・後三条院）
❹池水は水草おほひて沈みにし空しき舟のあとのみぞ見る（高倉院升遐記・八九）

【語釈】○**隠れ果ておはしましぬれば**　土御門院の崩御をさす。寛喜三年（一二三一）十月六日出家、同十一日に崩御（『百練抄』『吾妻鏡』『増鏡』など）。三十七歳。本作品ではここで初めて崩御が記され、続いて三六番歌で「隠れさせおはしまして後」と繰り返されており、四〇番歌で「十月十一日に隠れさせおはします」とその時日が記される。○**夢に夢見る**　夢の中でまた夢をみるように、現実味がないことの意。他にも例はあるが、①②は高倉院崩御後の歌で、ここからの影響があるか。また『建礼門院右京大夫集』に「つひに秋の初めつ方の、夢のうちの夢を聞きし心地、何にかはたとへむ」（二〇五詞書）とある。○**空しき舟**　漢語「虚舟」をさし、上皇をあらわす語。『俊頼髄脳』に「むなしき舟とはおりゐの帝を申すなり。」とある。山崎新注に詳しい。③が良く知られる歌で、その後④なども詠まれている。しかし当該歌は、「空しき舟」に、死を意味する「空しくなる」を掛けて、崩御を表現しており、これは普通は行われない異質な詠み方である。

三六
隠れさせおはしまして後、阿波より人々のぼりあはせ給ひつる姿どもを見参らすれば、
色々の花の姿と見しものを一つ色なる墨染の袖

【底本】

かくれさせおはしましてのちあはより人々のほりあはせ給つるすかたともをみまいらすれは

いろ〳〵の花のすかたとみしものを一いろなるすみそめのそて

【通釈】

(土御門院の) 崩御された後、阿波から (院にお仕えしていた) 人々が一斉に都に帰ってこられた姿などを拝見して、

(かつては宮廷で) 色とりどりの花のようなお姿であると拝見したものを、(この度は) 皆一つの色の墨染めの袖であることよ。

【参考】

①花のいろもうきよにかふるすみぞめのそでやなみだに猶しづくらん (拾遺愚草・雑・無常・二八八九)

②梅が香をまたはうつさじ花の色をかへてやつるる墨染の袖 (玉葉集・雑一・一八六二・藤原公雄)

【語釈】 **○阿波より人々**　後鳥羽院や順徳院の例をみると、配所の上皇には、最も寵愛されている女房など何人かの女房が随行し、配流先の御所で仕えた。土御門院にも女房たちが配流の時に随行したとみられる。その中に作者が含まれなかったことについては、冒頭部分で作者が述べている。なお『御製歌少々』に、後鳥羽院崩御ののちに「隠岐より人々みなのぼるよし聞くに」(八の前文) とあり、佐渡の順徳院にもその情報が届いており、『百練抄』他に関係資料がみえるが、近臣・女房たちは四十九日ののちに帰京したとみられる。田渕句美子・兼築信行「順徳院詠『御製歌少々』を読む」(前掲) 参照。ここでも四十九日の後であろう。**○色々の花の姿**　お仕えする女房たちが、色とりどりの華やかな衣を着た姿。承久の乱以前の宮廷での姿をさすと考えられる。華やかな女性達の姿を「色々の花」にたとえることはよく見られる。華やかな女房装束は女房を象徴するものである。**○墨染の袖**　土御門院崩御とともに、皆が墨染の衣となったこと。①は定家女民部卿典侍因子が、藻璧門院崩御に殉じて出家した折に、家隆が定家に贈った歌 (本書所収『民部卿典侍集』四番歌参照)、②は後代の歌だが、公雄が後嵯峨院崩御に殉じて出

家した後の歌で、いずれも花の衣と、墨染の衣とを対比して詠む。

【補説】『増鏡』（藤衣）は、土御門院崩御の後、母承明門院は、土御門院が阿波で使っていた遺品を見て、深く悲しんだと伝えている。『増鏡』が何の資料に拠っているのか不明だが、この遺品は、当該歌の「阿波より人々のぼりあはせ給ひつる」の時に、承明門院のところへもたらされたものであろう。

『建礼門院右京大夫集』は、作者が大原の建礼門院を訪れ、女房たちの出家姿をみた時、「都は春の錦をたちかさねて候ひし人々六十余人ありしかど、見忘るるさまに衰へたる墨染の姿して、わづかに三四人ばかりぞ候ふる」と描写している。また逆の例だが、『讃岐典侍日記』では、堀河院の諒闇が明けた後、人々が喪服から一斉に華やかな衣装にかわった様子が描かれている。いずれも華やかな衣と墨染の衣を対比的に叙述していること、また自分の衣ではなく他の人々の衣を見て詠んでいる点で、当該歌と通ずるものがある。

三七

浄土に御参りと聞き参らせて後は、常の御口すさみ、忘れ難くて、

夏の日のはちすを思ふ心こそ今は涼しきうてななるらめ

【底本】

浄土に御まいりときゝまいらせてのちはつねの御くちすさみわすれかたくて

夏の日のはちすをおもふこゝろこそいまはすゝしきうてなゝるらめ

【通釈】

院が西方浄土に往生なさったとお聞きした後は、いつも（院が「夏の日の蓮を思ふ」という句を）詠じていらっしゃったことが忘れられなくて、

「夏の日の蓮を思ふ」という詩句の心を、（往生された）今は、極楽の清涼な蓮の台にすわって（深く感じて）いらっしゃることだろう。

【参考】
①秋夜待月　纔望出山之清光　夏日思蓮　初見穿水之紅艶（和漢朗詠集・妓女・七一一・菅原道真）
②夏の日も心の水をすませとや池のはちすに露の涼しき（俊成五社百首・伊勢大神宮・三二）

【語釈】　○**浄土に御参り**　阿弥陀仏のいる西方浄土に往生した意。人は四十九日（中陰）の期間ののち、極楽に往生するとされていた。○**御口すさみ**　場面にふさわしい『和漢朗詠集』などの詩句を詠ずること。「中宮大夫殿、神楽をうそぶき給ひて、「蕭々たる暗き雨の窓を打つ声」と口ずさみ給ふ。」（『中務内侍日記』正応三年）など。○**夏の日のはちすを思ふ**　①の『和漢朗詠集』の詩句による表現。出典は、『菅家文草』巻五「早春　観賜宴宮人　同賦催粧　応製」と題する七言律詩の詩序にある対句。○**涼しき**　清涼さをあらわす。「涼しき方」「涼しき地」「涼しき道」などはいずれも極楽をあらわす表現であり、極楽をイメージするもの。②など多い。○**うてな**　往生を遂げて座る西方浄土の蓮の台のこと。

【補説】　「夏日思蓮　初見穿水之紅艶」は、宴席に出てきた美しい舞妓の様子を描写する詩句で、美女を蓮にたとえ、その姿は、夏の日に蓮が開くのを待ち、初めて水の上に開いた紅のあでやかな花の色を見るようだ、という意である。ゆえに、極楽往生して蓮の台にすわる院を詠む和歌としては、ふさわしいとは言えない。それでも「蓮」の縁で、院が生前に愛唱していたこの詩句をあえて用いて和歌に詠み込んだものか、あるいは、作者がこの詩句の意味を誤解して和歌に詠んだという可能性もあるかと想像される。

この三七番歌と次の三八番歌とは一連のものであり、同じ『和漢朗詠集』の詩句を背景とする。三八番歌参照。ここでも、関連・類似する性格の二首を並列するという編纂方法が見られることに注意したい。

三八

「秋の夜月を待つ」といふ詩をながめさせおはします御声を、今も聞き参らする心地して、

　あまつ空思ひ出でてやながむらむ秋の夜待ちし山の端の月

【底本】

秋の夜月をまつといふしをなかめさせおはします御こゑおいまもきゝまいらする心ちして

　あまつそら思いてゝやなかむらむあきのよまちし山のはの月

【通釈】

「秋の夜月を待つ」という詩句を詠じていらっしゃる（土御門院の）お声を、今もお聞きするような気持ちがして、

　天つ空を（宮中で眺めていた昔を）思い出しながら、（院は今も）詠じていらっしゃるのだろうか。秋の夜に山の端に出る月を待つ（心を歌った詩句を）。

【参考】

①秋夜待月　纔望出山之清光　夏日思蓮　初見穿水之紅艶（和漢朗詠集・巻下・妓女・七一一・菅原道真）

②なき影を思ひ出でつつながむれば月もさやかに見えばこそあらめ（治承三十六人歌合・四八・藤原成範）

③いにしへを思ひ出でつつながむればやがて涙にくもる月かな（続古今集・雑下・一七四〇・中原師季）

【語釈】○**秋の夜月を待つといふ詩**　前歌と同じ①をさす。「秋夜待月」の朗詠が宮中で行われた例は、『御遊抄』保安四年（一一二三）十月十八日条に見える。○**御声を**　底本「お」は、「も」と書いた上に「お」を重書するか。○**あまつ空**　天空。また宮中をあらわす。また、かつて土御門院と共に眺めた夜空と、今日の夜空とが重ね合わせられている。○**思ひ出でてやながむらむ**　「ながむ」は「眺む」と「詠（なが）む」を掛ける。月を眺めて親しい人物と昔を懐かしむ歌には、贈答歌である②、題詠歌である③などがある。○**秋の夜待ちし山の端の月**　①の「秋夜待月　纔望出山之清光」を和らげた表現。この詩句は、美しい舞妓たち

が宴席に姿を現したさまを、秋の夕べに月が出るのを待ち、ようやく山の端に射し始めた月光を見るかのようだ、とたとえるもの。

【補説】三七・三八番歌のもとになった『和漢朗詠集』の詩句「秋夜待月　纔望出山之清光　夏日思蓮　初見穿水之紅艶」は、土御門院の愛唱句であったのかもしれないが、和歌に用いられることは少ない。「夏日思蓮」を歌題に用いた作は他に見られず、「秋夜待月」は本詠を含めても数首である。土御門院は漢詩を作り、句題和歌も百首残しているが、この詩句はない。

三九

「都を立たせおはしましし日は今日ぞかし」と思ふ、悲しくて、

数ふれば憂かりし今日にめぐりきてさらに悲しき暮れの空かな

【底本】

みやこをたゝせおはしましゝ日はけふそかしとおもふかなしくて

かそふれはうかりしけふにめくりきてさらにかなしきくれのそら哉

【通釈】

「（土御門院が）都を出発なさった日は、今日であった」と思う、それが悲しくて、

数えてみれば、悲痛な思いであった（配流の日と同じ十月十日という）今日に再びめぐりきて、さらに悲しい夕暮れの空よ。

【参考】

大納言公実みまかりてのち、かの遠忌日、よみ侍りける　花薗左大臣室

①数ふれば昔語りになりにけり別れは今の心地すれども（千載集・哀傷・五八五）
入道うせて又の年、忌日のあはれなりしかば
②別れにしその日ばかりはめぐりきてゆきもかへらぬ人ぞかなしき（伊勢大輔集・一三八）
③月ごとに憂き日ばかりはめぐりきて沈みし影のいでぬつらさよ（高倉院升遐記・一〇一）
④思ひきや別れし秋にめぐりきて又もこの世の月をみんとは（長秋詠藻・四八〇）

【語釈】○今日ぞかし　土御門院は承久三年（一二二一）閏十月十日に配流された。ここでは崩御の翌年の貞永元年（一二三二）十月十日のことか。この年は閏十月はない。○数ふれば　人との死別・生別から現在までに流れた時間を数え、共有していた時間が遠くなっていくことへの感慨や、悲しみを詠む歌は多い。①はその例。○めぐりきて　主語は作者と解釈しておく。【補説】参照。○さらに悲しき　配流の時に別れた悲しみに加え、院の死により希望が断たれ、二度と再会できない悲しみが加わったことをあらわす表現。

【補説】　忌日などの歌で、「めぐりきて」の主語は、月日である場合と、人物（作者）である場合とがある。主語が月日の例である例としては、②や③などがある。一方、④は、この形ではどちらが主語であるか確定しにくいが、『新古今集』雑上では「めぐりあひて」となっており、おそらく主語が人物であることを明確にしようとしたためと考えられる。当該歌の「めぐりきて」の主語も確定しにくいが、「（～に）めぐりきて」の形であることから、主語は作者と解釈した。

四〇
十月十一日に隠れさせおはします。つごもりに暮れゆく空をみれば、うらめしくて、
十日余りひと日過ぐるも悲しきにたつさへ惜しき神無月かな

【底本】
十月十一日にかくれさせおはしますつこもりにくれゆくそらをみれはうらめしくて

十かあまりひとひすくるもかなしきにたつさへをしき神な月かな

【通釈】

十月十一日に（土御門院は）崩御なさった。十月の晦日に暮れてゆく空を見れば、（この十月が過ぎてゆくのが）恨めしく思われて、

（命日である）十一日が過ぎるのも悲しいが、その上（この十月が）過ぎ去ってゆくのも名残惜しい神無月よ。


【参考】
①名にしおふ夜を長月の十日余り君みよとてや月もさやけき（建礼門院右京大夫集・三四九）
②睦月立つ今日のまとゐやももしきの豊のあかりのはじめなるらん（六百番歌合・元日宴・九・顕昭）
　待賢門院かくれさせ給ひける御忌にこもりて、九月尽日申しつかはしける　按察使公通
③世の中にうかりし秋とおもへども暮行く今日は惜しくやはあらぬ（新拾遺集・哀傷・八五三）
　返事　堀河
④かぎりなく今日の暮るるぞ惜しまるる別れし秋の名残とおもへば（同・八五四）

【語釈】　○**十月十一日に隠れさせおはします**　土御門院の命日。配列に従えば一周忌である。○**十日余りひと日**　和歌の「十日余り」は、①のように九月十三夜の月を詠む場合がほとんど。なお、俊成が後白河院崩御を悼む長歌（長秋草・一五一）で、その崩御の日を明記している例がある。○**たつさへ惜しき神無月**　和歌で「～月たつ」は、②が「睦月が始まる」の意で、立春をもあらわすが、判では「睦月立つ、聞き馴れず覚ゆ」という批判もあった。和歌で「経つ」を意味する例は少ないが、「神無月が始まるのは惜しい」では意味が通らないので、物語等で「経ちぬる月」が前月をさすことに準じて考え、「神無月が終わる」と解釈する。しかしこれは和歌ではふつうはあまり使われない表現。③④は待賢門院崩御の後に忌み明けを惜しむ歌であるが、「今日」が暮れてゆく、終わってしまうことへの名残惜しさを詠む点で共通する。

【補説】 三九・四〇番歌にもあるように、仕えていた主君が亡くなった日や年は「憂し」とされるが、過ぎてゆくのも「惜し」とされる。次に挙げる『月詣集』（哀傷・九五九・九六〇）は、高倉院一周忌の折の贈答であり、一周忌の命日を「憂し」といい、過ぎてしまえば「惜し」と思うだろうと詠む。

高倉院隠れさせ給ひて次の年の正月十四日に、頭中将隆房朝臣に申し侍りし

藤原公衡朝臣

別れにしそのよの空のけしきよりうきは今日まで思ひ知りにき

返し

藤原隆房朝臣

何かいふ去年はうかりし今日なれどすぐればそれも惜しからぬかは

四〇番歌は、悲しんでいる今と、その神無月が過ぎてゆくことと両方を詠みこむことで、風化する前の記憶を書きとどめようとした歌か。三九番歌は悲しみの始まりの日を詠み、四〇番歌は土御門院の記憶や痕跡が薄れて、いずれは昔語りになってしまうことを惜しむ歌のように思われる。

四一

御果ての日、聴聞して出づれば、

帰るさはいとど物こそ悲しけれ嘆きの果ては猶なかりけり

【底本】

御はての日ちやうもんしていつれは

かへるさはいとゝ物こそかなしけれなけきのはてはなをなかりけり

【通釈】

忌み明けの日に、(仏事の)聴聞をして(寺から)退出すると、
　帰り道はいっそう物悲しく思われる。(果ての日とは言え)嘆きが果てることは、やはり無いのだったなあ。

【参考】
❶君がこと嘆き嘆きのはてではてはうちながめつつ思ひこそやれ(建礼門院右京大夫集・三三九)
②昨日こそ限りの日とは聞きしかどあかぬ別れは果てなかりけり(高倉院升遐記・六三)

【語釈】○**御果て**　忌の終わり。四十九日、もしくは一周忌を言う。配列から見て、これは一周忌であろう。○**聴聞**　土御門院の仏事に出席したことをさす。承明門院の主催か。どこの寺で行われたかは不明。○**帰るさ**　帰り道。「かへさ」とも。多くは恋歌で使われる表現だが、ここでは仏事からの帰路。和歌で、仏事からの帰り道を「帰るさ」と詠む用例は他に見いだせない。○**嘆きの果て**　土御門院が崩御した悲しみが終わる時。用例は少ない。①は建礼門院右京大夫から親長へ送った哀傷歌で、ここから学んだか。○**猶なかりけり**　四十九日の後の詠である②からの影響があるか。

【補説】　この翌年、すなわち崩御の二年後、天福元年(一二三三)十二月十二日、母承明門院は、現在の長岡京市、金ヶ原に建てさせていた御堂が完成したので、その堂供養を行い、土御門院の遺骨を納めた。この御堂を建てるのは院の遺誡によるものであったという。その堂供養は、導師は聖覚で、土御門家の通光、定通、通方らが、子息たちを連れて列席し、承明門院をはじめその女房たちが多数参列した(『明月記』天福元年十二月十一日・十二日条)。おそらく当該歌の一周忌の仏事も、このような人々が出席したと考えられる。しかし本作品にはこうしたことを具体的に書き留める意識はみられない。

四二

猶うつつの事ともおぼえで、猶はるかに御わたりあるとおぼえて、
　忘れては同じ世にある心地してさはさぞかしと思ふ悲しさ

【底本】

なをうつゝの事ともおほえてなをはるかに御わたりあるとおほえて
　わすれてはおなしよにある心ちしてさはさそかしと思かなしさ

【通釈】

それでもまだ（院が崩御されたことは）現実の出来事だとも思えなくて、まだ遠くに御幸されているのだと感じられて、
　（崩御されたことを）忘れては、同じこの世におられるような気がして、（けれども）そうだ、崩御されたのだった、と気付く時の悲しさよ。

【参考】

❶忘れては夢かとぞ思ふおもひきや雪ふみわけて君を見むとは（古今集・雑下・九七〇・業平／伊勢物語・八三段・一五二）
❷同じ世と猶おもふこそ悲しけれあるがあるにもあらぬこの世に（建礼門院右京大夫集・二一八）

【語釈】　○**忘れては**　院が崩御されたことを忘れてしまっては。①が良く知られている歌で、これをふまえる。○**同じ世にある**　同じこの世に生きている。②は右京大夫が資盛と同じ世にいるものの、遠く離れていることを悲しむ歌で、ここからの影響が考えられる。○**さはさぞかし**　和歌には見られない表現。「さぞかし」も少ない。ここでは、土御門院がすでに崩御しているという事実をさす。

【補説】　このあたりも繰り返しが多く、三九番歌から四二番歌まで、「悲しくて」「さらに悲しき」「悲しきに」「悲しけれ」「悲しさ」のように、同じ語が繰り返され、「猶」「おぼえで」「おぼえて」のような繰り返しも見られる。とはいえ、愛する人を失ったときの哀傷の歌集・歌群には、こうした繰り返しや反復は少なくない。

当該歌は、遠く離れていた主君を亡くした女房の実感を伝えるものとして印象的な歌。ここで本作品の和歌は終わり、最後は土御門院の生涯を集約する長歌となる。

四三
春の初めより年の暮れまで、来し方行く先、やすむ時なくおぼえて、
初春の　十日余りに位山　うつし植ゑてし松が根の　いつしか木高くなりしより　天つ空吹く風なれど　枝もならさず音なくて　頼み仰がぬ人もなし　四海の波も静かにて　ゆきかふ舟もおそれなく　民のかまども豊かなり　春は宮人うち群れて　のどけき君の御代なれは　大内山の花を見る　夏は衣を裁ちかへて　山郭公待ちえつつ　同じ心に語らへば　短き夜をぞ恨みこし　秋は夜すがら鳴く虫も　のどかなるべき君が代を　声ふりたててきこゆなり　冬は葦間のにほどりも　玉藻の床に羽かはし　おどろくけしきもさらになき　花も紅葉も月雪も　折をすぐさずながめつつ　十返り三つの春秋は　九重にてぞすぎこしを　御裳濯河の流れには　限りありける淵瀬にて　遂にはおりゐ給ひにき　静かなりけるうれしさと　君を仰ぎてすぐす間に　世の大綱に引かれつつ　土佐へ阿波へとめぐりきて　あとにとまれるあま人は　涙を流してすぐすかな　はるかなりともわびつつは　世にだにおはしませかしと　思ひしことも甲斐なくて　遂に空しき舟なれば　いかにせましと嘆くとも　月日のみこそ重なりて　たとへむ方もなかりけれ　返す返すも何せんに　春をうれしとおもひけん　果ては悲しき神無月かな

【底本】

はるのはしめよりとしのくれまてこしかたゆくさきやすむ時なくおほえて

はつはるの　十日あまりにくらゐ山　うつしうへてしまつかねの　いつしかこたかくなりしより　あまつそらふく風なれと　えたもならさすをとなくて　たのみあふかぬ人もなし　四海のなみもしつかにて　ゆきかふゝねもおそれなく　たみのかまともゆたかなり　春は宮人うちむれて　のとけきゝみのみよなれは　おほうちやまの花をみる夏は衣をたちかへて　山郭公まちえつゝ　おなし心にかたらへは　みしかきよをそうらみこし　秋はよすからなくむしも　のとかなるへき君かよを　こゑふりたてゝきこゆなり　冬はあしまのにほとりも　たまものとこにはねかはし　おとろくけしきもさらになき　花ももみちも月ゆきも　をりをすくさすなかめつゝ　十返三の春秋は　こゝのへにてそすきこしを　みもすそかはのなかれには　かきりありけるふちせにて　ついにはをりゐ給にき　しつかなりけるうれしさと　きみをあふきてすくすまに　よのをゝあみにひかれつゝ　とさへあはへとめくりきて　あとにとまれるあま人は　なみたをなかしてすくすかな　はるかなりともわひつゝは　よにたにおはしませかしと　思しこともかひなくて　ついにむなしきふねなれは　いかにせましとなけくとも　月日のみこそかさなりて　たとへむかたもなかりけれ　返〳〵もなにせんに　春をうれしとおもひけん　はてはかなしき神な月哉

【通釈】

春の初めより年の暮れまで、これまでもこれから先も、（嘆きは）休む時なく続くと思われて（以下の長歌を詠んだ）。

（建久九年）正月の十日過ぎに位山に移し植えた（即位された）松の根（幼帝）が、いつしか木高くなって（立派に成長されて）からは、天空を風が吹いても枝も鳴らさず音もなくて（世の中がよく治まって）、（そのような帝を）頼み仰がない者もない。四海（よも）の波も静かであって、そこを行き交う舟も何の恐れもなく、民の竈も豊かである（天下泰平で国は富み栄えている）。春は宮廷の人々がうち群れて、平和な君の御代であるので、大内山の桜を見る。夏は衣更えをして、山郭公の声を待ちながら、（みなが）同じ心で語らえば、（早くも明けてしまう夏の）短かい夜を恨んだものだ。（夜長の）秋は夜もすがら鳴く虫も、（これから先も）泰平であるに違いない君の御代を、声を張り上げて（言祝ぎ）申し上げるようだ。冬は葦間の鳰鳥も、玉藻の床で羽を交わし、目を覚ます様子もまったくない（おだやかな世である）。花も紅葉も月や雪も、（四季折々の美しい）折を逃すことなく愛でてながめながら、十三年の歳月を内裏で過して来られたのだが、御裳濯川の流れには限りのある無常の世であって、ついには御譲位なさったのだった。静かなお暮らしぶりがうれしいことよと、君を仰ぎ見て過ごすうちに、世の中の大きな動きに絡めとられて、土佐へ阿波へとお遷りになり、都に留まった人々（や私）は、涙を流して過ごすことよ。（院がいらっしゃるのが）遙か遠くであっても、嘆きつつもご在世でいてくだされればよいと思っていたが、それも甲斐なくて、ついに崩御されてしまったので、どうしたらいいのかと嘆いても、ただ月日だけが重なって、（この悲しみを）たとえる術もないことよ。返す返すも（思うことは）いったいなぜ、（位につかれた）春を嬉しいと思ったのだろう。（その春の）果てには、悲しい（崩御の）神無月（の冬が待っていたのに）。

【参考】

①さきの天皇の国しろしめすこと、とかへり二の春秋を送り迎ふるあひだ、四海波静かに、九重の花枝もならさずして、（中略）張れる網はかかる類なければ思ひ馴れつつ、……（高倉院升遐記・冒頭）

②……思ひ出づれば、我が君に仕うまつること、春の花、秋の紅葉を見ても、月の曇らぬ空をながめ、雪のあした、御供にさぶらひて、もろともに八年の春秋を仕うまつりしほど、……（讃岐典侍日記・冒頭）

【語釈】　○**やすむ時なく**　本作品では、「悲し」「嘆き」が繰り返し叙述されてきた流れからみて、「（悲しみ・嘆きは）やすむ時なく」と解せられる。**○初春の**　以下は長歌。底本では、七字の句と五字の句が続けて書かれ、その後に一字分ないし半字分の空白があるか、改行される場合が多く、特に前半ではそれが明瞭に守られている（後半は殆ど空白はない）。七五は連綿されることがあるが、五七は連綿されず、意味・表現上も七五の後に句切れがある場合が多い。そのためこの本文（整定本文・底本）の表記においても、各句の後ではなく、七字・五字の二句の後に、一字分の空白を置いて表記した。**○十日余り**　受禅した建久九年（一一九八）正月十一日をさす。**○位山**　位を昇ることを山にたとえた語であるが、ここでは皇位についたことを言う。土御門院が四歳で即位したことは、本作品の冒頭にみえる。**○うつし植ゑてし**　「ねのびする野辺の小松をうつし植ゑて年のを長く君ぞ引くべき」（新古今集・賀・七二九・通俊）のような例があるが、位山に松を移し植えると言う例は他になく、やや特殊な表現。**○松が根**　ここでは幼帝をさす。これに続く「いつしか木高くなりし」は、その松が生長し木高くなったこと、幼帝が立派に成長したことを言う。**○天つ空**　天空。宮中をもさす。**○枝もならさず音なくて**　太平の世と君主の徳を称える常套表現。例えば『論衡』是応篇に「風不鳴條、雨木破塊、五日一風、十日一雨」とある。長歌でもよく使われ、「風のけしきも　やはらかに　枝をならさぬ　ことの葉は　いく千とせとも　かぎらざりけり」（久安百首・七〇〇・藤原親隆）など。また後鳥羽院の治世について「法皇かくれさせ給ひし後は、御門ひとへに世をしろしめして、四方の海、波静かに、吹く風も枝をならさず、世治まり、民安うして、」（増鏡・おどろの下）といい、次の表現も重なる。ただしすべて常套的表現なので、影響関係ということではない。**○四海の波も静かにて**　漢語「四海（しかい）」から言う。四海は、四大海とも。天下全域、世の中全体を指し、その波が静かであることは、世の中がよく治まっている天下泰平の世を表す。常套的な表現だが、和歌では「四方（よも）の海」「よつの海」など和らげた言い方が用いられ、「よもの海波も静かに澄む月の影かたぶかぬ君が御代かな」（秋篠月清集・月五十首・八〇）のように詠まれる。しかし音読される場合もあり、『とはずがたり』では「したいかい」と仮名で書かれている。**○民のかまども豊かなり**　天皇の善政をあらわす。「高き屋にのぼりてみれば煙たつ民のかまどはにぎはひにけり」（和漢朗詠集・六九三、新古今集・賀・七〇七・仁徳天皇）など。**○春は宮人うち群れて**　以下、春夏秋冬の宮廷の風景を詠み、そのあと年数を述べるのは、女房日記としては②の『讃岐典侍日記』冒頭に似通う流れの叙述。②も、堀河天皇崩御後に天皇の御代を振り返って書かれた部分。

○**大内山**　内裏を指す。○**夏は衣を裁ちかへて**　夏の衣に裁替えること。衣更えを言う。○**同じ心に語らへば**　ほととぎすの歌では、「同じ心」はほととぎすとおなじ心を言うもの（「同じ心にねこそなかるれ」など）が多く、また「語らふ」はほととぎすが鳴く声を擬人化して言うものが殆どである。しかしここではそうではなく、臣下たちが集まり、ほととぎすの鳴く声を皆で待ち、皆が同じ心で語り合ううちに夜が明けてしまう、という意。先の「春は宮人…」の場面と対照をなし、徳の高い君主を中心とした宮廷空間を表現する。○**鳴く虫も**　虫の声は、秋の哀れをかきたてるものとして詠まれることが多いが、天皇の治世を言祝ぐものとして詠まれることもある。「松虫の声きく時ぞ打ちはへて君が千歳の秋は知らるる」（久安百首・二三四・藤原教長）など。○**君が代**　土御門天皇の治世をいう。○**声ふりたてて**　声を張り上げて。○**葦間**　葦の生い茂っている間。○**にほどり**　鳰鳥。カイツブリの古名。水草を集めて「鳰の浮巣」と呼ばれる巣を作り、よるべない状態のイメージが詠まれる。冬にはそれが枯れ、凍り付く寒さと頼りなさが強調される。「葦の葉につなぐ浮巣も氷りつつすみあらしたる冬のにほどり」（土御門院御集・三四三）など。○**玉藻の床に羽かはし**　にほどりの浮巣を「玉藻の床」と詠む例は、「にほどりの玉藻の床にふしわびてつらの枕いかにさゆらん」（実材母集・五九九）があり、眠りにつけない鳰鳥を詠む。当該歌では逆に、「おどろくけしきもさらになき」と表現した。しかし、鳰鳥は雄雌連れ添って水に潜る習性を持つが、鳰鳥の「羽」や「羽かはす」は、当該歌以外に見られない。そもそも鳰鳥が御代の言祝ぎに詠まれることは特異である。○**花も紅葉も月雪も**　花・紅葉・月・雪は、春夏秋冬それぞれの景物の美しさを象徴する語。○**十返り三つの春秋**　十三年の歳月。譲位は承元四年（一二一〇）十一月二十五日（十六歳）で、後鳥羽院の強い意向により、心ならずも弟の順徳天皇に譲位した。在位期間は十二年と十ヶ月。本作品冒頭では十二年と記している。○**御裳濯河**　伊勢神宮内宮近くを流れる川。神と皇室の結びつきを言祝ぎ、神聖性と永続性を表象する歌枕。神祇や祝で詠まれることが多い。ここでの詠み方は不審。【補説】参照。○**淵瀬**　深淵と浅瀬。「世の中は何か常なる飛鳥川昨日の淵ぞ今日は瀬になる」（古今集・雑下・九三三・読人知らず）から、転変・無常をあらわす語。「さざれ石はいはほと成りてあすか河淵瀬の声をきかぬ御代かな」（建保名所百首・飛鳥河・一〇二三・藤原定家）のように淵瀬のない御代と、反転されることもあるが、当該歌のように御裳濯河の淵瀬を詠んだ例はなく、不審。○**静かなりけるうれしさと**　「静かなりける日々のうれしさに」の意か。天皇の窮屈さから開放された退位後の土御門院の生活を、作者の視点で述べたもの。たとえば、譲位した後の後鳥羽院の様子は、「よろづ所せき御ありさまよりは、なかなかやすらかに」（増鏡・おどろの下）と描写される。**○世の大網に引かれつつ**　承久の乱という社会の激動を大網に喩えたか。それに巻き込まれ配流されたことを「引く」と表現している。しかし、配流などをこのように表現する和歌は他に見られない。父後鳥羽院がおこした承久の乱に、土御門院自身は関わっておらず、乱後、後鳥羽院と順徳院が配流と決まっても、土御門院には幕府から何も沙汰はなかった。しかし父が配流されるのに自分が都に残るのは不孝であるとして幕府に自ら申し出て、土佐に配流となった。こうした状況を朧化して述べたものであろう。**○土佐へ阿波へとめぐりきて**　六・七番歌を受ける表現。**○あとにとまれるあま人は**　随行せず承明門院御所に残って、悲しみに沈む人々。「あま人」は、一七番歌を受ける表現。「網」と「海人」は縁語。**○はるかなりともわびつつは　世にだにおはしませかしと**　四二番歌を受ける表現。**○遂に空しき舟なれば**　三五番歌を受ける表現。上皇の漢語「虚舟」すなわち「空しき舟」に、上皇の死「空しくなる」を掛け、土御門院の崩御のことを言う。しかし、前述のように、これは異質な用い方。他の長歌でも、俊成は後白河院崩御を悼む長歌で「空しき舟の　こしかたの　昔のことを　さらに又　おもひいづるも」（長秋草・一五一）というが、「空しき舟」に「空しくなる」を重ねて表現することはしていない。**○春**　長歌冒頭の「初春」を受ける表現。喜びの建久九年（一一九八）の春をさす。受禅は正月十一日、即位は三月三日。**○悲しき神無月かな**　寛喜三年（一二三一）の十月をさす。崩御は十月十一日。四〇番歌の「十日余りひと日過ぐるも悲しきにたつさへ惜しき神無月かな」を受ける表現。

【補説】『土御門院女房』の末尾を飾る長歌。土御門院の生涯が集約されており、それはこの作品の読者を強く意識した表現形成といえよう。なお底本では、他の部分では和歌は文章よりも一字下げで表記されているが、長歌だけは文章と同じ高さで一番上から書かれており、これは他の日記・物語では長歌は一～二字低い位置に書記されるのが常であるのに対して、それらと異なることが指摘されている（加藤昌嘉『『源氏物語』前後左右』勉誠出版　二〇一四年）。

この長歌は、序文やここまでに詠まれた和歌を織り込み、常套句を中心にまとめている。類似の常套句を連ねる長歌は他にも多いが、①の『高倉院升遐記』の冒頭からは、山崎新注が指摘するように、影響を受けたと考えて良いようである。

その一方で、和歌の伝統からは外れるような句の用い方などが見られる。【語釈】でもいくつか指摘したが、とりわけ不審な部分は、「御裳濯河の流れには　限りありける淵瀬にて」という部分である。御裳濯河は、「君が代はつきじとぞ思ふ神風や御裳濯河のすまむ限りは」（後拾遺集・賀・四五〇・源経信）に代表されるように、流れが絶えない永続性・聖性を詠むのが基本である。御裳濯河に対して「限りありける」という歌、または「淵瀬」と共に詠む歌は当該歌以外に見られない。和歌表現の伝統からはずれる表現であるし、このような不吉な表現を用いないことは、宮廷歌人にとってはもっとも注意すべき重要な点である。この長歌だけではなく、『土御門院女房』全体から言えることであるが、表現面からみてやはり、歌壇において活躍するような女房、和歌の伝統をふまえて歌合や百首歌などの題詠の和歌がきちんと詠めるような女房が作者であるとは、考えがたいということになるであろう。

土御門院は、その即位も突然なら、譲位も突然であり、それも自らの意志によるものではなく、後鳥羽院の強制によるものであった。土御門院は、『増鏡』（おどろの下）が「いとあてにおほどかなる御本性にて」と記すように、穏やかな人柄であり、心ならずも譲位したとは言え、譲位後の生活は静穏で、「静かなりけるうれしさ」とは、側近く仕える女房の実感であっただろう。しかしそれも長くは続かず、自らは関与していないのに、後鳥羽院が起こした承久の乱という未曾有の出来事に巻き込まれ、配流・崩御という悲劇的な結末を迎えた。こうした経緯は、長歌の中に織り込まれ、作者の悲嘆を際立たせている。

この長歌は、起承転結、冒頭と末尾の照応、対句表現などを用いて、土御門院の即位から崩御までの生涯を、土御門院に長く仕え、院を心から敬愛し、また寵愛された女房の視点で詠じており、悲嘆と哀悼が色濃く表される。哀傷の長歌であると同時に、鎮魂の意味を内包していよう。なお長歌については本書解説参照。

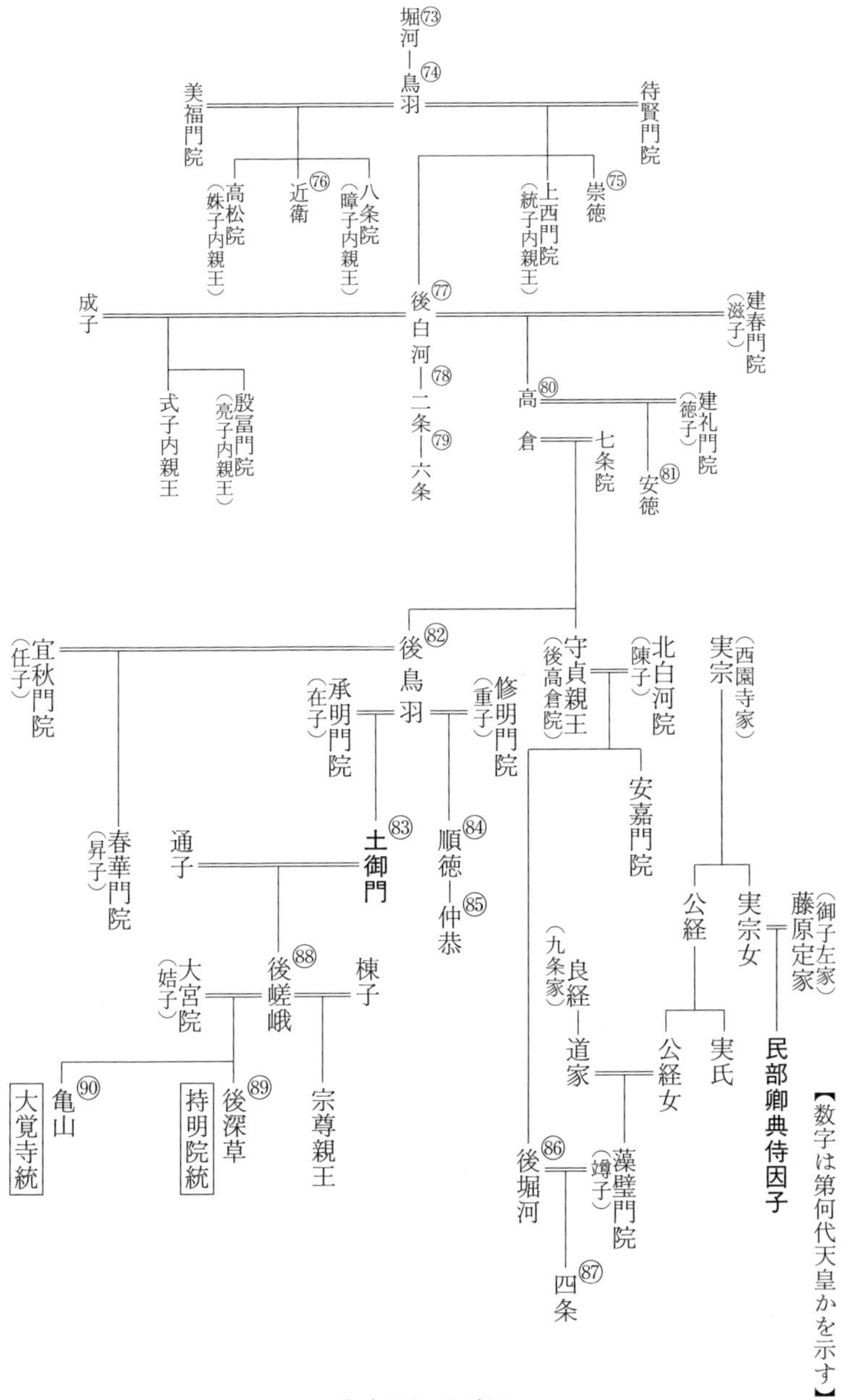

堀河73
鳥羽74
美福門院
待賢門院
高松院（姝子内親王）
近衛76
八条院（暲子内親王）
上西門院（統子内親王）
崇徳75
成子
後白河77
建春門院（滋子）
式子内親王
殷富門院（亮子内親王）
二条78
六条79
高倉80
建礼門院（徳子）
七条院
安徳81
宜秋門院（任子）
後鳥羽82
承明門院（在子）
修明門院（重子）
守貞親王（後高倉院）
北白河院（陳子）
実宗（西園寺家）
春華門院（昇子）
通子
土御門83
順徳84
仲恭85
安嘉門院
公経
実宗女
藤原定家（御子左家）
大宮院（姞子）
後嵯峨88
棟子
良経（九条家）
道家
公経女
実氏
民部卿典侍因子
亀山90
大覚寺統
後深草89
持明院統
宗尊親王
後堀河86
藻壁門院（竴子）
四条87
【数字は第何代天皇かを示す】

皇室周辺略系図

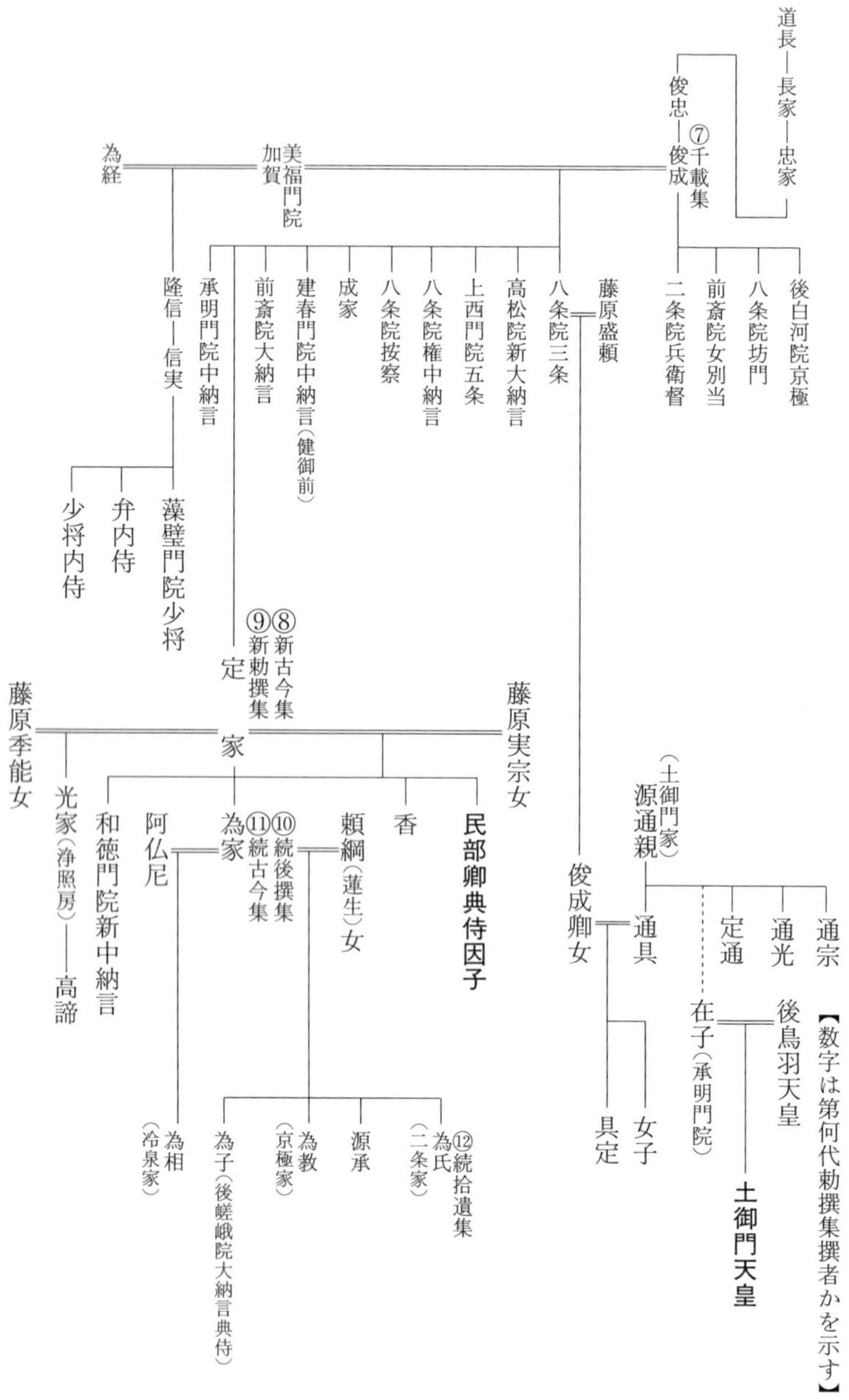
道長
長家
忠家
俊忠
俊成
⑦千載集
後白河院京極
八条院坊門
前斎院女別当
二条院兵衛督
美福門院加賀
為経
藤原盛頼
八条院三条
高松院新大納言
上西門院五条
八条院権中納言
八条院按察
成家
建春門院中納言（健御前）
前斎院大納言
承明門院中納言
隆信
信実
藻壁門院少将
弁内侍
少将内侍
⑧新古今集
⑨新勅撰集
定家
藤原実宗女
藤原季能女
民部卿典侍因子
香
頼綱（蓮生）女
為家
⑩続後撰集
⑪続古今集
阿仏尼
和徳門院新中納言
光家（浄照房）
高諦
（土御門家）
源通親
通宗
通光
定通
通具
俊成卿女
後鳥羽天皇
在子（承明門院）
土御門天皇
女子
具定
⑫続拾遺集
為氏（二条家）
源承
為教（京極家）
為子（後嵯峨院大納言典侍）
為相（冷泉家）
【数字は第何代勅撰集撰者かを示す】
御子左家周辺略系図

和歌初句索引

（凡例）『民部卿典侍集』、『土御門院女房』の和歌の初句を、歴史的仮名遣い五十音順で配列した。初句が同一の歌は、第二句を字下げで示した。下段漢数字は歌番号を示し、『民部卿典侍集』の初句には「民」、『土御門院女房』の初句には「土」を付した。

あ行

か行

あとがき

本書でとりあげた作品は期せずして、二つとも女房による哀傷の作品である。『民部卿典侍集』は私家集、『土御門院女房』は私家集的な仮名日記であるが、いずれも仕えた主君の死を契機に、痛切な悲しみをこめて編纂されたものであり、成立も近接している。同時代を生きた二人の女房が、それぞれの生涯と主君への哀悼とをどのように形象化しているのか。そして激動の時代である十三世紀前半の女房文学がいかなるものであったのか。この二作品を読み比べることによって見えてくるものも多いと思われる。

『民部卿典侍集』の輪読が始まったのは、二〇一二年十月のことである。早稲田大学大学院教育学研究科の院生のほか、教育学部の学生、文学研究科の院生、慶應義塾大学の院生、総合研究大学院大学ＯＧなどが参加し、二〇一四年三月には注釈の報告が終了した。その後それぞれの報告者から提出された注釈原稿をもとに、二〇一五年の春から夏にかけて、五名で再度読み直しながら注釈原稿を加筆訂正していき、田渕がとりまとめて改稿した。

『民部卿典侍集』を取り上げたのは、新古今時代の和歌・歌人の研究、あるいは女房の家集・日記の研究を行っているメンバーが多く、ちょうどそれらが重なり合う中にある作品と思われたからであった。しかし始めてみると、そのむずかしさに難渋した。これまでよく目にしてきた『拾遺愚草』のような整序された中世私家集とは異なり、未定稿性が強い。かといって、まったく編集がされていないわけでもない。和歌の作者がわからない場合も多い。けれども新たな発見も多く、一つの家集を注釈することの充実感を味わうことができた。また、大歌人定家の娘として生まれた因子については、定家の日記『明月記』があるゆえに、この時代前後の宮廷女房としては稀な事として、その足跡が詳しく知られる。『民部卿典侍集』はわずか二年間の集だが、定家の卓抜な描写による因子の映像とともに、詠歌を読んでいくことができた。『民部卿典侍集』には今もまだ多くの問題が残されているものの、本の形で刊行することにより、ご批正等をいただき、さまざまな問題の出発点になればと考えている。

そして『土御門院女房』は、『民部卿典侍集』に先だって輪読を行った作品であり、冷泉家時雨亭文庫蔵の新資料である。早稲田大学大学院教育学研究科の「国文学特論Ⅲ」で、二〇〇九年四月から二〇一〇年九月まで、『土御門院女房』とその周辺資料を注釈・検討した。この時には、和歌だけではなくさまざまな領域を専門とする大学院生が加わっていた。報告者それぞれから提出された注釈原稿を、田渕がとりまとめて改稿し、早稲田大学大学院教育学研究科の紀要『学術研究』に二回にわたって発表した。この本に収めるにあたり、加筆・訂正を行っている。この間に、山崎桂子氏による『土御門院御百首　土御門院女房日記　全釈』が刊行され、その学恩を受けた。この研究グループを「中世和歌の会」と命名したのは、この注釈を『学術研究』に掲載した時である。『土御門院女房』は作者不明であり、注釈をしながら作者像を手探りで追い求めていく面白さがあった。

本書は、注釈を担当したメンバー全員の研鑽と努力の上に成ったものである。特に、本とするに当たって、『民部卿典侍集』注釈原稿の再検討、および解説・付録の分担執筆を行った、大野順子（早稲田大学非常勤講師）、芹田渚（早稲田大学助手）、米田有里（早稲田大学院生）、幾浦裕之（同）に深謝したい。そして本の校正には、上記四名のほか、田口暢之（慶應義塾大学院生）、針岡萌（早稲田大学院生）の協力を得た。和歌初句索引は齊藤瑠花（千葉県立千城台高等学校教諭）が作成した。彼らの尽力に対して、またメンバー全員に対して、心から感謝したいと思う。

最後になったが、本書の刊行をお引き受けくださった風間書房と、私家集全釈叢書編集委員会、そして翻刻と図版掲載をご許可下さった公益財団法人冷泉家時雨亭文庫と上賀茂神社に、あつく御礼申し上げる。

二〇一六年四月

田渕句美子

『民部卿典侍集』解説・付録の分担執筆者紹介

大野　順子（おおの　じゅんこ）1972年生
明治大学・早稲田大学等非常勤講師
博士（文学）（総合研究大学院大学）
専門　中世和歌文学
主要業績
『新古今前夜の和歌表現研究』（2016年　青簡舎）
「『明月記』天福元年十一月十一日条について」（『明月記研究』14号　2016年１月）
「『拾遺愚草』雑部「述懐」について―『正治初度百首』鳥五首とのかかわりから」
（林雅彦編『絵解きと伝承そして文学』2016年　方丈堂出版）

芹田　渚（せりた　なぎさ）1986年生
早稲田大学大学院　教育学研究科　博士後期課程
早稲田大学　教育・総合科学学術院　助手（国語国文学科）
専門　中世和歌文学・中世日記文学
業績
「後嵯峨院歌壇における弁内侍の和歌」
（『早稲田大学大学院教育学研究科紀要』別冊22-2　2015年３月）
「女房日記としての『弁内侍日記』の和歌」（『中世文学』60号　2015年６月）

米田　有里（こめだ　ゆり）1988年生
早稲田大学大学院　教育学研究科　博士後期課程
専門　中世和歌文学
業績
「源通具に関する一考察―初学期を中心に―」
（『早稲田大学大学院教育学研究科紀要』別冊21-2　2014年３月）
「後鳥羽院歌壇における通具―元久元年前後―」（『明月記研究』14号　2016年１月）
「源通具の試み―『千五百番歌合』恋・雑部の歌―」
（『早稲田大学大学院教育学研究科紀要』別冊23-2　2016年３月）

幾浦　裕之（いくうら　ひろゆき）1990年生
早稲田大学大学院　教育学研究科　博士後期課程
専門　中古和歌文学・中世和歌文学
業績
「『民部卿典侍集』の諸本について」（本年刊行予定）

著者略歴

田渕　句美子（たぶち　くみこ）

大阪国際女子大学助教授、国文学研究資料館助教授、同教授を経て、
現在、早稲田大学教授
博士（人文科学）（お茶の水女子大学）

専門　中世和歌文学・中世日記文学

主要著書

『中世初期歌人の研究』（2001年　笠間書院）
『物語の舞台を歩く 十六夜日記』（2005年　山川出版社）
『阿仏尼』人物叢書（2009年　吉川弘文館）
『十六夜日記 阿仏の文』（2009年　勉誠出版）
『新古今集 後鳥羽院と定家の時代』角川選書（2010年　角川学芸出版）
『世界へひらく和歌―言語・共同体・ジェンダー―』（2012年　勉誠出版）（共編著）
『平安文学をいかに読み直すか』（2012年　笠間書院）（共編著）
『異端の皇女と女房歌人―式子内親王たちの新古今集―』角川選書（2014年　KADOKAWA）
『源氏物語とポエジー』（2015年　青簡舎）（共編著）

私家集全釈叢書刊行会

民部卿典侍集
土御門院女房　全釈　　私家集全釈叢書40

二〇一六年五月三一日　初版第一刷発行

著　者　田渕句美子
　　　　中世和歌の会

発行者　風間敬子

発行所　株式会社　風間書房
101-0051　東京都千代田区神田神保町一―三四
電　話　〇三―三二九一―五七二九
ＦＡＸ　〇三―三二九一―五七五七
振　替　〇〇一一〇―五―一八五三

印刷　中央精版印刷
製本　井上製本所

NDC分類：911.138
ISBN978-4-7599-2135-9　Printed in Japan